WARHAMMER 40,000

黑暗帝国 3

神之灾厄

DARK IMPERIUM GODBLIGHT

［英］盖伊·哈雷 著　韩之昱 译

浙江科学技术出版社·杭州

This edition published in Great Britain in 2022 by Black Library.

Games Workshop Limited,Willow Road, Nottingham, NG7 2WS, UK.

This edition published in China by Zhejiang Science and Technology Publishing House in 2024.

Copyright © Games Workshop Limited 2022.

This translation copyright © Games Workshop Limited 2023.

Translated and used under licence by Zhejiang Science and Technology Publishing House. All rights reserved.

Dark Imperium: Godblight © Copyright Games Workshop Limited 2022. Dark Imperium: Godblight, GW, Games Workshop, Black Library, The Horus Heresy, The Horus Heresy Eye logo, Space Marine, 40K, Warhammer, Warhammer 40,000, the 'Aquila' Double-headed Eagle logo, and all associated logos, illustrations, images, names, creatures, races, vehicles, locations, weapons, characters, and the distinctive likenesses thereof, are either ® or TM, and/or © GamesWorkshop Limited, variably registered around the world.All Rights Reserved.

No part of this publication may be reproduced, stored in a retrieval system, or transmitted in any form or by any means, electronic, mechanical, photocopying, recording or otherwise, without the prior permission of the publishers.

This is a work of fiction. All the characters and events portrayed in this book are fictional, and any resemblance to real people or incidents is purely coincidental.

本书英文版由 Black Library 于 2022 年出版

Games Workshop Limited，地址：Willow Road, Nottingham, NG7 2WS, UK.

本书中文版由浙江科学技术出版社于2024年出版

Copyright © Games Workshop Limited 2022.

This translation copyright © Games Workshop Limited 2023.

浙江科学技术出版社可在授权下翻译与使用。

Dark Imperium: Godblight © Copyright Games Workshop Limited 2022. 黑暗帝国3：神之灾厄、GW、Games Workshop、Black Library、荷鲁斯之乱、荷鲁斯之眼标识、星际战士、40K、战锤、战锤40000、"天鹰"双头鹰标识，以及所有相关标识、插图、图像、名称、生物、种族、载具、地点、武器、角色及其中的特色同类物，所有带有 ®、TM，以及 © Games Workshop Limited 的标识均为在全世界注册的商标或为 Games Workshop Limited 版权所有。

未经许可，不得将本书任何部分以任何形式复制、存储在某个检索系统中，也不得以任何形式或手段，包括电子、机械、影印、记录或其他方式，传播本书的任何部分。

本书为虚构作品。书中人物、事件均为虚构，如有雷同，纯属巧合。

WARHAMMER 40,000

导言

　　这是人类历史的第四十一个千年。自从原体荷鲁斯转向混沌，背叛了他的父亲帝皇，将银河推入毁灭内战以来，一万年的漫长岁月已经过去。

　　在这一百多个世纪里，帝国承受着异形入侵、内部纷争，以及亚空间黑暗诸神包藏祸心的注视。帝皇在泰拉的黄金王座上纹丝不动，犹如一座对抗邪恶之力的灵能堡垒。唯有他的意志，才能保持星炬明亮，将帝国联结在一起。但在这漫长的时间中，帝皇从未开口说过只言片语。失去了他的指引，人类已经偏离了光明的道路。

　　昔日奇迹时代的光辉理想已枯萎死亡。在这个时代的生活是一场悲惨的厄运，人们最大的奢望，只不过是在奴役折磨中苟且偷生，一场痛快的死亡被视为最仁慈的结局。

　　随着帝国无法逆转地衰落下去，原体荷鲁斯的最后一个真正的子嗣阿巴顿，如今已取代他成为战帅。阿巴顿数千年来酝酿的一个宏伟计划终于到达了高潮，大裂隙横贯整个银河，撕裂了现实空间，释放出前所未见的力量。在许多个世纪的英勇斗争后，人类的末日似乎终于要降临了。

　　一道苍白的光芒刺破了黑暗。原体罗保特·基里曼被异形巫术和神秘科学的力量从死亡般的沉睡中唤醒。他返回泰拉，决心改变这可怕的危局，彻底击败混沌，并重新启动帝皇为人类制订的大计划。

　　但是首先，他必须拯救帝国。银河如今已被一分为二。一边，是帝国圣域，虽被围困，但仍誓死反抗。另一边，则是帝国暗面，被视为已沦陷在永夜之中。为了夺回帝国并恢复它的荣耀，一场伟大的远征已经发起。全人类都已做好准备，迎接这一时代最激烈的对决。失败意味着毁灭，通往胜利的道路上只有战争。

　　这是不屈远征的时代。

目录

1	第一章　一次归家
13	第二章　恶魔宿主
25	第三章　一场巨变
32	第四章　纳垢第一宠儿
41	第五章　论神的本质
54	第六章　窃听蠕虫
64	第七章　救援亚克斯
71	第八章　理论与实践
75	第九章　失控的原体
86	第十章　信仰之光
92	第十一章　历史学家的请求
102	第十二章　登陆亚克斯
108	第十三章　关于原体的祈祷文
116	第十四章　赫拉遇袭
127	第十五章　基里曼的演讲
133	第十六章　战略欺骗
140	第十七章　古加斯的大成功
145	第十八章　见证者远征军
151	第十九章　古加斯的礼物
161	第二十章　见证
172	第二十一章　杀戮小队
178	第二十二章　血肉山脉

目录

第二十三章	片刻思索	183
第二十四章	连带损害	188
第二十五章	初临城遇袭	194
第二十六章	瘟疫工厂	198
第二十七章	联合作战	202
第二十八章	托勒密图书馆开启	207
第二十九章	灵魂研磨者	214
第三十章	卡迪亚第4021团的最后冲锋	219
第三十一章	智库的职责	230
第三十二章	兄弟二人	236
第三十三章	灭绝令	244
第三十四章	神与神之战	251
第三十五章	花园中的光	256
第三十六章	荣誉星的召唤	262
第三十七章	纳垢巨釜	266
第三十八章	为了帝皇	271
第三十九章	雨父的策略	277
第四十章	圣徒马蒂厄	281
第四十一章	回想	287
第四十二章	其他的形态	292
第四十三章	贤者们的事务	296

第一章

一次归家

随着内外大气压平衡时发出的一声爆响，霸主炮艇的突击活动梯发出刺耳的响声，降到了王廷机库的甲板上。活动梯被设定为交战模式，因此在降落时没有打开减震器。这可不符合拜会最后一位忠诚原体时应有的礼仪，但英杰德西摩斯·安德烈努斯·菲利克斯当下并没有讲究繁文缛节的心情。

菲利克斯一马当先，大步走出炮艇，维斯帕托亲卫队紧随其后。这十名身穿各色制服的星际战士，是从奥特拉玛的每个守备战团中各选一名而来，充当菲利克斯的贴身护卫。他们的铠甲色彩对比鲜明，只有左护肩上的金色英杰徽章让他们成为一个团体。他们的钢靴随着前进的步伐铿锵作响，枪已上膛。他们即便登上原体的旗舰，依然警惕地扫视着周围的环境。这些人全都久历战阵，从不轻易将战争的威胁抛诸脑后。

一小群凡人正在等候菲利克斯。一名内侍穿过旗帜和飘浮的伺服颅骨匆匆走上前。尽管这个凡人矮小孱弱，但他还是鼓足勇气走到了这群极限战士巨人前方，迫使他们停下脚步。

"菲利克斯大人，欢迎回到马库拉格之耀号。"内侍随即完美地鞠了一躬，"请允许我带您去原体为您准备的宿舍，这样您可以先小憩养神。"这名官员用挑剔的目光注视着每一名星际战士身上的战甲损伤，"或许各位还可以整理一下自己的仪容。"

一个小人物在小题大做。菲利克斯本不想大吼，但他恼怒的声音还是从头盔扩音器中迸发出来。

"没这个必要。我身负要事，必须立刻去见原体。"

"他吩咐您等一会儿。他已经知晓您在阿尔韦罗的功绩，并且对您前来拜见感到欣喜。但他要您等候正式的传唤召见。"

"立刻。"菲利克斯坚定地说，"我是奥特拉玛的东部英杰辖区统帅。我的任务刻不容缓。"

"大人——"凡人刚要开口，菲利克斯就打断了他。

"你刚才说是他的要求。"

"是的，大人。"内侍说。

"那么告诉我，是帝国摄政亲口让我去宿舍的吗？"菲利克斯问，"你跟我说的那番话是命令，还是建议？"

官员犹豫了片刻说："您的舒适安康永远是帝国摄政首要考虑的——"

"那就不是命令。"菲利克斯的亲卫队长科米努斯士官说，他穿着奥拉之子的红白色铠甲，"对吗，内侍？"

凡人依然很冷静。"不是命令。"他承认。

"那就带我去见他，立刻！"菲利克斯倾身向前，他那沉重的铠甲、基因强化过的肉体和冰冷的玻璃护目镜仿佛全都压了过去。重力级铠甲的关节部位令人生畏地轰鸣着。他依然在散发战争、鲜血、油污和火焰的气味。很少有人能在这样的气场面前镇定自若。

但内侍仿佛心如铁石，他只是优雅地服从了。他用比刚才更慢的动作又鞠了一躬，才挪步走到一旁。

"我会陪您过去，大人，我——"

"别自找没趣，内侍，我认识路。"

"那我会让传令官赶在前面去宣告您的到来。"

"随你的便。"菲利克斯说，"只要他们能跟得上。"说话的同时，他已经开始前进。

传令官追赶星际战士们的步伐，沿着从王廷机库通往罗保特·基里曼私人的宫殿尖塔的道路奔跑着，顽固地在每个大厅和走廊上高声唱出英杰的名字和头衔。

自从帕梅尼奥解放和赫卡顿战役以来，已经过去了好几个月的时间。第一舰队将莫塔瑞恩军逐出奥特拉玛的作战已取得巨大成果，但还有一场关键之战要打。腐化力量的中心——花园世界亚克斯还在敌人手中。菲利克斯尚未收到参加亚克斯侵攻战的命令。或许这可以解释他为何如此愤怒。但这其实并不是真正的原因。菲利克斯完全是为了另一个更加黑暗的理由而恼火。

"给德西摩斯·菲利克斯让路！给维斯帕托英杰和东部军区之主让路！"传令官气喘吁吁地喊着。在拥挤不堪的过道上，他们的通知引起了混乱。亲卫队就像公牛群般旁若无人地行军。他们前进的脚步声就像炮击般震动着马库拉格之耀号。基里曼一向让他的宫殿尽可能保持空旷。就算是原体这样非凡的存在，也像其他人一样需要可以隐遁的空间。但菲利克斯来访的此刻，宫殿里到处都是急匆匆的文官和权贵。这些凡人似乎并不习惯遇到星际战士，他们不顾自己高贵的身份，慌乱地散开让路。他们都是各自部门主管级别的人物。在菲利克斯一行人所到的尖塔深处，只有这些尊贵的高官和他们的仆人才被允许进入。

"是我的错觉吗？"科米努斯在通信器中对菲利克斯说，"还是说这个地方到处都有官僚出没？"

"不要用'出没'这种词来形容尊贵的帝国臣仆。"菲利克斯冷冷地说，"但实际上，你的观察很准确。这并不是原体面临的唯一一场战争。在五百世界的疆域外，不屈远征还在持续。他很快就会结束在奥特拉玛的工作。一旦完成对亚克斯的最后一击，他就会继续加入远征。"

他们径直走向原体的私人书房。菲利克斯曾与原体相处过很长时间，他知道这里是基里曼最中意的场所。传令官们也觉得帝国摄政应该会在此处，因此没有提出任何异议。但他们向在书房的历史学者们打听后，得知原体去了别处。一行人又被引向上方的帝国会议厅。

他们乘坐升降机前往基里曼宫殿尖塔的塔顶。那是一处以钢化玻璃为穹顶的专为召开最重要会议所设的场地。菲利克斯对此早已知晓。

他带着部下走过一座廊桥。廊桥内部装饰华丽，拱顶高耸，就像一座大教堂的正厅。当他们走近通往帝国会议厅的高门时，二十名基里曼的冠军护卫从大门两侧列队走来，组成一个完美的半圆阵形挡住了菲利克斯的去路。他们重重跺了一次脚，将手中的盾牌猛然放下，又将它们撞在一起，在英杰的面前展现出了一堵镶嵌着头骨和羽翼的蓝色陶钢墙壁。盾墙的正中间留出了只容一名星际战士通行的缺口，缺口中走出了西卡留斯，昔日的极限战士第二连长，如今则是基里曼亲卫队的指挥官。他脱下头盔走上前，在菲利克斯面前停下。

"欢迎，菲利克斯英杰。"西卡留斯紧握着剑柄，微微颔首说。他的手从未远离这把剑，不是放在剑柄头上，就是摆弄着剑上的装饰。自从他从亚空间归来后，西卡留斯仿佛总是因为没有机会拔剑而满腔怒火。"不知有何荣幸迎接您大驾光临？"

"我想你知道原因。"

西卡留斯盯着菲利克斯说："是吗？英杰，还请指教。"

菲利克斯看着他。身为地位如此之高的一位星际战士，西卡留斯却还未跨越原铸界线（编者注：指执行转化为原铸星际战士的手术），这是一件稀罕事。他比菲利克斯年长，至少从服役年限上看如此。但如果按出生时间的话，菲利克斯几乎比所有在世的人类都更苍老。

"我的囚徒在原体手上。让我过去。"

"他确实在原体手上。"西卡留斯说，但他并未让步。维斯帕托亲卫队和冠军护卫彼此瞪着对方。气氛紧张起来。无论阿斯塔特修士们走到哪里，暴力总是如影随形。他们彼此并无仇恨，但都有一种充满攻击性的好奇心。这两群人都渴望在对抗中一试身手。

菲利克斯的视线越过比他身材矮的西卡留斯，望向会议厅的大门，问道："摄政在等我吗？"

西卡留斯歪了歪头，说："你在想些什么，兄弟？他可是一位原体。"

"既然如此，他应该能预料到我会做什么。"

"我可以保证，这不是你的错。"西卡留斯说。

"是不是原体有时会让你觉得自己很蠢，连长？"菲利克斯说。

西卡留斯嗤之以鼻。"英杰，与他相比，我们都只是蠢货。有时候我也会疑惑他是如何看待我们的。在他眼里，我们一定显得很无能。"

菲利克斯伸手解开头盔的密封扣，将头盔从脑袋上脱下，又从重力级装甲的头罩下方取了出来。他的脸上布满了汗渍。菲利克斯已经甲不离身好几天了。他本打算在到达前洗个澡，因为按照标准速度，阿尔韦罗到亚克斯有六天的航程。但在亚空间风暴中原体遭遇了不可思议的平静，整个航程在几分钟内就结束了。

或许是命运的捉弄，菲利克斯本以为他赶到时一切都结束了，只能事后发泄自己的怒火。但现在面对这样的局面，他毫无准备。他猜测是那些嗤笑着的诸神在背后动了什么手脚，好让他和他的主人陷入对峙的僵局。

"永远不要揣测他的意图。"西卡留斯说，"我还以为你做他的侍从这么久，早就有所领悟了。"

"我确实明白。但这对我来说也不是好事，有时我会忘了他并非凡人。"

"我们也同样不是凡人。"西卡留斯冷酷的面孔毫不动摇。

"他正要审问我的囚徒。这就是他的意图，对吗？"

"是或不是得由他来说，兄弟。"西卡留斯说，他扫视着菲利克斯的亲卫队，尽管他们没有举起武器，却保持着警戒状态，"让你的人退下。他们可以在左舷的接待室等候。那里地方很大。看起来你手下有不少技巧娴熟的战士，你们已在战场上赢得了很高的声望。不妨让我们的部下好好较量一次。"西卡留斯表情冷酷地提出了邀约。这个邀约并非出自兄弟之情，而是因为想在所有人面前证明自己。

菲利克斯无视了这个挑战，说："那你会让我去见他吗？"他并未预料到当前这种突发状况。菲利克斯决定运用自己的权威，因为他的官衔比西卡留斯高。但如果非要战斗，他也准备好了。

西卡留斯的表情变得更加冷漠。他耸了耸肩，铠甲随着肩膀的移动发出了刺耳的响声。"我不会要求你做任何事，英杰。原体明确指示，你可以入内。"在西卡留斯遍布战伤的脸庞上，阴霾渐渐散去，眼角甚至掠过一丝笑意，"你是对的，他确实在等你。"

会议厅的大门敞开，室内一片黑暗。照明被关闭了，但作为墙壁的高窗上的百叶窗板还开启着，一缕苍白的星光照了进来。就像上方的穹顶一样，墙壁几乎全是钢化玻璃的。从数量众多的窗口甚至可以看见这艘战舰的整体，从硕人无朋的犁头般的撞角，到足有城市大小规模的发动机组的外缘。菲利克斯停下脚步，一瞬间失神了。这间会议厅堪称观赏马库拉格之耀号壮观威严景象的最佳场所。这是银河中硕果仅存的最后几艘荣光女王级战舰之一。它规模之巨，难以用语言形容。许多巨大的飞船环绕着它，那是不屈远征第一舰队的主力前锋阿尔法战斗群的核心军力。但那些巨舰与马库拉格之耀号相比，不过是小小的金属薄片而已。没有任何凡人能再建造出一个它。所需的科技已经遗失，创造出如此伟物的意志也已不存。马库拉格之耀号是一件旧日遗物，一件来自更辉煌时代的可畏武器。在这些方面，这艘舰船恰是它主人的一种写照。

罗保特·基里曼就在房间的尽头，他旁边的高台就是开会时泰拉议会代表团的席位。但现在他们并没在议会席上，大厅里除了原体之外空无一人，这里的空间显得比平时更为广阔，地板上只有椅子和宝座。

　　在星空和舰群的背景下，基里曼仿佛是一个孤单的剪影。原体并没在看风景，全息光波在他面前投射出一个行星世界，吸引了他的全部注意力，并在他脸上投下苍白的光芒，显得他全无血色。即使身处大厅的另一侧，菲利克斯也认出了那个世界是亚克斯。这颗行星的信号肯定已经被纳垢的疾病污染了，疾病仿佛正在通过光照来传染原体。

　　菲利克斯感觉到了基里曼的疲态，这已经不是第一次了。

　　基里曼从全息图像上抬起视线，他的双眼仿佛笼罩上了一层阴影。

　　"德西摩斯。"基里曼说。菲利克斯的姓氏在帝国大厅内回荡，仿佛在寻找一个落脚之处。但这声呼唤并未找到落点，而是化作死寂，在穹顶下消失。"很高兴见到你。"原体声音诚恳。

　　菲利克斯走近他的主君。在菲利克斯体内有多种后天植入的器官和基因代码链条，它们全都来自这位原体。基里曼虽非他的生身之父，但他和基里曼之间有如近亲。他们血脉交融。

　　沉重的铠甲妨碍了他的行动，菲利克斯有些费力地跪下，并低下了头。他希望基里曼能先开口。但原体并未说话。菲利克斯便自己说了。

　　"您没有因为我来而生气吧。"菲利克斯低声说，准备好了接受斥责。

　　"我应该生气吗？"基里曼温和地说。

　　"我来，是为了建议您不要做我认为您会做的事。"

　　基里曼的声音中带着笑意道："你如此反对的事情，为何不详细说说？我怎么知道你和我想的是同一件事？"

　　"您想做的事情，不可言说。"菲利克斯说。

　　"或许吧。"基里曼说，"但是孩子，你也没有必要赞同我做的每一件事。你可以选择你认为职责所在的事去做。你并非一个不善思考的人，你也不怕顶撞我。正是为此，我才赐予了你英杰的地位。如果非要我说的话，我很高兴你能来。"

　　"那要是我留在阿尔韦罗没来呢？"

　　"那样我也会很高兴。"基里曼说，"但你来了。你的直觉不错。我们要尝试的事情确实风险巨大。你很清楚这一点，所以才来警告我。善意不应该受到惩罚。"

菲利克斯抬起头，他感到一阵困惑。尽管他自认已经很了解原体了，但还是意识到自己永远不能真正理解。如果菲利克斯的一名部下对他做出了同样的行为，菲利克斯将会毫不犹豫地斥责他们。菲利克斯常常觉得自己已经抛弃了软弱的人性，但基里曼从来都不是人，或者说不是真正的凡人。

"您打算审问它。所以当它被我们发现时，您把它要了过去，而不允许我当场摧毁它。我想的对吗？"

基里曼并未回答，而是向下方看去，第一次将全部注意力倾注在菲利克斯身上。菲利克斯感觉原体的注视像在给自己灵魂上施加重压。

"无须下跪，德西摩斯。起身吧。"

菲利克斯站了起来。在这间空旷的大厅里，任何细微动作发出的声音都会变得刺耳。传声效果非常完美，这种建筑设计是为了放大这位远古传奇人物的声音。哪怕是他的斗篷在镶嵌画地板上拖过，都仿若一种宏大的预兆。

"这样好多了。"基里曼说。他把手伸入全息图像的中心一握，关闭了投影。原体上下打量了一番菲利克斯，对他的状态很是满意。

"你的气色很好。强壮有力。这件制服很适合你，我的儿子。"原体说，"你觉得你的新辖区如何？"

菲利克斯刚才的怒意还未完全消退，很难完全控制自己的情绪，用的词句都很简短。"殿下，我在维斯帕托只待了正好二十三个小时，就出发继续去巡视行省了。在这么短的一次访问中我看不出太多信息，但星球的防御还算完备。"

基里曼再次笑了笑。他的笑容中带着悲哀，充满了理解的痛苦。他的忧郁平息了菲利克斯心中的怒火。"我指的是人民。菲利克斯，我指的是那个世界。"

"他们看起来挺愉快的。"菲利克斯说，现在他已经不那么生气了，"但如果无法保护他们，是否愉快没有任何意义。您的整个疆域都岌岌可危。莫塔瑞恩的大军并非唯一的威胁。"

基里曼点点头。他的注意力移开了。马库拉格之耀号周围那些太空船移动的光点倒映在他的眼中，如同星空。"东部军区的其他地方如何？你能将它们都置于我们的控制之下吗？"

"我可以说实话吗？"

"我可曾要你说过假话？"

"那里混乱不堪。"菲利克斯说，他回忆起自己在他统治的那些世界间的旅程，仿佛能感受到原体肩上的重担，"几乎所有行星都处于无政府状态。莫塔瑞恩的军队没有对东部造成直接损害，但索萨兰联盟曾被泰伦虫族重创，兽人也在到处抢掠，最近太空死灵也出现了。人类海盗也是个问题。但最糟糕的是虫巢舰队。至少有十几个有人类居住的世界被毁，地表只剩基岩。我不清楚还有多少未知的行星也遭到了同样的下场。除了异形的暴行外，多年的腐败也已掏空了旧联盟。每一个我去过的行星，防御设施或者其他军事资产都和档案记录不符。什一税被伪造。很大一部分星区的财政经费被挪用。许多财产被盗窃，有时候甚至公开进行。人们并不害怕当地的帝国政权，但他们会害怕的。我已经发起了一次审判庭调查。异端庭和法务部的特工都在协助我。他们将会执行大量的处决。"

看到基里曼的表情变得有点儿难以捉摸，菲利克斯赶紧道歉。

"很抱歉，殿下。我没有充裕的时间来柔和处置。不得不杀一儆百。"

原体摇摇头。"不，不。你做得对。索萨兰联盟是所有政体当中最糟糕的一种。"基里曼说，"它的集权制度让精英阶层获得利益，却没有足够的力量去约束他们。不受限制的货币流通加剧了人们的贪婪。它允许权贵聚敛财富却又容忍他们推卸责任，弱者因此遭受苦难。哪怕矫枉过正也必须纠正这一切。这依然是我当年犯的错。我再次重申，奥特拉玛永远不应该被分裂。"

"事情会改变的。"菲利克斯说，"索萨兰联盟已不复存在。民众会发现被奥特拉玛直辖统治是更好的方案。"他停顿了一下，"我很疑惑帝皇之镰当初是怎么考虑的，他们居然让政局恶化到了这个地步。"

"他们有自己的仗要打。"基里曼说，"他们为恪尽职守付出了高昂代价。而且战团当时也没有权限干涉市民政府。这一切都会改变的。"

菲利克斯无法反驳。泰伦虫族吃光了索萨行星，那是联盟的首都和帝皇之镰战团的家园世界。在这期间帝皇之镰几乎被灭。他与战团残部进行过简短交流，与之磋商如何让原铸援兵加入他们，使帝皇之镰恢复全部战力。但他们是一个已被摧毁的兄弟会，发给菲利克斯的每一条信息中都流露着挥之不去的耻辱感。

"值得一提的是，那里的人民很高兴能看见我们。"菲利克斯说，"只要当地的统治阶层能判断出什么对自己有利,我们重建直辖统治就不会遇到太大的阻力。"

"以你的经验看,人们总是能判断出什么对自己真正有利吗?"基里曼问。

菲利克斯一时语塞。"事实上,我不知道。我被考尔的特工带走时只是个孩子。从假死状态醒来后,我也才活跃了十几年。在这些年里除了战争,我一无所知。您说过我和首批原铸兄弟中的大多数人不同,我还保有许多人性。但我不得不承认,我并不了解人。主君,所以我也无法解答您的问题。"

"你错了,德西摩斯,你了解人。你有共情的能力。对这个问题,你的直觉是什么?"

"我的直觉告诉我,人们并不能判断什么对自己有利。"菲利克斯犹豫了一下说。

"还有吗?"

"作为个体,人都是高智商生物;但作为一个群体,他们就像是畜群。畜群需要一只坚定的手来引领。"

"知道了。"基里曼说。这寥寥几个字之间,仿佛有一片失望的海洋。

"哲学思辨并不重要。"菲利克斯匆忙说,"重要的是行动。我在处理那些帝国总督时没有遇到多少麻烦。如果有谁敢反抗,人民随时都会起来推翻这些人。他们已经受够了凡人的贪婪和异形的恐怖。"

"好吧,我相信你会代我施行正义,我的儿子。"基里曼说,他朝窗外望去,"这场战争永远不会结束。我们只能赢得短暂的和平。一旦莫塔瑞恩被赶走,就会出现其他敌人:泰伦虫族、太空死灵、钛帝国。我会让你和其他人留在这里对付他们,我还得去拯救整个银河。"

原体变得异常烦恼。他怒视着虚空,片刻后仿佛才恢复了自我。

"奥特拉玛已接近平定。"基里曼轻快地说,"本来早就该完成的。这场战争对不屈远征造成了严重的干扰。尽管我试图把大多数资源调离这里,改为依靠从邻近星区召集来的军力,但第一舰队的好几个战斗群还是被牵制在奥特拉玛。他们本可以去解放其他世界。"

"所有这些都是同一场战斗。"菲利克斯说,"无论混沌在哪里出现,它们都应该被击退。这里是举足轻重的战区。"

"确实如此。"基里曼表示赞同,"在各种层面奥特拉玛都很重要。但我们必须考虑政治因素,而政治并不能完全讲逻辑。有些人把我拯救奥特拉玛的愿望当作武器来批判我,说这是我只宠爱自己的人民的一个标志。泰拉那边依然怨声载道。敌人的特工无所不在。人性的贪婪并不只体现在已经灭亡的索萨兰联盟中。人类足迹所到之处,贪婪无所不在。贪婪蒙蔽了人们的视野,使他们只顾及短期利益和自己的好处,对其他所有事都视而不见。"

"泰拉议会代表团尽其所能来驳斥这些指控,但它的成员们并没有元老的权威地位,甚至连这个议会代表团的存在,都被当作证据用来证明我想染指帝皇宝座。帝国宫殿内的政客们称议会代表团为走狗。就在我们为生存而战的同时,泰拉发生了叛乱。"原体指的是几位被废黜的元老和几位新元老企图合力推翻他的阴谋。基里曼注视着他的基因子嗣说:"在这一整个腐朽的政权坍塌前,我仅有短暂的时间从混沌与异形的威胁中拯救帝国。我必须打赢这里的战争,奥特拉玛的核心区域必须摆脱莫塔瑞恩的影响。拯救从阿提拉裂口到帝国暗面的广大疆域的工作,不能再拖延下去了。阿巴顿正在猛攻纳克蒙德走廊,并且包围卡迪亚之门的废墟。马纽斯·卡尔加必须尽快返回警戒星。我已经在这里耽搁太久了。毫无疑问,这是混沌战帅计划的一部分。他通过攻击我最珍视之物来牵制我。我必须耻辱地承认,他的计划奏效了。"

"您认为莫塔瑞恩在为混沌战帅工作?"

基里曼发出一声失意的大笑。"他只为自己做事。这并不是大叛乱时代,不存在一个中央指挥部,只有随心所欲的疯狂。不,莫塔瑞恩只想胜过我。他根本不在乎阿巴顿,但他的行动是其他人计划中的一部分。莫塔瑞恩并不明白,他所谓的遵循自己的不屈不挠之道,只不过是在充当他人的傀儡,和其他所有的混沌追随者毫无二致。他是被操纵的,我必须快刀斩乱麻。在我们进攻之前,我必须搞清楚亚克斯上发生了什么,而且要立刻搞清楚。我正处在某种风险当中,我不能盲目地一头钻进陷阱。"

"这就是您打算与那位审判官的奴隶对话的原因?"

基里曼沉默了片刻。"我们总算说到了症结所在。你并不赞成此事。我知道你一定会来。"

"您为什么不直接盼咐我?"

"老实说,我的儿子,我预见到了这一点。我很清楚与其让你带着奴隶一起来,还不如现在这种情况更容易安抚你的怒气。我想过,你很有可能会当场摧毁它。宁愿让自己处于险境，也要避免我犯错。"

"您现在正要犯错。"

"确实有可能。如果能让你安心儿一点的话，我可以告诉你那个奴隶的毁灭只是被延后了少许。它终究会死。"

"但要等到您使用完它之后。主君，那是属于敌人的东西。特耶伦审判官做得太过火了。他是个危险的激进派，已经背弃了自己的职责。"

"他的行动激怒了你，但他还是从你手中溜走了。"基里曼说。菲利克斯被他的批评刺痛了。

"确实很遗憾，他依然逍遥法外。"菲利克斯羞愧地承认。

"没关系。"基里曼说，"特耶伦曾经是帝皇的一名仆人。他认为自己仍是，说不定他还会再次效忠。"

"恐怕他已无药可救。被混沌触及的一切都会被腐化。"

基里曼再次俯视菲利克斯。"那我们都是腐化的了，因为在我们所有人的灵魂深处，都安放着一块来自亚空间的碎片。"他转过身，命运之铠随之发出了咆哮。

"您看过那个奴隶了吗？"菲利克斯厉声说，"您看到特耶伦对这名审问员做了什么吗？"

"不，我还没有。"原体说，"有太多事情占用了我的时间。"

"主君，您要是看了，就会改变观点的。雷默和寄生在他身上的东西，除纯粹的邪恶外别无他物。"菲利克斯说。

"你小看了帝皇的仆人们的意志力，人们告诉我审问员雷默还在坚持。他被占据他身体的东西所奴役，但他渴望完成最后一次效忠。我相信在审讯那个生物时它会老实回答。这是个机会，菲利克斯。请理解我并非草率行事。只有亚空间生物，才能告诉我们亚克斯发生了什么。这颗星球处在崩坏的边缘，只要轻轻一推，它就可能会被转化为恶魔世界，或是被完全吸进亚空间，同时还会吞噬许多其他世界。那样的话，不管我们对莫塔瑞恩的计划造成了多大破坏，都无济于事。我不能放过这个机会。这会拯救百万生灵，甚至有可能拯救我自己的生命。要是我死了，这场战争也就万事皆休了。"

菲利克斯沉默片刻。

"您能发誓在审讯结束后立刻杀了它吗？"菲利克斯说，"主君，请原谅我的冒犯，但如果您见到它对前往逮捕特耶伦的杀戮小队所做的一切……"菲利克斯没有接着说下去，他不忍将记忆中的场面复述出来。

"至少这也是对那名审问员的一种慈悲。"基里曼离开窗前，"既然已经来了，你想参加审讯吗？如果让你目睹审问和处决的过程，或许能让你安心。我不希望我们之间有任何分歧。"

"您会在事后杀死他吗？"菲利克斯又问了一遍。

"我发誓。"基里曼说，"不要怕，它不能造成任何伤害。爱奥尼安·格鲁德连长兄弟将会指导灵能顾问团控制住它。"

"灰骑士？"菲利克斯问，"是在帕梅尼奥时登上加拉坦星堡击败泰丰斯的那位吗？"

"正是。他强大而且不可腐蚀。还有谁能比泰坦星（编者注：又名土卫六，灰骑士的家园世界）的骑士们更擅长锁住恶魔？"

第二章

恶魔宿主

　　星际战士智库占用了宫殿后方的一座塔楼。基里曼和菲利克斯前往那里,通过快速升降梯和秘密通道,最终来到隐藏在远离船壁的舰船深处的精金大厅。这里的装甲强度仅次于核心的引擎反应堆,智库区需要这样的保护。

　　阿斯塔特修会的大多数主力舰,内部堪称他们要塞修道院内各区域的微型版本:锻造所、隐修所、医疗室等。这些都是星际战士部队长时间独立行动所必需的设施。这些舰船内总有一个区域被设置到偏远处,留给灵能者和他们要进行的奥术作战之用。帝国面临着许多不同形式的超自然敌人。带有灵能防护的牢房和仪式场所,对最精锐的部队来说就像枪炮和坦克一样重要。

　　马库拉格之耀号的智库区,与其他星际战士舰船的不同之处并不只在于规模——尽管毫无疑问它比其他舰船的智库区大得多。最主要的区别在于它的用途。与单个战团里的神秘场所不同,马库拉格之耀号的智库区安置着来自许多兄弟会的智库,以及那些不属于阿斯塔特修会的人。这里有许多未经肉体强化的凡人灵能者,甚至还有非人类的存在。无论他们来自何处,这里的人都拥有强大的亚空间能量。这个团体的首领们组成了基里曼的灵能顾问团——他的先知议会。很久之前,基里曼曾经认为组建先知议会的想法很荒谬,就像童话里指导国王的巫师团。但现在,他认为他们必不可少。

　　灵能顾问团的人员经常流动。他们来了又走,有人去执行其他任务,有人在战斗中倒下。他们的总数从未过百,但也从未少于十几人。尽管顾问团的成员随着时间在变,但在他们当中有几人特别为基里曼所信赖。在他对抗黑暗诸神的战争中,这些人是不可替代的无价之宝。

　　基里曼和菲利克斯来到一间完全用铁打造的牢房前,铁的颜色已经被锈蚀如陈年的血污。牢房很小,直径不到五米,形状就像蜂巢,高度大于宽度,金属墙面雕刻着无数防护符文,表面粗糙;牢房顶端内嵌的唯一照明灯不够亮,难以照亮整个房间;地板上散布着一圈圈失去光泽的银环,固定银环的长钉深深插入甲板；在星际战士的头部高度处，有一圈狭窄的观察孔绕着牢房，观察孔深处有黑色玻璃的反光；牢房的框架和横梁都是用被祝福过的铅制成的，上面雕刻着许多符文。这是一个从灵魂层面而言极为危险的场所，最好是从外部向内观察，但基里曼和菲利克斯在走向牢房。

"我们必须亲眼去看我们想看的东西。"基里曼说完，就越过了门槛。

厚重的牢门发出尖锐的响声，被推到一旁。基里曼戴上自己的头盔，也让菲利克斯做了同样的事。他们弯腰走向牢房。进门后基里曼一直走到对面的墙边才站定。菲利克斯有点儿犹豫，他闻到了鲜血的气味，感觉有人在受折磨。地板上有一个宽大的虹膜舱，散发出一种强烈的恐怖预兆，使得他后颈一阵阵刺痛。

"这个地方沾染了邪恶。"菲利克斯说。

"这里确实存在一定程度上的邪恶。"基里曼回答，他的声音经过通信器的处理仿佛被某种怨灵剥夺了力量，变得沉闷，像是撞锤被裹住后敲出的钟声，"如果我们的宇宙一切安好，我是不会去接触这些东西的。但我们的宇宙并不完美，因此我必须处理这些邪恶之物，无论它们有多危险。进来吧，菲利克斯。我保证你不会受到任何伤害。"

菲利克斯不情愿地跟上了原体，转过身面对大门。一名星际战士书记官和两名典记长一起走了进来。菲利克斯认出其中有曙神星战团的多纳斯·马克西姆，但其他两人他都不认识。智库们全都戴着头盔，聚集中的灵能力量在护目镜片上闪烁光辉。他们彼此间保持着相同距离。沉默仿佛给弥漫于金属墙内的邪恶气氛平添了一抹悲哀。

随后进来的人，会让这个舰队中的某些人大惊失色。他既不是星际战士，也不是凡人，而是来自灵族。他身穿异域风情的黑色长袍，佩戴着神秘的装备。这是乌斯维方舟世界先知的装束。当他走进牢房时，高高的弧形头盔几乎碰到了门的顶端。

他是伊利亚纳·纳塔赛，基里曼的盟友艾尔卓·乌斯兰派来的使节。

菲利克斯出生在一个更加宽容的时代，他对异形的情感与其说是仇恨，不如说是好奇。纳塔赛对基里曼而言是一名很有价值的顾问，但大多数人并不知道他是灵能顾问团的一员。最近一段时间他不在基里曼的旗舰，而是负责在奥特拉玛西部支援作战的灵族中处理事务。尽管菲利克斯与基里曼关系密切，但就连他也很少跟纳塔赛打交道。纳塔赛在这里的存在本身就是个秘密，正如即将发生的事一样。两者都是那种最危险的秘密。

纳塔赛朝原体做了一个步骤繁多的礼节动作，与其说是鞠躬，更像是一场舞蹈。要是一个凡人做出同样的动作，会看起来很可笑。但灵族是如此优雅。他的动作优美，佩戴的那些精美饰品随着姿态变换而摇曳，更为他增添了一分典雅与高贵。

"罗保特·基里曼殿下。"

"你是否已经准备好了？"原体问。

"是的。"纳塔赛说，"尽管被许多鲁钝的灵魂所围绕，我还是尽可能在亚空间的丝线之间探寻过了。您将会顺利地审问那个恶魔。而它将会回答您。"异形很难捉摸，他的肢体语言很丰富，但都很陌生。基里曼比菲利克斯更明白这一点。

"你就像德西摩斯一样，你们都不太同意这次审问。"基里曼说。

"我确实不同意。"纳塔赛斩钉截铁地说，"寄生在这个男人身上的恶魔是万变之主的一个分身。您从它口中听到的一切，无论是不是事实，都不会是绝对的真相。基里曼殿下，您对人类方面的事确实很有智慧。但如果您继续这次行动，恐怕您除了受到伤害之外将一无所获。"

基里曼瞪着那个异形。纳塔赛是如此瘦小，菲利克斯心想，就像把一束灯芯草装扮成了一个男人的样子。那轻飘飘的样子，仿佛仅凭基里曼的注视就足以将他碾碎。但纳塔赛丝毫不为所动。

"是你的预知告诉你的？"基里曼问。

"艾尔卓·乌斯兰命令我尽可能对您直截了当，因为你们并非一个情感微妙的种族，有许多知识你们永远无法理解。"他说，"事实上，我并不能看出您将会遭遇什么。万变之主创造的道路错综复杂，它们只会通往某个无法避免的结局，而永远不会通往人们自以为的方向。"

"腐化，疯狂，诅咒。"基里曼说。

"简短，粗俗，但很贴切。"灵族说，他带着一丝嘲弄模仿着基里曼说话的方式，"我给您这个建议，一部分是因为这种不可确定性，另一部分是因为我了解这些古老的恶魔。它们说出的每个字都是圈套。"

"那么，你是否拒绝帮我找到那个恶魔？"

"不，我不会拒绝的。"纳塔赛说，遗憾之情削弱了他的傲慢语气，"我被誓言所约束，必须尽我所能协助您。艾尔卓·乌斯兰让我听从您的吩咐。他说您……"那个异形斟酌了一下用词，"从某个方面，比我们还更高等。"很明显，纳塔赛对这个想法感到恶心。

"感谢你的忠告，先知。我们会继续行动。我们这就开始吧。我不想让雷默承受不必要的痛苦。把囚徒带来。"基里曼下令。

话音刚落，牢房内的温度陡然下降。虹膜舱门上的透镜开启了。升降机的齿轮吱呀作响。从竖井内朝上射出了一道淡淡的银光，布满铁锈的墙壁上随之覆盖上了一层白霜。随着灵能力量冲向金属墙，墙上的那些符文伴着轰鸣开始发光。在虹膜舱周围，一个之前不可见的六边形的环现在发出了耀眼的闪光，触发了菲利克斯头盔的自动感应，他的护目镜暗了许多。

那个被恶魔附体的男人，和他的看守一同出现在一个升起的平台上。

尽管恶魔宿主被囚禁在静滞力场的永恒牢狱内，混沌的影响还是深深侵入了雷默的肉身皮囊。他的皮肤化为令人恶心的粉红色，上面密布斑纹，长满了脓疮。他已形销骨立，扭曲的骨骼清晰可辨。很明显，他正在转化为某种新的形态。他的关节上鼓起了肿块和尖刺。他的左半边脸上，长出了一堆角，只露出了一张大嘴。嘴里长长的獠牙向下伸出，流着口水，仿佛一直在讥笑。漆黑的牙齿就像燧石般锋利，挤满了流血的牙龈。这副尊容本该让恶魔宿主看起来像个愚蠢的小丑，但不知为何，他的姿态传达出一种危险的狡黠和戏耍意味。

那个曾经是审问员雷默的男人，他的身体里只剩下痛苦。他的胳膊绕过一个由闪亮金属制成的"T"形十字架的横杆，双手被用同样的蓝钢制成的符文锁链铐在身后。一圈圈带锯齿的钢丝环绕着他的手肘和腰部，将他紧紧绑住。一道道防护符文挂在钢丝上，剧烈地发光。他的双脚被一根银钉深深钉入金属中，钉帽上还刻有一个复杂的符号。所有这些环绕他的神秘符号，都散发出一种非自然的热度。黑色的火焰舔着这些锁链，烧灼着它们触及的血肉肌肤。这是一种让人片刻都无法忍受的痛苦状态，但雷默依然很平静，黄色的独眼瞪着前方。菲利克斯的注意力完全被它吸引住了，仿佛深陷于那只凝视的眼睛。两个瞳孔在那只眼睛的虹膜周围游移，时刻变换着图案，就像撕裂银河的大裂隙。在那后面，唯有无限。

菲利克斯还来不及移开视线，就不由自主地陷入了回忆。

他想起自己识破特耶伦密谋的那一天。当时有一个所谓的寻找莫塔瑞恩腐化网络的占卜仪式正在举行。菲利克斯直到最后才得知那名审判官想让一个恶魔附到他的仆人身上。菲利克斯打断了仪式。特耶伦逃走了，但留下了已被诅咒的雷默。菲利克斯一共损失了六名好手，才用静滞力场和灵能锁控制住雷默。

菲利克斯疑虑重重，心头涌起一阵阵寒意。他害怕杀死雷默会释放出他体内的恶魔，便下令把雷默送回维斯帕托，让灵能者们安全地处置他。即使是现在，菲利克斯仍然对此不确定。然而，当他从阿尔韦罗归来时，却发现恶魔宿主并未被处决，而是登上了一艘寂静修女的寂灭船，正在驶离这个星系。菲利克斯震惊地发现这个命令出自原体本人。他陷入了疑惑。他就像对待父亲一样敬爱基里曼，但原体的这个举动，毫无疑问是往错误的方向踏出的一步。雷默被混沌恶魔附体了，无论如何原体都不应该直接面对他。在菲利克斯脑海中，和这个怪物战斗的场景在火焰中四分五裂，他看到了一个血腥的未来。在一个绝望和痛苦的帝国之上，回荡着对基里曼的黑暗嘲笑。一个基于善念做出的恶劣之举，将会成为诅咒的开端。历史来到了转折点。

如果能阻止这一切就好了，菲利克斯想。只要用剑轻轻一刺，只要一瞬间的工夫，雷默就会死。而那个未来……

菲利克斯将目光从恶魔的眼睛上移开。铠甲之下，他已汗流浃背。他的手放在剑柄上，正准备拔剑。

基里曼在盯着他。

"小心，德西摩斯。"基里曼说，"不要理会它的诱惑。"

菲利克斯点点头，平复了心情。"是，主君。"

在雷默的脖子上有一个项圈，上面也有发光的防护符文。从项圈上延伸出一根锁链，链子的一头握在看守的手中。那是一名身穿特殊式样的终结者战甲的战士。从某种意义上说，这个看守也同样令人恐惧。

雷默浑身上下都是炽热的火焰。爱奥尼安·格鲁德则散发出一种比虚空还要深的寒意。菲利克斯意识到，正是由于格鲁德的影响，牢房里才出现了白霜，变得寒冷刺骨。菲利克斯早已对灵能现象习以为常。在他自己的顾问团里就有许多强大的灵能者。自从苏醒后，他也曾与各种亚空间可憎之物和巫师战斗过。但格鲁德身上散发出的气场与那些相比根本不是同一个量级。他想象这或许就是接近帝皇本人的感觉。菲利克斯的灵魂在这股巨大的力量面前战栗。尽管这位英杰久历战阵，但他明确无误地知道，一旦那名灰骑士向他攻来，他就会死，魂飞魄散。

但无论是恶魔，还是奥术战士，都没有对基里曼产生任何影响。

"格鲁德连长，"他说，"你准备好了吗？"

"随时待命。"连长说。他的话音里带着谴责意味，在通信发声器的转化下变得更加刺耳。

"纳塔赛，"基里曼说，"开始吧。"

那名灵族异形的身体摇摇晃晃，格鲁德手中的大战锤对他产生了严重的影响。灵族先知是非常强大的灵能者，但他们的天赋没有灰骑士那么充满攻击性，他们的种族也比人类要敏感得多。纳塔赛小心翼翼走上前，仿佛在靠近一团烈火，一边走一边伸手在身侧的一个袋子里摸索。用灵族语言快速念了几句后，他取出一些零散的物件，看起来像是棱形的符文。他动作极为小心，谨慎地把这些东西在两手之间旋转，随后将它们抛到空中。符文环绕着恶魔和狱卒，拖曳出银色的轨迹后穿梭往返。最后，形成了一张复杂交错的图形，包围了格鲁德和雷默。从灵族先知的头盔中发出的流畅吟唱中，菲利克斯听到各个灵族神的名字，除此之外他什么也没听懂。

符文牢笼编织完成后，先知向后退开。他的符文在那些轨迹上旋转着。

"他已被束缚。"纳塔赛声音嘶哑地说。

恶魔宿主依旧瞪着前方，仿佛只看着菲利克斯一个人。英杰觉得这个东西似乎想找他分享一个私密的笑话。

"审问员雷默，"基里曼说，"和我说话。"

突然，恶魔的头颅快速前后摆动，甚至动作的虚影变得模糊不清。被附身的男人在身体深处发出一种像是猫叫的声音。

"雷默，坚持战斗。"原体下令，"在你体内还残留着意志力。"

恶魔宿主的头颅停止了摇摆，陷入一片死寂。随后它笑了。

"汝之奴仆已不复存在，他已为我所吞噬。他已经成为我的一部分。亦为万变之主的一部分。正如世间万物之现在。正如世间万物之未来。"恶魔寄主说，"他已无希望可言，汝亦如此，渺小的凡世君王。"

基里曼瞥了一眼格鲁德。灰骑士猛地一拉锁链，将恶魔宿主向前拖。蓝色火焰沿着链条迅速腾起，灼烧着那个东西的血肉，使得它发出一声愤怒的咆哮。

"让雷默的灵魂上前，让他和我们交谈。"基里曼说。

"不。"恶魔宿主说，"这具躯体是我的。他的灵魂是我的。我不会让他说话。"

"你暴露了自己的弱点和谎言。要是他还能说话，他怎么可能已经不复存在了？放开他。"基里曼说。他再次望向格鲁德。

灰骑士用古哥特语朗诵着一段连祷文，他铠甲上符文闪烁。最后一连串连祷文在回荡，令牢房内的所有人都在听觉上受到了折磨。被束缚的恶魔在被念到自己名字的时候发出了尖叫，捶打着身上的枷锁。纳塔赛摇摇欲坠地后退。星际战士智库全力以赴，当他们施展出强大的意志力压制那个恶魔时，护目镜片光芒闪耀。灰骑士停止了念诵，话音渐渐消散，只有刺耳的嘶嘶声挥之不去，这声音尖锐得仿佛能在房间里划出长长的血迹。

雷默如行尸走肉般挂在十字架和横杆上。现在他看起来更像人类了，比起令人感到危险，更令人感到痛苦。钢丝深陷于他的肉体，凡人的红色鲜血顺着身躯流下。

"我知道你的真名，恶魔。"基里曼说，"你莫非以为我会像某些愚蠢的巫师一样向你恳求，出卖我的灵魂来交易某些微不足道的知识？我是泰拉帝皇的最后子嗣。你必会听我所言，你必会服从我！"

"说吧。那就跟你的仆人说话吧。"恶魔的声音响起。

雷默抬起了头，他历经劫难，双目现在变回了人类的浅棕色眼睛，目光中饱含痛苦。

"殿下，那个东西知道您会摧毁它。我……"雷默畏缩了一下，咬紧了漆黑的牙齿，"它不会告诉您您想要知道的事。我无法强迫它这么做……"雷默突然猛烈颤抖，从他口中涌出鲜血，胸部不停起伏，他呻吟着，努力振作精神，"殿下，帮帮我。我愿为您效劳，但我再也坚持不住了。杀了我吧，求求您。"

"它会告诉我的。"基里曼冷冷地说，"我们有它的真名。它别无选择，不是吗？"

雷默的头猛地一晃，眼珠向后翻转了一圈后，带着双瞳孔的黄色虹膜再次浮现。

"诅咒汝，该诅咒者之子！"恶魔说，"诅咒汝等孱弱之辈！伟大的奸奇正在崛起，汝不过是它的棋子，难道汝等竟毫无自知之明吗？我什么都不会说的！"

"你会说的。"基里曼将手放在了帝皇之剑的剑柄上，"你现在就会告诉我。随后我会用这把剑将你永远焚灭。你对这件事无能为力。我憎恶你。我们势不两存。但在你的邪恶存在从现实世界彻底焚灭之前，你会告诉我，你会诅咒你的主子！"

恶魔痛苦地扭曲着身体。"决不！"但他的话音中满是痛苦。

"告诉我，我的兄弟莫塔瑞恩的计划是什么？"

"我不会说的。"

"说！"基里曼怒吼。菲利克斯被他的意志力完全压制了。牢房内的场景本就很恐怖，但在现实的表面之下，敌对的暗流开始翻腾，巨大的灵能能量的浪潮几乎撕裂了英杰。他们所有人，包括先知、灰骑士、星际战士智库，全都被这股力量影响了，唯有基里曼巍然不动。"你是一个阴谋编织者，你的主子是我兄弟的死敌。告诉我他的计划，你至少可以在为你那扭曲的君王效忠时死去。当我消灭我的兄弟时，它或许会享受到一点儿胜利的滋味。"

"不！"

恶魔翻滚着。锯齿钢丝深深切进它偷来的肉体，在雷默身上刻下了血痕。在它手脚周围，黑色火焰熊熊燃烧，吞噬着恶魔宿主。牢房内弥漫着刺鼻的烟雾。菲利克斯在恶魔的嚎叫声中听见了雷默的人类尖叫。灰骑士再度咏唱出恶魔的真名，使得它不停尖啸。一名星际战士智库晕倒了，他的铠甲撞在地板上发出巨响。纳塔赛的符文在恶魔寄主周围旋转得越来越快。

"说！"基里曼命令。

恶魔寄主突然向前一跌。精神能量冲撞产生的浪潮消散了。牢房内变得闷热而沉静。

纳塔赛用异族语言说了些什么，随后用哥特语补充说："现在是最危险的关头，小心！"

恶魔宿主仰起头，他同时用两个声音说话。混沌的臣属现在服从于雷默。黑色的眼泪从他的脸庞滚落。

"说汝的问题，该诅咒者之子。汝可以问九个问题。这是奸奇的恩赐。"

基里曼早就准备好了。

"莫塔瑞恩在哪里？"

恶魔寄主耸耸肩道："就像他亲口说过的那样，他在亚克斯等汝。还剩八个问题。"

"他的意图为何？"

"为了杀汝。汝还剩七个问题。"

"他要怎么做？"基里曼说。

"他会使用疾病，为了荣耀他的神，纳垢，瘟疫之王，圣数'三'和圣数'七'的主人。你还可以再问六个问题。"

基里曼停下来思考了片刻。被束缚的恶魔以它的方式，给出了最有局限性的答案。这一切都可能是误导。原体必须小心谨慎。

"我是帝皇创造的一位原体。我对一切疾病免疫。如果莫塔瑞恩想用疾病杀死我，那一定是一种不可思议的病。这怎么可能？"

恶魔发出嘶嘶声。雷默抽泣着，艰难地吐出字句："在亚克斯，瘟疫之父，被三重诅咒的大不净者，纳垢最宠爱的古加斯在工作。他亲手搅拌纳垢巨釜。在那口巨釜内酿造的瘟疫将会杀死汝，愚蠢的凡人。他得到了汝的血。还剩五个问题。"

"这个答案太完整了，殿下，很可能完全是一个骗局。"纳塔赛警告。

"我不会忽视这个风险。"基里曼说，"告诉我，恶魔。我听说过那口巨釜。我的顾问们都知道它。在莫塔瑞恩撒向我的疆域的腐化巨网中，它是否发挥了作用？"

恶魔号叫着。"对！对！对！"它扭动着，咒骂声从它的嘴里不停喷涌出来，"那就是源头，那个粪坑，腐化的制造者，将污秽运送到汝的王国的动力炉心。我还会再给汝四个答案，一个不多一个不少！"

"如果摧毁了它，就会破坏莫塔瑞恩对奥特拉玛的控制？"

"那会对他造成重创，对那个瘟疫之子和该诅咒者之子！还剩三个。"

"巨釜在哪里？"基里曼问。

恶魔变得狡黠。"在亚空间里，在纳垢的花园。两个。"

基里曼怒气冲冲地背过身。他对问题的规划不尽如人意。

"它在亚克斯上的什么地方？"

"无处不在,也无处存在。就在亚克斯。"那个生物说,"一。"

"不许耍我!"基里曼一边说,一边向前迈出一步,他把帝皇之剑从鞘中拔出一指宽,明亮的火焰沿着露出的刀刃燃烧着,"你知道这把剑。很快,我会用它来了结你。"

咯咯的大笑声响起。尽管它出自恶魔之口,听起来却像是来自牢房的每个角落,就像酸液般腐蚀着菲利克斯的魂魄。

"汝以毁灭来威胁我,那我为何要告诉汝这些?"

"因为你被束缚了!告诉我,我能在亚克斯上的什么地方找到那口巨釜,并且摧毁它?"

"它无处存在,也无所不在。亚克斯已经变成了大疫星。它不再属于你,也不再属于这个星区。"

"说!告诉我更多的事!"

恶魔寄主扭动着身躯。雷默的声音变得越来越大,越来越急切。"他会把您的整个王国拖入亚空间,您是其中的关键。它将会成为瘟疫之神恶臭的游乐场。您径直冲向这个结局,您的鲁莽将会让它的计划成真。"

"我的问题还未得到解答。巨釜在哪里?我命令它回答!"

恶魔颤抖着,反抗着强加到它身上的压迫,它内部的灵能激荡将它从十字架上托起。一圈黑色的光在它那怪诞的头颅周围闪耀着,一种焚烧香料般的气味令牢房内的人们都为之窒息。"一个地区的生命被融合制造出了一种疾病。在那里,土和水都不再发挥作用,却又都成了主宰。那是死亡的花园,瘟疫领主们玩耍之处。在铁的环绕下,病毒之王披挂着它致命的饰物君临凡世。"

伴着一声巨响,恶魔咳出了一团团蠕动着的光球,从中诞生了许多短命的怪物。它们咆哮着,打斗着,在迷雾中朝在场的所有人吐出毒液,随后在哀求的尖叫声中化为乌有。

"不会再有任何问题被解答。我将得到自由,去完成我的最后使命。"声音从四面八方传来,震得菲利克斯跪倒在地,灯熄灭了,"得到汝首级的不会是纳垢,而是变幻无穷的奸奇!"

菲利克斯的双眼喷涌出鲜血,他没看见接下来发生的事,只有灵能的残像在他的记忆中留下了一连串片段。纳塔赛的符文爆炸成了灵骨碎片,如雨点般洒下。先知本人则被巨大的力量抛到了墙上。光之牢笼向内部坍塌，在格鲁德连长的铠甲上割出伤痕。锯齿钢丝爆炸了，恶魔褪去了它的束缚。环绕它脖颈的项圈烧得通红，终化为烟雾。雷默崩坏的躯体抽搐着改变形态，呈现出闪闪发光的彩虹色。他的手臂和背部长出了羽翼，他的脖子伸长，头颅变成了一个带肉垂的长长的鸟头，他的脚趾上血淋淋地长出了爪子。白银长钉从他的血肉中弹出，深深地插进了墙壁。恶魔缓缓走下平台。

　　格鲁德开始反击。他的铠甲因为被纳塔赛的牢笼碎片割伤还在冒着烟。但那只已经长到六米多高，还在不断生长的怪兽一爪就把他拍飞了出去，撞到了一名星际战士智库。菲利克斯努力想站起身。但那怪物的脑袋在脖子上转来转去，它那巨大的圆眼只消一瞥，就令菲利克斯动弹不得。菲利克斯的身体仿佛燃烧着火焰，他发出痛苦的吼叫。

　　然后是一道光芒，一束抚慰的火焰就像香膏的气味般冲刷过他全身。菲利克斯转过头，正好看见了基里曼，最后一位忠诚之子，他父亲的剑正举过头顶。恶魔一时被逼退，随后立刻就发起了快得无法用肉眼捕捉的攻击。一团爆炸过后，响起了一声似乎永不停息的长嚎。帝皇之剑的火焰向外爆开，回旋着扫荡周围。恶魔惨叫着，身上冒出了滚滚白烟。它的尖叫变成了悲惨的哀嚎。恶魔的身躯逐渐缩小，直到再次变回凡人的尺寸。菲利克斯看见燃烧着的雷默被帝皇之剑的锋刃刺穿，随后颓然倒地。

　　尖叫声消失了，火焰熄灭了，牢房重回黑暗。

　　菲利克斯昏厥了仿佛一个世纪之久。他甚至未能把手放到剑柄上。

　　在寂静的时间流逝中，菲利克斯终于能动了。尽管全身疼痛，但他还是站了起来。他看见格鲁德闪着光的护目镜，看见智库们，还有，谢天谢地，那是基里曼的命运之铠，无论是从尺寸上还是高度上都可以清晰无误地辨认出来。

　　"照明。"基里曼命令。

　　牢房内唯一的一盏灯上闪烁着电火花，随后缓缓变亮。

　　星际战士智库都手持武器，处在警戒状态。灵能光环再次在所有灵能者的头顶显现。纳塔赛站在牢房的一角。他已经取下那精工制作的头盔，脸色比雪花石膏还要苍白。他眯着黑眼睛，身体在微微颤抖。菲利克斯觉得与其说是恶魔现身的影响，不如说是不朽的帝皇之剑的强大威力对他的震慑。

至于雷默，只剩一副烧黑的尸体。他的四肢被火烧得蜷曲僵硬，曾经尖叫的嘴里露出了白色的牙齿。格鲁德走到死者前方俯视，他的护目镜闪烁着愤怒的蓝光。在所有人当中他第一个开了口，他说话的对象是基里曼。

"您是帝国的主宰，帝国摄政，总司令，帝皇本人最后的忠诚子嗣，我的主人，我的将军。"格鲁德说，"但我永不会再为您做这样的事了。铭记我的话，原体，您跨出这一步，就误入了危险的领域。"

后来菲利克斯才得知，格鲁德带着整个灰骑士连队当天就离开了第一舰队。无论他们去了哪个战斗群，一段时间内他们都不会再与基里曼并肩作战了。

基里曼注视着格鲁德离去。帝皇之剑在他的剑鞘内，仿佛从未被拔出过。

"这确实是一条危险的路，而且付出了高昂代价。为了带给我们信息，这个男人失去了他的生命和灵魂。"基里曼说，"但是，我现在已经知道要如何将莫塔瑞恩逐出奥特拉玛了。"

第三章

一场巨变

"很久以前，这里有个城市。"克拉拉说。她咳嗽一声，吐出一口浓痰。她的臀部又开始疼痛了，走路时一瘸一拐。这是来自快乐慈父的又一个不可捉摸的赠礼。

"闭嘴，克拉拉。这里从来没有过城市。"奥第福斯的嗓音就像鹅叫。这是在他还是个婴儿时，钻进他脑袋里的耳虫们给他留下的后遗症。在那些虫子的嗡嗡声中他很难听见什么，因此一直都在大喊大叫。

克拉拉缩了一下。奥第福斯的叫声惊起小山丘中一大片愤怒的蝇群。巨大的蘑菇颤抖着，吱吱作响地转动茎秆注视着他们走过。

"这儿有！爷爷说过！"克拉拉说。她把油腻的头发从那只还完好的眼睛前拨开，另一只眼睛被不停抽动的肿瘤遮挡了大半。村子里的巫婆亲戚说肿瘤可能会消失，也可能不会，这取决于她对慈父祈祷的勤快程度。那位肥胖而仁慈的主宰，雾中的纳垢。"有一座城市就在这里，就在恶臭森林里。"

"垃圾！"奥第福斯咆哮，"在毒害之地没有城市。根本没有。"他们两人对于什么是城市只有模糊的概念。但他们知道城市里会有很多人。"愚蠢，像那样挤成一堆，简直是传播痘子的最快途径。"

痘子，他们用这个词作为各种事物的简称。无论是恶心、疾病，还是重症。不过，在必要的时候，他们也有无穷无尽的词汇，拿来命名慈父的每一个馈赠。

"那是真的。"克拉拉说。奥第福斯蔑视她的故事，这令她很生气。她做出了一次反击。克拉拉向上指着参天的癞蛤蟆树，每棵树上都长着成千个色彩斑斓的黏液帽。"这些都是大楼，和天空一样高，还有这个……"她指着他们走过的那片发出恶心响声的苔藓说，"这是公路，可硬了。"

"首先，这是苔藓。其次，公路应该是泥泞、肮脏的。"奥第福斯说，"这是一片森林，一直都是森林。只有树木、黏液和苍蝇。没有建筑物，没有什么硬的东西。"

"是这样吗？"克拉拉小声咕哝了一句。但奥第福斯这次听得很清楚。

"就是这样。"奥第福斯说。

他们走到了拾荒地的边界。在茂密的藤蔓植物和树丛下，可以看到规则的长方形方块，一直向上堆叠了五层高。它们锈迹斑斑的门半开着，里面的黑暗中散发着恶臭。从远处看，它们就像巨大的石块。一个小孩或许会这么认为。但克拉拉已经十二岁了，到了人生的中年，也拥有了相应的智慧。这些石块其实是金属，大部分都腐朽了，有些地方半沉入了沼泽。但当她的人类爷爷讲述关于这座城市的童话时，她选择了相信，因为她看过这些金属方块。

"那这些又是什么？"她说。

"神的宝箱。"奥第福斯说，"来自慈父黑暗魔殿的食品库的礼物。就在上面的花园里。"

奥第福斯转过身看着她。他的脸因为甲状腺病而肿胀，整张脸都被拉伸了。他的下巴一直垂到胸前，汗水弄湿了发霉的衣服。奥第福斯看起来仿佛有五十岁了，但他其实和克拉拉一样大。

"这是神的代言者们说的。他们说的。"奥第福斯大喊，"如果你一直在这个恶臭森林里头走来走去，你就会从另一边走出去。然后你就会发现自己来到了最光辉灿烂的地方：纳垢的花园！那里很漂亮，腐烂将带你飞升，但是你什么痛苦都感觉不到。"他的肚子咕咕作响，他放了一个响亮的屁。

他们已经来到神赐宝箱中间。这里离村子这么近，他们早在一个世纪之前就已经把里面的东西都洗劫一空了。克拉拉的爷爷说过，自从森林出现以来已经过了一百年。他说的确实是对的，但同时他又错了。因为在三个天灾星系之外的宇宙，只过了十几年时间。在这座莫塔瑞恩的凡世王国里，时间就像肉体一样病了。

"不！"克拉拉说，"不！这些是……"她在脑海里搜寻那些不熟悉的词汇。爷爷因为口腔溃烂而失去了上颚软骨，说话不太利索。"货物集装箱。"她说，"这里是一个……一个港口。他说过这些箱子是从其他地方运来的，里头装满了被我们拿走的那些好东西。那是在大帝国的时候，那时候我们还没遇到快乐慈父，信仰着另一个神。"

她喊得太大声了，克拉拉对自己很生气。她就像打了个嗝一样轻率地说出了亵渎的话。这句话的回味就像酸液一样苦涩。树丛中刺耳的虫鸣声变弱了。

肮脏的鸟儿不再啼叫。它们都盯着她，就像是在审判。

但奥第福斯好像没有注意到，而是用手拍了拍自己的脖子，碾碎了一只吸血的小虫，他把那团黏液从手里弹飞。"你爷爷是这么说的？"奥第福斯狂笑不止，"你爷爷的话一文不值。他是村子里年纪最大的老头儿，他的脑袋和他的嘴一样都烂掉了。"

森林里的野兽们发生了大骚动，又是一场疯狂的生与死的循环。克拉拉控制住了自己酸痛的舌头。她不想用爷爷的童话来冒犯快乐慈父。那样做的人都遇上了倒霉事。但她知道这些童话都是真的。爷爷说他的曾曾祖父曾经在这里工作过，他说的工作并不是指在腐烂的树干下头找吃的。

在森林的这片区域，树根很粗壮，新树枝每天都能生长一尺，直到腐烂成黑色的残躯，随后再萌发新芽。因此，不同于其他地方的普通苔藓地面，这里成了一片危险的障碍网。他们走进那些货物集装箱之间，或者按照奥第福斯的说法，那些是神赐宝箱。它们形成了绿色的峡谷，顶部长着树丛，地衣触须悬挂而下。不时有动物从顶上跑过。它们全都被赐福过，没有一只是健康的。克拉拉一想到就不寒而栗，这就是快乐慈父的赠礼。

他们在几个集装箱上敲了敲，要是箱子的那个侧面没有破碎的话，就会传来像是来自掏空的颅骨般的空洞回声。它们全都空了，里面的东西要么早已被偷走，要么腐烂成了泥浆。很多箱子都变成了毒害之地各种生物的巢穴。他们打开箱门时，会遇到嘶叫着的老鼠从窝里蹦出来，或是成群的丑陋甲虫扇动闪亮的翅膀咔咔作响地飞出来，使得克拉拉惊慌失措，奥第福斯发出像庙里的钟声一样响亮的狂笑。

前方的树林变得稀疏。克拉拉心想这座港口一定曾经有一整个世界那么大。长着大量黏液帽的癞蛤蟆树逐渐向后退去。神赐宝箱向四周扩散开去，它们的数量成千上万，甚至可能超过百万。他们走向北方，地面逐渐变成泥沼，让他们的脚步跌跌撞撞。但这里还处在沼泽的边缘，在黑绿色的草垫下尚有坚实的地面。

尽管有那么多的箱子，克拉拉和奥第福斯还是什么也没找到。每一次敲击都只有空旷的回声；每扇门开启之后都只有空虚。他们生吃了几只湿漉漉的老鼠，这样或许能很好地保留快乐慈父藏在老鼠身体里的折磨人的赠礼。

他们来到了森林的一片开阔地。神赐宝箱顶上的那些树木也变少了。不久后他们就能看出那些箱子本体的模样了。它们锈迹斑斑，但做工精巧。克拉拉用手指在箱子上探寻着褪色的字迹，最后发现了一个金属铸造的头骨图案。

"看啊！"奥第福斯说，"这是快乐慈父的印记——纳垢的颅骨。是它给了我们这些好东西，而不是什么帝国。"

"很快会搞清楚的。"克拉拉咒骂了一句，爬上一个神赐宝箱的侧面，沿着藤蔓登上了顶端。她站在上面，目光越过起起伏伏的地平线，眺望着这片混沌无序的大地。

受毒害之地的天空色彩斑斓，就像正在消退的瘀伤的青灰色，混合着绿色、黄色、紫色和棕色。它很美。克拉拉看了一会儿旋转的云朵，仿佛忘记了身体的伤痛。一层雨幕让她垂下眼睛，随后一道光穿透阴云，击中了什么东西，使得克拉拉发出一声狂喜的尖叫。

"你再解释解释那个呀？"她指着前方说。

奥第福斯抬头望去，他刚才正拿着一根棍子在地上乱戳。

"啥？"奥第福斯看不到。沿着箱子阵列间的道路往前走，不远处有一个从高处跌落的箱子挡住了他的视线。

"在那边。"克拉拉沿着神赐宝箱组成的长长的山脊，用她那僵硬的腰臀所能容许的最快速度跌跌撞撞地前进。奥第福斯沿着箱子间的路跟着她跑。克拉拉现在已经辨认出下方的确是一条公路，因为她能在路上看见一块块潮湿的平坦石片，上面镶嵌着金属钉，路边的栅格里塞满了树叶。

她发现的东西就在这条公路上。奥第福斯翻过了那个挡路的箱子，克拉拉随之发出一声胜利的大笑。

"看那下面！那儿一定有什么！"

"什么都不是。"奥第福斯一边说，一边走向克拉拉所指的那个被杂草覆盖的东西。

"骗子！你肯定能看出来！这是台机器！一台机器！这里不是什么森林！这里是城市，哈哈！"克拉拉从金属山脊上爬了下来，扯下布满苔藓的腐烂的盖布，一台看起来很冷酷、沉重的东西露出了，它所有的拐角和凸起处都是立方体，顶端有一个足以容纳一个人坐下的笼子，还有一根长长的机械臂，带着一个叉形的爪子用来抓举重物——克拉拉想，比如那些集装箱。

奥第福斯捡起一团枯死的植物，不屑地闻了闻。金属锈得像纸一样薄。一片片涂漆就像结的痂一样脱落。

"这是慈父手下的人的东西。是死亡守卫。他们有坦克之类的玩意儿。"

"你见过他们吗？"克拉拉尖声说，"他们根本钻不进去！这是给普通人用的，比如我爷爷。"

"祝你爷爷长寿。"奥第福斯没好气地说，重重跺着脚从机器边走开，"来这边，废话精。这些神赐宝箱看起来还没被碰过。"

"是货物集装箱。"克拉拉坚持说，伸舌头做了个鬼脸。

奥第福斯是对的。这些箱子里塞满了东西。有些内容物已经腐烂得毫无用处，固体块状的小木片可能是板条箱的残骸，里面的东西已经变成了怪异的团块。但在其他箱子里，易碎的塑料和坚固的金属保护了里面的东西。奥第福斯猛砸两下锁头，打开了一个神赐宝箱，里面的金属物件像雪崩一样溢出。让他兴奋得差点儿喘不过气。

"上好的钢！"他举起一个沉重的螺栓，"上好的铁！"

这些是某种机械零件，曾经有很多装满油的薄膜袋保护着它们。这些袋子都腐烂了，里面的油已经干成了黏稠的焦油。但金属本身几乎全无瑕疵。奥第福斯捡起了一块又一块金属，当他找到更好的东西时又把它们全丢了。他踩踏着货物走进箱子里，拉了拉里面的东西，更多的金属从里面掉了出来。

"发财啦！"奥第福斯说，"这么多财宝！嘿，克拉拉，嘿！我们能用这些东西打造多少把剑和多少把粪叉？"

克拉拉没有听他说话。一种奇怪的声音吸引了她的注意力。奥第福斯踩过满地的金属零件发出的动静几乎盖过了那个声音。那是一种高亢而纯净的鸣响，是她这辈子听过的最清澈的声音。克拉拉完全被迷住了，她朝着那个声音传来的方向走去。

"克拉拉！"奥第福斯叫喊着，但克拉拉没有理会。奥第福斯嘟嘟囔囔地又埋头处理他的宝藏去了。

克拉拉一瘸一拐地前进着，不知不觉中已经离开她的朋友将近一公里远了。那声音并没有变得更响，而是变得更加清晰。这是一种类似时钟的清亮旋律，曲调有点儿过于随机，说不上是音乐，但也相差无几。

随后她看到了那些光芒。

那些神赐宝箱,或者说集装箱,或者其他不管什么东西的队列,终于到了尽头。前方出现了一块开阔场地,许多圆柱形的金属柱从地面升起。其中一个圆柱顶上闪烁着粉色和蓝色的耀眼光芒。那些光不停地旋转,在克拉拉的幻想中仿佛有舞者在空中翩翩起舞。有一条布满藤蔓的阶梯一直向上通往那根圆柱的顶端。克拉拉不假思索地登上阶梯,光芒和乐声使她陷入了狂喜的恍惚中。

当她来到顶端时,克拉拉发现圆柱上面被扭曲的藤蔓覆盖了,藤蔓虬结盘旋,上面长满了蘑菇。它们很肥大,缓慢地生长着,看起来令人昏昏欲睡。有一台机器几乎被藤蔓吞噬了一半。它非常大,样子就像一只肥鸟。机器前面的窗户破裂了,光芒和声音正是从破窗后传出的。

"太空船。"克拉拉想起了她爷爷说过的另一个故事,那是从天上把神赐宝箱带下来的飞行器。她蹑手蹑脚地围着它转,喘着粗气。

在圆形平台的中心,一切都已经化为透明的水晶。无论是藤蔓、植物、金属,还是其他的一切。光芒正在水晶上闪耀。水晶正向外蔓延。尽管蔓延的速度非常缓慢,但前进的每一寸,都让它周围更多的东西转变为同样的透明玻璃状。那里的空气很干燥,寒风向外刮来。风吹来了一种气味,克拉拉唯一能想到的形容它的词就是清澈。就在她注视的时候,克拉拉发现每当一条藤蔓或一株蘑菇被转变时,就会响起乐声。那个曲调是在水晶移动或者说传染时发出的。光芒变得越来越明亮,从金色变为绿色,又变回粉色。克拉拉轻声发出欢呼,她从未见过如此美丽的事物。一个念头出现在她的脑海里,它仿佛在对克拉拉说,过去她从不知道什么是美,错把畸形和疾病当成了美。直到现在,她才知道什么是真正的美,那是清澈、灵动、不停变化着的事物。

光芒愈发明艳,变得浓稠而缓慢,汇聚成一只只闪亮的鸟儿,破光飞出。它们的羽毛无比华丽,不受任何疾病的影响。它们的啼声是所有音乐当中最美妙的,汇入了水晶的交鸣。闪亮的光球从光芒中迸发出来,盘旋舞动,洒落滴滴金珠。当金珠落地时,出现了更多的水晶。随着音乐越来越响亮,水晶不断扩张。越来越明亮的光芒,仿佛直指染病的云层,给它们注入了全新的荣耀。

克拉拉有一瞬间感觉无比欢欣,但只是一瞬间。

光芒摇曳着,有一个身形在里面移动。它有手有脚,就像一个人,但在头部的位置是一个倾斜的月亮，那月亮黄得耀眼，令克拉拉无法直视。那个身形从光芒中走了出来，开始跳跃，在身体周围挥舞着一根水晶杖，更多的水晶从杖中摆动出来。它以某种无法理解的语言怪叫，射出嘶嘶作响的魔法球，击中周围的地面和太空船。把太空船的金属外壳和塞满它的枯萎植物转变成一个闪闪发光的巨大雕塑。克拉拉不喜欢新来的这个家伙，也不喜欢它的法杖，但她发现自己已无法逃离，这个家伙的舞蹈让她僵住了。

光芒变得刺眼。那个生物注意到了克拉拉，它上下扫视了一会儿，没有说话，但放低了它的法杖，光芒一闪。

克拉拉几乎感觉不到魔法击中了自己。她想要移动，但无能为力。当她朝下看时，发现自己的脚已经变成了水晶。水晶带着一种令人无法忍受的紧压感顺着双腿向上蔓延。她新的玻璃皮肤伴着变化的能量发出振动。

从光芒中，许多翅膀缓慢摆动的怪叫生物成群飞了出来，它们长得并没有那么美丽。那些圆滚滚的球体落到了平台和周围的地面上，发出轻叹声后爆开，从它们身上蹦出一个个浅粉色的细长生物，咯咯发笑着跳进了树丛。它们大呼小叫，手掌中燃起色彩缤纷的火焰，点着了潮湿的树木。

克拉拉看到的最后一个东西，是一只恐怖的巨怪。巨怪的皮肤布满了痂，散发着尘土的气息，长着一个比人类身躯还要长的鸟头。它从光芒中挣脱出来，展开了双翼。那对翅膀上布满了疯狂转动的眼睛。

水晶覆盖了克拉拉的脸庞，随后是头顶，但她还能看见。

她的灵魂尖叫着想要从身躯的牢笼中解脱。她的思维崩裂成支离破碎的疯狂。敏捷的恶魔怪鸟们从不断扩大的裂隙中飞驰而出。到这时，奥第福斯才看清楚在旧登陆台上发生的事。他想要逃跑，惊恐地抛弃了他发现的财宝。但没有跑出多远，他就被撕成了碎片，稀少的鲜血被丛林所吞噬。水晶生长的速度越来越快，更多的奸奇恶魔涌入这片受毒害之地。

诸神正在掀起战火。

裂隙之战于焉而始。

第四章

纳垢第一宠儿

在莫塔瑞恩的时钟室，所有的钟表都停止了。死亡守卫的恶魔原体被穿透皮肤和双眼的黑色细丝包裹着。借由真菌深渊的黑暗奇迹法术，他在同与他关系恶劣的基因之子泰丰斯交谈。这番对话令原体大为不悦。

"我不能去亚克斯，莫塔瑞恩。我还有更高级别的命令要执行。"泰丰斯说，"第一、第三、第四瘟疫连都要跟随我行动。我们将返回天灾群星。"

泰丰斯那阴森森的嗓音，来自一个他的头颅和肩膀的完美复制体。那是一尊活生生的半身像，就像一个活体解剖的标本被截取了一段。在层层交叠的骨骼、脂肪和铠甲下面，血管和器官在蠕动着。尽管加拉坦战役已经过去了好几个月，帝皇的巫术兄弟会（编者注：指灰骑士）给泰丰斯留下的伤口依然没有完全恢复。在他体内有一些发黑的区块还像新伤口一样，甚至连纳垢的恢复之力也难以奏效。格鲁德连长的利刃斩得很深。他体内的瘟疫蝇巢持续发出的嗡嗡声也失去了活力。

"你受伤了。恐惧占据了你的心。"莫塔瑞恩说。原体因他的子嗣受挫而产生的喜悦溢于言表，令泰丰斯深感不快。

"这个决定与恐惧无关，我的基因之父。"泰丰斯说，"我是纳垢的凡世先锋。我们的神要求我回去。我必须去，你也一样。你在现实中的据点此刻正遭受攻击。诸神大战已经开始了。"

"不！"莫塔瑞恩说，"我不会放弃我的战争。我们已经很接近胜利了。基里曼将死在我手里，他的王国将会落入我们之手。奉献给腐化的不只是天灾群星的区区三个世界，而是上百个！数十亿灵魂正等待我们的收割。我的兄弟正要赶来，陷阱早已就绪。我要生擒他。"

"听我说，莫塔瑞恩。"泰丰斯故作耐心地说，这更加激怒了原体，"你必须留心听这些。我并不是作为你的儿子来找你的，也不是作为你的第一连长，而是慈父纳垢的传令官。你必须回来。这并非一个请求。他根本不在乎你的兄弟恩怨。变化扰乱了死亡和重生的循环。这才是真正的战场所在。扔掉你那卑微的求胜之心，是你的神在命令你。"

"你怎敢如此！"莫塔瑞恩说，"你哪来的胆子，竟敢把我当成一个要被责骂的小孩？"

"我只是遵照我们的神的命令行事。"泰丰斯说，"身为他的冠军，你最好放聪明点儿。"

"那些命令在哪儿，泰丰斯？"莫塔瑞恩的表情是如此扭曲，就连他脸上漆黑的菌丝都被迸断并重组，"纳垢亲自从它的黑暗宫邸下凡来告诉你的？我没有听到任何信息。没有任何一个魔殿守护、大不净者或恶魔王子告诉我这件事。因此他并未向我下达命令。我决不会再次被你摆布。"

"他以他的方式向我下达了旨意，父亲。"泰丰斯说，"既有预兆，也有顿悟。我看到了异象，也被赐予了指引。"

"甚至连一次现身都没有？"莫塔瑞恩嗤之以鼻，"就凭这些，就要让我立刻放弃我近在眼前的胜利？"他语带挖苦。

"无须传令官。大人——你只要去倾听亚空间，就会听见的。"泰丰斯平静地说，"我正受他的恩宠。这个命令很明确，而且必须照办。立刻出发。"

"我在这里忙得很。"莫塔瑞恩厉声说，"滚吧。我是他最强大的宿敌的儿子，也是那个人最重要的仆人之一。如果纳垢想要命令我，他可以亲自来告诉我。"

"父亲，你自己说了你是仆人。别忘了这一点。你虽是原体，但侍奉真神。我现在要警告你，别忘了地位尊卑。慈父不会让人看见自己。他是万物，他无所不在。他会知道你的藐视之举。这是一个很明确的命令。好好记住这个警告吧。"

"我不会接受你给我的任何命令，一连长。"莫塔瑞恩的双翼猛然扇动，吹起了时钟室内恶心的雾气，"你的一切都属于我。"

"你完全搞错了，大人。是我引导你到现在的地位。我现在再次为你的利益履行我的信使职责。"

"你是条毒蛇，泰丰斯。你一直都是。你永远都是。"

"那好吧。"泰丰斯说，"你高估了自己的价值。你的傲慢蒙蔽了你。你违抗纳垢的旨意发动了这场战争，你还要再次违抗他来让战争延续。纳垢是一位宽厚的慈父。他喜爱孩子们的行动，哪怕这些行动有时过于任性。但他的好脾气是有限度的。你已经离越界不远了。如果你逾越了界限，等待你的只有一个下场，莫塔瑞恩。慈父将会不悦。最猛烈的愤怒往往出自最宽容溺爱者，不要逼他——"

　　莫塔瑞恩发出愤怒的嘶嘶声。固定在他脸上的呼吸面具翻涌出绿色和紫色的烟雾。他一挥手中的巨大镰刀，斩断了连接着泰丰斯的影像的菌丝。虚幻的疼痛感穿过亚空间传给了泰丰斯，令他发出咆哮。图像倒塌融化，掉在地上溅起了一层黑色物质，随后彻底消失了。

　　维持真菌深渊的那些四处蔓延的菌丝萎缩了。莫塔瑞恩不等菌丝完全腐化，就猛地从它的束缚中挣脱出来，使得这些亚空间繁殖出的真菌发出类似人类的恸哭声。

　　"我是莫塔瑞恩，死亡守卫之主！瘟疫的传播者！我强大无比！我不屈不挠！"随着他的叫喊声，在巨大中央时钟顶端的玻璃牢笼里，他异形养父的灵魂恐惧地来回蹿动，"没有人能命令我！"

　　莫塔瑞恩的怒火，使得他身上爆发出灵能洪流，穿过他的几千座时钟。当能量冲刷而过时，时钟纷纷启动，发出钟鸣。破碎的时间在时钟室内激荡出巨响。

　　"没有人！"他重复说，"你听到了吗？没有人！"

　　莫塔瑞恩的叛逆之举并未被忽视。

　　在一座犹如永恒般庞大的宫室内，在一座肥沃到令人厌恶的花园里，某种可怕的东西在翻腾着。一个足以容纳宇宙的眼珠在黏稠的眼窝中转动了一下，视线落在了奥特拉玛上。

　　暴风雨开始时，古加斯正在搅拌巨釜。他抬头看了看天空，紫色和绿色的阴云遮蔽了太阳。色泽丑陋的闪电在云层中舞动，在爆裂时发出像腐木破碎般的难听声音。

　　"要下雨了。"古加斯难受地说。它不喜欢雨天，这会让古加斯想起它的宿敌罗提古斯。古加斯想要转身对败血病说这些话，但他的副手已经不在了，死在罗保特·基里曼的手中。不是仅仅被放逐回亚空间，而是真正的死亡，它在现实世界里焚烧殆尽。恶魔们是永恒的，被从现实中放逐的恶魔会在某一天再次相遇。古加斯很少体验这种重生的滋味，它再也不会与败血病重逢了。败血病已彻底死去。

周围的每个恶魔都很伤心。纳垢灵们闷闷不乐，只是在履行职责，用潮湿的木头给炉火添柴。它们既不唱歌也不再尖叫了。它们的沉默本来会让古加斯感到很满意，现在却令它想起了失去的东西。瘟疫使者们叫喊数字的声音也变得越来越低沉。在经历漫长的独自痛苦后，现在古加斯周围的其他人也终于都和它有同样的感受了。古加斯非常不喜欢这一点。

"我甚至怀念起它的那些管乐器了。"瘟疫之主哀叹了一声。一滴油腻的肥大泪珠缓缓顺着脸颊流下。它的那颗松弛的眼珠也跟着掉了下去，扑通一声消失在巨釜中。

"该死，倒霉。"古加斯咕哝着说，雷声隆隆地在它头顶翻腾，古加斯再次抬头望去，"现在雨水要冲淡我的魔药了！噢！真是烦人，烦死了！"

它把手伸进汤药里，搜寻那颗眼珠。

纳垢的巨釜盛得很满。魔药呈现出耀眼的绿色，照亮了古加斯腐烂的脸庞。头顶的闪电仿佛在和绿光戏耍，恶作剧般将它逼退，使得古加斯有那么一瞬间看起来就像一尊黑白两色的雕塑。

古加斯捞来捞去，手探得越来越深。巨釜内的混合液体很强大，甚至很危险。当古加斯转动手臂时，魔药从它手上撕下了大片的魔法血肉。但古加斯使出浑身解数，从亚空间中汲取了少许能量，在手上的肉剥落的同时又迅速重塑出新的血肉。古加斯很享受这种痛苦，就像用最刺激的方式一边灼烧它，一边给它挠痒。

"掉哪儿去了？在哪儿？"古加斯嘟囔着，"我要我的眼睛，我不能没有它……什么？"

他的手抓住了什么硬东西，上面长着刺。古加斯使劲向上拉，但那东西动都没动。

"什么玩意儿？"古加斯低吼说，随后变成了咆哮，"这是什么玩意儿！"

它又拖又拽，肥大的肚子撞击着巨釜，使得巨釜在粗短的支脚上摇摇晃晃。一浪接一浪的浓稠黏液沿着巨釜的边缘倾泻而下。纳垢灵们都发出了尖叫，数以百计的纳垢灵在逃窜中死在同胞脚下。但这场微不足道的踩踏事故并未引起古加斯的注意。即便翻腾起来的火焰散发出极度难闻的臭气，愤怒的古加斯也毫无心情来享受那股恶臭。

"我的汤里有什么东西！我的锅里有什么东西！"古加斯咆哮着，"出来，出来，出来，混进汤里的杂质！"

它猛地一拉，但那不知是何物的东西纹丝不动。古加斯更加用力地扯着，终于感觉到它动了。但这移动来得太快。失去平衡的古加斯跌倒在地，它松开了那个东西。魔药在它倒下时溅得到处都是，摧毁了医院废墟的很大一部分。在扬起的大团尘土中，肥胖的古加斯就像一块海绵般跌坐在潮湿的瓦砾间。

那个东西升了起来。它冲破了汤药的表面，露出了一根长角。接着是一顶肮脏的兜帽，一双恶毒的眼睛，一个鼻子，一张摆出了傲慢微笑的嘴。一只长着疣的手拍了拍巨釜的锅边，往下一撑，一对肩膀露了出来。

从古加斯如此精心调制的毒药中，冒出了一个新的大不净者。古加斯对这个家伙一清二楚。

"雨父罗提古斯，纳垢的第二宠儿。"古加斯喘着气说。

罗提古斯从巨釜深处浮现，珍贵的药液被他溅起，扬起了黏稠的涟漪。

"不！不！停下！"古加斯大喊。它奋力站起身，在朝汤药跑去的途中被自己的一圈肥肉绊倒了。它的爪子擦过自己的肚子，撕裂了皮肤，但古加斯要么因为太胖，要么因为恼火，根本没注意到自己的伤。"慈父把这口巨釜借给我了！它归我使用，不是你的！"

罗提古斯咳嗽了一声，古加斯宝贵的汤药从它嘴里飞溅出来。罗提古斯好像要说话，但只是发出了咯咯声。随后它在喉咙里咳了几下，吐出一团蛆虫和黏液混合而成的浓痰，清了清嗓子。

雨突然变得越来越大。

罗提古斯咳嗽个没完，对着巨釜内的混合液吐痰。最后，它把嘴里所有的腐臭物全都吐进了汤里。罗提古斯笑得更开心了，这才开口说话。

"见到你真好，浑身流脓的亲人。"它伸出一只手，手心里有一个油腻发亮的球体在旋转，"你的眼珠子掉了。"

古加斯一把抓住眼珠，将它塞回原位。"见到你一点儿都不好。快从我的锅里滚出来。"

"啊哈，啊哈，啊哈！"罗提古斯用告诫的语气说，"这不是你的锅，腐烂的兄弟，是慈父的锅。"

"它给了我,让我使用这口锅!"古加斯厉声说。

"好嘛,可它也允许我从这里面现身。你觉得如何?"罗提古斯咧嘴一笑,用手指蘸了蘸混合液,放到嘴里舔了个干净,"极度污秽,极度有传染性。这是什么?"

"不关你的事,管下雨的雨人。"古加斯咆哮。

"这就是神厄病,对吗?你和那个养子就是想用它来除掉基里曼?"罗提古斯又尝了一口说,"味道真冲。"

古加斯的怒火烧得脑子都要沸腾了,甚至从它的耳朵和嘴里都喷出了蒸汽。

"从这里滚出去!你在糟蹋它!"

"你说的应该是改良它吧。"罗提古斯说,它在巨釜里舒舒服服向后一躺,满足地叹了口气,"现在可以把这些汤交给你了,它变得提神多了。"

"它成功了?"古加斯说,它捡起汤勺,紧紧握住,仿佛拿的是一支大戟或长矛,而非一件制药工具,"坐进去会死,喝了它也会死。这是有史以来最强大的疾病!"

"真的吗?"罗提古斯吧唧着嘴喝了一大口汤药,然后喷出一个小小的绿色喷泉。从它嘴里没完没了掉出来的蛆在喷泉的浪头上跳跃。

"这个疾病就是神厄病。它可以杀死那个原体,可以杀死诅咒者的所有玩具兵。很久很久之前,有一个所有人的公敌,也曾经设想过同样的东西。我将会完成他没能做到的事情。而且我的会更好,会更加精致。这是一切疾病当中最棒的,我将会释放出它。"

"太妙了。"罗提古斯说,"那它也能杀死莫塔瑞恩吗?"

"对,它能杀死莫塔瑞恩。会让他死!"古加斯愤怒地叫嚷,"这种疾病会彻底腐蚀身体和灵魂,从内到外!没有任何人能免疫于它。你也会死!不仅仅是短暂的放逐之死,而是真正的死亡!你的存在将会被腐蚀,你的精魄将成为噬魂菌的美餐。你将会被慷慨地用来滋养下一代灵魂疹子。但是所谓的雨父罗提古斯,它将不复存在。"古加斯得意扬扬地说,"会死!"它补充道。

"啊哈,死亡?但这会发生吗?真的吗?"罗提古斯说。它张开松弛的双臂架在巨釜的边沿,仿佛在洗一个清爽的澡。它的皮肤在滚烫的铁锅上嘶嘶作响,但这似乎并未带来多少不适,它左手边缘的触手懒洋洋地蠕动着,触手上方手腕处的嘴舔着毒药。"事情是这样的,老伙计古加斯……"它咧嘴大笑,脸色发黄,令人恐怖,"我还活得好好的,不是吗？老实说,我现在精神好极了。"

古加斯有点儿泄气,双手焦急地在汤勺把手上转来转去。

"它还没完成。"古加斯说,"但它会成功——"

"啊,对对对。我相信它做得到。它会杀死原体,它会杀死我,不过现在嘛……"罗提古斯说,它把手放进汤里又拿出来,"它还不成,对吗？现在,我就坐在里头,我还活着,不是吗？"

"但是——"

"我就是为这个来的。"罗提古斯奸笑一声,"你马上就没时间了。变幻者正在慈父的游乐场里行动,战斗在花坛上进行,战争正在恶魔的温室里进行。它已经开始了,就在天灾群星之上。"

古加斯大吃一惊道:"不是有和约吗？！为什么会……"

罗提古斯把头靠在巨釜的边沿上。"古加斯,让我坦率地告诉你。我知道为何纳垢祖父对你的宠爱胜过我们所有人。你抱怨的样子真有魅力。他喜欢你,我也喜欢你！你或许不知道这一点。因为你满肚子都是牢骚,极度以自我为中心,说不定还以为所有人都恨你。你觉得每个人都在算计你,每个人都恨你。"罗提古斯模仿着古加斯的声音,装腔作势地转着眼珠子,"根本没人在意你。它们没在算计你。当它们想到你的时候,只会喜欢你。"罗提古斯举起有一个人那么大的湿淋淋的手,拍了拍胸口,"然而,你有点儿天真。诸神之战永无止境。兄弟神之间的和约不会被遵守,它们从不履约。我很确定,当然还会有新的和约,但现在我们开战了。你知道,我也知道。"罗提古斯微微一笑,"我们都知道！它们在行动。恐虐和奸奇的军团已经结盟。它们忌妒慈父的战利品,正在协力从我们手中夺取天灾群星。就我个人而言,这口黑锅得莫塔瑞恩来背。允许凡人们玩这么大一场游戏是不对的,哪怕是像他这样的一个凡人。"

"什么？"

"你没听错。"罗提古斯说,"如果我是你,我会重新安排一下手头事务的优先级。慈父不会宽大处理那些不及时响应它召唤的恶魔。你知道,我说的是那种只顾干自己的私事的恶魔。比如这样的事。"罗提古斯意味深长地看着自己的洗澡水,使了个眼色,从它体内排出的臭气,在汤药的表面冒出了巨大的棕色气泡,"啊,我感觉好多了。"

"你是说……你是说我应该离开这里？"古加斯问。

罗提古斯捞起一把混合液，浇在自己的触手上，耸了耸肩。

"但是，但是我在制造一场大灾厄！"古加斯说，"我的瘟疫马上就要完成了！我……我做出了某种令人愉快的特别的好东西。它能杀死该诅咒者的子嗣，杀死他的灵魂和肉体。这就像制造出我的那场瘟疫一样好，甚至还要更好！"

"哎呀，谁在乎呢！"罗提古斯说着，用手指在汤里蘸了蘸，"该诅咒者的子嗣。"它嘲弄地说，"噢，闭嘴吧。那是什么东西？一个凡人？一个赝品半神？要知道这是真神之间的战争！现实世界已经完蛋了，古加斯。这里的凡人都完蛋了。他们每次到最后总会失败，这群凡人早已输了，他们只是还没有意识到这一点而已。在新的腐化开始之前，诸神为战利品而战。新的疆域在等着我们。"它狡黠地瞥了一眼古加斯，"就算你也会为此高兴吧，悲惨者？"

古加斯挺起了肥肉下垂的胸脯。"我正在为达成慈父的目标而工作。为什么？我们在这里的完整计划是将这些令人厌恶的清洁世界拖入花园，将它们培育成新的腐化与荣耀的温床。我——"

罗提古斯又一次打断了它的话。

"别骗自己了，你听从莫塔瑞恩的计划，只是因为你想让慈父谅解你的出世。事实上，发生这一切都是因为你放任自己陷入了凡人的圈套。"

"他是个恶魔！"

"呸。"罗提古斯不屑地说，"只有一半是。你没有看清大局，你要小心谨慎。所有的瘟疫都会有消长兴衰，瘟父古加斯。这是不是代表着你的时代行将结束，而我的时代快要开始了？我感觉自己的传染力即将达到巅峰。"

古加斯怒视对方。"你要是如此强大，为什么不在这里帮我们一把？"

罗提古斯审视了一下自己的指甲，皱了皱眉头，扯出一根指甲放到嘴里咀嚼。

"我会的，我会的。但我在其他世界有事要忙，在其他位面，在其他场所。事实上，各处都有事。我没有分身可投入这场冲突。另外，我为什么要抢你的风头？"

"要是你真忙得不可开交，亲爱的罗提古斯，那你来这儿干什么？"古加斯咧嘴露出虚伪的笑容，"你最好赶紧走，别再为我们这场小小的战争操心。"

"哦，这根本不费事！"罗提古斯说，"我总是乐于为纳垢的第一宠儿分忧。不过你如果不卖点儿力，就要保不住这个位置了。"它劝告一般摆了摆手指，"万物有生有死，古加斯。名声如此，慈父的宠爱也如此。我是它的第二宠儿。你还会在第一的宝座上待多久呢？你怎么都不会知道，我可能马上就要晋升了。"

天空就像消化不良的肠子般隆隆作响。硕大的雨滴掉进了巨釜。

"下雨了，嗯？"罗提古斯咧嘴一笑，"我想这是属于我的好兆头。人们都说模仿才是发自真心的讨好。"罗提古斯的视线越过了恶臭的沼泽，"我想我真该感到荣幸。"它挤眉弄眼地说，"再会了，我的古加斯，暂时的第一宠儿。"

说着，罗提古斯沉入了水下，巨釜中冒出了硕大的气泡。古加斯把手伸进混合液里到处寻找它的宿敌，但罗提古斯已消失无踪。

"讨好？"古加斯说，"我确实要讨好你！"他舔了舔手，尝了尝汤药的味道，发现罗提古斯是对的，毒药变得更棒了。这让它的怒火更加炽烈了。

瘟父古加斯嘴里嘟嘟囔囔抱怨着生活的不公，拿起汤勺，再次开始搅拌。在烦恼的驱使下，古加斯的动作一开始很快，但它一边搅拌一边思考，动作随之变慢了。

"嗯……"古加斯自言自语，"莫塔瑞恩是不是也知道这些事了？当然，他肯定知道了。"

它真的不想和那个恶魔原体说话，但他们是联盟，古加斯认为自己不应该随意假定对方也知道了。

"噢，真麻烦。"古加斯说着，不情愿地搔了搔大腿上被真菌感染的地方。这样可以召唤出真菌深渊。

过了一会儿，它与那位昔日的凡人，该诅咒者的子嗣，可恶的莫塔瑞恩进行了一番交谈，发现对方对整个入侵了如指掌，而且为此大发雷霆。但莫塔瑞恩带给它的消息，让整件事变得更糟糕了。

泰丰斯，莫塔瑞恩的那个凶残好斗的副手，已经放弃了他们的这场战争，正离开奥特拉玛。

第五章

论神的本质

"我们做的事并不明智。"多纳斯·马克西姆说。

基里曼严厉地看了他一眼。

"虽不明智,"基里曼说,"却是必要的。"

"审问恶魔实为开门揖盗。就算事后灭了那头怪物也无济于事。还有您的那把剑,别以为它可以让您免遭亚空间的缓慢侵蚀,殿下。我们智库都曾以死记硬背和棍棒责罚的方式来学习您写下的教条。为何您非要让我们做这种牵涉恶魔的事?我们并非巫师。您要让我们成为巫师吗?"

他们在基里曼的书房交谈,原体最私密的隐居场所。基里曼已经脱下了命运之铠,尽管这样做会让他感到生理性的痛苦。就像马克西姆一样,基里曼穿着束腰外衣和长裤。原体的衣服是极限战士的蓝色,马克西姆的则是森林的绿色。与马克西姆繁杂刺绣的装束不同,基里曼的衣服上除了腰带搭扣上的印章之外别无装饰。像往常一样,他坐在桌前,一边工作一边谈话。

马克西姆目不转睛地注视着原体,感到了对方身上的痛苦。那不只是因为原体脖子上还在疼痛的伤口,也不只是因为在灵魂上割开的裂口,还有一种更深的伤痛。这伤痛深藏在实用主义和责任感之下,是一种失落感,一种孤独感,从那个被精心制造的灵魂中强有力地向外散发出来。它就像一只铁护手压在墙上般压迫着马克西姆的意识。与原体的交谈,就像一场灵能战斗般艰难。

"我不会让你成为巫师。"基里曼说,"我只是抓住了手头的机会。我们时间紧迫,又正好得到了特耶伦的恶魔宿主。"

"权宜行事曾经腐化过许多高贵的灵魂,殿下。"

"那你被腐化了吗,多纳斯?你正是因为奥术知识才为我所用。你说这话差不多就是在谴责你自己。"

"我们都被腐化了,殿下。"马克西姆说,"但我坠入混沌,对帝国造成的损失远远无法与您相提并论。我向您进谏，请务必小心谨慎。"

"我一向很看重你的直言不讳，马克西姆典记长。"基里曼说，"所以我才把你留在顾问团里，但这次的事情已经结束了。我已经达到目的。我不会再做同样的事了。希望这么说能让你安心。"

"这样我就放心了。"马克西姆回答，"我知道有其他人也做过类似的事。但没有人能在事后全身而退。"

"你的担忧是对的。我失去过好几位兄弟。他们都自以为能驾驭这些妖魔，但都失败了。我知道我也不能。现在，我必须和你谈谈别的话题了。"

"乐意效劳。"

基里曼停顿了一下，说："我必须要求你先做好心理准备。我要告诉你的事会令你震惊。"

"这让我很好奇，因为我并不容易感到震惊。"

"相信我，你会的。"原体说，"在这件事上，我还有另一个需要征求意见的对象。请先坐下吧。"

他指向一把符合星际战士身高的椅子。在椅子边上有一张适合凡人使用的低矮桌子。马克西姆坐下了。基里曼召来一个赛博机械，让它去带一些食物和饮料过来，然后启动了他书桌旁的墙面上的一个通话器。

"让客人进来。"

伊利亚纳·纳塔赛走了进来。他穿着柔软的黑色高领长袍，戴着长手套和永不离身的小饰品，但没有穿戴任何物理性质的铠甲。基里曼让他也坐下。马克西姆曾经杀过好几个灵族术士。尽管先知们拥有强大的亚空间能量，但他们没有星际战士智库的凶猛武力。

纳塔赛坐下时傲慢地看了马克西姆一眼。马克西姆知道对方很清楚自己在想什么。

"原体殿下、智库，"纳塔赛说，"今天我又会卷入一场怎样的不可预知的风险之中？"

"你太无礼了，异形。记住你身处人类大军的包围之中。"

"你想让我当你的朋友，还是想让我害怕你？杀死我同胞的凶手。"纳塔赛说着，不卑不亢地看着马克西姆，"这两件事我都没兴趣。"

"你是我们的盟友。"基里曼说，"行了，多纳斯，放尊重点儿。"

"我没有不尊重的意思。"马克西姆说,"我只想知道,为什么我们的大使阁下觉得公然表示敌意是得体的。对一个如此明智的种族而言,这种行为未免不太明智。"

"这种行为现在已经够多了。"基里曼意味深长地说。

纳塔赛向前俯身,把手指并拢在一起,这个动作不像灵族平时的姿态。他的一双黑眼睛凝视着地面,仿佛在向地板忏悔。

"我来告诉你原因。如果你问我的同胞的话,他们会说我很酸,就像是未熟之酒。"

"这个说法是恭维,还是侮辱?"马克西姆问。

"两者皆非,两者皆是。你们的语言真是难以置信地粗陋。"纳塔赛苦笑了一下,"就拿我刚才用的'难以置信'这个词举例吧。它并不能表达我使用它时的意思,也不是一个很好的隐喻,而是一种粗俗的夸张,用来强化一个很明显的陈述句,让句子带有一点点儿冲击力。你们的谈话枯燥无趣。想用你们的语言来表达'未熟之酒',就得说上几十句话。但对于我们,这几个字就足够了,其中饱含你们无法领会的丰富内涵。"

马克西姆露出了一副被冒犯的表情,说:"殿下,您是想让这个异形来给我们做一次语言学讲座吗?"

"尽管你在开玩笑,但你的幽默感就像你的心灵一样愚直。"纳塔赛说,他叹了口气,看起来有点儿沮丧,"我也尽量直白吧。和你们这个种族在一起时,总是让我很难受。首先是你们的气味,其次是你们的食物。之前和重生者伊瑞尔王子一起共度的几个月简直是一种恩赐的解脱。"他的视线从地板上抬起,"你们的头脑对我施加了极大的压力。如此笨拙,如此容易被腐化。你们虽然不是一个愚蠢的种族,但太过单纯。我们灵族对你们的感觉,就像你们对兽人的感觉一样。如果我的举止貌似唐突,那我向你们道歉。但与你们为伴让我几乎无法忍受。"

"看来艾尔卓·乌斯兰从他的同伴中选出了最有外交手腕的一位来给我们当顾问。"马克西姆说。

"您瞧?"纳塔赛向基里曼露出了申诉的表情。

"我很理解。"基里曼平静地说,"如果能让你心情好些的话,我可以让你摆脱你的使命,送你回家。你已经协助过我很多次了,离开时将得到应有的荣誉。"

"不要诱惑我。"纳塔赛说，"我已经和你们在一起十年了，每时每刻都度日如年。"他皱了皱眉，"真奇怪为什么我还能保持理智。但我必须留在您身边。这是艾尔卓·乌斯兰给我下达的命令，我发誓要做到。尽管我可能还是未熟之酒，但我恪守诺言。"

"如果真这么糟糕的话，怪不得他不亲自来。"马克西姆说。

纳塔赛咧开嘴，脸上掠过一丝凶狠的表情。"那你现在知道了。但不管怎样，乌斯维方舟世界现在位于大裂隙的另一端。或许等我们越过大裂隙之后，我会离开这里回去。"

"你可以向我们开放你们的网道，先知大师。"马克西姆说，"那样你就可以早点儿回去了。"

"绝对不可能。"纳塔赛说，"战争影响着网道。自从太空死灵苏醒以来，他们已经渗透进网道内部。混沌也控制着里面的许多条支路。即使不管这些，在这个衰落末世带领一支如此庞大的军队穿过网道，也绝对做不到。或许在我祖先的时代可以，但现在是不可能的。"

"越过大裂隙并非我们这次要讨论的话题。"基里曼说，"那取决于我们今后的进展。"

几名服侍原体的仆人被智天使召唤而来。他们带来了肉食和饮料，放在了桌上。

"走吧，我会亲自款待我的客人们。"在仆人们开始上酒时，基里曼告诉他们，"不要让人来打扰我们。"

仆人们离开了。

"启用最大功率隐私力场。"基里曼说。在书房下方的某个地方，一种新的嗡鸣声加入了永无休止的机械声当中，随后那个声音消失了，整条太空船发出的声音也同时隐去。书房陷入了沉寂，甚至连引擎的震动仿佛都停止了。马克西姆感到他们好像在群星间的一个知识宝库内孤独地飘动。有一瞬间，他想起了火风暴星上的智库图书馆，挂念着那颗战团母星的近况。

在基里曼的书桌上有一个匣子。他拿起匣子，和客人们一起来到那张较矮的桌子边，将匣子放在桌上，打开盖子，露出了闪烁着淡蓝色光芒的静滞力场。基里曼把匣子推向两人。他们看见里面有一本书，封面的标题是圣言录。

在他们看的时候，基里曼倒满了酒。

"这是帝国国教的核心经文？"马克西姆说。

"是的。"基里曼说，"这就是那本书。"

"这本书很旧。"纳塔赛说，"此外我看不出这本书有什么别的意义。正如智库所言，这是你们种族的宗教经文。你们并不信奉那个宗教，而是对其报以蔑视。"

"对。"基里曼说，"但并不全面。"

他把高脚酒杯递给马克西姆和纳塔赛。马克西姆一口气就喝完了他那杯酒。纳塔赛则不屑地闻了闻酒。

"一杯未熟之酒？"马克西姆问。

"一杯劣酒。"纳塔赛说。但他还是喝了。

"可以看看吗？"马克西姆指向那本书，"它看起来不仅很旧，还很古老。"

"我感觉这书有几千年了吧——对我而言这是本旧书，但算不得古老。岁月是一个相对的概念。"纳塔赛傲慢地说。

马克西姆关掉静滞力场，拿出那本书。书的封面是一层正在剥落的浅棕色皮革。右下角被人的皮肤油脂玷污得发暗。马克西姆翻开书，看了开头的几行。

"太古老了。我有点儿看不懂。虽然这是哥特语写的，但语法非常古老。"

"你读过帝国国教的核心经文吗？"基里曼一边问，一边喝了一口酒。他用的酒杯尺寸极为夸张，是一个神话中的丰饶号角。

"当然读过。"马克西姆说，"我们的战团修会认为，那基本是一派胡言。"

"这里面记载了一些真相。"基里曼说，"是在一个真相被隐藏的时代中的历史碎片。当下的国教经文经过数千人之手的修改。在这个帝国的残骸里，没有任何事物能完整无缺地经过漫长岁月而被保存下来。《圣言录》也不例外。它已经被多次修改、编辑、添加和重述，以至根本无法区分出其中哪些是真的，哪些是假的。但这本书不同。它是最初的那部经文的复制品。"基里曼严肃地看着马克西姆，他接下来说出的话，尽管纳塔赛毫无疑问知道，但对任何人类而言都是闻所未闻的，"这是我的兄弟洛加写的。"

"什么？"马克西姆说，"那个叛逆原体？"

基里曼点点头。"帝国国教的创始人就是我的一个兄弟。事实上，正是因为帝皇傲慢地拒绝了洛加的崇拜，才使得他去寻找其他信仰对象，去找了那些更愿意接受他的神。是不是很可怕？"基里曼说着，又给自己倒了些酒。

"你并不吃惊。看来你知道这件事。"马克西姆对纳塔赛说。

灵族先知微微颔首，用这个动作表达出他的自鸣得意。"我们的同胞都知道这本书的作者的身份。"

"为了获得更精确的文本，我弄到了最初始版本的《圣言录》，或者尽可能早的。"基里曼说，"我让人对它进行了年代追溯和灵能预读。这本书的书龄差不多有八千年，因此它是在大叛乱后一千年之内印刷的。"

基里曼停顿了一下，又喝了几口酒。马克西姆感到原体正心烦意乱。

"我最近读了这本书。在我复活之前从未读过它。事实上，我是为了表达蔑视而特意不去读它。我还尽一切努力烧掉了它的每一个抄本。我过于天真，不知道这么做已经太迟了。这个宗教已经开始成长了。即使在如此贫瘠的土壤上，信仰也已经扎下了根。"

他又给马克西姆的杯子倒满了酒。在转向纳塔赛时，对方优雅地用手盖住了自己的酒杯。

"帝皇碾碎了他遇到的每个偶像。他推倒了教堂和寺庙，甚至连最偏僻之地的萨满小屋也被焚为灰烬。我们奉命摧毁发现的所有宗教迹象。宣讲者们站在信仰的劫灭之灰中传播帝国真理。帝皇禁绝所有的宗教，只允许相信理性。"基里曼大笑着说，"想一想，就连我都完全相信了。"

"殿下，你还好吧？"马克西姆问。基里曼表露出的怨恨令他如履薄冰。

"别担心，多纳斯。"基里曼说，"我只是说，理性本身就是一种信仰，而且拥有自己的弱点和异端邪说。我现在还未陷入宗教崇拜。尽管洛加的论点很有说服力，但整体建立在一些谬误之上。帝皇自己反复说过他不是神。要是你看见他命令我惩罚洛加时的模样，你就会知道他的愤怒不是装出来的。在任何情况下，我都不觉得他会对帝国现在的情况满意。"

"那您为何要让我看这本书呢？"马克西姆问，"您为何让我来承受这个秘密？为何不是提格里奥斯大人，或是其他更高贵的大人？"

"我希望立刻讨论一下这本书，而你就在此地。因此你是最合适的人选。"基里曼说，"我信任你，难道还需要其他理由吗？"

马克西姆礼貌地低下头，放下了书。"如果您将它公之于众的话，这些信息将会引起巨大冲击。"

"你们的种族一向躁动不安。会有人相信这些的。"纳塔赛说,"你说得很对,它将会带来危害。"

"那么我的问题就更重要了。"马克西姆说,"殿下,为何这么做呢?"

"自从我苏醒以来,发生了许多让我质疑自己观点的事情。我想和你们两人讨论一下神的本质。"基里曼说。

"您不应该去找个牧师问问吗?"马克西姆说,用半开玩笑的语气掩饰自己的不安。

"我的牧师已经够多了。"基里曼说,"我没有灵能力量。我们周围的这个世界……"他朝大厅做了个手势,"这是我唯一能感觉到的。我知道亚空间,我敬畏它的力量,而且越来越理解它。但我的天赋并不在于理解亚空间。你有许多灵能力量,马克西姆。纳塔赛,你的人民比我们更加古老,你们知道的事情要多得多,如果你愿意向我分享的话。"

"问吧,到时候我就知道能不能说了。"纳塔赛说。

基里曼停顿了一下。"神是什么?"他问,"神性的定义是什么?"

"我遇到的每个自称为神的事物,都是我的敌人。"马克西姆说,"我知道这些就足够了。"

"那你的主人不就也成为你的敌人了?"纳塔赛说。

"帝皇一向否认自己是神。"马克西姆说。

"他否认过,但他现在还否认吗?我相信这才是我们这次讨论的重点。"纳塔赛说,"不是吗,摄政殿下?"

基里曼没有理会他的讥讽。"典记长,进一步阐述。"原体说。

"力量定义了神,但它们都是虚假的。"马克西姆说,"神的本质就是虚假,是谎言。对愚昧的心智而言,他们拥有赐福的能力,因此是神圣的。但他们对所有凡人而言都是有害的。混沌诸神带来的只有恐怖。它们把我们看作玩具,迟早会将我们全部毁灭。它们每一个都是邪魔。人不需要任何神。帝皇是对的。"

"纳塔赛的看法呢?"基里曼问。

"并非所有神都是邪恶的。"纳塔赛说,"你错了,多纳斯·马克西姆。而且你只谈及了从亚空间诞生的神。你忽视了星神,我们称他们为'因吉尔'。他们也是神。"

他叹了口气，表情变得严肃起来。就好像他是一位校长，正要给学童们上一堂非常简单的课。然而孩子们至今仍未理解。

"你说力量定义了神，这句话是正确的。"纳塔赛说，"无论是时间上的，精神上的，或是物理上的力量——都没问题。"他沉默了片刻，"我的同胞以好几种方式来定义神性，但总的来说可以分为两大类。首先是灵魂之海中的诸神，它们是你们所谓的物质世界的回响。还有一种是物质世界本身的神，也就是你们所谓的星神。此外还有比他们更加古老和可怕的事物。这些神是物质世界本身的一个重要组成部分，他们与物质世界紧密相连，可以影响物质世界的结构，但他们依然被现实法则所约束。亚空间诸神则瞬息万变，类型多样。其中有许多只不过是生物情绪的聚合体；有些则曾经是凡人，被其他人的信仰转化为神。我相信我们祖先的神属于这两种类型，不过在我的同胞当中也有不同的观点。我也听过许多次关于这个问题的激烈辩论。现在这个问题已经无法解答了，因为我们的神已经在我们种族陨落时被杀死了，即使可以询问他们，他们也不会知道事情的真相。因为真相总是会改变，真相只取决于曾经崇拜过他们的人的信念。"

"此外，还有另一种是曾经活着的生物的灵魂聚集体，正如死神军的说法，在贝尔坦崩坏时释放的死者之神因尼。但事实上谁又能断定呢？所有的这类事物，在某个时刻或许是真实的，但在其他时刻或许又会发生变化。有些神会吞噬别的神，有些神是永恒存在的，有些神过去存在但现在消失了，还有些神在形成之后便永存。因此，神的起源是无法进行分类的。他们本没有历史，但人们将历史强加给了他们。在某种程度上，我同意你的这位巫师的看法。他们主要取决于力量。"他脸上露出了严肃的表情，"以及信仰。尽管后者并不适用于所有的神。某些神并不需要信仰。但他们并非全是虚假的。"

"解释一下。"基里曼说。

"例如星神，至少在我们的传说当中，他们是现实世界造物的一个基本组成部分——尽管在凡人的眼中他们饥渴而邪恶，但依然是现实的一部分。他们无须信仰就能存在，他们吞噬恒星时也无须他人的旁观。混沌四神也不需要信仰，它们只靠自我发展就变得如此强大。只不过它们的追随者的信仰让它们变得更强。泰伦的虫巢意志——大吞噬者同样不需要信仰，他是由他在现实中的组成部分的无意识活动所创造的，甚至有可能比其他存在都更加强大。那他是神吗？我们种族的一些哲学家认为是这样，不过另外一些人强烈反对。但对于其他那些更弱小些的神，信仰至关重要。失去了信仰，他们就会崩溃瓦解，化为乌有，成为无意识的情绪旋涡，不再稳定，随后消亡。"

"但就算帝国的人民不再崇拜帝皇，他也不会消失。"基里曼说，"他有现实世界的实体。即使是现在，他依然坐在王座之上。按照你的标准，他不是一个神。"

"你未免太自信了。仅仅因为帝皇在登上黄金王座之前是个活人吗？你的观点建立在帝皇一开始就是个人类，而且他并未说谎的基础上。你还猜测坐在黄金王座上的那位依然还有凡人的生命，即使对他的崇拜停止了，他还能继续存在。"纳塔赛说，"我不是已经说过，有些神曾经是凡人？那些事物变成了信仰的焦点，信仰产生了宗教崇拜，就像亚空间里原有的诸神一样，都是从彼岸之海中浮现出的情绪集合体。区别之处在于，有些神在升神之前曾经以其他身份存在。"

基里曼扬起眉头。

"假设一下。"纳塔赛流畅地说，"并不是说你父亲身上就一定发生了这样的事——在假设的情况下，一个事物会被重塑。宗教崇拜降临到他们的身上，改变了他们，或者更确切地说，升华了他们。"纳塔赛嘴角掠过一抹残酷的微笑，"我们会得出一个令人难以接受的结论。对于你的很多人民而言，原体，帝皇之子，你是一个神。数以亿计的人都相信这件事，这难道就不会让它成真吗？"

"我拒绝这个身份。"基里曼冷冷地说，"我不是神。"

"你当然可以拒绝。"纳塔赛继续说，"无论你走到哪里，胜利都将接踵而来。你的出现激励着你的人民。在这个风暴肆虐的时代，你所到之处，亚空间便立刻变得平静。自从你复活以来已经发生过多少个奇迹？你怎么能说你与此毫无关联？帕梅尼奥少女的事件中，是她的力量从敌人手中解救了你，驱散了恶魔，这些行为已经很明确地被归功于你的创造者。"纳塔赛停顿了一下，"如果那是神迹，那真的是他做的吗？"

"你难道想说是我做的？"

"我只是让你思考一下。"

"我没有灵能天赋。"基里曼说。

"这并不重要。"纳塔赛说，"我们讨论的并非巫术，或者你所谓的灵能力量是信仰之力。信仰是这个银河中最强大的力量。这一点无须证明。它给予信徒们信念。它给予绝望之人希望。信仰到了极点，现实也将改变。区区一个与亚空间紧密相连的心智就可以扭曲我们世界的法则。而当十亿个心智，万亿个心智，全都相信同一件事，又将如何？他们是不是灵能者无关紧要，众多的心灵将会被造成巨大的影响。我们的同胞曾让一个新神诞生。或许现在轮到你们了。"

"信仰是你族最大的力量。它也是我们所有生灵面对的最大威胁。全人类的信仰塑造了现实。灵能力量冲刷着我们的存在，将一切都增强了。他们的绝望威胁着我们。罗保特·基里曼，你曾经对我说过，你将会解救我的同胞。然而也是你的人民正在危害我们所有人，他们也在危害你。无论你怎么想，你一个人的心灵如何能与你族全体的信仰相抗衡？你让我们来这里讨论帝皇是不是神，因此我们谈话至此。但你应该问自己几个问题：'我是不是神？''如果我是神，我可以自由行动吗？'"

"我对这些不感兴趣。"基里曼说，"在我眼中，我的身份没有任何问题。"

"然而，你还是应该思考一下这些。"纳塔赛说。

"请您不要接受这个观点，殿下。"马克西姆说。

基里曼皱了皱眉。"那么，你相信帝皇是神？"

"在信念的平衡场中，我的信念无足轻重。"纳塔赛说，"所有的信念都将在你们所谓的亚空间中按比例反映出来。我想向你传达的就是这一点。"

"当你观察亚空间时，你是如何看待帝皇的？"

"我无法分辨神或人。我只能看到你们的星炬的巨大光芒，从中感受到痛苦和折磨。"纳塔赛第一次露出了不安的表情，"谁知道我在那团光芒中看到的是不是真的？在我们的传说中，你们的主人变幻莫测。或许他真的已经死了。或许如果你关掉你们的那台维生机器，光芒就会熄灭。一切都无法断言。通往他的每一条命运线索都会被焚烧殆尽。他的道路无法预测。谁也无法直视他。我的一些同胞坚持说，他是你们种族的巨大障碍，但他也是唯一的盾牌。他会毒害整个银河，但也可能拯救我们所有生灵。他支离破碎，残缺不全，但假设他得到合适的治疗，再次施展他的才能，他甚至可能凌驾于诸神之上。另有一些同胞说，他什么也不是，那团在泰拉上痛苦地燃烧着的光，只不过是一个早已逝去的发光体的余烬。我们只能通过推理来判断他对我们种族的利弊。"

"马克西姆，你呢？"

"他是一道光芒，殿下。正如纳塔赛所言，耀眼得无法直视。他是一座呼啸的灯塔，他是灵魂组成的巨柱，他的存在会焚烧人们的心智。他是独一无二的，显而易见，但也因其存在过于庞大而难以让人感知。我曾经几次冒险将我的灵能视觉靠近他，我感觉到了他的痛苦，并因此受伤。但我相信他就在那里，我感觉到了他的凝视。"

"星际战士智库不会经常这么做吧。"基里曼说。

"据我所知，确实如此。我们所有人都接受过寻找星炬的训练。因为我们必须偶尔在战团灵能者倒下时充当导航员。但他的光芒太过强烈，我们难以长久注视。很少有人敢仔细观察。我算是个例外。"

"我已经听完了纳塔赛在这件事情上的看法。现在，多纳斯·马克西姆，我请你暂时先抛开你的战团信仰，告诉我：帝皇是不是神？"

多纳斯摇摇头，耸了耸肩。他看起来很困惑，仿佛难以理解这个问题。"他就是帝皇，殿下。"

基里曼将目光投向了那本书。"洛加对我们的创造者的看法是错的。当我们认识帝皇的时候他并不是一个神，但是现在……"基里曼的话音有点儿犹豫，"如果他真的是神，无论我们对这个词的定义是什么，这会对我们的战略产生什么影响？我不能让个人的偏见妨碍真相。只有了解真相，才能确保胜利。如果我只因为现实状况不符合我的理论就予以忽视，那么我终将失败。但反过来说，如果我把这个观点视为现实，并将未来的所有实际行动都建立在这个基础上，那么这样的胜利将会带给我们什么后果？我希望帝国变成什么样子？我只愿这里不再有宗教，不再有神，也不再有他们的背信弃义。"

"殿下，只是接受帝皇的力量，承认他可能又一次在为帝国工作了，这难道不行吗？"马克西姆说，"我们在帕梅尼奥已经看到了这方面的证据。"

"我们看到了某些方面的证据。"基里曼说，"或许证据已经充分表明这不是其他力量的诡计，或许确实是帝皇。"

"还是小心为上。"纳塔赛说，"我的能力并不足以辨别这些现象的源头，因此，你的灵能顾问团里的其他人应该也做不到。"

"确实如此。"基里曼说，"一方面，战争使徒狂热地相信我的父亲在我这边战斗；另一方面，我们必须警惕幕后其他力量的操纵。"他望向纳塔赛。

"我理解你的暗示。我的同胞并没有牵涉这件事，我族的其他成员应该也未曾介入。"纳塔赛说，"至少就我所知是这样。"

基里曼沉思了片刻，随后果断地采取了行动。他俯身够到了匣子，重新激活了静滞力场，合上了盖子。

"谢谢你们两位，你们带给我很多思考。现在，我还有其他问题需要处理。"

"我只是践行我的誓言，原体大人。"纳塔赛说。

"你可以离开了，先知。典记长，请你留下。"

"多谢，原体、多纳斯·马克西姆。"纳塔赛对星际战士说。

马克西姆对灵族点头致谢。门开了，马克西姆瞥见了在外等候的灵族护卫。他们共有四人，全身黑甲，戴着内嵌的骨白色面具和凶暴复仇者支派战士的高大羽饰。允许全副武装的异形在舰队里游荡会在各处引发恐慌，马克西姆也同样对此感到惊愕。

"殿下，我还有什么事情可以效劳吗？"门关上后，马克西姆说。

"没什么。"基里曼说着，站了起来，马克西姆也随之起身，"只是一个祝福。我听说你很快就要跨越原铸界限了。我想祝你顺利完成转换，早日康复。"

"感谢您的关心，殿下。我听说现在转换手术已经比过去安全多了。"

"但难免还是有风险。"基里曼说，"但愿一切顺利。你主动提出转换的勇气令我赞赏。"

"我这么做，只是为了更好地为您效力，殿下。"

基里曼点点头。他的头脑已经转向其他事务。马克西姆在原体那被精心构造过的奇特心灵中感到一阵思维的奔涌，随后迅速释放。基里曼走向他的书桌，开始整理上面的纸张和数据设备。马克西姆明白这是为了开展大量工作进行的事先准备。他自己也会用同样的方式来集中注意力。

马克西姆有点儿好奇，自己的性格特质中到底有多少传承自这位古代的巨人。暂且不管他们刚才的谈话内容，马克西姆在一定程度上相信基里曼确实是一个神。

"你打算什么时候进行手术？"

"明天。"马克西姆说。

"那么，如果你能顺利完成手术，你也会得到我给纳塔赛同样的承诺，你可以回自己的家园世界。不过如果等到这场战役结束的话，或许你回去的路会顺利得多。"

"这让我很高兴。自从大裂隙开启和我的部队被截断以来，我就一直待在奥特拉玛。我的兄弟们还在家园等我，我已经太久没有履行我在战团的职责了。但是，我想我还是不会走的。"

"好吧。那我邀请你和你的战士们在我们穿越大裂隙后继续追随我远征。"

"我全心全意为您效命。"马克西姆说，"我会尽我所能追随在您的身边。作为您真正子嗣当中的一员，还有什么事比这更让人渴望呢？"

"你的忠诚让我感动。但这或许也意味着死亡，让我心头沉重。"

马克西姆鞠了一躬，说道："我们一生中最大的渴望，莫过于在奉献中牺牲。"

"悲哀之处在于，我随时可以把这个奖赏赐给所有人。"基里曼说，"谢谢你，典记长，这里的事情已经结束了。"

门开启了，基里曼示意马克西姆离开。在走出书房前，他回首瞥见原体正若有所思地凝视装着洛加所写之书的匣子。

第六章

窃听蠕虫

"倒霉，烦人。悲惨，苦恼。"古加斯喃喃自语着。它把搅拌汤药的工作丢给了手下，摇摇晃晃地穿过庭院，无视它的纳垢灵们欢快的大呼小叫和瘟疫使者们嗡嗡作响的报告声，它闷闷不乐地咕哝着。这座医院的外围建筑只剩下几堵破墙。倒塌的墙壁就像死尸般躺在迅速生长又迅速消亡的垂死植物下面。有毒的藻类掩盖了铺路石板。恶臭的废油从水泥中渗出。

"您要去哪儿，主人，您要去何方？"纳垢灵们发出了乱糟糟的合唱。

"我出去散个步。诅咒你们，跟你们没有任何关系！"古加斯咆哮着，动作笨拙地朝它们走去。这些小恶魔尖叫着逃跑，但没能逃掉，就像许多葡萄般被古加斯的大肚子碾爆了。这些小小的恶行是否让它的心情变好了点儿？不，并没有，一点儿都没有。

在庭院中只有一个大不净者，正识趣地保持着沉默。除了瘟父古加斯之外，纳垢的其他大魔都是快乐的家伙，但帕梅尼奥的惨败彻底打垮了它们。古加斯现在有了几个新的副手。纳垢的魔殿守护亲自派它们来护卫古加斯，以代替它那些需要在大花园里苦候重生的战友。但古加斯并不信任这些新来的。

古加斯知道自己正被监视。

"用不着罗提古斯之类的玩意儿来提醒我。"它抱怨着，从残留的外墙间穿过。被它撞倒的断壁残垣化作大团大团的混凝土泡沫和腐烂的植物，掉进泥浆里。

它走出瘟疫工厂，向下穿过部下恶魔军团的肮脏营地。海泽恩湿地中洪水泛滥，污浊不堪的脏水拍打着工厂盘踞的那座山的山脚。古加斯一边继续咕哝着，一边滑入水中，开始涉水而行。

恶魔军营的噪声很快就远去了。古加斯把瘟疫使者们阴沉的计数声和纳垢灵们刺耳的歌声抛在身后，周围只有一片阴郁的死寂。它走过的土地曾经是牛群的牧场，阡陌交错，散布着人类的定居点。但如今这里已化作一片泥海，完全无法分辨出农田和沼泽地。人类曾经在此地生活的唯一痕迹，就是在大约一公里外的风力涡轮机的锈蚀残骸。那些机器上布满了黏糊糊的藤蔓，很难看出它们昔日的模样。

古加斯的怒气被沼泽化解了。冰冷的泥浆冲刷着它裂开的肚腹，污水浸泡着它的肠道。这种感觉令它心旷神怡，古加斯差点儿就要高兴起来了。想到自己可能会新染上的那些疾病，它的嘴角差点儿掠过一抹微笑。但这是不行的，古加斯赶紧回想当前的危险，终于再次让自己沉溺于痛苦之中。

它继续划水前行，庞大的身躯掀起了滚滚淤泥。到最后，古加斯认为自己已经走得足够远了，可以在无人注意的情况下进行召唤，才停了下来。它转身看了看，已经不见了屋顶的瘟疫工厂被巨釜焖烧的火焰照得通红，剧毒的蒸汽从巨釜中飘升，凝胶般的生物光笼罩着建筑外部，方圆一公里多的范围内篝火熊熊燃烧。但工厂区域之外，万物变得黑暗而阴森。等到黎明降临后，它们又会变得暗淡而沉闷。这就是世界应有的常态。

"这些该诅咒的凡人，对我们赐予他们的礼物毫无感恩之心。"古加斯一边抱怨，一边审视着这片泥海的壮丽景色。他们怎么就欣赏不了这片美景呢？古加斯对此感到惊讶，发自内心地困惑。

一些非自然的生物感受到古加斯的视线，发出黏腻的响声后消失于水下。古加斯释放出少量灵魂，轻拂过周围的万物。当它的精魄渗入沼泽中时，污泥里挤满了渴求的生物。但古加斯没有找到任何能满足它的需求的东西，或者更进一步说，能为它的需求保密的东西。

告诉任何人都不行，比如罗提古斯。

古加斯最后一次环顾四周，随后轻声清了清嗓子。

"窃听蠕虫，窃听蠕虫，来，来，来。"古加斯小声地吟唱着，"我有一个秘密不能不说。听从我的揭密咒，爬出来，爬出来，动动耳朵。"

它又环顾周围，没有任何它想召唤的那个东西出现的迹象。没有任何古加斯能注意到的迹象。一阵冷风吹过它的身体，感觉就像一个屁。

"嗨。"古加斯咕哝着。窃听蠕虫是一个比它地位低微得多的东西，但古加斯并不能轻易命令它，必须用收买的方式换取它的效劳。古加斯叹了口气。它不得不表现得更热情一点儿。

"窃听蠕虫，窃听蠕虫，来，来，来。"古加斯再次吟唱，比刚才大声了一点儿，

"我有一个秘密不能不说。听从我的揭密咒，爬出来，爬出来，动动耳朵。"

风吹得更猛烈了，树枝发出声响。被诅咒的灵魂在荒野中呻吟。古加斯仔细倾听，隐隐约约听到一声幽灵般的窃笑。

古加斯感觉到了希望，又更大声地唱了起来："窃听蠕虫，窃听蠕虫，来，来，来。我有一个秘密不能不说。听从我的揭密咒，爬出来，爬出来，动动耳……噢。"它说着，抓住了自己的肚子。一股令人愉悦的酸水倒流烫伤了它的食管。

古加斯咬紧了自己的满口龋齿说："窃听蠕虫，窃听蠕虫，来，来，来。我有一个秘密不能不说。听从我的揭密咒，爬出来，爬出来，动动耳朵。"

痛感在往外移动，仿佛某种长着利爪的东西正在古加斯内脏中游过，上升，上升，一直来到它躯壳的表面。那个东西紧贴着古加斯厚实的皮内层，咬了一大口。

古加斯喘了口粗气。他再次吟唱，那个疼痛的部位变成了一个顶出皮肤的水疱。随着咒语被第六遍重复，水疱膨胀起来。然后古加斯唱了第七遍，也是最后一遍。

"窃听蠕虫，窃听蠕虫，来，来，来。我有一个秘密不能不说。听从我的揭密咒，爬出来，爬出来，动动耳朵。"

水疱爆开了，一个被黏膜包裹的像鼻涕虫般的光滑东西伴着水流冲了出来。古加斯朝它扑过去，一把抓住了它。但它滑溜溜的，从指缝间窜了出去。古加斯一连抓了三次，才用大手将它擒在掌中。那个东西在卵囊内来回蠕动。古加斯用黏糊糊的舌头舔着卵囊，直到卵囊开启，暴露出了那个生物。

它伸直了身体，左右摆动，甩走身上的黏液，随后抬起了没有眼睛的大脑袋。它的躯体就像蝌蚪和蛆的杂交产物，前头是圆的，逐渐往下变成一条肌肉发达的尾巴。整个脸庞只有一张长满板牙的大嘴，嘴唇紫得吓人。它没有腿，但长了四条粗短的手臂，手臂尽头是长着三根手指的利爪。

"窃听蠕虫，"古加斯说，"你来了。"

"伟大而强大的瘟父古加斯。"窃听蠕虫说。它用尾巴支撑自己立了起来，张开小胳膊鞠了一躬。它的声音轻柔而若有若无，充满了狡诈和背叛的味道。"纳垢的第一宠儿，我能为您做点儿什么呢？"

"我确实是第一，但还能持续多久呢？"古加斯嘟囔着，"我的一个老对头跟我说了很多事情。"

"您提到的那位，想必是罗提古斯。"窃听蠕虫说。

古加斯体内的冷血都要沸腾了，这微不足道的小东西竟然也知道它的不幸，不过这确实是它的天性。

"对，罗提古斯。我必须把在瘟疫工厂里酿造的瘟疫完成，否则我就会丢了面子。而且我还会发现我在慈父心目中的地位也随之下滑。我决不会对那个傲慢的天气预报员叩头。决不！"

"那么既然你知道了它的打算、它的计划、它的阴谋。或许你就可以挫败它？"窃听蠕虫说。

"不！"古加斯厉声说，"愚蠢的虫子。这么做太有失体统了。我不想冒着惹慈父生气的风险跟它对着干。我说的是我一定要成功，仅此而已。我要在大疫星这里取得成功。"

"那接下来您要干什么呢，大人物？"窃听蠕虫问。

"我必须证明自己是对的，而罗提古斯是错的。我的瘟疫必须奏效，我必须杀掉那个应该被三重诅咒、死七次的该诅咒者子嗣。只有这样，纳垢才会认为我比那个下雨的更厉害。"

"你想杀了莫塔瑞恩？"窃听蠕虫狡猾地问。

"不对！不是莫塔瑞恩，尽管没有他的世界里悲惨会少一点儿。但不对！我指的是罗保特·基里曼。"大声说出这个名字的时候，古加斯的下巴都在咔咔作响地抽搐，"他就要来这里了。很快，我会知道他的计划的。"

"我没法穿过笼罩他的那一层光幕。正在保护他的是……"窃听蠕虫颤抖了一下，"那个人。"

古加斯咬着嘴唇。"和我想的一样，我真希望不是这样。我有个更简单的办法。我需要一个狡猾的心灵潜入凡人的土地，去搜集点儿情报，诸如此类。"

"那您是要一个间谍？"窃听蠕虫竖起脑袋，嘴唇向外突出，"我干过这种活儿，而且我就是为此而生的，因为慈父喜欢偷听。您要的就是个间谍。我要附到谁身上？"

"某个能看到和听到他的人，但不能太靠近。不能是他的子嗣，或是帝皇的那些金色怪物，也不能是他的牧师或那些女战士，还不能是那些被他们检查过的，以及跟他们亲近的人。"

"那一个凡人怎么样？一个能够来去自如的凡人，不太重要，但拥有足够的权限可以自由行动。也许是这个行星世界上的某人，而不是他的远征大军里的人。该诅咒者之子很警惕，但他只是一个人。他不可能同时注意到所有地方。"

"对！对！"古加斯激动地说，"说得很对。说得太对了！一个重要的人，又不能太重要。"

窃听蠕虫点点头。"这样应该就可以搞定了。"它在苍白的腹部前搓着手，"你知道价码。如果你想要秘密，那么你必须拿秘密来交换。好东西换好东西，这是我的爱好。悄悄地告诉我一件我不知道的事，当作给我的报酬吧。"

"我怎么知道什么事情值得说？"古加斯来了精神。

"您的地位比我高得多，大人物，您是纳垢第一宠儿。而我的排位要低得多，是第九千九百一十七位。不过在这件事上，我的意愿凌驾于您之上。我将会判断您的秘密有多少分量。这将会决定我为您效劳的时间和用心程度。这个秘密越大，我就会为您冒越大的风险。"

"嗯。"古加斯说，"一个秘密。"它努力想了很久。窃听蠕虫在大不净者的手掌中耐心等待。"有了！"古加斯说。它长满痘的大脸凑近。窃听蠕虫抬起头，用一只手放在它本该长耳朵的地方，摆出倾听的架势。

"说吧！"窃听蠕虫说。

"我……"古加斯紧张地喘了口粗气，把声音压得非常低，"我从未喜欢过败血病·赛文。"

窃听蠕虫在尾巴上朝后一仰身，交叉起了胳膊："就这？这就是你最好的秘密？就为这么点儿东西，我甚至不会去冒险从一个妈妈那里打听婴儿的名字。这简直糟透了，大人。"

"我……哦，嗯，好吧。"古加斯又靠近了一点儿，"我也真的一点儿都不喜欢莫塔瑞恩，泰丰斯也是。我还很讨厌罗提古斯。"

"噢，好家伙。"窃听蠕虫的话音甚至有一丝同情，"我得谢谢您这么努力。尽管这些坦白的话让您尴尬，但它们一点儿用都没有。大人，因为一个秘密的最本质之处是没有别人知道它。纳垢花园里上上下下都知道一件事，那就是您憎恨所有人。所以我建议您还是再试试吧。继续，我知道您能行。"

"很好。"古加斯的嗓音压得更低，声音简直就像呵了一口气般轻微，"我有一滴原体之血。"

"对，对。"窃听蠕虫急切地说，拍着手掌，"再多来点儿。这事我之前就知道了，但我觉得真正的秘密就快来了。"

"我在赫卡顿战场上拿到了那滴血。它可以让我们杀死原体。"

"继续。说点儿我不知道的。"

"我还留着它。"古加斯把指甲参差不齐的手伸进自己身上一个没有愈合的伤口里，掏出了一个小瓶子，把它挂在一条链子上，摆在窃听蠕虫面前。玻璃很干净，链条上没有任何锈迹，一滴红宝石色的血滴在瓶子内滑动，没有受到任何污染。"我把它随时带在身边，尽管它烧得我很难受！这种痛苦并不让我愉悦，因为那是来自该受诅咒者本人的可怕触碰。"

"太有冲击力了。"窃听蠕虫说，"但还是不够。大家都知道您需要用它来配药。没有秘密，就没有效劳。"

古加斯压低声音说："我酿制神厄病不需要用光它。我很谨慎。这个东西很珍贵。我可以用它来做各种不可思议之事，甚至连莫塔瑞恩都无法抗拒的事。你知道，他们是兄弟。他们都有某种力量，也都有某种弱点，因为他们血脉同源。"

窃听蠕虫连连拍手，支着尾巴转来转去。"漂亮！漂亮！阴谋诡计是最棒的秘密。我可以保证，您不用担心我泄密。不过因为我是窃听蠕虫，这也只是个谎言。这个情报足以让我为您效劳。我们的契约达成，我将会履行您要求的使命。"

窃听蠕虫的背上浮现出猩红的裂缝，一对残破的翅膀从中展开。翅膀随着蝇群来回盘旋的节奏快速拍动，窃听蠕虫越飞越高。

"我打听到的事情，您也会马上知道，大人物。"小恶魔说着，在空中鞠了一躬。致礼完毕后，它嗡嗡地飞入夜色之中。

古加斯注视着窃听蠕虫，直到再也看不到它。"希望这笔交易划算。"古加斯叹了口气，划着水返回瘟疫工厂去继续工作。

迪亚米德·特菲留斯上尉睡在妻子身旁，辗转反侧。这是个闷热的夜晚。亚克斯上的每个夜晚，潮湿的风都会从被感染的陆地上吹来。窗户上挂着用消毒水浸透的床单，宿舍里充满了一股化学品气味，让他每天早晨脑袋都嗡嗡响，思维迟钝。他的梦总是令人不快。但他也说不清楚，这到底是腐蚀了这个花园世界五分之四面积的敌人瘟疫的影响，还是这最后一片自由土地上的人类为了自保被迫采取的措施所带来的后果。他不是医学专家，只能相信别人告诉他的话。

但帝皇在上，他真的恨透了消毒水的气味。他曾经做过相关的梦：当他套上神圣的生化防护服时，那股气味依附在他身上；当他将头盔呼吸器密封就位时，那股气味变得更糟。他在食物上，在他妻子的吻上都能尝到那股味道，甚至在他睡着时还能闻见。

在梦中，他又成了一个普通步兵。索瓦塞特中士对他大吼大叫，让他戴好头盔。而那个头盔里充满了消毒水。他曾经很恨索瓦塞特，觉得他是个恶霸。尽管后来他理解了中士为什么这么做，但在梦里，特菲留斯依然很害怕索瓦塞特。

"但我会溺死的，长官。"他说。

索瓦塞特的回答是一连串口齿不清的怒吼、乱叫和飞溅的唾沫，令特菲留斯畏缩了。特菲留斯突然变得更年轻了，变成了一个孩子。尽管他现在身高只有中士的一半，但中士还是冲着他叫嚷。他的军服堆在脚上，也挂在身上，那个头盔已经变得有他身体的四倍大。现在索瓦塞特想让他跳进盛满恶臭液体的头盔里洗个澡。

梦里的那个特菲留斯哭了，当索瓦塞特开始揍他时哭得更大声了。在现实生活里他从来没有因为惩罚而哭泣，但在新兵训练期特菲留斯一直害怕自己会哭，而且不断梦见这个场景。

他感觉有一根羽毛轻拂过他的心灵，有一个好奇的灵魂朝里面窥视。

"你要看别的吗？"一个轻柔友好的声音问。

这时候，索瓦塞特正用硬棍子猛击特菲留斯的肋骨，他蜷成一团躺在地板上呜咽。

"要。"

随后他变成了另一个人，或者说另一个东西——一个在空中自由飞舞的小家伙。这个梦境很平静，在经历过索瓦塞特的狂怒后，那是一种解脱。他正在飞越瘟疫肆虐的大疫星上空——他知道这个名字不对，但记不起究竟该叫它什么名字——一直飞向港口城市初临城，凡人的官员们住在那里，几天之内原体也会在那里着陆。特菲留斯感到很困惑，他并没有得到关于原体行程的报告，在他一生中也从未有过预知，但他现在好像掌握了一大堆秘密知识，而且他知道，罗保特·基里曼很快就会来他的城市。

当他靠近初临城所在的那座刀刃般的熔岩山脉时，地面上的腐化景象变得越来越稀少。不知为何，这让他感到沮丧。

他就像亲身经历一样看着飞过的世界。但他并没有控制飞行，那对似乎属于他自己的双翼也不能随心摆动。视野倾斜了，初临城的阶梯花园迎着他高速接近。他看见第一层、第二层、第三层的墙壁，就像一个升天节蛋糕般排列在山脉上。宽阔的螺旋公路环绕着山峰，他看到了建筑群、城堡，还有垂死的空中花园；很快就到了他住处所在的街道上空，随后是他家的塔楼，看起来就像一个高大的圆锥形白蚁巢穴；接着他的窗户出现了，消毒水床单在微风中飘荡。

砰的一声，他感到自己就像一袋肥肉被甩到地上般滑了出去，随后他的飞行结束了。他看见了一只苍白的手，好像不是他自己的，但不知何故也是他自己的。随着一个令人不快的嘶嘶响声，那只手拉开了窗帘，消毒水的味道变得比以前更难闻了。

"醒醒。"在他体内，有一个声音急切地说。

房间里很暗，但在城市的灯火中，他看见前面的一张木床上有个正在睡觉的人。那是他的床。床看起来很庞大，高得就像一座悬崖。有一绺棕色头发伸出被子垂在床边，他认出那是妻子阿尔梅亚的头发。床上有一个大汉的躯体，只可能是他自己的背。那两个人睡得很熟，丝毫没有察觉向他们逼近的恶意。

"赶紧醒醒，要不就给我去死。"那个声音说。

在做梦的这个特菲留斯小声咕哝着，手脚并用地爬上床，扭动着躺到锦缎床罩上。洗得发硬的干净的布让做梦的特菲留斯感到疼痛，他迅速蠕动到床头，以免摩擦的时间太长。他伸出一只小手，将床单扯了下去。

在他面前，出现的是他自己失去意识的脸，正微微张着嘴。

"醒醒！快醒醒！"

在他梦中的视野里，特菲留斯抽搐呻吟着，但无法摆脱这个梦。

"喂，人类。"做梦的特菲留斯对睡着的自己说，"我们在梦中接触，在梦中合而为一。"那只小小的带爪的手伸向前方，压在他的脸颊上，潮湿而恐怖。

"醒醒！"

随着猛烈的喘息，特菲留斯醒了过来。一时间，他体验到一种奇妙的分身感，仿佛在低头看着自己震惊的表情，又像是在抬头看着那个蹲在他胸前的鼻涕虫般的恶心怪物。

"真可爱，你有一个可爱的小灵魂。但我不需要它。"

带着湿气的翅膀折叠收回那个怪物的皮下。特菲留斯张开了嘴。

"我只需要你的双眼。"窃听蠕虫说。

特菲留斯还没来得及发出尖叫，窃听蠕虫柔软的头部就伸进了他的嘴里，卡住了他的下巴。蠕虫使劲向特菲留斯喉咙里挤下去，蠕动着，伸展着。它恶心的身躯让特菲留斯窒息。直到最后突然一滑，蠕虫滑进了特菲留斯的胸腔。

特菲留斯僵直地坐在床上，汗流浃背。他气喘吁吁，几乎无法呼吸。

"亲爱的，你不舒服吗？"

阿尔梅亚忧心忡忡的脸变得清晰起来。现在已经不是晚上了。淡淡的日光透过窗帘洒了进来。在挂着他的制服的衣帽架上，他的通信耳机响声不绝。

特菲留斯把手按在胸前。他身上湿透了。在胸骨后面好像有一个硬块。他恶心地感到那个东西正在大笑，笑声震动着他的内脏。特菲留斯眨了眨眼，挤掉眼睛里的汗水，转头看着妻子。

"我……"

"迪亚米德？"她非常不安地问。

迪亚米德·特菲留斯攥紧了睡衣的前襟，但胸中的恶心感已经消散了。他深深吸了口气，感到喉咙发痛。

"做了个噩梦。"他说，"我做了一场最可怕的噩梦！"随后他如释重负，笑了起来。

"什么样的梦？"她问。牧师们曾要求人们报告夜间发生的怪事。特菲留斯从未这样过。

"不是那种梦。不是那种需要跟别人商量的梦。我很确定。"迪亚米德·特菲留斯说，但他其实并不确定，他根本就不敢确定，他还是不想报告。他心里冒出一个念头让他不要说，他越是思索，这个念头就越强烈。

"你的通信耳机太吵了。"阿尔梅亚带着困意说。她朝床上自己那边重重地躺下。伸出手摸了摸特菲留斯这边。"你把床单都弄湿了。"她喃喃说着，再次坠入了梦乡。

"那就在我上班时让仆人们处理一下吧。"他翻身下床，迈开还在颤抖发软的两腿走到衣帽架前，摸索着衣领。他按了两三次才按下了通信耳机的回应键。

"我是特菲留斯上尉。"他说。

"上尉，遵照行星总督科斯塔利斯的命令，您必须立刻前往指挥中心。"

"是敌人来了吗？"特菲留斯问。他们这几个月都在等着敌人的攻击。熬到结局未必不是一种解脱。

"不是，长官。"通信线路另一头的军官说，特菲留斯察觉到了对方的兴奋，"是原体。他要来这里了。远征舰队一个小时前进入了亚空间。他们将在几天后到达亚克斯轨道。"

特菲留斯没有听副官接下来说的话。他满脑子都是自己的梦，现在他确定原体很快就要到这里了。他站在原地，呆若木鸡。

"长官？长官？"副官的声音打断了他。

"抱歉，副官。你刚才是说原体？"特菲留斯的喉咙还在疼痛。他的噩梦究竟还有多少是真的？

"对，我说过了。现在我是否可以告诉科斯塔利斯大人您已经出发了？"副官问。

"好，我马上就去。"

他在床头柜边迅速洗漱一番，穿上了制服。当他赶到指挥中心时，那里已经忙碌了起来。特菲留斯一到那里就开始履行职务，把自己的噩梦忘到了九霄云外。

但噩梦并未忘记他。

第七章

救援亚克斯

"我们已靠近敌军封锁线,殿下。五分钟后到达登船距离。请准备好在倒计时结束时发起突袭。"

从传送舱的通信发声器中,传来了舰队司令以赛亚·卡斯特林的话音。尽管声音本身又清晰又高亢,但在动力装甲反应堆的轰鸣声之下犹如微弱的鼻音。

"很好,舰队司令。"罗保特·基里曼回答,"本次行动中,你可能会有一段时间无法联络到我。请按你自己的判断行事。"

"我会的,殿下。愿帝皇与您同在。"

卡斯特林的声音被切断了。通信带来的背景噪声也随之消失。一排红色的灯照亮了运输舱的中央,使得舱内的乘员全都沐浴在血红色的光芒中。金色和蓝色的铠甲显得暗淡,犹如被血迹玷污。护目镜上的闪光、战甲的动力装置和武器上的指示灯给运输仓平添了一种妖异的气氛。

舱内共有五十多名乘员,全员都是基因强化过的巨人。他们当中体格最伟岸的那位正是原体罗保特·基里曼。在他身边列队的是二十名冠军护卫,全都身披蓝色的极限战士铠甲。他们每个人都是高大豪迈的英雄人物,是帝皇麾下的天使。但在这里他们失去了风头,只因为大天使长将与他们一同飞翔。

最令人印象深刻的是督军护民官马德瓦·柯肯和他的禁军同伴,缀有长缨的锥形头盔让他们的雄伟体格显得更加高大。这其中有三名阿拉琉斯终结者、五名守望者和两个小队各五名较低等级的禁军。但较低等级只是相对的修辞,因为他们当中每个人都足以匹敌百名凡人,或是十来名星际战士。他们的武力仅次于基里曼本人。假设他们合力作战,甚至有可能击败原体。即使在拥有最多禁军的第一舰队中,也很少有如此多的禁军出现在同一支部队里。

这一切,只因为原体决定亲自出阵。

"您确信这么做明智吗,殿下?"马德瓦·柯肯问。

基里曼还未戴上头盔,他侧目瞥了柯肯一眼。

"明智?"

"您作为帝皇在世之手,却让自己置身险地。"柯肯说。

"那么,护民官,你觉得同样的问题问我这么多遍,就能获得一个不同的答案吗?"

"并非如此,原体。"柯肯说,"我只是——"

"那我就请你停止这么做。"基里曼说,"我很确定,在你们城堡里的关于我和我兄弟们的记录都很清楚地写过,一旦我们做出了决定,就不太可能改变主意。"

"确实如此。"

"我还很确定,在那些记录里写过,我们的心智和你们相似。我们不会忘掉任何事情,而且善于揣测所有凡人的心灵与思想。"

基里曼转身俯视柯肯,他甚至比护民官还要高大。他向柯肯挑了挑眉毛,示意护民官回答。

"确实,殿下。"

光辉天鹰号震动了一下。从舰内深处传来一阵低沉的警报。敌人在最大射程距离发起的一次射击从附近掠过。接下来肯定还会有更多攻击接踵而至。

"那就让我们以后都记住这一点。"基里曼对护民官半开玩笑地说,"你不希望我亲自执行这次行动,希望我能注意到你的不满并且重新考虑。我完全理解你的想法,但我不会改变我的主意。"

船上的通信发声器发出了刺耳的金属噪声,传送舱前方的一排红灯中有一个变成了绿色。

"尽管我知道你还未完全信任我,但你已经和我并肩作战过许多次了,马德瓦。过去也有过类似的情况,但你大多数时候都没有提出抗议。"

"这是关于风险和收益的问题,殿下。登舰行动很危险,您这艘舰船很容易被敌人从远距离摧毁。第一舰队可以轻松破坏敌人的封锁线,根本无须您亲自出阵。"

"为了回应你,也为了表明你不断劝说我放弃这次行动让我有多恼火,现在我将再进行一次推理。你准备好了吗?"

"是，殿下。"柯肯说。他们的船突然猛烈震动，整个船体框架都在颤抖。但这些超级战士的身体都用磁力锁固定在甲板上，只是摇晃了几下。

"别这么抵触，马德瓦。我正情绪高涨，准备战斗，而且现在时机正好。"

"是，殿下。"

"你要是觉得窝火，不如庆幸是我而不是我的兄弟鲁斯回来了吧。如果是他的话，就会为了找乐子把你一拳打倒在地上，然后还要骂你不跟着他一起笑。他对我做过一次这种事。我以后会告诉你这个故事的。而且，我并非完全一意孤行。这其中我自有策略。"

"我知道那个故事——"

"如果你还想继续听我说，最好还是闭上嘴，好吗？"基里曼打断了他，"敌军数量众多。莫塔瑞恩的子嗣自认为比其他人都要强大，因为他们已经拥抱过绝望和痛苦，相信自己已经超脱其上。对于他们而言，或者对于他们当中的大多数而言，生命只是宇宙开的一个玩笑。因此他们不怕痛苦，不怕艰难，不怕死亡。但他们并非无所畏惧。尽管他们很骄傲，但他们还是知道面对我只有死路一条。我将会冲入他们当中，大杀四方。我还会从内部摧毁他们的舰艇。这虽然不能给我们带来任何直接好处，但会让我们有机会来削弱他们的士气，让他们对自己守护神的礼物产生怀疑。让他们想方设法都来攻击我吧。让他们都死。让他们当中的少数幸存者去散布我即将来临的传言。这一切会引起动摇和恐惧。让他们尝试在空中炸毁这艘飞过他们的船吧。这艘金色的、纯洁的船，将会成为他们所有人避之不及的符号。让他们彻底败北。今天的战斗结束后，他们会把帝皇和他的忠诚原体的强大铭记于心。"

"莫塔瑞恩或许设下了某些陷阱，殿下。如果舰队落入敌人的包围圈或陷入不利的战局，而你不在那里，甚至被俘虏了，那他们该如何是好？"

"难道你不相信卡斯特林舰队司令能够胜任他的工作，识破莫塔瑞恩的阴谋吗？"

光辉天鹰号遭受了一次直接打击。他们感觉虚空盾波动了一下，吸收了强大的冲击能量并将它转入亚空间。这样的一击或许会对其他舰船造成一定程度的损伤，但光辉天鹰号是按照最顶级的规格制造的，刚才的攻击带来的唯一影响就是让它稍稍偏离了航向。

"卡斯特林并非一位原体，殿下。"

又有一个红灯转绿了。还剩下四个红灯。

"莫塔瑞恩也不是原体。不再是了。"基里曼说,"与其说他是帝皇的将领,不如说是瘟疫之主的怪物。谁也不能自由地从这些所谓的诸神手中获取力量。它们从不白送礼物。莫塔瑞恩付出的代价是他自己的意志。尽管他并未发觉,但他其实失去了自由。他只是一个奴隶。帝皇给我们的自主权要大得多。"

更多的炮火向这艘鹰形飞船袭来,不断击中船体。基里曼与柯肯不得不提高嗓门儿来继续交谈。

"我也会让他看到,我无所畏惧。要是我远离亚克斯,毫无疑问你会更高兴,但我不能这么做。我必须去面对我的兄弟。我必须刺激他亲自采取行动,这样我们才能对阵。"

"要是这个计划行不通怎么办?"柯肯恼火地说。

又出现了一个绿灯。这艘船已经逼近目标。

"别告诉我,身为帝皇亲卫禁军当中的一位护民官,你做事时会没有任何替代方案。"

"不,殿下。"柯肯说。

"所以,我也不会依赖任何单一计划。最好的情况是我能杀死莫塔瑞恩,就算失败了,他也会离开奥特拉玛。这一点你可以放心。"

刺耳的警报声再度响起,随着一阵咔嗒声,又一个指示灯从红色变为绿色。

"那么,如果您怎么样都可以赢得胜利,为何您还要亲身赴险?"柯肯抬起头,注视着帝皇在远古时期创造的这件危险武器。他无法信任基里曼,永远都不会,柯肯心想。但他的观点已经不像过去那样坚定了。现在他心中对原体的期望和怀疑不相上下。"我请求您,殿下。既然我们都承认对彼此的理解正在加深,请您毫不掩饰地回答我,请尽可能如实答复。"

基里曼微微一笑。

"我想你知道我会说什么,护民官。我想你非常清楚我的答复。"

"请无须顾虑我的心情,我只想听到您的回答。"柯肯说。

又一个灯变绿了。

"这是因为,护民官,有时候人不得不发泄一下情绪。在莫塔瑞恩对奥特拉玛做出那些事情之后,我真的很愤怒。"

基里曼将头盔戴上。随着一阵嘶嘶声,头盔锁上了,将真空的威胁和他们将在瘟疫船上遇到的有毒环境的危险隔绝在外。

随后，最后一个红灯变绿，混乱随之降临。

基里曼乘坐的这艘舰艇，是当初他赶到泰拉时禁军赠送给他的礼物。在之后的十几年里，光辉天鹰号显示出了巨大的价值。尽管这艘舰艇对基里曼而言并非独一无二，但它仍然是基里曼麾下的突袭舰艇中最辉煌壮丽的一艘。无论是在和平时期还是战时，当基里曼需要给人留下深刻印象时，他都会乘坐这艘船。

光辉天鹰号正如其名，它被塑造成了作为帝国主要象征的双头鹰的形状。每个鹰首都设置了飞行甲板。老鹰的爪子就是这艘船的登陆爪。它收起的双翼覆盖着功率强劲的引擎。当双翼展开时，上面挂满了武器。

现在光辉天鹰号的金色双翼已经张开成弧形，就像帝皇的双手一样伸展着拥抱太空。精雕细刻的鹰羽向后折叠，露出了炮台。长长的炮管和发亮的弹头从隐秘处伸出。鹰的双头向内侧转动指向前方，使运输舱所在的脆弱的机腹处更平缓。这艘船现在看起来就像一只正在捕猎的真正的雄鹰。

与光辉天鹰号同型号的飞船数量稀少。其他舰艇也都不如它姿态优雅。它的外观与帝国常见的粗笨实用的设计截然不同。

船体上展示的武器大多是热熔炮。对远距离炮击而言它们的射程太短了，但它们很快就会有用武之地了。

光辉天鹰号飞入了基里曼舰队和死亡守卫封锁线之间的炮火旋涡。当阿尔法战斗群的先锋部队接近时，混沌的舰艇纷纷转向侧面，用被腐蚀的大炮开火射击。基里曼的突袭舰船则以船舷武器还击。但尽管基里曼这边的船数量更多，但当前的战术更关注突进速度而非炮击角度，他们无法使用主炮甲板进行攻击。在这场战斗的最初几分钟里，双方对射造成的损失不分上下。

在虚空盾释放能量的闪光中，舰群加速推进。激光闪烁着致命的红宝石色光辉。等离子和粒子束在黑暗的宇宙中残留下燃烧的轨迹。与此同时，巨型炮弹爆炸散布出的高速弹片云布满了太空。

光辉天鹰号高速驶入这个区域，在它身后是成群的雷鹰炮艇、霸主炮艇、突袭巡洋舰和登船撞角。数以千计的星际战士正在飞越这片死亡的海湾。基里曼的策略是通过登船行动来粉碎敌人的封锁线，以更快登上亚克斯，减少高轨道宇宙战的炮火对这个饱受蹂躏的世界的伤害。莫塔瑞恩的舰船就像墙壁般环绕着这个花园世界。每一发掠过它们的炮弹和失去目标的导弹都会击中下方的行星。

光辉天鹰号是一个醒目的目标，吸引了敌人的许多炮火。但基里曼毫不在意。他更想大肆宣扬自己的登场。他希望激怒他的兄弟，让莫塔瑞恩仓促出手。虚空盾在闪耀，鹰形舰艇呼啸着穿过火焰风暴，承受住了多次打击，而后方的那些更弱小的舰船则被炮火吞噬。敌方战斗机锁定了光辉天鹰号，展开了一场草率的追击，却发现这只雄鹰拥有许多利爪。导弹从天鹰号双翼的弹仓中向后飞去，侧面的球形炮台闪烁着激光炮的光束。在火星的数字传导工厂里制造出的强大数据武器被启用，以杀死敌人战机上的机魂。如果那些机魂已经被污秽的恶魔所取代，就瓦解它们控制机械躯壳的能力。争先恐后想击倒原体的混沌战斗机中队，全化作了翻滚的残骸。炮火和永远纯洁的虚空净化了它们内部的腐败。

基里曼的目标敌船那腐化的船体正在快速变大。那是一艘远古式样的大型巡洋舰。腐蚀、变异和累积的污秽完全遮盖了它的帝国标识。几块苍白的漆面暴露了起初的奶白色涂装，但这只不过是来自被遗忘的过去的微不足道的隐秘碎片。由于长年暴露在虚空中，船体已经变成了黑色。

敌机飞行员俯冲和斜飞以躲避炮火，使得光辉天鹰号的对空炮台来不及转向瞄准。三枚生锈的导弹飞向光辉天鹰号。它们的驱动装置上闪烁着邪恶的红光。作为应对，光辉天鹰号向卜疾驶，又陡然爬升，失去目标的导弹从它旁边高速掠过。

敌舰升高了侧舷，暴露出的巨型金属壁上布满了大大小小的武器。光辉天鹰号瞄准了两门生锈的宏炮之间的某个位置，开火射击。

鹰船上的热熔炮组按照精心规划的顺序依次启动，每门炮都对准了相邻炮的目标附近的一个点。万向节底座允许这些炮像探照灯一样自由转动，用专门的规划模式相互配合运动或退入船体内部。当雄鹰展开利爪，就像猛禽扑食般急速降下时，前方的敌船墙壁看起来仍坚不可摧。热熔光束持续射击，直到金色的鹰船几乎陷进敌船外壳的那一瞬间，船体才终于被毁灭，炸成一团高热的金属蒸汽，咆哮着擦过光辉天鹰号的虚空盾，在鹰船后方拖曳出一块块色彩斑斓的光点。碎片旋转飞舞，但鹰船笔直地穿过了它们，仰首飞进了那艘巡洋舰。

它飞入了原本是这艘大型巡洋舰上用于修理、制造战斗机的车间，但早在数千年前这里就已被废弃，放任蘑菇随意生长和半恶魔的怪物在里面怪诞地嬉戏。随着一阵污秽的抽压，那里排放出了浓密的剧毒气体。苍白的真菌被撕裂抛进了虚空。天花板上黏附着许多脆弱的建筑设施——过道、升降机、起重机和遥控装配设备。但许多个世纪积累的锈蚀废料早已改变了它们最初的外形。有一大片区域的设施被压力变化而产生的强风从底座上掀了下来。光辉天鹰号在降落时用登陆爪紧紧抓住了这片残骸。它的双翼向外展开，武器可以随时开火。通过在鹰颈处的铰接式支架上固定的两块飞行甲板，船员们察看着这片空旷的船舱。

敌船古老的自动防卫协议被激活了。防爆门在缺乏润滑的轴承上颤动着，关闭了通往舰船更深处通道的入口。气体逃逸到外空间发出的呼啸声减弱，而后消失。在真空的寂静中，光辉天鹰号腹部精心打造的金属羽毛对向张开，黄金鹰船的舷梯开启了，将无瑕的光芒洒向敌船被玷污的甲板。

罗保特·基里曼和他的部下从光芒中走出。他们就像是一群踏入远古地狱的天使。

"守住这个区域。"基里曼说，"突破大门。我们要赤手空拳撕碎这艘船的内脏。"

第八章

理论与实践

　　罗保特·基里曼漫步在大厅中。已经有数千年没有忠诚派踏足此地了。基里曼不确定自己当年是否曾走过这条大道。

　　这艘船的古老设计可以追溯到大远征时代之前。尽管这艘船未必真的有那么古老，但时间在亚空间中流逝的方式是不同的。说不定在遥远的过去它真的曾经在帝皇的旗帜下作战。或许，它属于那支和帝皇一起降临巴巴鲁斯的舰队，运送着曾经被称作"黄昏突袭者"的第一支军团，去与他们的基因之父会合？或许，它曾经将帝国真理带向那些遗落的世界？或许，它曾经被失散的人类分支子嗣欣然接纳？又或许，它曾经用武力逼迫那些拒绝接受帝皇的兄弟情谊愿景的人们臣服？

　　基里曼深知那个时代的残酷，认为大远征使用的手段有些极端。他私下里并不认可他所谓的父亲的某些作为。尽管事实上，就算其中最糟糕的暴行，也不过是基里曼本人在奥特拉玛做过的事的放大版本而已。他认为，无论是一次谋杀还是一座城市被毁灭，暴行的恶意都是一样的。在大远征中，他真心认同帝皇的残暴只是为了达成目的的一种手段。

　　然而……

　　一个个世界被烧毁了。一个个文明被抹消了。一个个异形种族被灭绝了。和平的代价是无数的死亡。

　　在这之后，叛乱爆发，被帝皇隐瞒的真相狠狠地砸在了他的脸上。

　　在大远征时代，基里曼经常感到良心不安。他曾经与兄弟们激烈争论他们的行为是否符合道德。他曾经对他们的某些做法表示不赞同。对其中一些人，例如那个怪物科尔兹，他曾经公开鄙视。但在此刻，当周围的一切违背了一切物理法则，他走在这些滴落着非自然腐化的污秽的走廊上的时候，当他看到帝皇的疆域和他自己的奥特拉玛王国遭受的这一切悲惨命运的时候，他认为过去的一切手段都是正当的。

现在无论这艘船驶向何处，都不会再有任何人高兴地欢迎它。它永远不会再被视为解放者或和平缔造者。无论它的阴影降临在人类或异形的世界上，它会带去的"货物"只有痛苦、腐化、疾病和衰朽。它是封印在瓶中的天灾，被恶意地释放到了世间。

最后看来，或许的确应该不择手段。为了阻止混沌带来的恐怖，没有任何行为算得上黑暗。为了确保物种的存续，为了让人类在逆境中苦苦求生，任何伦理、任何道德，或是任何其他事物，都可以牺牲。

或许这就是过去一直让基里曼纠结的事。现在他认为自己开始领悟了。尽管接受这一切令他的灵魂痛苦。

理论上，帝皇终究还是做了正确的事。他所做的一切都是正确的。

灵族、太空死灵，还有在这个银河系中的其他有思想的生物们，他们都远不如人类。灵族坚信他们更有道德，更见多识广。但他们当中的一部分人挖空心思操纵一切，却只用来换取最微不足道的优势；而另一部分人则怯懦地用无辜者的牺牲来拯救自己。他们全都一样傲慢自大。

太空死灵选择的则是另一条路，一条更恶劣的道路——他们变成了一种没有灵魂的存在。现在他们正公开与人类作对，成了又一个可怕的敌人。在驱灵死域正在爆发一场始料未及的战争，为了遏制这一威胁，基里曼不计其数的战舰被牵制住了。但根据贝利撒留·考尔的报告，太空死灵使用的技术有可能拯救所有人。

在他思索的同时，登船队伍一直沿着巨大的仪式通道前进。这条道路被奇怪的有机物厚厚覆盖，他们仿佛行走在某种患病怪物的内脏上。

基里曼回忆起过去的那些令他良心不安的时刻，觉得心中释然。帝皇曾经慷慨激昂地提出让人类团结、寻回失落的力量和遗忘的科技等愿景。但他从未提起过混沌，一次都没有。

如今基里曼也理解了这一切。一个冷酷的银河需要一个冷酷的政权来保护。混沌总是会给人们在压力下逃避的理由，诱惑不计其数的人逃离那个能驱逐噩梦的存在，转而投入它们的怀抱。

理论上，帝皇原本想把它只是当作一个暂时的过渡阶段。但自从他被束缚在黄金王座上之后，这个状态就持续了下去。实际上，这一切也是他咎由自取。

一个凡人可以同时处理十几件事，一个伟人则能同时完成一千件事。他回忆起了养父康诺对他说过的话。但无论一个人有多大的能力和多强的意志，他最多也只能同时执行一个宏伟计划。

他的思绪转向了《帝国法典》。这本还未完成的著作还留在他的书房里。

"一次只做一件事，罗保特。"他自言自语，批评自己缺乏耐心。

"殿下？"柯肯问。

"没事。"基里曼回答。

然而，他继续思考着，他不能再耽搁下去了。柯肯是钉在基里曼身边的上千个钉子之一。虽然这几年来他们的关系有所改善，但护民官仍不信任原体。只要基里曼暴露出任何想要登上王座的迹象，柯肯随时便会采取行动。瓦洛里斯之所以会任命柯肯担任这一官衔，并派他加入远征军，也正是出于这个原因。

还有马蒂厄，他正在积极行动，企图让基里曼在教会中成为仅次于帝皇的二号偶像。还有些激进派领主和政客们想让基里曼称帝。保守派们则因为自己的权力被限制而憎恨他。他经常对身边的人说，他在帝国之外有几十个敌人，但在帝国之内有几亿个敌人。但即使对这个人数已经寥寥无几的团体，他也不会分享自己此刻的思绪。

从通信耳机中传来的高级战略频道通信打断了他的沉思。一个个信息块从他的头盔屏幕中往下滑落，它们堆叠了这么多层，以至某些信息块看起来就像是实心的色块。基里曼浏览了一遍，分析之后，他的结论是卡斯特林对这次攻击的指挥颇为出色。

基里曼很想知道莫塔瑞恩对这一切的感想——如果他还有独立思考的自由的话。他与基里曼从未融洽相处过。基里曼觉得他是个悲观主义者。莫塔瑞恩对所有的事都只能看到糟糕的方面，他从来不期待好的结果，也从未获得过。他一直痴迷于克服苦难，以至会刻意寻找苦难。他也毫不犹豫地将同样的苦难强加给他的基因子嗣们。他痴迷之事多种多样，一旦他对某件事产生了执念，就不可能转移他的注意力，直到这件事像往常一样走到他预期的痛苦结局为止。无论是他对帝皇解救他那件事的阴郁怨恨，还是对在军团中运用灵能力量的恼人问题，他都一直纠结到最痛苦的结局。难道他不知道自己被操纵了吗？难道他没有意识到自己已经沦为一个奴隶了吗？远比帝皇更加黑暗的主子嘲笑着他，为了取乐把他变成他曾经最鄙视的一切的戏仿之物。还是说他依然把自己看作一个蒙冤的受害者，为自己所谓的胜利而欣喜？在这方面，他就像佩图拉波一样：自私，自恋，而又愤世嫉俗。

然而，基里曼还是为他的堕落而痛心，为所有那些堕落的兄弟们痛心，破碎的安格隆、华丽的弗格瑞姆，甚至还有科尔兹，他最大的罪行是疯狂，但疯狂其实根本算不上罪行。基里曼对他们每个人的爱的程度并不相同，但这些叛逆者无论如何都曾是他的兄弟，他无法不为他们哀伤。

他不能对任何人说出这个想法。他也从未告诉过任何人。当他陷入对这些事情的沉思时，他就成了世上最孤独的人。

正是这个原因，他才决定亲自率领这支登船部队；正是这个原因，当一面三十米宽十五米高的防爆门发出刺耳响声被推开，莫塔瑞恩的恶魔引擎蜂拥而出时，他欢欣鼓舞；正是这个原因，他没有向任何一名随从发话，就拔出帝皇之剑，立刻投入了战斗。

"为了帝皇！为了奥特拉玛！"基里曼发出了咆哮。神灵般的嗓音被他的头盔放大到了震耳欲聋的地步，这的的确确是一声痛苦的战吼。

第九章

失控的原体

柯肯的传感器报告了那扇防爆门即将被打开的信号迹象，它还用发亮的轮廓描绘出了在门后等待着的敌人。基里曼的行动虽然出人意料，但并非无迹可寻。帝国摄政近来脾气暴躁。

尽管柯肯猜想过基里曼会抢先进攻，但他冲锋的速度还是令柯肯大吃一惊，暗自咒骂自己又一次低估了原体的非凡体能。

"禁军组成阵势，保护摄政！"基里曼已经冲到了离敌人一半路程的地方，柯肯只能在事后高呼下令，"中等威胁范围内探测到十三架恶魔引擎。后面还有二十多名叛徒阿斯塔特。"

防爆门还未完全打开，敌人就已经开火了。爆矢弹与微型导弹在空中划出烟雾的轨迹，朝帝国登船部队飞来。一门热熔炮在咆哮着，有个正在追赶基里曼的贴身护卫的突击盾遭到了直接打击。随着一声巨响，盾上的能量场消失了，那名星际战士将冒烟的盾牌残骸丢向敌人。盾牌在地上打着滑撞到了敌人的腿，但没有对那些恶魔引擎造成任何影响。

基里曼转眼间就陷入了敌军重围，如雨点般的弹头被命运之铠纷纷弹开。无论禁军和冠军护卫们有多么强大，他们都追赶不上罗博特·基里曼的步伐。一个像他这么大块头的凡人通常会动作迟缓笨拙，但基里曼的基因毫无此类缺陷，他经过完美的设计，跑起来就像一阵狂风。帝皇之剑上火焰喷涌而出，在他身后如同一面旗帜。随着铠甲的猛烈撞击，他首先扑向带头的那架恶魔引擎，撞得它摇摇晃晃，动力履带猛烈地反转，并向后方翻倒下去。仅凭来自下方的一撞，基里曼就干掉了这架引擎。他甚至都没有注意自己铠甲能量场上的冲击和爆矢弹的爆炸。柯肯还来不及劝谏原体应该接受众人的保护，基里曼已快速移向下一个目标。

这些恶魔引擎是恶臭的凋零引擎，死亡守卫经常大规模部署这种轻型反装甲单位。它们搭载的多管热熔炮和导弹发射器既可以用来对付坦克，也可以用于杀伤动力装甲步兵。现在所有这些机械都在绕着圈行驶，用它们的武器对基里曼射击。但基里曼移动得太快，敌人无法锁定目标。就连柯肯也无法在引擎喷发出的蒸汽中找到原体的身影。

"为了帝皇，为了原体！"柯肯咆哮着，带领部下们向前冲锋。他们的阵形已经散乱。原体的轻率让所有人都陷入了危机。

走廊两侧的门纷纷开启。更多的叛逆星际战士正在赶来。

"是伏击！伏击！"一名星际战士在通信链中呼喊。标记那名叫喊者的符文刚刚亮起就立刻熄灭了。柯肯甚至没搞清楚是谁喊的。沮丧之中，他发现许多莫塔瑞恩的病崽子突然冒了出来，沿着上层的栏杆占据了射击位置。他平举爆矢发射器开火，双枪打爆了一个大块头瘟疫战士的胸膛。冲进下方走廊的这些敌方战士装备着短射程的瘟疫喷枪和生锈的近战武器，杀入战团展开肉搏。

"以帝皇的名义，向上冲！前进！保护原体！"柯肯对基里曼可能会战死的恐惧彻底压过了对自身安危的关注。

但星际战士和禁军们发现自己已深陷苦战。他们想向前移动保护原体，却被敌人从其他三个方向上攻击和杀戮。就在星际战士们奋力重组战线的同时，基里曼成了被锈绿色金属包围的一个孤单的金蓝色闪光。

柯肯咒骂着前进，发现自己被身穿战甲的身躯不体面地推来挤去。瘟疫战士们有的不时发出窃笑，有的不断抱怨着身上的各种病痛，争先恐后地朝他逼近。柯肯从一个肥胖得几乎无法走动的瘟疫战士身上砍掉一根触手，然后舞动守护者长戟，将锋刃刺入对方肿胀的肚腹。在敌人倒下的同时，他身上的动力甲已经被酸液侵蚀得冒烟。

"原体！原体！去保护他！"柯肯嘶吼着。

他用长戟的金色长柄架开了一把锈钝的瘟疫剑，将持剑者向后击退。他从破裂的呼吸栅格中，可以看见那名死亡守卫有一张七鳃鳗般的丑脸。柯肯狠狠地给了他一记槌杀。长戟紧随其后刺穿了那个面目全毁的变种人。闪亮的长戟深深插进了崩坏的陶钢中。但敌人还是很顽强，他的神赐予了他难以置信的忍耐力。他疯狂地反推回来。柯肯惊愕地发现自己被向后推到了他的一名禁军同僚——盛名的瓦西里安——身边。

"我们必须去基里曼身边！"柯肯一边咆哮，一边抵御生锈剑刃的多次猛击,"要是他被击倒的话……"

　　柯肯打翻他的对手,一戟贯穿头盔,结束了这名死亡守卫数千年的背叛罪行。他面前的道路终于被打通了,甚至有一瞬间他看见了基里曼战斗的情形。

　　原体的武器统御之手向一辆凋零引擎的前甲板喷射出一连串爆矢弹,打得它生锈的金属外壳上满是弹坑,喷出一股油水混合物。虽然造成的伤害很小,但这架恶魔引擎正面无数的爆炸闪光使得它暂时失去了视力。基里曼挺剑上前,送上致命一击。

　　一如往常,只有这把剑才能带来真正的伤害。当基里曼挥舞时,它带着火焰发出咆哮,仿佛因感知到这架机械内部隐藏的恶魔而变得愈发明亮。当内部的恶魔意识到危险,企图逃逸时,一切都来不及了。

　　基里曼交叉双脚旋转了一周,宝剑划出一个完美的圆形。帝皇之剑向上酷烈一斩,砍在了那台机器的球形前端,轻而易举割裂了金属,用超自然的火焰将其点燃。当剑刃撕开由科技、器官和恶魔混合而成的机械内部物质时,黏稠的液体喷涌而出。基里曼强大的力量和这把剑超自然的锐利锋刃将这些物质轻松地切成碎片。当基里曼的旋转结束时,剑刃从机器顶端炸裂而出,挥舞的轨迹贯穿了恶魔引擎的整个躯体。对方的前装甲板大半脱落,暴露出了在恶魔引擎内部运行的杂乱不堪的内脏和线路。

　　恶魔发出一声恐怖刺耳的噪声,就像利爪在人的身体上划过般让人难以忍受。机器顶端冒出了恶魔逃窜的影子。它企图遁入亚空间,但帝皇之剑对恶魔从无怜悯。机械外壳上的火焰在那影子身后跳起来拥住它,将它拖拽了回去。柯肯仿佛在火焰中看到了一张长着角的脸发出惨叫,随后突然粉碎消散。

　　就像一门钜火喷射器被突然关闭一般,机器上的火焰顿时熄灭。供给它们的灵魂燃料已被耗尽。基里曼冲向下一个目标。

　　"他真的需要我们保护吗?"瓦西里安说,他服役刚满五个世纪,获得了守望者的荣誉长袍,"原体用不着守卫,护民官。我想我们在这儿只不过是一群跟班。基里曼能像破坏纸板道具那样杀掉死亡守卫的这群恶魔引擎。"

　　"但我们仍然必须注意他。"护民官低吼一声,"他并非无懈可击。而你也必须注意自己的嘴,瓦西里安。尽管他是一位原体,但我们所有人的希望现在都系于他一身。就算我们是自愿跳进这个陷阱,我也决不会允许他在我的保护之下战死。"

但在内心里，柯肯承认瓦西里安的话不无道理。在这座大厅内，甚至没有一个敌人能稍稍延缓原体进攻的脚步。

尽管柯肯对基里曼的意图有所猜疑，但他从未质疑原体的战斗能力。禁军的档案中写过，原体被创造的最大用途是作为武器。现在柯肯已经目睹过许多次基里曼的战斗，他认为这段记录准确无误。基里曼在统治、行政、律法等方面表现出了众多专才，但他终究还是一柄锋芒毕露的利刃。他的其他所有技能，都只不过是剑柄上的装饰而已。

基里曼的身影再度消失。柯肯身边的战斗压力已经减轻了，这两名禁军总算可以分开作战。柯肯改变了握柄的方式，用长戟的利刃狠狠向下斩击，齐膝砍断了一名瘟疫战士的大腿。那名瘟疫战士跌倒在地，柯肯一击杀死了他。

瓦西里安挥舞着一把巨大的堡主斧。他在胸前转动大斧，逼退了三名包抄过来的瘟疫战士。其中一人从右边过来攻击他，但瓦西里安将大斧的旋转化为一刺，后腿一用力，尽可能向远处猛刺过去。斧刃的尖端扎进了那名瘟疫战士的胸甲，能量场光芒大作，瓦西里安把斧尖一口气捅进了敌人的胸部，斧上的爆矢发射器也一同深埋进去。它狠狠击中了给叛徒的装甲提供动力的反应堆背包。随着一声沉闷的爆炸和喷涌而出的棕色烟雾，受腐蚀的装甲碎片和血肉被炸得到处都是。瓦西里安毫发无伤地大步穿过烟尘，手中战斧又一次高高举起。

柯肯回想起了禁止法令被推翻前的那些岁月。禁军当时只在极少时候秘密派出少数几个人离开过泰拉。他们执行的绝大部分都是外交任务，因为一旦发生战斗，就几乎不可能对外隐瞒他们。战斗会让他们鹤立鸡群。而在政治层面，他们是不容许引起外界关注的。大多数情况下他们为人所知的战斗是仅在泰拉上举行的"鲜血游戏"。

但竞赛并不能替代战争。如今他目睹二十位帝皇御前亲卫并肩作战，这正是他的同袍几千年来一直期待的荣耀场面。

马德瓦·柯肯屠杀着敌人，这让他心情愉快。他有点儿能体会原体的感受了。

此时，阿拉琉斯终结者们已经突破了敌人的战线。柯肯瞥见他们正在斗志高昂的摄政周围聚集。柯肯刚有空松一口气，一个新的对手就逼近过来。

一名敌人冠军猛扑向他，在头顶一圈一圈挥舞着双手连枷。锈迹斑斑的锁链上的沉重颅骨喷吐出一股绿色的毒气，差点儿损坏柯肯装甲上的软密封处。柯肯克制住立刻反击的冲动，后退着仔细打量他的对手。这名瘟疫战士体格魁梧，他的身高和体重都被守护神的赠礼大幅提高了。透过他装甲被腐蚀的缝隙，护民官能看到运动着的肥硕肌肉。这名冠军勇士比他的同伙更加强壮，而且像所有死亡守卫一样习惯于忍受痛苦。他是个危险的家伙。

冒着毒气的颅骨不停地旋转，它们的眼窝中燃烧着熊熊火焰。柯肯发起了一次佯攻，想看看对手会做什么反应。但瘟疫领主并未落入圈套，而是调整了一下姿势，持续旋转着颅骨，随后开口说话。

"我出生在巴巴鲁斯。"他的吐字出乎意料地清晰，"自从荷鲁斯的时代开始，我就已加入万古长战。我曾经踏足泰拉的大地，目睹帝国宫殿被焚烧。"

他在说话时，嘴角涌出了更多的黏液。

"但我还没杀过你的同类，尸体保管员。"

他发起了攻击。

颅骨发出破空呼啸飞向柯肯。这一击不但出手极快，而且力道足以打碎坦克的装甲。但柯肯动作更快，他飞身闪到一旁，颅骨掠过他，在甲板上打出了一个洞。钢制甲板下方的管道被打破了，朝大厅内喷出蒸汽。柯肯趁对手失去平衡，立刻抢攻，却看见敌人的连枷尖头正向他袭来。他急忙将守护者长戟由戳刺转为格挡，把连枷挡到一边。精金锋刃撞到连枷的铁轴发出爆炸闪光，但冠军勇士的武器毫发无伤。尽管这把连枷外表已锈蚀不堪，却意外地坚韧耐用。

冠军勇士巧妙地展开反击。他垂下连枷的尖头，然后旋转起来，让锁链挥舞出"8"字形轨迹。他朝下踢向柯肯的脚，在奥金护胫上擦出火花，减缓了护民官后退的步伐，随后他成功地挥动连枷打中了护民官的头盔。

柯肯的头颅被猛地打向一边，身子摇摇晃晃。冠军勇士大为振奋，再次发起进攻，但柯肯举起长戟，将锁链缠绕在动力戟尖上。他用力拖拽，利刃切断了三条连枷锁链中的两条，摆脱束缚的颅骨沿着地板弹开。但第三条锁链还缠在长戟的柄上。随后他们展开了一场体力的较量。柯肯试图从敌人手中夺下连枷，冠军勇士则奋力阻止。

基因铸就的力量与混沌之力相抗衡，两人就像勇士摔跤般胸膛对胸膛地撞在了一起。

"你真弱,尸体保管员。感受我的力量和活力吧。这是我的神赐给我的礼物。你们的神给过你什么礼物吗?"

柯肯身体后退,将瘟疫战士拉了过来。柯肯的后脚稳稳地踩在地上,而瘟疫战士则被拉得跌跌撞撞。柯肯右手松开守护者长戟,拔出誓言匕首。瘟疫战士奋力挣扎着想拿过锁链缠在戟上的连枷,但只能眼睁睁看着柯肯用动力匕首扎穿他的胸甲,深深插进他的主心脏。

喷溅的黑血冲刷着柯肯的手。他放下长戟,揪着瘟疫战士的脑袋将他拉了过来。他俯身贴近那名堕落星际战士的头盔。

"我们不需要神。"他说完,将誓言匕首狠狠一挥。原子被分解的力量几乎将他甩开,但他的奥金铠甲吸收了爆炸的冲击力,瘟疫战士仍然被他紧紧抓着,第二心脏也已被摧毁。

柯肯接着挥舞手臂,将手指伸进叛徒面具上的呼吸格栅,用力一扭折断了他的脖子,随后将尸体一脚踢飞。在叛徒的尸身落地前,柯肯已捡起了长戟。

瘟疫战士正在撤退。在左边,基里曼的冠军护卫占据了走廊,正勇猛地战斗,消灭上层的敌人;在右边,禁军阻挡并击退了从主甲板赶来的敌方援兵。死亡守卫井然有序地一边开火一边后退,退回了他们之前进来的那些舱门,只留下满地的死者。

基里曼在与最后一架恶魔引擎作战,阿拉琉斯终结者们则追在敌人后面发射爆矢弹。死亡守卫对登船部队的猛攻并未奏效。在倒下的人当中有几名身穿蓝甲的战士尸体,但金色战士没有一人战死,莫塔瑞恩之子则尸积成堆,失去了附身恶灵的恶魔引擎只剩下熊熊燃烧的空壳。

基里曼挥动统御之手,猛击最后一架凋零引擎的正面装甲,几枚爆矢弹随后炸响。禁军和冠军护卫们在倒下的战士间行进,用誓言匕首和动力短剑给予受伤的敌人致命一击。

没必要下令止步。身经百战的星际战士和禁军都没有穷追不舍那些退入迷宫中的敌人,而是重组阵形,等待命令。

柯肯快速评估了一下部下的状况。两名禁军负了伤,但他们的战甲毫发无损,敌人的瘟疫对帝皇设计过的基因无能为力。

一名药剂师的回收工具发出嗡鸣声,他在从阵亡的星际战士身上割下基因种子。紧张的沉默笼罩着战场。

"前进，去指挥甲板。"基里曼下令。

基里曼的队伍并未遭遇多少抵抗。有少数几架低级恶魔引擎试图拖延他们，但都被迅速解决了。帝国部队迅速沿着走廊前进，除了偶尔传来船上的主炮开火声之外，周围一片寂静。看来瘟疫战士们的主力刚才都集结到大厅迎击他们了。而在伏击失败后，残兵要么躲藏起来，要么逃往了下方的行星。正如帝国舰队占卜长的报告，其他几艘被登舰的敌船也都是如此。

在这些船上很少有凡人船员，偶尔被发现的也会被立刻处决。被恶魔感染的机械被摧毁。与船融为一体的那些可怜的血肉团块则被火焰所清洗。

敌人在通往指挥甲板的入口处布设了自动防御装置。当部下对付那些装置的时候，在一面长满眼睛的肉墙被焚烧的火光之下，柯肯总算可以抽空和基里曼说上几句话了。

"如此轻松，令人失望。"基里曼说。

"这艘船上的敌人没有几个真正的战士。"柯肯说，"莫塔瑞恩想保存实力。根本没有什么东西能抵挡我们的三支远征军战斗群。他多此一举布下如此脆弱的封锁线，让我不得不感到惊讶。"

"这支舰队的其他船上也都是同样的情况。"基里曼说，"正如我们所料，他并未认真尝试阻止我军登陆，而只是采用拖延战术。莫塔瑞恩军的主力应该就在这颗行星的地表上。除非说他引诱我来这里是为了转移我的注意力，自己要去袭击别的地方。"

"我不这么认为。"柯肯说。

"我也同样不这么认为。但所有的可能性都必须要考虑、审查和评估。"基里曼说，"在事情结束之前，没有什么是不可能发生的。莫塔瑞恩可以自由在亚空间穿梭，因此抓到他是一件难事。但如果他想在什么地方杀死我，他一定会亲临现场得意地嘲笑我。这个地方很明显是个陷阱，但这是我们自愿踏入的陷阱。莫塔瑞恩用自己来充当诱饵，这对于他来说是个危险的计策。一旦他的诡计失败，我就会斩下他的首级。我会让他觉悟。"

前方出现了一道明亮的闪光和一阵如雨的火花，随后是一阵短促的爆矢枪开火。走廊里传来叫喊声，隔壁的舱门已经被攻下了。基里曼的护卫们以雷鸣般的步伐前进，用他们的突击盾设下一堵铁壁，挡在已经打通的道路上。

一座被果冻般的生物包裹的炮塔开火了。星际战士们举着盾，用能量场使射来的大口径炮弹偏移，再向前冲锋。他们一直保持着阵形，直到冲过火力最猛的区域，进入炮塔盲区。一名星际战士冲上前将炮塔砍倒。弹药在炮塔内部爆炸了，炮管流着血从底座上垂下。

"清除完毕！"那名战士高喊。

他们来到了通往指挥甲板的最后一道门。上百个疯狂的变异凡人进行了短暂但徒劳的防御，片刻间，他们就全部被击毙。热熔炸弹将舰桥大门轰开，罗保特·基里曼大步走进了这艘船的控制中心。

这个地方污秽恶臭。细长的生物悬挂在机械上，将它们彼此连在一起。步履蹒跚的工人在故障的机器前工作，肮脏的控制杆上反射出油污的光。当人类帝国的摄政大踏步走入他们当中时，这些船员甚至都没有从工作中抬起头来。

"杀了这群可怜虫。"基里曼说，"一个不留。"

禁军与阿斯塔特修士们以凶残的效率解决掉了舰桥上的船员。他们的意志都已经崩溃，头脑空白，除了悲惨的哭泣之外没有做任何抵抗。

"死亡守卫和他们的指挥官已经撤退了。"基里曼说，他环顾血肉虬结的控制回廊和机仆席位，上面的人已经退化成了被疯狂变异的器官吞没的绿色骷髅，还在咧嘴傻笑，"柯肯，建立传送锁定，让我们脱离这艘船。向光辉天鹰号发射信号。其他所有突袭小组也都撤离。"

"这艘船已经被设定自毁程序了吗？"柯肯问。没有警报声和故障通知，反应堆的嗡嗡运行声中也听不出变化，没有任何迹象表明它即将自毁。但原体说话的笃定语气让他确信无疑。

"这是很有可能的推论。"罗保特·基里曼说，"我在这种情况下就会这么做。这是莫塔瑞恩的安排。他组织了足够强的抵抗来牵制我们。"基里曼走到破碎的观察孔前，望着下方的亚克斯。

"这是他的游戏的开场热身。"柯肯说。

"我们的弑君棋比赛还在继续，毫无疑问会持续到永恒。"基里曼说，"这个宇宙不会允许我轻而易举地杀死他。"

基里曼注视着船外的太空战。不过这么微弱的反抗恐怕不配称为太空战。莫塔瑞恩的舰队正在土崩瓦解。从指挥甲板上看，这并不能说是旨在赢得胜利的协同作战，很明显是一种拖延战术。最庞大、最有价值的那些船正在驶离，最前面的船已经越过了亚克斯的地平线。留在战场上的只有中型舰艇，以及他们当前所在的这艘大型巡洋舰。

"他企图尽可能多地杀死我们的星际战士。"基里曼说，"这些船大多数都会安装引爆装置。这步棋代价高昂，但莫塔瑞恩总是爱玩消耗战的把戏。"基里曼联系了舰队指挥部，下令所有登船部队立刻撤离，所有交战中的军舰都后退到安全距离，"我很疑惑他称为儿子的那条臭狗会在哪里。泰丰斯指挥着最庞大的瘟疫舰队。如果他出现，事情就麻烦了。"

"很遗憾他不在此地，殿下。"柯肯说，"在我最渴望杀死的叛徒当中，他的名字倒是排得很靠前。"

凡人船员们已经被尽数处决，禁军开始设置紧急传送信号，冠军护卫们则准备乘船撤离。按照圣典规定，基里曼应该撤回到柯肯队伍的中间，但他依然站在观察孔前，注视着亚克斯。他还记得这颗星球曾是一个悬挂在太空中的蓝绿色珠宝，像一块完美无瑕的玉石。对于整个奥特拉玛而言，亚克斯曾是人类与环境和谐相处的一个典范。莫塔瑞恩是存心挑选了这里来伤害他。基里曼不禁紧咬牙关。如今他视线所及之处，只有黄疸色的毒云。名扬银河的美景化作了令人悲痛的现实。基里曼心头怒气上涌，但这正是他兄弟的目的。

"传送锁定完毕。"一名冠军护卫说。

"那我们立刻撤离。西卡留斯，你也尽快把你的人从船上带走。"

"遵命，殿下。"

基里曼深深注视着他那被毁坏的花园，直到能量弧光在铠甲上开始噼啪作响地跳跃。亚空间能量的金属臭味充斥着他的感官。一道闪光，随后是仿佛永无止尽的一个瞬间的悬浮。他感觉自己的灵魂被召唤，要融入亚空间的无垠之海，随后又出现了一个残像。他突然出现在马库拉格之耀号上。一缕缕放电光球缭绕着他的四肢，护目镜上如蛛网般密布亚空间的冰霜。

身穿高危防护服的净化小组动作迟缓地迎上前，用宽大的喷嘴朝他和其他归来者的身上喷洒抗腐化药水。人类灵能者团体在大厅内施展着灵能，因为瘟疫之神的疾病并不完全受物理法则的约束。

基里曼在接受第一阶段清洗时，他对指挥甲板发起通信。

"卡斯特林，"他说，"情况如何？"

"我们正遵照您的命令撤往安全距离,殿下。"舰队司令答复。

"我们有直达行星地表的传送锁定吗?"基里曼问,但他心里已经知道了答案。

"没有,殿下。除了初临城周边的省份之外,我们对行星地貌一无所知。我们的占卜员无法探测到这颗行星百分之八十以上的面积。我命令灵能者进行了尝试,但就连星语者也失败了。他们看到各个地点并不在原来的位置,而是在移动。"

"正如我的预料。"基里曼说,"亚克斯已经被亚空间浸透,使得原来的地理信息变得毫无意义。我们必须降落到地表上去。"他举起双臂,让抗腐化喷头靠近他的腋下铠甲关节。他的战甲正流淌着化学溶液,完全净化需要花费整整一个小时。

"已经有一艘敌舰自毁了,殿下。"

"传输到我的头盔。"基里曼要求。

基里曼的视野中出现了太空的缩略视图。等离子爆发后逐渐消逝的光芒标志着第一艘敌舰的灭亡。在他的注视下,另一艘船也爆炸了。原体目不转睛地注视着那艘船令人目眩的死亡。他的注意力转移到头盔另一部分滚动的伤亡人数列表上。基里曼对莫塔瑞恩的怒意变得更深了。恶魔原体让这些飞船盘踞在基里曼的星球,迫使他选择要么牺牲麾下的星际战士,要么牺牲下方行星臣民的生命。

"等他们做完这场烟火秀后,立刻前往初临城上空高轨道的对地同步点。准备在首都周围进行有限空降作战。再给我几张这个区域的地图,我要指挥对亚克斯主空港的突袭。"

另一个信号打断了基里曼与卡斯特林的通话。这个通信请求的附言表明是一名舰队控制官。

"说吧。"基里曼说。

"殿下,很抱歉打断你们。但我们有一支未经允许的部队正在接近目标行星。"

"他们是谁?谁授权他们登陆的?"基里曼喝问。

"是战争使徒,殿下。"军官说,"他带着他的远征军。卡迪亚第4021团也和他在一起。他援引了国教的贝卢斯一世法案,宣称神皇的权威是他进行突袭的正当理由。"

基里曼不得不克制自己，以免让别人看出自己的愤怒。

"谢谢你告知我。"基里曼切断了通信连接，"以赛亚，你能至少把卡迪亚团叫回来吗？"

"他们不隶属于任何特定指挥部。"卡斯特林说，"他们几乎在加入远征军时，就向战争使徒宣誓效忠了。他也接受了效忠。我们可以下令让他们返回，但他们没有义务服从我的命令。"卡斯特林停顿了一下，"但我们可以干掉他们的船，殿下。"

基里曼感到怒火上涌。"然后就能让教会得到一个殉道者，让我的诋毁者们得到一个我蔑视他们信仰的证据？"原体说，"他的目标是什么地方？"

作为答复，卡斯特林给基里曼播放了一小段音频。自从帕梅尼奥事件以来，马蒂厄的嗓音变得更加刺耳了。他现在无所顾忌地公开表达自己心中的狂热。但基里曼对此并不惊讶，就连他自己也无法令人信服地解释在赫卡顿战役中发生的事。

"为了帝皇的荣光，我们将最先登陆！"马蒂厄正在嘶吼，"为了原体的荣光，我们将会占领空港！"

"好吧，是空港。"基里曼说，"由他去吧。他或许可以为我们省点儿力。要是他登陆后还能活下来的话，我再亲自处置他。"原体思索了片刻，"派突击艇掩护他的登陆行动，尽量让他免受伤害。用不着光辉天鹰号了，让我的外交船准备好带我下去。让那些非军事部门和我同行。等净化完毕，我就要立刻登陆。"

说完后，原体关闭了通信频道。

"殿下，"柯肯用通信链接说，"发生什么事了？"

"不是什么事，而是一个人。马蒂厄修士已挣脱了束缚。"基里曼咬牙切齿地说，"好一个擅长掀起混乱的牧师。"

第十章

信仰之光

  飞船着陆时，中转舱内充满了歌声。它嘹亮得足以与引擎的轰鸣声一较高下，甚至连飞船突入大气层的狂暴晃动，都不如这歌声让船体产生的共振剧烈。这艘登陆艇有些年头了。它在亚克斯满是阴霾的天空中嗡嗡作响地下降，一着地就重重地陷进了起落装置里，犹如一个熟练地穿上裙子的老贵妇。

  这艘船让他们平安抵达了。这一切都要感谢帝皇。

  喇叭如此响亮，甚至能吹动乘客们的头发，扬起他们的旗帜。马蒂厄为这艘船内部的神圣气氛而欢欣鼓舞。他的纯洁信徒大军带着喷火器、剑和圣歌来净化这个花园世界了。他的战争会众发出的噪声，可以滋养人们的灵魂。不论是什么恶魔，听到这个声音都会心惊胆战，因为见证者远征军已开始进军。

  庞大的活塞重重地回退，空气密封装置被打开。远征军的歌声中混入了大气压力均衡发出的嘶嘶声。六米高的齿轮倒退着转动，随后锁紧。它们控制的滚筒被释放了，人身体那么粗的巨大链条被解开了。随着链条穿过管道，巨大的升降梯重重地落下，外面色泽怪异的光线随之照了进来。人们打开了各种装饰物。它们就像纸雕般被展开，搭建成了小型讲坛和雕像。那些跟随见证者远征军的赛博造物也感应到自己将被释放，纷纷从巢穴中升起。它们是成群的呆滞的小天使和被赐福过的伺服颅骨。马蒂厄自己的伙伴和它们同在高处。想到他的老师的灵魂将又一次看到一个新的世界，又一次体验复仇的乐趣，马蒂厄就欣喜若狂。

  这里有的是复仇的机会，马蒂厄思索着，因为亚克斯已被毒化到了死亡的边缘，而且大部分地区都落入了敌手。炮火击中虚空盾，令飞船为之震动。空气就像热带般闷热，浓稠得令人窒息，人们就连喉咙里都充满了恶臭的硫黄味。在前面，有几名会众在咳嗽，他们的歌声也被影响了。

  "兄弟们！"马蒂厄呼唤着，"姐妹们！鼓足勇气，帝皇与我们同在！他正在注视我们！为他歌唱吧！唱啊！"

他挤过人群，走向升降梯。他没有乘坐战斗讲坛，或是符合他身份地位的装甲布道坦克。他只在朴素的僧袍外罩了一件士兵的防弹胸甲，甚至连头盔都没戴。他随身携带着链锯剑和激光手枪。它们已经上过了油，用崭新的净化符文祝福过，但长期使用也让这些武器表面布满了伤痕。

面对亚克斯的危险环境，马蒂厄唯一的妥协是让三名佩带盾牌和剑的铠甲战士陪在身边。他们是来自猩红主教骑士团的神秘的战斗苦行僧。他们是马蒂厄的保护者，但没有任何保护能比得上他的信仰。当马蒂厄走向船舱前部时，外界的烟气仿佛随之退缩，空气变得更加纯净。他的双眼闪现热情，他的喊声凌驾于人们的歌声之上。

"不要恐惧伪神的瘟疫！"马蒂厄呼喊，"它并不能主宰我们这些帝皇的虔诚仆人。不要害怕呼吸这个世界被污染的空气，因为帝皇会保佑我们，会让它变得像天堂之风一样洁净！我们知道这些，是因为我们已经见证过他的神迹。他正与我们同行！"

升降梯继续哐当作响地下行，亚克斯被污染的天空逐渐显现出来。发绿的云在湿热的风中飘动。视野变得开阔了，闪烁的虚空盾对面展现出了辽阔的空港地面。宽阔的公路在溶岩地貌的峭壁之间穿行。仓库就像缩成一团的畜群般簇拥在一起，还有运输大楼、轨道终点站，以及其他所有星际贸易必须的配套设施。亚克斯曾经是一个美丽的世界，但这里只留下了坚实耐用的灰色混凝岩建筑。山脉的一条分支在空港处被截断了，其顶部是丑陋的建筑物。规模不同的几十座登陆平台设立在不同高度的山峰上。为了保护这颗行星的自然环境，登陆平台两侧装点着梯田式的花园。但是，原本花园中应该呈现出的鲜活色彩，只剩下暗淡的棕色和视感黏稠的绿色。垂死植物散发出的污浊气味与硫黄的恶臭交融在一起。

升降梯落到了地面，赞美帝皇的荣耀的最后一批装饰物也全都展开了。神圣的镀金符文放出夺目的光芒。

马蒂厄进一步提高了嗓音。

"以帝皇的名义！以他的圣子的名义，前进！让我们把光明带回这颗受创的行星，去救助那些陷入邪恶疾病煎熬的帝皇忠仆们！"

赞美诗的歌声大盛。马蒂厄的远征军成群结队地沿着升降梯走下，来到这艘飞船停泊的平台上，随后又顺着巨大的楼梯前往通向空港的道路。他们来自基里曼舰队曾造访过的每一个世界，从舰队的每一艘船上聚集而来。为了更好地侍奉神皇，这些男男女女摆脱了他们的尘世主人。他们当中有佣人、船员、官吏和士兵，甚至还有男女贵族——就法律意义上来说，他们是某种程度上的逃兵，但那些本该指责他们的军官们也都来此加入了他们。他们的队伍每一天都在壮大。

战争会众歌唱着对人类之主的赞美，英勇无畏地走下升降梯，穿过虚空盾，踏入敌人的炮火。几十个人一边唱着歌一边倒下了，但其他人跨过尸体继续前进。信仰让他们变得无所畏惧。那些配备了射击武器的信徒开火了，激光光束和子弹密布空中。他们还在死去，他们也还在前进，犹如一股不可阻挡的信仰洪流。他们对胜利充满信心。不过，战争会众还算不上是马蒂厄最强大的武器。

就在人群从登陆艇的阶梯上蜂拥而下的同时，从他们身后船舱的黑暗中突然爆发出一声刺耳的风琴声，让前面所有人都心惊胆战。随后光芒大增，黄色的探照灯光犹如星炬的圣光般猛烈袭来。等离子发动机启动的巨响和水箱快速沸腾的隆隆声接踵而至。

从高耸的风琴管中喷出了带着水蒸气响声的刺耳音乐，战争列车晃动着向前驶来。庞大的履带沿着甲板发出巨响，震动着这艘登陆艇陈旧的船体。列车跟在虔诚的人群后方，它那十几米高的庞大引擎拖动着战斗车厢，车厢上的炮塔早已激活，安放在天使雕像脸庞上的瞄准镜闪着令人恐惧的红光。信徒们跑上车厢侧面的台阶，前往战斗平台操纵炮塔。火车头是一座供奉帝皇的巨大移动祭坛，每个表面都覆盖着镀金的雕像，引擎上方的三根大烟囱排放出带着芳香的蒸汽。在车首有一只巨大的撞角，撞角上方立着一尊天使雕像，它伸展双臂和翅膀，投射出一个防护性的能量场。在能量场内有一架拥有一百支管的风琴，十个肉身与风琴键盘相连的人弹奏着强劲有力的乐曲。在风琴后面有一座无人使用的指挥讲坛，马蒂厄暂时还不想登上它。他希望穿着凉鞋踏上这片被污染的土地，并亲手将它夺回。

这辆战车在着陆升降梯上行驶，会众们毫无惧色地绕过那充满压迫感的车体。它顺着陡坡驶下，向前着地，落在登陆平台上，履带装置撕裂着平台的混凝岩地面，随后它来到了通往公路的楼梯，进入了敌军的炮火之中。

车首天使的能量盾在上千次攻击下火花四溅。列车在陡峭的下坡楼梯上艰难行驶，刹车器发出一股金属烧焦的臭味，仿佛列车随时都可能从楼梯上坠落下去。它的履带被倒下之人的血染得通红。空港内布满了被纳垢的赠礼弄疯的叛逆护卫军和市民。尽管他们毫无组织，但几乎和马蒂厄的追随者一样狂热，而且数量更加庞大。他们把枪口对准了列车，企图趁它处于险境时将它破坏。但车厢内安装了强大的防护科技装置，使敌人的炮火发生了偏移。与此同时，列车一直在播放着震耳欲聋的神圣乐曲。

车头驶上了高塔下方的公路，随后是第一节、第二节车厢。当第三节车厢也水平落地后，这辆战争列车终于脱离了危险。它开始展现应有的威力。地面上的信徒们在它的能量盾后获得了庇护，尽管偶尔有几次射击穿透屏障，但这已经不再是单方面的屠杀了。在每一节车厢上，装甲外罩都向后翻起。火箭发射架升了起来，每个弹头上都漆了祈祷文。安装在炮塔内的巨炮开火了，而在车厢护墙后的成群信徒们一边呼喊着祷词，一边射出一串串光束。

马蒂厄走在列车旁边，他的伺服颅骨从上方的赛博造物群中飞落下来，在他身后嗡嗡作响。马蒂厄并无战略。他不会像一位军事指挥官那样领导他的大军。当帝皇亲自告诉他该做什么时，他又有什么资格自作主张？但尽管他没在指挥，马蒂厄还是在战斗。他听任泰拉之主的指引，前往任何需要他的地方。只要被赐予了目标，他就会带着正义的怒火勇猛出击。

现在，空港周围的景观已尽收他眼底。平坦的原野上奇怪地升起许多刀刃般的山脉，一直通往初临城。这座都城坐落在最高大的山脉上，就像一根向上刺出的尖牙般傲然不群，就像一个天然形成的蜂巢，布满了蜂窝状的拥挤的人类街区。山峰周围依附着城郊和卫星城，也长满了植被。在纳垢的疫病将大半植物化作泥沼之前，这里曾经被誉为绝美的风景胜地。

尽管这座城市还留在奥特拉玛人手中，但叛军已经占据了空港。他们在港口两侧的花园里掘壕固守，朝着公路洒下弹雨。从初临城下层防御工事的回廊中射出的炮火，瞄准了敌军大规模集结的区域。忠诚军队的炮火和敌人的火力交织在一起，都对战争会众造成了威胁。但会众们勇敢地走向弹雨，因为信仰是他们的盾牌。

就连马蒂厄也能看出，敌军缺乏凝聚力。他把目光投向了最近的一座大约三层楼高的熔岩峭壁上的一个重火力阵地。

"帝皇命令我前去战斗！前进！"马蒂厄叫喊着，不知为何，他的喊声竟能凌驾于巨型列车发出的音乐和战场的喧嚣之上。一群忠诚的信徒追随着他，他们一同冲出列车能量盾的防护。交战双方都注意到了他的离开。在马蒂厄冲向那座高塔时，猛烈的重机枪火力横跨公路追击扫射他，击倒了两名跑在他身后的士兵。他的信徒们则从列车上以火力压制那些瞄准先知的敌人。列车隆隆向前行驶，它的护墙与花园中的敌人处于同一高度，它飞驰而过，与其他敌人继续作战。

到这时，马蒂厄和他的信仰大军已经来到溶岩高塔的底部，并沿着楼梯向上奔跑。他的卫士们倾斜能量盾，以使上方的来袭火力发生偏移。又有许多马蒂厄的追随者倒在了敌方士兵的激光枪下。一个身穿污秽不堪的蓝色制服的女人出现在上面的高台，扔下了一大块混凝岩。岩石在一名猩红主教的能量盾上弹开。马蒂厄开枪打死了她。

当她的尸体倒在楼梯上时，马蒂厄瞥了一眼。她曾是一名奥特拉玛辅助军成员，被瘟疫之神的影响所腐化，远离了光明。但马蒂厄并不鄙视她。她受过痛苦的折磨，头发大半脱落，牙齿变得漆黑。

"安息吧，姐妹。"马蒂厄经过她身边时说，"你的痛苦已经终结。"

从通往山峰内部的一扇门后走出了更多的敌人。他们当中既有平民也有士兵，与马蒂厄的战争会众的人员组成相似。但这些人追随的是一个绝对黑暗的神。他们的皮肤呈死灰色，嘴唇上长满了脓疮，两眼发红。他们闻起来就像死人。其中有个人极度肥胖臃肿，喉咙因为腺体破裂而肿胀，左腿就像象腿般粗大，右腿却消瘦得如同行走的骷髅。他的眼珠子在眼窝里疯狂地转动，仿佛在试图逃离身体的折磨。

"为了帝皇！"马蒂厄怒吼。他的追随者响应了吼声。楼梯上顿时爆发了一场凶猛的肉搏战。马蒂厄的链锯剑在咆哮着，他砍倒了一名叛徒。马蒂厄的手枪射穿了第二名敌人的头颅。当他的远征军从袭击者中杀出一条血路时，分解力场噼啪作响。马蒂厄的士兵用刺刀进攻，平民追随者则粗暴地殴打敌人。

"为了帝皇！为了帝皇！"他们嘶吼着，棍棒砸碎了脑壳，点射的激光光束点燃了衣服。马蒂厄挥舞链锯剑，浑身血红。带着疾病的碎肉飞进了他大吼的嘴里，但他一点儿也不害怕敌人的传染病，因为帝皇是他的医生和卫士。

从登陆尖塔上涌下来的敌人退缩了，转身逃跑。马蒂厄的远征军纷纷追杀逃亡的敌人。马蒂厄从背后射杀了一人。其他人则被后方挥舞的棍棒打倒。

"宽恕他们吧！"马蒂厄叫喊着，战斗令他激动不已，"你们并不了解他们受到的折磨。用死亡解放他们！"

当最后几名敌人逃走后，喊叫声渐渐消失在塔内。马蒂厄总算有机会做了一次带着血腥味的深呼吸，随后他的小队便拥着他冲上了楼梯，前往重武器阵地。

操作那台重机枪的反叛护卫军士兵们还集中注意力在向下扫射战争会众，没有注意到他们。当马蒂厄的小队冲出来时，他们想要将机枪从三脚架上搬下来转向，但一切都太晚了。

列车上的火箭弹发射了，从每辆车厢的后部三枚一组交错地呼啸而起，飞向高空。随着火箭震耳欲聋的发射声，马蒂厄的追随者们冲向重机枪小组。他们的狂热已经达到了嗜血的程度，将那些不幸的叛军全部撕成了碎片。

高台上的最后几个叛军一边逃跑一边开枪。又有一个马蒂厄的人倒下了。他的战士们紧追敌人而去，马蒂厄没有阻拦。他知道他们正在执行帝皇赋予的任务。

马蒂厄的武器库中还有一样更强大的武器，现在它终于到了。云雾散开，露出了星界军坦克登陆艇的暗绿色机体。星际战士和帝国海军的战斗机伴随着它们降下。战斗机俯冲后平飞，开始扫射地面。当重型运输船降落在空港周围的山顶上时，发动机的轰鸣震耳欲聋，排放出的气浪让患病的花园植物就像展开的旗帜般飘扬。

奥德拉梅尔上校的兵团赶到了战场。

马蒂厄咧嘴一笑，那张被鲜血覆盖的脸庞上，牙齿白得发亮。

"感谢神圣庄严的泰拉神皇的恩典，初临城的空港现在归我们了！"他高举起武器，仰首望天。空气闻起来已经有了一丝甘甜。

"赞美帝皇！"马蒂厄呼喊，"赞美帝皇！"

第十一章

历史学家的请求

在这个平静的时间里,马纽斯·卡尔加没发现有什么地方不对劲。天灾舰队在这颗行星的另一侧盘旋,防御激光炮组保持着沉默。城墙前没有任何敌人。要不是这股烟味,今天可算得上是马库拉格少见的和平时期的平常一日了。

在赫拉要塞的高处,烟味很稀薄,却绕梁不散。这座要塞修道院里只要是开了窗的房间,这股着火的气味就无处不在。当他走出办公室,穿过阳台走到栏杆边俯视下方时,才能看见大马库拉格市正在燃烧。

他和提格里奥斯站在这里,注视着他们的城市被烧毁的景象。

火灾吞噬了普里瑟城墙的古老内墙之外的所有地区。从基里曼陷入沉睡以来,这座城市已经扩张到整个沿海平原,覆盖了大叛乱时期的巨大登陆场,甚至通过人工岛屿和许多条状的填海造地一直延伸向海洋。卡尔加曾经看过那些古老的地图,还曾经与原体一同站在这个地点,听原体描述他经历第一次生命时这里的模样。马库拉格经历过许多次战争,没有多少古迹能留存至今。现在,同样的毁灭似乎又一次发生了。

在学园海湾,海面上的栖息地明灭不定,就像长着火红花瓣的睡莲。那些海岸生态塔深埋在海床下的塔基被烧黑了,倒塌的建筑骨架沉入水中。钜素泄漏之处,就连大海都在燃烧。在火焰下方的空气中有腐化的污点,似乎是排泄物和病死的尸体。在普里瑟城墙外,一道巨大的火墙直指天空,舞动着愤怒的红光,吞噬着五百世界的心脏。在夜晚,天空中的大裂隙反射着地面的火光。

"他们很快就会来了。"提格里奥斯对马纽斯·卡尔加说。

"会的。"马纽斯·卡尔加说。

他能看见敌人从海洋上出现。油轮、渔船和货船都被改装成了运兵船,运送莫塔瑞恩的瘟疫大军逼近海岸线。不仅在海上,在天灾舰队密布的太空轨道上，塞满被欺骗的凡人的瘟疫飞船也川流不息。他们渴望发泄自己的暴力欲望。这些飞船已经覆盖了整个轨道网络。无论极限战士从天上打下来多少，似乎总会冒出来更多。只有远离大马库拉格市强大的防御工事的地方，敌人才能成功登陆。因此这些敌军从太空中转移到海洋舰艇上，从水上发起攻击。他们一批批地出现，既规律，又无情，乏味得令人生厌。

"你不下令对他们开火吗？他们已经进入岸防炮的射程了。"提格里奥斯说。

两位星际战士领主并肩而立，俯瞰着他们面前一切整齐排列的场景，甚至感觉那是一个战术全息投影。赫拉要塞连绵的高地从山脉侧面一直延伸到宏伟的人工峭壁组成的城墙；从城墙急转而下，就到了大马库拉格内城，再过去就是建筑物陷入一片火海的外城区，最后是大海。

"暂时还不用下令，提格里奥斯。除非你强烈要求。"

提格里奥斯叹了口气，他凝视着未知的未来，双眼渐渐失去了焦距。

"节约火力是对的。现在进行炮击不会有太大的影响。敌人还未使出全力。这不是最后一击，后面还有更大的危机。"

"所以我们得等他们再靠近些再开火。如果敌人突然又从另一个方向攻来，我可不想到那时再仓促切换目标。"马纽斯·卡尔加的一只极限护手伸向大理石栏杆。蓝色陶钢在石块上发出了刺耳的摩擦声。他手指张开时，巨大的手掌遮住了栏杆。

"我们必须保持警惕。尽管智库感觉不到恶魔即将入侵的迹象，马库拉格周边的亚空间也很平静，但一定有某些事正在发生。"

"你觉得死亡守卫会来吗？"马纽斯·卡尔加问。

"不，这些杂兵就是莫塔瑞恩派出的所有兵力。他计划在亚克斯对付我们的基因之父。但是有其他东西在这里搞阴谋。它知道我能感觉到它，所以隐藏得很好。我对它的本体、它的谋划，全都一无所知。不过请注意，有什么东西正在接近。要么是莫塔瑞恩的副手，要么是个恶魔。某种东西将会出现。"

"它会很快出现吗？"

提格里奥斯摇摇头说："我预测不到。"

"那现在的情况就是，"卡尔加说，"莫塔瑞恩派了一群对我们完全没有威胁的被欺骗的凡人来对付我们。这是对我们的能力的蔑视，也是对我的冒犯。"

"无须太看重他对我们的评价。这些杂兵只是为了阻止我们前往基因之父身边。他们必须被收拾掉，因此我们得留下来战斗。这是一个令人厌烦的战略，但确实很有效。"提格里奥斯说，"这是一件乏味的工作。莫塔瑞恩的这些部队是不可能攻破堡垒的。"

　　"如果他们这些人就是全部兵力，那确实如此。"

　　"但在我的预测中，并不只有他们。所以我们必须留在这里，不能让马库拉格毫无防备。如果我们急于赶到父亲身边，这里就会陷落。我已经预见到了这一点。确定无疑。"

　　卡尔加从喉咙里轻哼一声。"不过，幸好我们在这个世界上留下的星际战士很少，靠辅助军就足以挡住这些杂兵了。被牵制在这里的战斗兄弟还不到一个连。很难说把其他人送走是对是错。主要的问题是：敌人被消灭之前，他们会对这颗行星造成多少伤害？而我们在其他地方的行动，是否有可能被破坏？"

　　他们注视着一队队士兵整齐地列队通过维塔斯市区，向内墙前进。他们沿着道路行进。但除了名字没变之外这些地方一切都与过去不同了。内墙里的景象和平常相差无几，有些地方敌军的炮弹或能量束突破了虚空屏障，推倒了优雅的建筑，但目前普里瑟城墙内还未起火。

　　"等我们掌握这些情报后，我们就能将敌人一扫而光。我提醒你暂时克制一下。"提格里奥斯说，"这次危机的幕后黑手即将出现……"他眯起双眼，"在这里的战斗之外，还隐藏着什么东西。它对所有人都是重大威胁。是某种出乎意料的事物。"

　　"在它暴露前，克制是我唯一的战略。我正在增援城墙，以防出现这些舰艇之外的敌人。"马纽斯·卡尔加说，"我很信赖你的天赋，瓦罗，但我有五个团的辅助军随时可以从内陆调到这里。如果发生了最坏的情况，我们还可以召唤英杰巴尔蒂斯前来增援。多亏了灵族，西方的战争即将结束。这很重要。"卡尔加用机械关节敲打着石板，"情况很严重。我不能在这里逗留太久了。"他轻轻摇了摇头，"我们有许多战友在警戒星作战。我本该在那里指挥。"

　　"过去的十年你过得很艰难。"提格里奥斯说，"我能理解。"

　　"你是少数能理解我的人之一，提格里奥斯。"卡尔加说，"你也受过重伤，也曾精疲力竭。你被迫牺牲你的兄弟帮我通过纳克蒙德走廊。我们都跨越了原铸界限。我们走的是同样的道路。"

"但我觉得还是你更加艰难。"首席智库说,"你肩负着指挥我们所有人的责任。你是马库拉格和全奥特拉玛的统治者。这些年发生了这么多变化,如果我在你的位置,我很难不把原体的作为看作是对我的批评。尽管那并不是。"

马纽斯·卡尔加无言以对,提格里奥斯的猜测准确无误。他不可避免地觉得主君是在评判他。在基里曼归来之前的那些岁月里,卡尔加曾经击退了泰伦虫族、兽人、恶魔重生者姆卡、黑色军团和钢铁战士。至今为止,他打败了所有的威胁。每次入侵都让奥特拉玛一点一点接近灭亡,直到这一次,这场莫塔瑞恩试图毒害整个奥特拉玛的大举入侵。

老实说,要是没有罗保特·基里曼,卡尔加是不可能打赢这场瘟疫战争的。如果原体没有从远征中归来,奥特拉玛恐怕已经灭亡。它的心脏地带处于毁灭的边缘。卡尔加唯恐首都发生变故,只得在这里与邪教徒和变种人作战,不敢离开。更糟糕的是,他心知肚明就算自己去了别处,也无法影响这场战争的结局。在卡尔加缺席的马库拉格之战中,基里曼犹如帝皇之剑般劈开群星而来。这是近几个世纪以来的第四次马库拉格之战,差一点儿就导致灾难性的结局。

提格里奥斯转身注视着卡尔加。

"放松点儿,兄弟。我们都必须留在这里。我知道,这里是我们的战场。"

马纽斯·卡尔加并不是很认同,但他用钢铁般的意志隐藏了自己的想法。"原体交战的时代又回来了。"他转变了话题,"难道你不觉得惊讶吗?"

"就像是传说重现。"提格里奥斯说。

"是的,但那是个黑暗时代。"卡尔加说,"那是一切的终结。一个群星陨落的异教神话。"

"你说的话听起来就像是鲁斯的子嗣。"提格里奥斯说,"希望还在,拯救的道路还在,尽管危机重重。"他又陷入了沉默。提格里奥斯预测到的未来令他感到不安。卡尔加就算不是灵能者,也能看得出来。

敌人的舰船已经接近海岸,它们的引擎从烟囱里喷涌着黑烟。卡尔加激活了通信耳机。

"坡地炮组,听我的命令。瞄准并消灭逼近的瘟疫舰队,将它们焚烧殆尽,不要让他们的肉体毒害我们的大海。"

"遵命，守护领主。"从通信中传来了答复。卡尔加厌恶这个称呼，因为这太像他的基因之父的头衔，显得他是在模仿原体，在渴望得到认可。尽管卡尔加每天都为基里曼归来而感谢帝皇，但有时他也会因自己所处的境地感到窒息。

警报长鸣，响彻城市，向居民发出了警告。马库拉格人很守纪律，他们应该都会在此时移开视线，原子弹飞过时，谁也不会因此致盲。

大炮开始咆哮，如同机神的鼓点。炮弹呼啸着掠过头顶。它们过了很长时间才击中目标，但就在击中的瞬间，核裂变产生的爆炸将敌舰一艘艘摧毁。星际战士的双眼和皮肤立刻变暗了。在这种生理反应保护下，提格里奥斯和卡尔加一同注视着敌人舰队被毁灭的过程。

除了逐渐消散的蘑菇云和直冲天际的蒸汽柱，最后什么也没有剩下。卡尔加的传感器报告了辐射量有少量增加，但这些炮弹都是轻型核弹，辐射将很快消退。为摆脱纳垢的瘟疫，短暂的放射性毒害只不过是一种微小的代价。

他们注视着炮击造成的海啸冲上临海街道，扑灭了城市里的大火。就在这时，卡尔加的门上传来了敲门声。

"进来！"卡尔加下令。

这是一扇没有额外动力的木门，是一件古老的遗物，但还是比不上他们归来的主君古老。两位日常陪同卡尔加的冠军护卫打开了大门。一名中央禁卫——奥特拉玛的一支未经基因改造的凡人精锐部队——在门口立正等候。

"大人。"他宣布，"历史学会专家费边·圭尔夫兰和黑色圣殿战团的长剑兄弟拉希·卢塞恩求见。"

"圭尔夫兰还在想方设法进入托勒密图书馆。"提格里奥斯说，"我能感受到他迫切的心情。但千万不要给他许可。他的愿望将会在未来招致某种动荡。倘若他得偿所愿，我们所有人都会陷入不利境地。我对此很确定。"

"别担心，瓦罗。"马纽斯·卡尔加说，"遵照原体的命令，费边这次也进不去。"

站岗的冠军护卫无声地关上了马纽斯·卡尔加私人办公室的门。门上的合页润滑得很好，护卫的铠甲整洁无瑕，被抛光过的地板在反光。马库拉格的万事万物都完美运行着。费边刚到马库拉格时，这里与早已不再辉煌的泰拉相比的巨大区别，使他深感震惊。但现在他觉得这令人恼火。整个奥特拉玛是人类才能的光荣体现，但它的行政效率意味着没有任何后门可以让他绕过官方的障碍。没有可以利用的漏洞。没有人会被收买放他一马。

在费边年轻时，他曾经憧憬过马库拉格这样的国家，政令被高效落实，无论是最低级的帝国臣仆，还是身处高位者，全都铁面无私。

然而，现在这种铁面无私却在妨碍他的事业。

简而言之，马纽斯·卡尔加说了不行，他的意思就是不行，也不会有任何其他办法。

"王座的诅咒！"费边说着，几乎忍不住啐了一口，"如果他不让我进图书馆。我来这儿到底是干什么？"他怒气冲冲地从一道门穿过接待厅。有许多文书官正在高高的木桌前工作。有两个文书不再沉默地工作，皱起眉抬头对费边表示不满。

"如果我是你，我会注意一下场合。"卢塞恩说。

他的提醒是善意的。虽说黑色圣殿一向有对人苛刻的名声，但卢塞恩总是心平气和。尽管费边在怒气冲冲地大步走着，但也只能算漫步，卢塞恩每走一步，费边都得走四步才能赶上。费边弯着腰，双手在背后紧握，恼火地耸着肩头。他的头顶只到卢塞恩漆黑铠甲的胸前，显得弱小可怜。这两个人的身材相差非常大，仿佛卢塞恩一不小心就会踩到费边，毫无察觉地把他压扁。这一对搭档显得很不协调，但他们的肢体语言很放松。且不说他们之间差别巨大，但他们毫无疑问是好朋友。

"这不是卡尔加大人的意思，而是原体的旨意。你得耐心。据我所知，原体殿下关闭图书馆主要是为了象征性的目的。我很确定等他回马库拉格后就会允许你进去。"

"他会吗？"费边说，声音里还带着怒气，"你注意到提格里奥斯大人看我的眼神了吗？"费边突然战栗了一下，"他一眼就能看穿我的灵魂。"

"他是帝国最强大的灵能者之一。"卢塞恩说。

他们走出了内部办公区，来到了抄写员长廊。从这里的组织表现出的高效可以看出，基里曼的手无所不在。这也让费边想起了原体创建的后勤庭，以及他对低效率的不容忍态度。尽管如此，费边也记得基里曼过去创建的维持帝国运转的许多国家机器，这些部门在这一万年里也不见得做了多少好事。

"等原体回来,我就没时间了。到时候远征军很快就会继续出发,我不一定能留在这里。我是历史学会的专家。维亚布洛已经死了,穆迪雷和索拉纳都在银河的另一端。原体前往暗面的时候肯定会想带上我的。我是唯一一个曾经去过那里的人,他会让我继续撰写在大裂隙对面发生的事的编年史。要不然,我们就会被打包送去警戒星。帝皇保佑我,可别那样。"

"可能吧。"卢塞恩和蔼地说着,在费边怒气冲冲打开一扇双开门时让到旁边,门被轻轻一推就开了,发出的声音小得像婴儿的呼吸,"这是一项莫大的荣——"

"我的朋友,我向你发誓。要是你再说一遍我做的事是什么莫大的荣誉,我就抓住你胸甲的边缘,跳上去揍你的鼻子!"

"费边。"卢塞恩装作被冒犯似的劝告对方,"都认识这么久了,你还用暴力威胁我?我真难过。"

"我的意思是——"费边接着说,"愿帝皇保佑。如果敌人闯进这里了怎么办?要是它们在我来得及阅览之前就把图书馆烧了怎么办?"

"你这是危言耸听。"卢塞恩说,他侧着头看着历史学家,咧嘴一笑,"另外,你说的话表明你很想阅览那些资料。敌人不会攻下这座要塞的,永远也不会。赫拉要塞曾经被包围过、被破坏过、被突破过、被袭击过,甚至当原体醒来时,黑色军团就在修正圣殿内。但他们现在还在那儿吗?不在了。他们烧了图书馆吗?也没有。还有泰伦虫族、兽人、怀言者、钢铁战士,以及其他那些来这里对付极限战士的敌人也都没有成功。我还要强调一句,他们全都被打败了。"

他们正走下巨大的阶梯,离开城堡,走向构成要塞主体的广场群。来自极限战士不同留守战团的十名服装颜色不同的星际战士,沿着阶梯两侧等距地站立着。他们之间相隔甚远,看起来就像一个个不相关的小点。

"我觉得我们被人遗忘了。"费边说,"我们的事业曾经是有价值的,我们旨在构建广为人知的历史。我曾经过得很充实。但现在不是了。原体回到家园后,他的眼里只有战争和战斗,我被丢在一旁,被他忽视了。我想他已经对这个项目失去了兴趣。此前发生的那些冲突、牺牲掉的那些生命,究竟还有什么意义?托勒密图书馆是全帝国最伟大的人类知识宝库之一。自从我知道这座图书馆以来,我就一直渴望去探访它。但现在我算是看透原体了。如果他真的这么看重他让我们这些历史学家做的事，这儿的大门早就该对我们敞开了。"

"你说的应该是对你敞开。"卢塞恩小声说。

费边没注意他的话。"相反，我们却只是在一些落后世界上与审判庭和内政部陷入无穷无尽的纷争。而那些地方除了一些可怜的小册子之外什么都找不到。"

"你还遭到了当地政府的反对，"卢塞恩说，"还有教会。"

"别提那该让王座诅咒的国教！"费边咆哮起来，"我很乐意把那堆玩意儿全烧掉。"

"好了好了，这不值得你发火。你又要开始闹脾气了，费边。"卢塞恩说。他们离开了大阶梯，沿着另一条阶梯走向一个重甲加固的狭小后门。他们等待了一会儿，接受安全检查。

"我觉得很生气。"历史学家说，"我去过的每个地方，都在基里曼的命令下为我打开大门。但他不让我进他自己的那个该死的图书馆。这是为什么？"

"或许他已经知道里面有什么东西了，所以想让你把精力集中在其他地方？"

这扇门的机魂发出了乐音。门打开了，他们走进一条通往外门的走廊。

"这是你能想到的最好理由了，拉希？我还以为天使改造手术会让你比我们这些凡人更聪明，而不是反过来。"

"确实不够有说服力。我承认。"拉希·卢塞恩说。

"这太离谱了。"费边说，"我以前从来不知道基里曼会这么做事。他禁止我入内！我不在的时候他到底发生了什么？"

"他是个大忙人。而且在他建立历史学会之前很久，他就已经禁止所有人进入图书馆了。"

"是在我之后。他只是不想让我进他的图书馆。你知道我们在奥特拉玛已经待多久了吗？好几个月了！他不想见我甚至他在这里的时候一次都没召见过我。"

"他来的时候，你自己忙得没时间去见他。"

"我可不记得当时有人邀请过我。"费边说。

"你是一位历史学会专家。你本可以去的。事实上，你当时在生闷气。你又一次把事情看得太针对你个人了。我的看法是他太忙了。迟早有一天他会让你进图书馆的。"

"那现在不行吗？"费边说。他拍了拍外门的玻璃门锁面板。面板发出哔哔声并嗡嗡作响，随后打开了。冷空气呼啸而入。下午的最后一缕阳光正在天空中消逝。

"你要有信心。"卢塞恩说。

"我的信心是不是都给你了，"费边咕哝着，"最近我觉得自己很缺乏信心？"

"他对你很重视。我很清楚这一点。振作些吧，费边。"

"少来这套。拉希，好好想想吧。他肯定在隐瞒什么。他创建了我们这个组织来发掘秘密。我们付出血的代价，强行闯入了多少个秘密的图书馆和多少个被禁的档案馆。那些门都可以被我们直接打开，这里却不行。为什么？"

"费边，"卢塞恩低声说，"你正在踏入危险的领域。"

"真的吗？"费边举起双臂高声说，"对于一个有过伪善行为的人——比如没有名分的军团，独断地罢免那些反对他的元老——你不觉得他有可能会一边高谈阔论真相，一边却偷偷隐藏起自己的秘密吗？"

"我可没这么说。"卢塞恩平静地说，"你说得或许没错。他是一位原体。他会有秘密。而这就是事情的危险之处。"

"正是如此。那么，这位归来的原体到底可能隐瞒了什么？"

"我会避免牵涉其中。我们在别的地方还有很多事可做。"

"基里曼殿下委托我去揭发秘密！"费边说，"我不会仅仅因为有一些秘密是关于他本人的就罢手。"

群山中传来了隆隆巨响。

"又打起来了。"费边注视着闪光的云层说，"几分钟前他们才刚消停了一会儿。"他皱着眉头，裹紧身上的斗篷御寒，"这里太冷了。这个该死的世界让我头疼。"

"这不是炮火声，是雷声。"卢塞恩抬头看着天空，"要下雨了。我还以为你能分辨出战争和气候现象声音的区别了。"

费边转身看着巨大的星际战士。"你救过我多少回了？"

卢塞恩假装思考了很久。"三次，我想，如果不算加塔拉莫尔那次的话。"

"那次我根本没事！我不会掉进那个洞的！是你反应过度了，还差点儿把我的胳膊弄断。"

"那么我就救过你三次。"卢塞恩说。

"对。"

"你想说什么呢，老朋友？"

"总共救过我……"

"三次。"卢塞恩插嘴。

"总共救过我三次，并不意味着你就有权嘲笑我。"费边说。

雷声再次轰鸣。几滴硕大的雨点滴落在卢塞恩的黑色铠甲上。

"是我的错。我不该认为你在闹脾气。我明白你其实是在诉苦。"

费边打了个冷战。他的怒火突然全都消散了。"对对对,我是在诉苦。好吧。让我们去看看赫拉要塞的藏品。我还没完成我的书目，而且我也不想淋成落汤鸡。我们还是去找点儿事做吧。"

他们冒着倾盆大雨径直穿过要塞的巨大广场。

被雨淋湿，并未让费边的心情变好。

第十二章

登陆亚克斯

当基里曼乘坐他的外交艇从太空中降落时,他在中转舱里开启了一幅巨大的亚克斯全息投影。正如其名,这艘外交艇是用来执行和平行动的。因此,舱室内铺着厚厚的地毯,摆放着精致的木制家具,而那座花园世界遭受的重创,就在这种极具反差的环境中呈现出来。基里曼看着他的王国的珍宝受到的破坏,脸变得比大理石还要僵硬,看起来就像是一尊雕塑。菲利克斯和其他随从都很清楚,这是原体愤怒至极的表现。

菲利克斯理解他的基因之父的愤怒。在巡访东方英杰的那些世界,目睹异形造成的破坏时,他有过类似的感受。但死亡守卫在亚克斯的行径与之相比要恶劣得多。

这颗行星经历了一场实打实的死亡。从菲利克斯童年的遥远过去至今,亚克斯都享有奥特拉玛最美丽的世界之一的盛名,自从它的主要竞争对手普兰迪瑞姆被贝希摩斯巢群践踏毁灭之后,亚克斯就变得更加宝贵。长期以来,它都是人类至善至美的一个样板,人类和自然在这个世界上和谐共存。它并不是一个小装饰品,也不是在温室里培育的玩物,而是一个本身就物产丰饶的世界,是奥特拉玛和帝国其他地方的榜样。

但莫塔瑞恩将它从内到外彻底腐蚀了。

让人联想起肝硬化的黄色云层覆盖着星球。亚克斯曾经以水晶般澄净的天空而闻名,这仿佛是一种有意的侮辱。云层裂开,暴露出了被毒害的风景:过度生长的海藻堵塞了海洋;森林朽败;沼泽中死气沉沉的黑水向外溢出;河流里泛着五颜六色的污染物;死去的植物挡住水流,污水漫过河岸,在陆地上传播着疾病。

亚克斯的生态系统经过人类的精心雕琢。这颗星球上没有真正的荒野地带,每一寸土地都是精妙的园艺作品,甚至据说连灵族都很欣赏这项工程体现的高超技艺。从最微小的生态到最宏大的环境都进行了调整。在古老的树林间生长着农作物。家畜和野外的兽群一同生活。海洋里的生物种类是经过严格控制的。因此，如果没有了人类，反而会对亚克斯上的生物数量和多样性带来负面影响。但现在一切都被毁坏了。菲利克斯想象着堆满了骸骨的海滩，以及垂死之树与枯木彼此交错支撑的衰败森林。

大气压微弱的阻力变成了强烈的抵抗力。舰艇因为摩擦和挤压而不停摇晃。一时间下方的景色甚至被明亮的火光遮蔽了，但越是靠近，就越是令人感到它的病态，就好像乘客们走近一座为老人提供临终关怀的医院，却发现里面只有对人的侮辱。

舰艇减速了。褐色的硫黄云从观景窗外飘过。当船降入重力井的时候，人原本会感觉到愈加剧烈的颠簸和震荡，而这片大气层却让人昏昏欲睡。基里曼的穿梭机与其说是从空中飞过，倒不如说是穿过了一片死气沉沉、塞满了塑料垃圾的海洋。

他们穿过较低的云层，最终逼近目的地。数以百计的坚固石灰岩柱从地面向上升起，初临城占据了所有岩柱当中最大的一个。其他岩柱宛如密密麻麻的鳄鱼牙齿般从城市周围向远处排列开去。一条道旁种着树木的公路连接着看起来并不起眼的空港。港口占据了许多作为登陆场的岩柱尖塔。其他岩柱则鲜有人工改造的痕迹。那些最远处的岩柱看起来完全是自然造物，但在很多岩柱的顶端也布设了枪炮阵地；而离城市最近的那些岩柱是市郊居民点，在高台上盘踞着大型豪宅。整体而言，这片土地上花园和树林占据主体。在垂死的树下，在因为植物染病而发黄的花园里，还残留着一丝昔日的美好。

别处的石柱是园艺家的艺术典范之作，而初临城这里的是雕塑家的杰作。石柱被洞穿并从内到外雕刻加工，就像一件象牙工艺品般精细而复杂。还有巨大的城墙围绕着它。一座巨大的外堡保护着进入初临城的唯一大门，它通向一条穿越宽广平原的多车道公路。在宏伟的顶端平台和三层城墙之间有许多花园。但所有的花园都已陷入死寂，原本向游人展览的花卉，也变成了泥浆般的颜色。

空港内大火正熊熊燃烧。在城墙与登陆平台之间有零星的交火。

一座罕见的壮丽宫殿盘踞在初临城的顶峰，不过在建筑群内部精心隐藏着轨道防御炮台。基里曼的外交艇绕宫殿飞了一圈。菲利克斯向巧妙凿入深岩中的街道望去，看见了走动的居民。但无论是他们还是他们的牲畜，甚至连他们的智控机械看上去都显得笨拙迟钝。尽管这些人尚未生病，但还是让人有一种恶心的感觉。

菲利克斯的自动感知系统检测到了沿城墙生成的能量屏障，但这座城市并没有虚空盾。菲利克斯并不在乎。在这个病态的地方，他几乎无法忍受亚空间能量对他灵魂的触碰。舰艇还在继续减速，最后悬停在宫殿区内的一个小登陆平台上。舰艇转了四分之一圈，达成了最佳匹配，随后降落。引擎点了一下火，随后关闭。舰艇最后震动了一下。乐声响起，宣告他们的到来。直到这时，基里曼才第一次开口说话。

"走。"他说，"我们立刻下船，给这里的人们带去一点安慰。这颗行星受到了我兄弟的蹂躏。对此我将尽力弥补。"

言毕，他将头盔摘下来用胳膊夹着，踏出中转舱，沿着舷梯走向饱受煎熬的亚克斯。

城内最高的宣礼塔的影子投在外交艇上。空气中弥漫着浓厚的雾气，仿佛裹挟着大量粉尘。菲利克斯的头盔发出了警报，他的视网膜屏幕提醒他注意高浓度的毒素、非自然的真菌孢子和病毒细菌。此外，还有带颗粒物的烟尘。

在西卡留斯率领的四名冠军护卫的陪同下，基里曼第一个走下了舷梯。菲利克斯紧随其后，科米努斯士官则在他身后。第一舰队的许多其他贵族和高官也跟随着他们。其中最有名的是费斯林·奥多斯。他是以赛亚·卡斯特林的幕僚长。还有督军护民官马德瓦·柯肯，一支禁军小队跟随着他。他们令菲利克斯感到不安。他在想如果禁军知道了审问恶魔宿主的事会有什么后果。

那可不会有好事。他心里冒出这个念头。在他记忆中，当时的情景突然变得异常鲜活。菲利克斯将其归为精神上的污染，竭尽所能不去想它。

这里的社会秩序似乎已经崩溃。环绕着宫殿的花园里塞满了形形色色的人。他们都躺在帆布篷阴影下的行军床上。他们之间间隔很大，都病了。一排亚克斯本地的奥特拉玛辅助军拦住了那些还能走路的人，以及那些聚在一起想要一睹帝国摄政英姿的人。他们用电棍清出了一条从外交艇通往宫殿大门的道路。但是人们仍在奋力伸出双手。他们已陷入绝望，忍着剧痛呼唤基里曼，希望他能触摸他们。

基里曼在路中间停下了脚步。

"听我说！"他威严的声音让人群安静了下来，"我没有你们想象中的那种祛除疾病的超能力。但我是来帮助你们的。我会把莫塔瑞恩逐出这个世界，让它恢复昔日的美丽。我在此向你们承诺。"

说完这番话，原体就继续前进。人们呻吟着恳求的声音再次响起。他们身上带着疾病的气味。有的人已经奄奄一息，为了最后一线生机强拖着病体离开临终床榻。菲利克斯强迫自己硬起心肠。在这个星区的每颗星球上，他都见过这样的脸孔。或是生病，或是挨饿，或是因为悲痛而陷入疯狂。他无法拯救所有人，甚至连拯救其中的几个人，他都力不可及。

"求您了！祝福我一下，祝福我一下！"有个人朝着英杰哭喊。但他大步向前，目不旁视。

当基里曼来到宫殿大门前接受欢迎时，呼喊声还在持续。行星总督科斯塔利斯亲自前来会见。但他也因为发烧而失去了血色，一名侍从推着一辆轮椅小心翼翼地在后面等待。

"殿下。"他一边说，一边挣扎着单膝跪下，"拜见您的荣幸已经超出了人类语言所能表达的范畴，我只能向您致以最谦卑的道歉……"他的独白被一阵刺耳的咳嗽打断了，他喘息不止地说，"让您王国中最美丽的世界落入如此悲惨境地，我必须向您致以最谦卑的歉意。"

"科斯塔利斯总督，请起。"基里曼说。当总督颤颤巍巍地想要站起时，基里曼亲自俯下身扶他起来。他注视着总督热泪盈眶的双眼说："以泰拉的名义，你必须去找医生。那是你的轮椅吗？你，快过来。"

科斯塔利斯虚弱地笑了一下。"如果以我为标准的话，这里的每个人都应该去找医生。"他说，"亚克斯是一个重病缠身的世界。"

"我坚持要求，在我们开会前你先休息一下。在太空中还有一场战争要收尾，军队也需要完成登陆行动。"基里曼把总督稳稳地放在轮椅里。

科斯塔利斯点点头："那么请您跟我来，让我带您去这里的辅助军指挥所。它是您的。这里的一切都是您的。我希望您会对我的代管工作满意。"

"我已经很久没有来亚克斯了。"基里曼说，"即使陷于苦难中，它依然保持着美丽。不要怕，科斯塔利斯，这会过去的，就像所有的疾病一样,总会过去。"

科斯塔利斯悲痛地点头，说道："我每晚都替您的父亲为它祈祷。"他再次咳嗽起来。一个身穿医务部制服的人过来擦拭他的嘴角，手帕顿时被染红了。

科斯塔利斯垂下头说："我的总管……我的总管会给您带路。我为此道歉……"

"不必了。"基里曼说，"回病床上去休息，这是帝皇的旨意。"几个身穿军服的人走上前，邀基里曼的队伍跟他们前去。科斯塔利斯则坐在轮椅上被推走了。

"他已经和死人无异。"柯肯低声对菲利克斯说，"他离开的日子到了。"

菲利克斯没有反驳。科斯塔利斯的头耷拉在胸前，他已油尽灯枯。

"帝皇会帮助所有人。"菲利克斯喃喃说。

他们被带领着穿过走廊和楼梯。两旁的墙壁上镂刻出了花纹。这本来是为了让他们在穿行时感受亚克斯宜人的自然气候，而现在却让有毒的烟雾和恶臭的风有机可乘。行星上的疾病气味很轻微，但无处不在，潜藏四处，没多久，人们就感觉难以忍受。菲利克斯不得不启动头盔的密封装置。他们透过朦胧的雾气向外望去，越过城市看见了郊外的农场。被枯萎病传染的农作物都低垂在泥泞之地。

现在，他们透过一大片窗户，往下可以俯瞰一座巨大的商业广场。有一群人聚集在一块被许多摊位围起的空地上。从那里传来了一种熟悉的、高声祈祷的声音。每出现一声赞颂，就会引发人群低沉的回应。这是一篇新的祈祷文，文中不但赞美帝皇，也在赞美基里曼。

"这个声音，我知道是谁。"基里曼说着，停下了脚步。领路人困惑地抬头望着他。其中只有一个佩戴了辅助军将领徽章的人鼓起勇气向原体开口。尽管原体一直都在往外眺望广场，那名将领在说话时还是不敢直视基里曼的脸，生怕与原体对视。

"那是您的战争使徒，殿下。我们以为是您命令他到我们的空港赶走叛徒的。他在您到来的半天之前登陆。他进城后，就要求我们给他提供最大的集会场所。我们带他去了商业广场，他就开始布道。人民欣喜如狂。"将领报告。

"我看得出来。"基里曼的声音里没有流露出感情。

"我们很感谢您派他过来。在这个黑暗时期，很高兴有人能提醒我们帝皇尚与我们同在。"

"的确如此。"基里曼说。他的话音听起来有点敌意，有意引起对方的注意。两人视线接触时，军官的脊背上一阵战栗，但他还是坚持回看原体。

"你叫什么名字？"

"塔威克·伊利奥斯将军，殿下。"他说。

"你在这里主管什么？"

"我是城防兵团的将军。"他说，"我很荣幸被授命前来接待您。"

基里曼又向下注视马蒂厄修士。

"奥多斯幕僚长，去指挥所与卡斯特林建立联系。让我们的军官开始准备接收指挥权。联系我的侍从马略，让他率领第一舰队参谋部的第三分部从马库拉格之耀号上下来。柯肯，派几名禁军跟奥多斯一起去，保护他的安全。"

"我们现在是在友好地区。"伊利奥斯说。

"已经没有任何友好地区了。"基里曼说，"柯肯、奥多斯，去执行吧。"

"遵命，摄政。"柯肯说。他从自己的小队中挑出了两名禁军。

"是，殿下。"奥多斯说完后，立刻就动身去执行任务。两名金色巨人跟随着他。

"如果您愿意的话，我可以去帮助他们。"菲利克斯说。

"你早就不再是我的侍从了，菲利克斯，让奥多斯去做他的工作。"基里曼说，"你和护民官要跟我一起去商业广场。我想听听马蒂厄在说些什么。你也应该听听。"

第十三章

关于原体的祈祷文

　　伊利奥斯带着士兵们沿着一条带顶棚的楼梯行进，清空了下方前往商业广场的通道，以确保其他人不会围观基里曼。他们走了下去，楼梯的出口挡住了人群的视线。柯肯与菲利克斯站在原体的两侧。冠军护卫们四下散开，西卡留斯像往常一样负责警戒，守护着主君的安全。对于菲利克斯而言，他觉得除非基里曼走到广场中央公开宣布身份，否则这些陷入狂喜的人根本注意不到他。

　　"现在该做什么？"菲利克斯问。

　　"听。"基里曼说。

　　从他们站的地方看不到马蒂厄，但他们能看见那些倾听马蒂厄的人的脸。人们的眼眸都被奉献和希望点亮了。

　　"……难道不正是帝皇走到人类当中，从异形和军阀的暴政中拯救了我们吗？"马蒂厄说，"难道不正是他发起了大远征，将那些迫害人类的东西赶走了吗？在受到大逆荷鲁斯的叛乱挑战时，难道不是帝皇将荷鲁斯击倒，把他和他的八个恶魔一同丢进了地狱的火坑吗？就算受了致命伤，难道他没有亲自承担人类苦难的重担，登上黄金王座，在那里为我们承受整个宇宙的痛苦，守望着我们，持续点亮那维系他的疆域的巨大灯塔吗？难道不是他的军队不知疲倦地努力，确保所有的泰拉之子都能在他的光芒下生活与死亡吗？难道他没有在异形、变种人和巫师的三重恐怖中护佑我们吗？"

　　"对！对！"人们异口同声地说，"他是这样做的！"随后又齐声说，"他是我们的主人！"在这些信仰的宣言中，夹杂着哭泣、咳嗽和其他疾病造成的声音，但无论饥饿或病痛都无法抑制人们的热情。菲利克斯能感觉到，在他们上方有某种坚实的东西在逐渐凝结成形。

　　"这就是信仰的真理。"马蒂厄继续说，"它们始终如此。一万年来，帝皇一直在守望着我们，保护着我们。"

"帝皇保佑！"这个声音从四面八方传来。

"对，我的兄弟姐妹们，帝皇保佑。他保护我们，因为让人类存活是他的意志所在。他已派出他的最后一个子嗣来我们身边！难道还需要别的证明吗？然而，并非所有人都信仰他！在我们这个帝国里，有一些人竟然未受感怀。"

人们报以大笑。

"对，对，我知道！"马蒂厄像观众们一样语带讽刺地说，"他们说我们注定灭亡，终焉之时已至。他们说我们已经失败了，帝皇已经失败了。何等亵渎之语！"

"烧死他们！"有个人叫嚷了一声，随后所有人都在叫，"对！送他们去上火刑！"

"不，我的兄弟和姐妹们。我们必须要心怀慈悲。从帝皇行走在我们当中的时代至今，已经过去很久了。人们心生怀疑并不奇怪。最好能说服他们。去做带来福音的人吧，因为这里有一个新的真理需要传播。"马蒂厄戏剧性地停顿了一下，"帝皇沉默的日子快要结束了。帝皇正在我们当中行动着，是的，现在就在！"

人群当中传出了混杂着怀疑和希冀的低语声。有几声"赞美！"的呼喊激起了小范围的回应。

"赞美啊！"

"一场新的大远征净化了群星。领导远征的人是基里曼，他唯一在世的子嗣，在帝皇的意志与慈悲下回到我们身边。你们难道以为帝皇坐在他的王座上终日无所作为吗？我告诉你们所有人，并不是！他有一个计划。他有一个关于你、你，还有你们的大计划！"

菲利克斯想象着马蒂厄指向人群的样子。有一个孩子在叫喊。

"对，甚至是你，小家伙，特别是你。"马蒂厄喜悦地说。

大笑声传过人群。菲利克斯为之暗暗惊叹。马蒂厄先执行了一次轨道战斗空降，打了一场仗，然后穿越这片垂死的大地，来到这里布道。无论他的信仰有多少缺陷，信仰确实令他无比强大。

"借由我们，他实现他的意志。我曾经亲眼见证。通过基里曼，他的圣子，他启动了他的计划。"

柯肯向前突然走出一步。"已经够久了。"

基里曼把手放在禁军的肩甲上。"让他说吧。"

"你听不见他在说什么吗？"

"我听得见，而且我想听他说完。就在此刻，整个帝国境内还有几十万牧师也在宣讲，他的话并不比他们任何人更恶劣。等他说完了，我会反驳他的观点。"

"殿下，你选了一条危险的路。"柯肯说，但他还是退了回来，"他不会在意你的警告。你必须动手才行。"

"我不会动手，也不能。我们只能让他讲完。"

菲利克斯向柯肯发出一条私密通话请求。

"他们之间发生过什么？"

"你还记得赫卡顿之战后的那天，基里曼和马蒂厄的对话吗？"

"我记得。但我被派去外面看守了。我记得他怒气冲天地离开了房间。不久后我就去东方了。他从未告诉过我发生了什么。"

"原体与这位好修士进行了一番谈话。"柯肯说，"我不会背叛基里曼大人的信赖，但我还是要说马蒂厄被警告了。但看起来他并未在意那个警告。那之后他们就再也没说过话。马蒂厄在身边纠集了一大伙志同道合的狂热分子，其中还包括了卡迪亚第4021装甲团。事态发展令人难堪。马蒂厄差不多已经在宣扬基里曼本人的神性了，而基里曼对此无能为力。这很讽刺，但原体陷入的窘境反而让我对他更信任了。"

"你不信任原体？"菲利克斯说。

"菲利克斯，我知道你并不是天真的蠢人。众所周知，我不赞成让一位原体亲自领导远征。我从未对此隐瞒。我也尽我所能为他效劳。但最近，我发现我的看法有所改变。原体笃信自己正在做的事，即使他正走在通往王座的路上，那也不是他的本愿。他对古老的帝国真理的信仰是不可动摇的。"

"光芒和荣誉照耀我们所有人！"马蒂厄还在说着，"除了我之外还有很多其他人，他们直接注视着帝皇的光，他们无须信仰帝皇，因为我们深深了解帝皇。他们正和我一同行军，参与这场帝皇的神圣之战。我们要尽我们所能。帝皇已经将所有的权能和力量都赐予了帝国摄政殿下。他只是一个人，不可能亲自去打赢帝皇的所有战争！兄弟姐妹们，起来吧，为帝皇服务，为他的圣子服务。即使是现在，他也在守望着你们。去见他吧，就像我见过他的父亲一样！"

马蒂厄显然是在指向某处，因为人们一齐转过身，往上看向被阴影遮蔽的楼梯。

"不出所料。"基里曼说。随后他走到楼梯底部，走入人们的视野。他们看见原体后，先是小声说话，随后开始向他哭喊。伊利奥斯的辅助军士兵们跟随着他，警惕地举枪朝向人群。

"原体！极限战士！帝皇的护卫！我们得救了！"

叫喊声突然毫无预兆地停止了，只有轻微的沙沙声，随后陷入沉寂。人们不约而同地跪了下来，向他们的救世主叩拜。

在商业广场前有一个临时搭建的舞台，马蒂厄就在那里，站在三个用麻绳捆在一起的大桶上，高出了人群。三名国教圣战士站在大桶旁边，守卫着他们的先知。

基里曼扫视初临城的人们。他的表情严峻，但并没有流露出批评之意。

"起来。"他命令。人们一动不动，依然前额贴地跪着，低声祈祷着。"起来。"他又说了一遍，随后穿过人群前进。他的靴子足有人的后背那么大，因此需要非常小心避免踩碎了路上的人。人们见他靠近，让出了路，但还在跪着，还在祈祷着，还带着畏惧的抽泣。

"献出你们的忠诚。"基里曼说，"为我效劳。为帝国而战，为帝皇而战，为我而战。"他大步走向马蒂厄，"献出你们的生命、你们的鲜血、你们的死亡，把一切都给我，我也会付出我的一切，去保护奥特拉玛，保护帝国。这是我对你们的要求，还会有更多的要求。"

菲利克斯看见原体在字斟句酌地说着，仿佛在进行着无休止的挣扎。国教曾经宣布他为神，原体对此深恶痛绝。在心情不好的时候，他会愤怒地否认。但此刻环顾人群时，他的目光变得柔和了。这些人已经绝望。他们需要基里曼不仅是一个人，也不仅是一位原体。他们需要的是一位神皇之子。基里曼不能让他们唯一的希望破灭。

"但我永远不会要求你们崇拜我。"他轻声说，"看着我，你们就会看到我并不是神。现在站起来！起身，去做你们的事情吧。我要和我的战争使徒说几句话。"

基里曼的命令不可违抗。人们茫然地站起身来。大多数人都离开了。市场到处都传来窃窃私语声。有许多目光中满怀希望的人想要和原体谈谈。但少数几个敢于接近基里曼的人，也都被伊利奥斯的辅助军和冠军护卫们打消了念头。

"封锁广场。"基里曼命令。

"立刻执行。"伊利奥斯说。

原体走近马蒂厄。尽管站在木桶上让马蒂厄显得高了许多，但他依然比基里曼矮，看起来像一个试图与巨大的欧格林人对视的孩子。

菲利克斯好几个月没有见到马蒂厄了。他的僧袍甚至比过去还要破旧，上面打满了补丁。修士给人以贫穷的印象，但他的面貌改变了。尽管过去他也很狂热，但现在的他仿佛有了前所未有的使命感。难怪人们会追随他。

他的决心并非全部来源于自身，他可以自由借用原体的权威。他们相遇时，马蒂厄用毫不掩饰的崇拜目光看着基里曼。他的表情令菲利克斯很担忧。

守卫马蒂厄的圣战士们向原体举起了盾牌和剑，令菲利克斯有一种疯狂的联想，仿佛他们要在敬礼之后发起攻击，他感觉自己的手指在护手内抽动了一下。但最后圣战士们流畅地以脚后跟带动身体旋转，向后退了一步，让原体走近马蒂厄。

"原体殿下。"马蒂厄说着，鞠了一躬。

"战争使徒。"基里曼说，他瞥了一眼沉默的圣战士们，"现在有新的战士来保护你了。"

"有一天夜里，他们不请自来。他们是来自帝皇的礼物。"马蒂厄说。

"我记得他们曾经为杰森服务。"基里曼说。但马蒂厄并未露怯。

"我明白。你认为我过于追求戏剧性。但这些红衣主教的部下只为他们认为有价值的人服务。"马蒂厄反驳说，"我并未召唤他们，是他们找到了我。"

菲利克斯很想知道像杰森那样一个干瘪的老人到底有什么价值可言。

"这是真的吗？"基里曼向圣战士们询问。但他们就像雕塑一样，没有任何回应。

"他们立誓沉默，殿下。"马蒂厄解释说，"除非帝皇本人下令，他们决不开口。"

"我还在外堡看到了一辆会众战斗列车。它过去也隶属于杰森。你曾摒弃你办公室内的装饰物，现在你却启用了这些东西。是什么发生了改变？"

"什么都没变，基里曼主人。"马蒂厄回答，"正如您所言，战争使徒杰森有许多资源。帝皇在我耳边低语，告诉我为了原则而拒绝这样一个军火库乃是莫大的愚行。这些武器不应该被闲置。"

"看来你最近一直很忙。"

"国教在您的阵营下战斗，殿下。帝皇给了我许多任务。我不能退缩。既然您不希望我直接在您身边服务。我尊重您的决定。"他说话的语气，就好像基里曼是一个维护自己的小小权威的年轻人，"但后来，帝皇在赫卡顿之战中现身了，每天都有无数的信徒前来找我。他们需要指引。"

"所以，你现在拥有一支军队了。"

"我有了一支远征军，殿下！见证者远征军。这些人中的每一个都曾经被帝皇之手触碰过。他们当中的某些人甚至亲眼见过他。"

"胡言乱语。"基里曼说。

"不，殿下，这是真的！"马蒂厄说着，走向前方，他的双眼闪烁着狂热的光，"他已经出动了。他在和我们一起工作。人类正被他的荣耀之举唤醒。敌人自以为打通亚空间和现实，就可以让他的帝国瘫痪。现在他们已经召来了帝皇的愤怒。他们说帝皇是一具尸体。他们说帝皇是一块腐肉。但他已经活了，他就在我们身边。他在行动。基里曼大人。噢，他行动了！"

基里曼瞪着他。但马蒂厄目不转睛地回望，脸上欣喜若狂。

"你从未见过帝皇，也从未和他说过话。"基里曼说，"只有我经历过。"

"您以前就对我说过这些话了。但您错了，殿下。我每天都与他交谈。我曾亲见他的化身显现。您觉得是谁派我来帮助您的？在马库拉格之耀号被捕获时是谁保护了我？又是谁指引您选择了我做您的战争使徒？是他，是您的父亲。他告诉我，我必须让您睁开眼睛。而您正在逐渐地睁开双眼，我知道。"

"够了。"基里曼说，"你在谈论你一无所知的事。"

"是吗？当所有的证据都在指向相反的论点时，被欺骗的人是我，还是紧抱旧世界不放的您？"

"你是个狂信者。"柯肯说。

马蒂厄望向禁军。"是吗？你的同袍说有些事情改变了。他们说在多年后，帝皇在梦中和幻象里再次对你们说话了。当他触碰你们的心灵时，那种感觉如何？"

"我要重复摄政大人的话。你又怎么会知道？"

"因为是帝皇告诉我的！"马蒂厄带着怒意说。

"我们应该杀了他，摄政大人。"柯肯说，"我们警告过他了，但他做得太过分了。为了个人的目的，他甚至拉拢了整个团的兵力。这种疯狂还要扩散到什么地步？"

"您会对自己的人民开枪吗？您觉得这个世界的战士和平民，会乐于看见那些只想在帝皇身边战斗的信徒被砍倒吗？"马蒂厄对基里曼说，"您和您的子嗣们，你们确实可以通过屠杀这些人来阻止帝皇的仆人执行他的任务。但您还想再听到多少关于您篡夺王位的流言？"

"不要威胁我，战争使徒。"原体说。

"我只是在试着帮助您，主人。"马蒂厄说着，沮丧地伸出一只手，"您什么时候才能明白您的父亲是神？您什么时候才会明白，他正在通过我，通过您，通过每一个人在工作。帝皇与我们同在。他就站在我们的身边。您是他的儿子。敞开心扉，接受您父亲的本质吧。只要承认您自己的神性和您的力量，您的所有敌人都将会在您面前灰飞烟灭。您是一个神，是坐在黄金王座上的他的一个活生生的化身。"

"我警告过你不要再宣扬这个观点。"

"我保证过，而且我也没有那么做。尽管这是帝国国教的官方信条。"

"所以，你还是个伪君子。"柯肯说。

"我不是。因为如果我死了，就无法再为帝皇效劳了。"马蒂厄说，"那样我还有什么用呢？我未曾宣扬过被您禁止的观点。"

"那你为何要在现在对我这样说呢？"基里曼问。

"因为您和我必须彼此真诚。如果您想要对自己真诚的话。"

马蒂厄与基里曼对视了半分钟之久。牧师的脸上沾染着贫穷生活带来的泥垢，他的牙齿发黑，头发稀疏；而帝皇的在世子嗣则身材高大，气质高贵，仿若超脱凡世。他们就像一个乞丐和一个天使。令菲利克斯吃惊的是，首先移开目光的是基里曼大人。

"我已经受够了。再见，战争使徒。"

"我们会为您祈祷的！"基里曼离开广场时，马蒂厄在他身后呼喊，"我们会祈祷您早日得见光明！"

"殿下。"菲利克斯用私密频道对原体说,"恐怕柯肯大人是对的,必须对他做些什么。"

"柯肯是对的,你也是对的。但不幸的是,马蒂厄修士也是对的。"基里曼说,他的声音令人心生寒意,"他并不是在做空洞的威胁。"

第十四章

赫拉遇袭

雨还没有停。

一连多日，雨水冲刷着赫拉要塞的石壁。一开始雨水是干净的，呈铁灰色，就像马库拉格的海水一样寒冷。但它们的污染越来越严重。这是一个渐进的过程，一开始几乎没有引起人们的注意。一股奇怪的气味；或是雨水坑里的某种油污，里面还带着沙粒；或是奇怪的蠕动的蛆虫，出生后又很快死亡。这些迹象很少见，甚至可以忽略不计。在某些日子里，这些异象没有显现，雨水再次变得清澈。但每当污秽又一次出现，都会变得比之前更加强烈，也会持续更长时间。直到有一天，天空洒下有毒的酸液，从此干净寒冷的雨水只存在于记忆中。

费边躺在自己的床上，醒着。他已经好几个星期没睡觉了。尽管在过去十年里，他已经习惯了战争的声音。在被炮击的战壕里沉睡，在太空战中打呼噜。但这些并非日常规则。在那些时候，他不一定会被敌人杀死，疲劳却可能致命。近来费边心里一直很紧张，被围困让情况更糟了。

人们永无止尽地等待着某种异常糟糕的事情发生。费边更愿意去战斗，无论胜败，短时间内就可以结束。一个人要么会死，要么不会死。但一场围城是炼狱。他可以应对战斗中的恐怖和流血，但他无法忍受一直等待。

让人无法忍受的还有围城中的不可预测性。似乎在随机的时段，赫拉城墙上的巨大炮台会突然开火，或是敌人又一次尝试他们注定失败的突破城墙的攻击，炮组会像一大群饿犬般整晚狂吠。突然间，世界又会变得寂静，除了大雨之外没有别的动静。但他还是睡不着，因为他的耳朵始终紧张地听着末日来临的声音。

卡尔加不太情愿地向他解释了当前的战况。敌人很虚弱，即使留在马库拉格的极限战士数量很少，也可以轻松出击，像车辆的雨刮器扫过前挡风镜般将他们一扫而空。但第二天，敌人又会回来。这个过程会不断地重复，或许卡尔加手下会有一两名星际战士倒下。尽管不多，但如果第二天和第三天又发生同样的事，最终这些极限战士将会损失殆尽，我方就自然而然失败了。在太空中也一样。每一艘敌船被击落，就会有一艘新的替代。极限战士可以从城市出击或是离开行星，但如果他们在防线外待的时间太久，就有可能被击溃。与之相对，敌人的军队数量众多，但战力太差，无法攻破任何一处城墙。

因此，星际战士守在堡垒里，敌人守在外面。彼此都在等待战局在其他地方发生变化。

这是一种折磨。卡尔加也这样说。在大裂隙的另一端，费边曾经和他在一起待了很长时间，因此看得出来这一点。他和卡尔加相处得不好，这让费边很遗憾，他觉得自己和基里曼相处得不错。他甚至不能把与卡尔加的不和归咎于监视关系带来的抵触心理。卡尔加完全理解费边的使命，最初还对此表示过赞许，但费边的性格让他们产生了芥蒂。卡尔加其实只是不喜欢他而已。尽管两人都体现了坚忍朴素和马库拉格式的风度，但他觉得费边缺乏耐心，爱抱怨，很容易发火。战团长当面告诉了费边他的这些看法。

至少，费边是这么想的。在后半夜里，他觉得自己的床有时候太硬，有时候又太软，要么太热，要么又太冷。他用枕头包住自己的脑袋，但还是挡不住雨水无休止拍打在窗户上发出的令人发狂的响声。费边没办法让自己感觉舒服一点儿。他没法休息，又紧张得不能集中注意力。每一声雷鸣，都让他以为战斗马上要开始了。他的每一个积极快乐的念头都转瞬即逝，最多不过是对他头脑中盘旋不去的黑暗想法的应激反应。

费边发出了呻吟。

"我恨这个星球。"他呻吟着，"就算警戒星也比这儿好。"他翻了个身，发现这个姿势也不舒服，于是翻回原处，但也一样不对劲。

"该死！"他说着，把枕头丢到一边。费边坐在床沿上，用掌根擦了擦眼睛，随后猛地站起身。"好吧，"他说，"该干活了。"随后大步走向屋子对面的书桌。他做的第一件事就是拿起放在桌上的一壶酒。这个酒壶总是满的。

费边不得不承认极限战团给他的待遇很好。他的宿舍面积和奢华程度都是他过去无法想象的。尽管家具都严格采用了马库拉格风格，但做工精美。柔软的毛皮地毯铺在石板地面上。一切都像马库拉格本地产的酒一样，制作水准很高，但既锐利又冰冷。就像这颗行星，就像极限战士们。

尽管如此，他还是倒了一杯酒喝了。费边还没有开启照明。要塞城墙上的灯光穿过大雨，从高高的窗户洒了进来。电光一闪而逝，显露出了隐藏在黑暗中的雕像、柱廊和塔尖，一时令他为之目眩。

他嘟哝着，打开写字台，拿出椅子，点亮灯，坐了下来。费边小心翼翼地把酒放在石板地面上以免弄脏木制的书桌，随后拿出了他最新的笔记本。

费边很难专心看这本笔记。这是一本无聊的东西。战团的档案里详细记录了马库拉格与周边世界的历史，写满了干巴巴的细节。费边亲手把这些内容缩写成一个宽泛的概述。如果有时间的话，他打算将它整理成一个小册子。

他可能永远不会有时间。

费边啪地合上了这本书，自责地告诉自己，如果他不知道仅仅几百米外就有一个被封印的图书馆，里面藏着各式各样的奇迹的话，或许他还能觉得手头的事有趣。他想象着托勒密图书馆里所藏的真正的古代作品：黑暗科技时代的典籍、这个宇宙区域的早期殖民史、已灭绝的异形种族的著作、在大叛乱战争中极限战士军团扮演的角色、人类最初的恒星系所发生之事的诱人线索——这是另一个令人兴奋的秘闻。这个帝国并非第一个崛起的人类帝国，这段历史是如此禁忌，甚至有人仅仅因为知道它的存在就被杀死。费边想把所有这些阅读和思考，直到它们变得平淡无奇。费边已经知道了很多罕为人知的事，但总还有更多知识等待他去了解。人类历史无比漫长，数不清的秘密搭建了它的框架。

"托勒密图书馆里塞满了秘密。"费边呻吟着说。

夜空中隆隆作响。他仔细听了一会儿，确信这只是雷声，不是炮击又开始了。绿色的闪电穿透了云层，照亮了翻卷着的乌云下方。雨直直落下，就像一团标枪般有种实体感。旧日星际战士英雄雕像的冷酷面容被闪电照亮，随后又重回黑暗。

又是一阵雷鸣，它断断续续，怒气冲冲，在天空中翻滚徘徊，就像一头即将发起袭击的野兽。

费边有点儿紧张，他喝了一大口发酸的葡萄酒，让注意力回到自己的笔记上。他全神贯注地工作了片刻。

啪，啪，啪。窗户上响起了一个噪声。啪，啪，啪。

费边显然被吓到，他缓慢地转头向发出噪声的方向望去。但他在漆黑的玻璃上看见的，只有自己惊恐的苍白脸庞。

啪，啪，啪。

费边用颤抖的手拿起了一个蜡烛台，碰了碰点亮灯条的符文按钮。火焰从灯芯燃起。他靠近窗边，被自己的倒影吓了一跳。他的脸因为缺乏睡眠而倍显憔悴，眼窝深陷。闪烁的火光在他的眼睛里跳跃。他凝视着夜空，却什么也看不见。

啪，啪，啪。

噪声是从窗户底部传来的。他弯下腰，寻找声音的来源。但他从玻璃上看见的还是只有自己的脸和烛火的闪光。在城墙上有许多灯光，照亮了要塞的装饰。但费边的房间被笼罩在一个三角形的阴影里，与光明处对比显得更加黑暗。

他沿着窗户底部摸索，手指碰到了冰冷的玻璃。

啪，啪，啪。

一道闪电照亮了黑暗，费边随之发现自己正和一个小小的圆形生物隔着窗户对视。它有一根很长的角，一张大大地咧开发笑的嘴里满是肮脏的牙齿。它只有人类婴孩那样大小，但胖得可能有婴孩三倍重。在引起他的注意后，那个生物举起一只瘦弱的胳膊朝他挥舞。

费边猛地后退，烛台掉到了地上。

这是一只瘟疫小恶魔。费边以前见过它们，但从未如此靠近。只有薄薄的一层玻璃将他与这个装满疾病的东西隔开，它里面的疾病足以杀死他一千次。

"恶魔。要塞里有恶魔。"他手脚并用地爬起身。那个小东西把肥胖的脸顶在玻璃上，在上面涂抹着难以名状的污秽。费边终于看清楚了这个怪物。它头戴兜帽，右手拿了一根短木棍，上面的三个分叉卷成了环形。它的左臂上附着一蓬触须，上面有另一张咧开大笑的嘴。在它肚子上还有第三张嘴在笑。

小恶魔饶有趣味地注视着费边。它又在敲窗户了。脸上的第一张嘴咯咯笑着，喷溅出的蛆虫掉落在面前。

费边一直盯着它，挣扎着后退。他的手摸索着放在书桌上的通信手环。他找到手环，放到嘴边，按下了上面的警报符文，这样他的护卫就会赶来了。

"拉希，我们有大麻烦了。"他不期待收到回复，就算没有人赶来也不奇怪。

通常，异象发生时会伴随着对各种事物的破坏，机魂就像人类的灵魂一样不喜欢超自然现象，机器往往会在这些情况下发生故障。

费边思索着该干什么。他应该跑出去求助吗？拉希·卢塞恩的宿舍在这个大厅下方一百米左右的地方。除此之外没有其他人住在战团修道院的这个区域。赫拉要塞非常庞大，就算极限战士整个战团也无法填满要塞的房间。他也许会走运遇到一个在巡逻的中央禁卫、辅助军，或者其他凡人仆从，但他们的分布也很稀疏。如果费边不一直牢牢盯住这只生物，或许它有可能会溜走，造成无法预期的伤害。

他们并非毫无准备。就算通信发生故障也会被记录下来，并检测其原因。警报将会被触发。但这要等多久？这就是问题所在。

"帝皇啊。"费边说。小恶魔还在好奇地注视着他，就好像他是异种动物园里的一个标本。现在费边可以看清小恶魔的方位了，它那恶毒的双眼的闪烁可以用来确定它的位置。他双眼眨了一下，它就消失了，但立刻又出现了。

"别动。"费边说，与其说是对小恶魔，不如说是对自己，"就在那儿等着。"

他抓起外衣、裤子和靴子，没换上衬衣和袜子，而是直接将睡衣塞进裤子，随后系上了背带，扣紧了靴子。

"待在那里，待在那里。"费边说，"给我待在那里，王座诅咒你！"

小恶魔看起来哪里也不想去，只是支起胖得看不出脖子的脑袋注视着。

现在费边放慢了动作，他正伸手去够挂在椅背上的武装带，不希望惊吓到这位不速之客。他的激光手枪就挂在武装带的枪套上。他那把入鞘的动力剑水平放置在旁边的一个木架上。

他紧紧挂好武装带，慢慢拔出手枪，瞄准了那个小恶魔。

"逮着你了，朋友。"他说。

费边还在内政部的时候，要是有人说他以后会变成一个优秀的射手，他一定会当面嘲笑他，告诉对方自己碰都不会碰一下枪。但现在他真的是一个好射手了。灼热的空气发出啪啪响声，一道连贯的蓝光在玻璃上打出了一个标准的圆孔。

费边眨着眼等光束留下的残影消失，看到玻璃上的圆孔周围有一圈正在冷却的橙色灼痕。一缕烟从洞口升起。小纳垢灵往下看着自己的腹部，那个伤口已经在蠕动着愈合了。它失望地对费边噘起嘴，摇晃着脑袋，然后跳进了黑暗之中。费边跑到窗边把脸贴在玻璃上，想看清墙角的情况。一道闪电照亮了正从费边的房间逃离的小恶魔，它跳过一个个水坑，跑向宽阔的广场。

"该死！"费边说。从这里到最近的出口至少要两分钟，太长了。

"拉希！"他一边叫喊，一边去拿动力剑。他抽出了这把华丽的武器，把剑鞘丢到一旁。"拉希！"他按下电机开关。剑刃表面噼啪作响地生成了微小的闪电纹路。窗上倒映出他的脸，被照得发蓝。"卡尔加不会喜欢接下来的事的。"费边说着，朝窗户跑去。

他的剑刺穿了窗玻璃，嘶嘶作响的融化物四处飞溅，点燃了地毯。费边没有放慢脚步，在暴风雪般的玻璃碎片中穿过了窗户。他置身于外面的雨地里，身后火焰熊熊燃烧。他顾不上着火的事，冲入了倾盆大雨中。

那个小怪物在他前方五十米左右。尽管它的两腿又短又粗，但跑得飞快。

"警报！警报！要塞内有恶魔！"费边叫喊着。

暴风雨吞没了他的声音。雨水流进他的嘴里，咸得就像是从脓疮里流出来的，口感辛辣。费边吐了口唾沫，又朝那个怪物开了一枪。它跳到旁边闪过了光束，这一枪划过地面，带起了一道水蒸气。

"让亚空间带走你们！"费边咒骂着，"恶魔！"他尽可能大声叫喊，"要塞内有恶魔！"他又对空中开了两枪，光束噼噼啪啪地灼烧着空气，就像是对雷声微弱的模仿，"恶魔！"

小恶魔往回看了看，咯咯大笑着朝费边挥手，奔跑着绕过一座纪念雕像讲坛。

费边紧追不舍。雨水已经把他浇透了，淋在剑周围的能量场上发出噼啪声。

"恶魔！"他大叫着，再次对天开枪。从城墙下传来了入侵警报的微弱响声，随后接连不断地响了起来。巨大的探照灯猛然开启，炮台的后膛发出刺耳的响声。"噢，感谢王座。"费边说。他在拐角处差点儿滑倒，溅起了一片水花，然后直冲险境而去。

有个高瘦的怪物，半个身体都隐藏在阴影中，它低着长角的脑袋，从手臂垂下来一把黑色的剑，剑尖抵在地面上。要塞的探照灯照亮了怪物，费边发现那个怪物闪亮的皮肤上裂开了好几道伤口。那把剑闪烁着深绿色的亮光，乳白色液体从剑身流下，和雨水混在一起。

纳垢灵轻快地从那个巨大的亲戚旁边跑过。费边迟疑地停下了脚步。

"瘟疫使者。"他低声说。

那个东西听到有人叫它，抬起了头，缺乏光泽的凌乱长发在雨中飘扬。一只巨大的眼睛瞪着费边，就像一个剥了皮的鸡蛋般又白又肿胀。恶魔发出嘶声，喑哑难听的呼气音组成了一个单词。

"一……"它说。

在它右边，石板上的水冒着泡，从中升起了一根角、一个脑袋，随后是犹如溺水死者般皮肤浮肿的肩膀。第一个瘟疫使者用麻痹的手指指向了第二个。

"二……"它一边数着，一边满含期待地转向左边，又有另一个它的同类从地面上升起。

"三……"它说着，向前迈了一步。

费边大吼了一声，举枪开火。

那名瘟疫使者走上前来，柔软的脚底板拍打着水坑。费边的每一枪都击中了它，在臭气熏天的厚皮上打出几个嘶嘶作响的烧灼的洞，但它一声也不吭地承受着，眼睛死死地盯着费边，一步一步向前走来。它已经靠得很近，费边可以看见围绕着瘟疫使者的脑袋懒洋洋盘旋着的苍蝇，在它伤口处的蛆虫，以及在漆黑的牙龈上蠕动着的线虫。它的两个兄弟跟随在两侧，计算着费边的激光手枪打中它们首领的次数。

"一，二，三。"它们说着，和第一个瘟疫使者保持着一致的步调。

费边的射击让瘟疫使者的一只耳朵蒸发了，还打坏了瘟疫使者的手肘。

"四，五，六。"它们闷声低语。

新的伤口盖在旧的伤疤上。蛆虫在渗血的伤口里被烧焦。他对准它脸部，一击摧毁了瘟疫使者的脸颊，它漆黑的牙齿在广场上弹来弹去。

"七……"

费边仔细瞄准，屏住呼吸，扣下扳机。这一枪射爆了瘟疫使者的眼珠。它还在踽踽前进。费边对准同一个地方又开了第二枪，炸烂了它的大脑。第一个瘟疫使者倒下死了，黑烟从尸体上冒出来，巫术制造的血肉崩溃分解了。但对于费边而言不幸的是，这里还有两个瘟疫使者。

"八……"

它们还有四五米远，正在用慢得令人发狂的步伐同时艰难前进着。费边的第八枪撕裂了最近的瘟疫使者的肩膀。随后他的弹匣耗尽了，而且他也没有备用弹匣。

"八？八。"瘟疫使者嘟囔着确认枪击次数。随后它们举起了剑。

"拉希！"费边再次叫喊，他抬头望天，"噢，帝皇，要是您对我有一点儿印象，我祈祷您现在看着我，保护我。因为我马上就需要您的帮助了。"

他把枪放回枪套里。那把武器是基里曼赠送的礼物，就算他快要死了，他也不会随手丢弃。费边举起剑防御。倾盆大雨让剑刃发出闪光和分子爆裂的响声。雨滴被分解释放出的氢气化作微弱的火舌升腾而起。

"噢，王座。"费边说，"噢，王座。"

就像机器人一样，瘟疫使者们同时扬起黑剑向他冲来，它们的速度之快令人惊诧。

"一。"一个瘟疫使者说着，挥下了剑。

费边抵开了这一击。

另一个瘟疫使者向第一剑造成的费边防守的空当处挥剑。"二。"它说。

"三。"瘟疫使者说着，挥出了下一击。

费边一次又一次地接招，他的剑刃在空中闪烁。要是他的训练老师看见这一幕，肯定会露出少有的挖苦笑容。

费边被逼得连连后退。恶魔们攻击的动作很机械，每一次出手时都会计数。费边的剑刃更长，动作也更快，他挡下了每一招。但最后它们还是会赢。尽管恶魔们的身材就像饿死鬼，但它们还是比费边高出一个头，而且力量大得惊人。它们的打击冲撞得费边胳膊生疼。它们无须给他造成重创，只要用爪子或是用剑擦到费边一下，费边就死定了，甚至仅仅靠近它们，他就可能会被感染。费边不由自主地让潜意识接管了自己的求生之战。多年的训练塑造了他的进攻和反击的方式，因此对费边而言，此刻在挥剑的仿佛是另一个自己。

他终于找到了出手的机会。动力剑砍进了一名瘟疫使者的脖颈侧面。他感觉这一击犹如斧头砍进了湿木头。武器似乎因为接触到它而被影响了。分解力场被削弱了，刀刃的塑钢变钝了。一股灼热的疼痛感沿着武器传到费边的手上。他咬紧牙关，尽管紧握着剑柄，但还是脱了手。那只怪物发出嘶吼声，向后猛地一拉，用超自然的力量从费边手中夺走了基里曼的礼物。

费边赤手空拳地面对着怪物，双臂收在胸前，躲避着另一名怪物的攻击。

"十九。"瘟疫使者嘶声说，"二十。"它的剑一闪而过，毒液飞溅在费边身上，烧焦了他的皮肤。

费边向后退去。怪物们紧追不舍。他听见护墙上传来了枪声，还有叫喊声和远处的计数声。要塞内到处是警报的悲鸣。

瘟疫使者举起了剑。

"二十一……"它们说。

但它们的大剑并未落下。一个被通信发声器放大的嗓音在夜空中响起。

"费边，躲开，给我躲开！"

费边纵身向后跳开，与此同时，三发爆矢弹拖曳着火焰轨迹穿过空中，砰地击中了那个身上带着他的动力剑的瘟疫使者。子弹几乎同时被引爆，把恶臭的内脏炸得满地都是，溅了费边一身。令人难以置信的是，尽管那个恶魔的躯干几乎已经变成了空洞，拿剑的手臂也在地上抽搐，但它依然站着。

长剑兄弟拉希·卢塞恩犹如一辆奔驰的重型翻斗车从夜色中冲了出来，把摇摇晃晃的瘟疫使者猛地打飞了出去。它腾空而起，重重地摔到六米开外。费边动力剑的剑柄撞在地上，恶魔落地时的冲力让它旋转了一下，干净利落地割下了怪物的头颅，就好像那只是一个变质水果的顶部。

就在卢塞恩击飞第一个瘟疫使者时，他的动力剑也斩断了第二个。与费边的武器相比，卢塞恩的动力剑大到了可笑的程度。与其说是他的剑将恶魔一分为二，倒不如说是直接打碎了它。分解力场的爆炸让费边的耳朵刺痛。怪物的上半身被打飞到空中。当塞恩停下动作，去找他的同伴时，第二个恶魔也已经死亡，化作乌有。

"你还好吗，吾友费边？"卢塞恩问。他顾不上在手链上来回晃动的手枪，伸出一只黑如夜色的手帮历史学家起身。雨水从他的搭肩衫一直淋到腿上。制式铠甲上的圣殿团十字架在雨中闪闪发光。

"看到你，我好多了。"费边说。卢塞恩纹丝不动地用手臂支撑着费边全身的重量，帮他站了起来。"来吧。"费边说。他从已经化作一摊糨糊的瘟疫使者身上取回了自己的动力剑。他打了个喷嚏，咒骂了几句。

"你应该去医务室报道。"卢塞恩说，"这些不洁的无生者携带着各种瘟疫。"

"就让帝皇来决定我的生死吧，如何？"费边说。

"不要嘲笑我的信仰。"卢塞恩说。

"我没有。"费边说，他在雨幕中到处寻找那个逃跑的纳垢灵，"瞧，这些东西在现实里没有多少残留。它们的身体已经溶解了。如果它们的疾病会让我死掉，那我早就死了。"

"你不能依赖于——"

"好啦好啦，我会自己去看医生的。"费边说，"先帮我个忙。我正在找——"

"是那个吗？"卢塞恩说。他战斗装甲的指向灯啪地一下亮起，一圈刺眼的光照亮了那个纳垢灵。它动作夸张正蹑手蹑脚地潜逃，却一下子停住了。

小恶魔毫无畏惧地回过头看了看他们。它竖起一根手指放在嘴唇上，左手的触须蠕动着，右手穿过暴风雨指向山坡处。费边竭尽所能向黑暗中望去，试图搞清楚对方在指的是什么东西。

"我以帝皇之火来审判你，不洁之物。"拉希说，他平举起爆矢手枪。

"呜——噢！"纳垢灵发出短促的尖叫。

卢塞恩开火了。纳垢灵就像一个被压扁的囊肿般炸裂了，溅满了石板路面。

"它指的到底是什么？"费边喃喃自语。他战栗着，皮肤烫得无法忍受。

附近传来了枪响。三名极限战士赶到了。他们高呼着净化连祷文。其中两人是戴白色头盔的第一连老兵。他们的首领正是提格里奥斯。

"长剑兄弟卢塞恩。"首席智库说。

"有恶魔。"卢塞恩说，"这块区域已经净化过了。"

提格里奥斯点点头。"你说得对。它们已经走了。我们这一次控制住了恶魔入侵。但它们还会再回来。这只是开始。就是因为这场雨。"他抬头看了一眼倾盆大雨，又垂下了头。灵能力量在他的双眼中发着微光。他看着纳垢灵冒着泡的残骸，然后弯下腰，用拇指和食指夹起了那个怪物的木棍。

"它是一个独自行动的纳垢灵，大人。"卢塞恩说。

提格里奥斯盯着那根小棍，它抵抗住了现实世界驱逐它的力量，仍保有实体，只冒出了少许的蒸汽。

"事情很糟糕，非常糟糕。看来瘟疫之神最宠爱的仆人之一注意到了我们。"他的双眼闪烁着光，那根木棍在一声小小的雷鸣中消失了，"这是罗提古斯的一个小化身。我能感觉得到，这里到处都是它留下的痕迹。"

"它是谁？"卢塞恩问。

"一个大魔。"提格里奥斯说，"根据我们的典籍记载，它是瘟疫之神座下地位最高的大魔之一。"

费边没有太留意这些超级人类的交谈。他朝纳垢灵指示的方向走去。他看到了什么东西。在岩石之中有一扇大门。

他的肌肉一阵痉挛，随后他摔倒了，基里曼赠予他的剑脱手掉了下去，发出响亮的撞击声。他的膝盖撞到了坚硬的石块，他喘不过气，也站不起来。费边打着嗝儿，感到呼吸困难，头晕目眩。

"他刚才暴露在了混沌力量的面前。"卢塞恩说。

"叫药剂师过来。"提格里奥斯对手下说。

"费边？"卢塞恩说。

历史学家抬头望着他的护卫，却不知道对方在哪里。"我看不见了。"他说话的声音听起来仿佛很遥远。

"我们得把他送回去。"提格里奥斯说。他还在说些什么。但费边只能听到耳朵里的嗡嗡声，他感觉胸口很闷。他想要亲口告诉他们，自己看见了什么，但这些话最终还是没能说出口。

那个小恶魔，刚才在指着托勒密图书馆的一扇侧门。

第十五章

基里曼的演讲

迪亚米德·特菲留斯有一种游离于自身之外的感觉。他和同僚们一同在立正等待，双手高举激光步枪以一种令人尴尬的姿势伸向前方，这让他的手臂发抖。他的礼仪制服很不舒服，让这个本就闷热的下午变得更热了。

亚克斯星界军极限战士辅助军的军官们在从螺旋公路通往繁花宫的阶梯两侧列队排开。这座宫殿曾经名副其实，它被各式各样的花朵所覆盖，是一座色彩斑斓的鲜活建筑。但如今它也像其他地方一样染上了疾病。花茎之上的绚彩都已凋零，只有丝状的黑色黏液从培植箱里滴落出来。但即使布满了泥浆的痕迹，这座宫殿依然非常宏伟。事实上，当特菲留斯从他那发酸的手臂间和闪亮的尖顶盔下向外望去时，他觉得宫殿这样看起来变得更好了，这些污迹似乎突显了它过去的，以及将来会再度拥有的荣光。这就像是一个象征，特菲留斯想，它代表了死亡与重生的永恒之轮，以及凡人造物在它们面前的无能为力……

王座啊，我到底在想什么？他心想。

楼梯上传来了喇叭声。每个楼梯平台上的辅助军上尉都在咆哮着发令向原体敬礼。整支军队都重重地跺着脚，高声赞美原体。喇叭声越来越近，声音也越来越近。随后是全副武装的众神们的沉重脚步声。

轮到特菲留斯喊出欢迎的命令时，他差点儿错过。要不是吹号手用胳膊肘推了他一下，他都忘了要把嘴唇放在白银喇叭上。喇叭声在他耳中嗡嗡作响。特菲留斯吹出震耳欲聋的赋格曲，用力跺着脚，以他在练兵场上的最佳嗓音吼出口号。

"向奥特拉玛之主敬礼！全体向总司令致敬！全体向帝国摄政致敬！"

他的士兵们都用脚跟带动身体转向最后一位在世原体，他们一齐靠脚，使得楼梯摇晃不已。他们把武器向前方推出，表示献出武器。他的战友和他们制服上高高的羽毛几乎遮挡住了一切，他只能看见迎风招展的旗帜森林随着原体从楼梯上方下来。这些军旗壮丽多彩，象征着帝国军事力量的各个组成部分。

这一切都会被玷污，这一切都会被推倒，特菲留斯心想。这种想法令他惊慌失措。

当基里曼朝他们走来时，军官们后退一步，回到原来的位置，把枪斜扛在肩膀上。特菲留斯酸痛的胳膊对此感激不尽。

"全体向基里曼大人致敬！"他们叫喊起来，"全体向亚克斯的救世主致敬！"尽管原体现在还没有拯救这颗行星，但这是科斯塔利斯的主意，为一个还未得到的礼物先行致谢。帝国总督对原体的到来寄予如此厚望，真是可悲。

特菲留斯又一次被自己的想法吓了一跳。为什么他要这样想？他一向都对科斯塔利斯敬仰有加。汗水在特菲留斯的头盔下流淌，他感到头晕。他害怕自己会在摄政到来前昏倒。

游行队伍正向他走来，这是一群穿着各种长袍的人，令人困惑。前面是牧师，随后是内政部官员，最后是基里曼殿下本人。在这些小步快跑的鼠辈之中，他显得体格巨大而不耐烦，却还要放慢脚步来配合其他人的步伐。特菲留斯看到了他，神之子，蓝色铠甲的巨人，那一刻他感到一种不属于自己的原始而无尽的恐惧。在他后脑勺里有什么东西在蠕动。

当原体走过时，他只能勉强保持笔直站立。其他人和喇叭高声表达着对原体的欢迎，与此同时，一队强大的领主和死亡天使们大步走过。

特菲留斯放慢了呼吸。今天的仪式结束后，他打算去看医生。

"上尉？我是说，长官？您没事吧？"

他眨了眨眼睛，发现部下的上士正对他小声说话。特菲留斯不清楚从刚才到现在已经过了多久。

"您应该和其他军官一起过去，长官，不是吗？"

一长排亚克斯军官正沿着楼梯往上走。特菲留斯本该跟他们一起去。

"对，对。"特菲留斯说，他匆匆跟上队伍，心里纳闷自己到底出了什么问题。

特菲留斯的部队担任繁花宫周围的仪仗队，尽管他本该和他们待在一起，等原体对广大民众的演讲结束后，再去听原体的简报会议，但特菲留斯没有和士兵们待太久。在他心里仿佛有一种令人坐立不安的紧迫感，让他想起还是个年轻人的时候——想要做些什么，却又不知道为什么或该做什么。他盼咐一名中尉代理他的职务，随后便匆匆离开。

繁花宫是一个巨大的圆形建筑，两侧有许多环状堆叠的拱门。底层以上的楼层都用砖块填实了，悬挂着园艺用的箱子。但在这个艰难时期，箱子里都装满了枯萎的花茎。墙壁上还有一些凹陷的壁龛供树木生长，但里面的树也大多枯死了。许多壁龛内残存着枯木被砍伐后留下的树桩。

环状拱门的下方是敞开的，因此繁花宫坐落在许多柱状底座上，做工非常精致，看起来就像浮于其上。特菲留斯穿过外门，来到了一座与外门十分相似的内部拱门。所有的拱门都有铁栅栏。其中一座是大门，栅栏打开着，通往一个用装饰性灯具照亮的华丽的镶嵌石大厅：这是宫殿的主入口。一扇巨大的马库拉格松木门封闭了通往大礼堂的道路，但他听见了那扇门后原体说话的隆隆声响，这令他突然心跳加速。

大门由总督卫队的战士把守，长矛交错挡住了去路。今天还增加了两名星际战士守卫。特菲留斯认识他们的纹章，是末日雄鹰战团和曙神星战团。他们的出现平添了几分恐怖的气氛——有人称之为"阿斯塔特畏惧"。星际战士体格硕大，全身重甲，惯于杀戮。但通常他主要感到的还是宗教式的敬畏和安全感。星际战士虽然危险，却是为了保护像他这样的普通人而被制造出来的。

然而就在那时，特菲留斯感到的只有恐惧。他结结巴巴，说不清楚自己为什么要进去。他张着嘴愣在那里，汗如雨下。

"特菲留斯上尉？"一名卫兵问。他在城里很有名。

"我……"

"长官，您去大礼堂有什么公务吗？"另一名卫兵问，"您不是负责宫殿外围的警卫吗？"

特菲留斯发现在视野的边缘有某种轻微的移动。他忧心忡忡地意识到，是那个末日雄鹰战团战士转过银色头盔，闪光的护目镜正冷酷地注视着他。

汗水顺着他的脖颈往下流。

"是原体。"他脱口而出。这句话来自他脑后的那个地方，他的恐惧就是从那里无法控制地散发出来的。他的嘴在动，他的舌头在动，发出的是他的嗓音，就像呼吸一样熟悉，但这句话并不是他说的。他感觉有什么东西把他的脸捏成了咧嘴微笑的样子。"整个帝国的主宰就在这里，他仅次于帝皇本人。"

最后几个字好像对他造成了某种伤害，他的笑容变得越来越虚假，"我想去观众长廊上看看他。我承认，这有一点滥用特权。我原本主动申请去站岗，但在见到他之后，我觉得我不能放过这个机会。"

末日雄鹰战士开口了。

"你为什么会改变主意？"他说。他低沉的嗓音震动了特菲留斯的五脏六腑，仿佛在威胁着要挖出他的内脏来看看。

"因为崇敬，天使大人！"特菲留斯说着，努力站直，"我是亚克斯最著名的军官之一，我曾经与阿格曼大人并肩作战。我获得过他的奖章。我的军衔有资格进入，我不可能在未获得许可的情况下进入这样一个地方。在演讲结束后，我将会出席在战略厅召开的简报会议。原体只是希望能通过演讲来振奋我们的精神，现在我去看看又有何不妥。"

在星际战士的头盔内想起了轻微的咔嗒声。特菲留斯看见视网膜激光写入器发出的闪光，说明这名战士正在查阅上尉的档案。

"没有问题。"末日雄鹰战士说，"他的许可是有效的，让他进去。"

"您可以过去了，上尉。"凡人守卫说着便收起了长矛。

"谢谢。"特菲留斯说。

他刚向前迈出一步，一个护手突然抓住了他的肩膀，尽管动作轻柔得像母亲的抚摸，却仿佛随时可能碾碎他的骨头。是那名曙神星战士。

"等一下。"他说，"你怎么满头大汗？"

"是从敌人军营里传播出来的该死的疾病。"特菲留斯说，"没事的，只是有点儿发烧。这里的大部分人都生病了。"

曙神星战士仔细地观察着他。"你要保证一有机会就立刻去接受医学检查。我们对应对与死亡守卫相关的疾病有些经验。最轻微的症状也可能是死亡的前兆。"

"是，是。我会的。我保证。"那个并非特菲留斯的声音说。

他汗流得越来越多了。特菲留斯向所有守卫敬礼，随后走了进去。

他并没有走进大门，因为那里有一整个小队的极限战士在把守，而是沿着楼梯走上了二楼的观众长廊。他从站在楼梯上负责守卫的自己团的士兵们身边走过，他们都向特菲留斯敬礼。踩在厚厚的地毯上，他的脚步几乎没有声音。通往上层观众长廊的门在开关时没什么声音，特菲留斯悄悄走了进去。

繁花宫的大礼堂呈巨大的圆形。在一个大舞台的周围分布着环形的观众席。中央部分空旷而巨大。许多细长的环形观众长廊在空中俯瞰下方。座位的布置贴合建筑的弧线，层叠设置在彼此的上方。这样上面的视野每一个人都毫无遮挡。这个地方现在挤满了军官和内政部官员。大礼堂通常用来表演，但也很适合用来做演讲。基里曼的嗓音清晰地传遍了整个建筑内部，在特菲留斯的心里同时激起了虔诚和恐惧。原体的声音让他感觉站立不稳，他不得不抓住最近的座位，都顾不上看看是谁坐在上面。座位上的人向前倾身等待特菲留斯坐下，对方在黑暗中眯起眼睛朝他看来。

"你好，上尉。是你吧？"对方小声说。

"艾坦德上校？"特菲留斯的心脏猛地跳了一下。一个荒谬的想法冒了出来：我被发现了！

上校靠近了一点儿。"你来这里还挺让我吃惊的。几个星期前，你坚持说你要负责外围的保卫任务——你不信任其他任何人。要是我没记错的话，你差点儿把戴斯的鼻梁骨打断来证明你比他更厉害。"

"我确实比他厉害。"

上校在座位上挪动了一下，窃笑起来。"啊，你总是这么大胆。特菲留斯，你的性格是高傲和责任心的完美组合。像你这样的人可以爬得很高。但是当这一天来临时，你还是无法抵抗来这里看他的诱惑？"

上校以绝对虔诚的眼神注视着下方的基里曼。基里曼就站在中央舞台上，身穿闪闪发光的镶金蓝色铠甲被耀眼的光束所照亮。舞台缓慢地旋转着，这样所有的观众都可以看见他。护卫们环绕着他，但他们远没有他们主人的那种威慑力。成群的智控造物在空中呼啸盘旋，有的在给后世记录下历史性的影像，其他的则在监视着任何可能的威胁。

"对。"那个新声音从特菲留斯的嘴里发了出来，"我只是想在简报会之前先看一下他。您介意吗？"

"你安排人接替你的工作了吗？"

"特瑟米尔中尉。"他说。

"一个不错的人选。不，我不介意。我不会管的。我很理解。"上校微笑着说，"他可真是光辉夺目，不是吗？"

基里曼正在谈论着战友情谊、胜利和新的开端。

"有他站在我们这边,我们会赢的。"上校低声说,"记住我的话。无论亚克斯是否能重新恢复,帝国都将迎来一个新的时代。为了让我们的种族再次崛起,就算失去家园也是值得的。"

"是。"特菲留斯茫然地说。而他体内的客人却怒不可遏。基里曼的话对这团东西而言只是陈词滥调,毫无价值。

他们安静地听着原体那激励人心而又枯燥的讲话。

"他开始说还没多久,对吗?"特菲留斯问。

"这只是开场。"上校说,"我们还会近距离跟他接触。你出席简报会吗?"

"对,我要去的。"

"那么,要是你乐意的话可以和我一起走。简报会后还有一个非正式的会面。你可以跟我一同参加。我不介意现在就告诉你,你很快会得到一个新的岗位。是时候让大家知道了。这是你应得的。"艾坦德上校微笑着,"其实,发现你不是一天到晚都那么耿直,我反而更喜欢你了。"

特菲留斯脑后的某个东西兴高采烈地翻了个跟斗。

"是,上校。"特菲留斯说,"我非常乐意。"

第十六章

战略欺骗

  控制人类真是无聊。窃听蠕虫在寄生其他生物上有太多经验，可以无须注意它们愚蠢的肢体来操纵它们。但它发现人类有一些特别令其不快之处。或许是因为体内可利用的潜力太小了，所以毫无挑战性。人类在出生时就已背负诅咒。腐化一个已经被腐化过的东西有何乐趣可言？

  这个特菲留斯真是个蠢货。除了对他的爱人和枯燥的职责之外，他对其他事物毫无激情可言。但是窃听蠕虫会让特菲留斯认识到他背叛了自己的神明。为了乐趣，它必须这么做。这样，当这个寄主死去时，还会留下一点儿美妙的绝望。

  特菲留斯跟着上校从礼堂走向总督的战略厅。从这个被控制的人类发出的失望的咕哝声中，窃听蠕虫断定这个房间并不怎么值得赞叹。窃听蠕虫对此所知甚少，它曾经见过无数种战略会议区，从潮湿的洞穴到月球大小的活生生的网络密布的大脑，这些都没给它留下深刻印象。

  在这个房间的中央大桌的最前面，基里曼坐在唯一一张可以容纳他身躯的座椅上。他的顾问当中最资深的几个和这颗行星的政府首脑们有资格和他一同坐在桌边。除此之外，这个房间的设计与大礼堂相同，呈圆形，整洁而无聊。这项任务远不如窃听蠕虫期望得那么有趣。它只是为了在纳垢的等级制度中提升自己的座次才来的。

  窃听蠕虫暗笑着。它做的一切都是为了提升座次。它的咯咯笑声从特菲留斯的嘴里传了出来，他装作是打嗝儿，遮掩了过去。

  现在要小心，窃听蠕虫。它告诫自己。在这个房间里有几个强大的人类巫师。他们的灵魂亮光诱惑着它。但它不能冒险靠近，否则它会被发现。这将给它的任务带来一个不太理想的结局。

  窃听蠕虫选择的目标很不错。特菲留斯的地位足以让他们进入这个房间，但又没有重要到坐在那个神明的身边。他们坐在后排，离原体和他那些恶魔杀手朋友足够远，窃听蠕虫感觉自己差不多是安全的。

只是差不多，它提醒自己，并没有到确定的程度。必须谨慎行事。过去，它曾经有不少同类，都是从同一具被魔法炸裂的尸体上孵化出来的。但它的同胞们不够谨慎，它是少数还幸存的蠕虫之一。凡人不喜欢间谍，而无生者也并非无法被杀死。这个房间里的某个巫师会来处理它。而且，这里还有那把可怕的宝剑。

窃听蠕虫尽可能不去看那把剑。

它向特菲留斯的意识前方蠕动了一点，随后开始倾听。

基里曼向参会者简单致谢，挑出房间里的几个最有权势的男人和女人说了几句恭维话。窃听蠕虫想，这个世界的官员们，在大疫星已经诞生后还抱着往昔的亚克斯不肯放手。

在这些互相介绍和陈词滥调中，窃听蠕虫坐立不安，特菲留斯不禁咳嗽了起来。他努力用拳头遮住嘴，胸部起伏，脸色发红。这个寄主很强壮，但他很快就会屈服于纳垢的赠礼。总是这样的。凡人的弱小对窃听蠕虫造成了太大的限制。

基里曼结束了开场白，话题转向他当前的事务。

"行星总督科斯塔利斯阁下、亚克斯的大人们和女士们，我不会用甜言蜜语来掩饰必须要说的话。就算我那么做，真相也还是同样令人不快。"

他环顾四周，皱了皱眉头，表情严肃而苛刻。窃听蠕虫转了转特菲留斯的双眼。

"亚克斯现在有堕入亚空间的风险，而且会把整个奥特拉玛一起带入。"基里曼说，"我来这里，正是为了阻止此事发生。"

会议桌上方跃出一幅美丽的图像。窃听蠕虫认出这是奥特拉玛的地图。尽管其中许多恒星现在正发出病态、令人不快的光芒，但并未在这幅三维图像中体现出来。暗淡的球形闪光标记出了帝国星系的边界，在广阔的黑暗当中显得孤独无助。奥特拉玛的边界则被高亮显示，令人印象深刻。事实上，它分布得极为稀疏，不过是容纳了几千万恒星的巨大空间里的几百个星系而已。这些生物是如此愚蠢，竟然会相信自己是这个银河的主人。即使是这样有限的现实空间，他们的疆域也无法将其囊括。他们注定会失败，就像他们之前的许多其他种族一样。

"莫塔瑞恩在我们的疆域内建立了一个巫术网络，不但腐蚀了这些世界，而且腐蚀着奥特拉玛臣民的心智、灵魂和躯体。"基里曼继续说。

在地图上出现了一张扩散的网，它接触到的每个星系都染上了触目惊心的绿色。它中间的触须进一步分裂和扩散，撕裂了虚空。窃听蠕虫认为这个显示非常精确。

"这张灵能网络在世界之间延伸。"基里曼继续说，"每个受到深度腐化的节点都是一个网络的中心。"

地图旁边连续出现了许多个时钟，每一个都极其丑陋。

"我们已经在奥特拉玛摧毁了许多时钟。腐化网络被扰乱了。和平重回我们的世界，被腐化效应激发的内部反抗事件在逐渐减少，瘟疫势力正在撤退。"

几个恒星闪烁了一下。这张网络皱了起来，从帕梅尼奥、艾斯潘多、德罗尔和其他几十个星系周围退缩，余下的部分被撕裂成细小的碎片。

"但这张网络的中心点位于此地，就在亚克斯。为了最终击败莫塔瑞恩，他的网络的核心必须被摧毁。只要能完成这个目标，我的人民就可以期待亚克斯恢复原样了。"

基里曼再次用招牌式的动作环顾房间内最重要的那些人，仿佛在表达他仰仗他们的努力。窃听蠕虫觉得这是一场显而易见的滑稽剧，但它很庆幸原体没有朝它那边看。

"这里会有一个传染源，一个连接点。一件具有实体的神器，所有困扰我们的疾病都源于此。我的计划就是摧毁这件东西，就像我们之前摧毁所有其他神器一样。我已经投入了舰队的大量资源，包括古代的机械、大贤者考尔的最新设备，还有我们最强大的灵能者们的努力，就是为了搜索它。然而，这个世界被影响最严重的那些地区从内部很难确定方位。无论是通过科技还是奥术手段，都无法判定这件神器的位置。"他意味深长地停顿了一下，"因此我们别无选择，只能在初临城集中力量。我们会加固这座城市，并且对莫塔瑞恩公开发起挑战。我会亲自与他对阵，杀死他，然后给这一切画上句号。"

科斯塔利斯总督举起一只颤颤巍巍的手。这个人幸运地得到了纳垢的赠礼，窃听蠕虫想。

"说吧。"基里曼说。

"总司令与摄政殿下，"科斯塔利斯总督说，他的嗓音很虚弱，皮肤呈现出乳清般的白色,"我们这个世界最初的感染发生在一所位于海泽恩的医院。所有的疾病都是从那里传播出来的。为什么不……"他极力大口呼吸了一下,陪同他的勤务兵把氧气面罩戴在他脸上,他拼命吸了一会儿,才挥手示意拿开,"为什么不攻击那里呢?"

"你现在还能定位那座设施吗,科斯塔利斯阁下?"基里曼问。

科斯塔利斯看起来有点儿不安。"我们只知道它本来的位置,殿下。"

"然而你的占卜官认为它已经不在那里了?"

"是的,殿下。"

"这是因为亚克斯已经变成了一个边缘地带,科斯塔利斯阁下。"基里曼说,"它不再完全处于物质世界的范围内了。亚空间污染了它。我们不能再按原来的地理情况来进行假设了。"

"基石已经被腐化。"科斯塔利斯说,"首先来的是疾病。庄稼枯萎了,树木染上了瘟疫。接下来受苦的是牲畜,当我们绝望地看到我们的家园生病时,瘟疫又袭击了人类。现在连地理位置都被扰乱了。这到底是一场什么样的战争?"

"一场不洁之战。"一名星际战士说。窃听蠕虫认出他是英杰德西摩斯·菲利克斯。

"那我们要如何取胜呢,殿下?"

"对夺取战略要地的执着是那位堕落原体少数几个爱好之一。"基里曼说,"莫塔瑞恩军队的作战方式表面上难以预测,但他确实有一套战略。其中有一种模式。你只有像他那样思考才能领悟。"

基里曼注视着疫情蔓延的图像,它在奥特拉玛的地图上呈现出青绿色,就像染上瘟疫的病人身上的皮肤的颜色。

"莫塔瑞恩遵循的战略,核心在于满足他对神的崇拜。从这个视角切入,一切都显而易见。对凡人的头脑而言,这场战争看起来毫无意义,难以预测,无法反击。但这个思路是错误的。这其实是一场仪式,而仪式是可预测的。"

"为了挑衅我来此地,莫塔瑞恩暴露了他自身的弱点。一旦认识到这场战争其实是一场仪式,就可以破解这个模式了。"基里曼说,"仪式战场有一种饱含束缚的模式。要想成功,就必须在每一个节点都取得成功。它并不像普通的战争,挫败可以通过新的战略来弥补。仪式战争模式僵化,很容易进行反击。"

"是他招惹您来这里的吗，殿下？"一名行星守备团的将领问。

"不止如此。"基里曼说，"在赫卡顿战役的最高潮阶段，在帕梅尼奥，他挑战我，说要和我在这个世界对决。"

"那他一定有什么目的。"将领说。

"毫无疑问。"基里曼说，"这是个圈套。他企图杀死我。"

"那么您现在很危险，原体殿下。"

"我会选择我可以承受的风险等级，而当前我判断风险等级较低。"基里曼说，"这就是我说的仪式战争的限制的一个例子。杀死我是莫塔瑞恩的目标之一，但并非他的终极目标。我敢说，这只是他的仪式的一个阶段，是为了确保他的整体战略成功的一个祭品。研究完他在奥特拉玛的所有行动，又和灵能顾问团协商之后，我得出了这个结论。他至少是计划对我们的王国进行长久的腐化，而且很可能像在更大规模的整体战争中那样，他想打开一条新的亚空间裂缝。我的堕落兄弟表现出了对领土的渴望。我相信莫塔瑞恩想为他的主人夺取奥特拉玛，而他的企图到底是将它完全带入亚空间，或是创造一个像天灾群星一样被瘟疫缠绕的物质与非物质世界的重叠空间，这对于我们的人民而言没有区别——那会是一个腐化与疾病的活地狱，既无法解脱，也得不到拯救。"

"然而，"原体继续说，"他对领土的渴望意味着他受制于两个彼此矛盾的要求——一方面是世俗的，或者说领土性的；另一方面则是奥术的，是仪式性的。这两者都有局限性，而且这些局限性相互叠加。因此他比我更受束缚。我只需要打断他的行动，就可以抹除他获胜的机会。但我必须明确指出，这并不是我们的胜利目标。我们的胜利目标是彻底消灭这些威胁，防止物质性与非物质性的腐化，并让我们的家园恢复到昔日的样子。我兄弟的存在，导致了持久性的腐化，我们最多只能限制他造成的伤害。如果这些前提仍然适用于这类战争的话，对于我们而言，让他失败比让我们取得真正胜利要容易得多。"

他又一次表情严峻地注视那些因崇拜和敬畏他而畏缩的人们。窃听蠕虫很想把这些人引荐给自己的主人。他的主人的要求低得多，而且更加慷慨。

"现在，我来了这里。莫塔瑞恩就在这颗行星上的某个地方。我不会去找他。他本可以在几个星期之前就占领这个世界，但他想让我来。毫无疑问，他留下这座城市正是为了引诱我在这里等他。我会按他的要求做的。我们将加固这座城市，与他对抗。现在他已经变得过于傲慢了。这样，利用他的计划，我们就会取得胜利。"

"总而言之，我们的第一个目标是确保莫塔瑞恩无法成功。我们的第二个目标是摧毁潜伏在奥特拉玛的腐化网络。他的力量正在衰退。莫塔瑞恩即将失败。我们得到消息说莫塔瑞恩军团的一大部分兵力已经离开了奥特拉玛。他的计划正在瓦解，而他的肮脏网络也一样。我们会把他赶走。一旦大功告成，奥特拉玛的重建计划就可以启动了，同时还要建立对抗未来攻击的防御体系。"

三维图像快速变换，缩放到了初临城的位置。

"我们必须预估那些未知的敌人数量。包括但不限于莫塔瑞恩的恶魔盟友，他在这个星系里真正拥有的军力，还有即将从亚空间传送来的那些部队。"

"莫塔瑞恩控制了这个世界的百分之八十。"科斯塔利斯喘着粗气说，"但还有其他一些地方在坚持抵抗。这些城市当中有一部分状况恶劣，可能已经被放弃了。但附近的这些就像初临城一样还没有受到太大影响。我们不能放任它们不管。"

"我已经为此做过解释。"基里曼说，"莫塔瑞恩会到这里来与我们交战，因为我在此地。但他也可能在其他地方发起攻击，来激怒我仓促动手。我不希望发生这种事。我想让他被迫投入比原计划更多的兵力来这里战斗。我们在这个星系的兵力很强大。有三个完整的战斗群跟随着我。远征军用比我少得多的兵力重新征服了各个子星区。因此，每个幸存的城镇都会有一支守备部队来保护它们。它们的兵力将足以阻止敌人的攻击。阿斯塔特修会和战斗修女会作为战斗核心协助星界军，也会有机械修会的支持。他们还会配备足够数量的净化小组、灵能者和医疗人员。"

"我们的市民还处在危险中。"科斯塔利斯说。

"因此，我们只能把精力集中在保护物资上。从明天开始，所有市民都要撤离。你们也都要走。"菲利克斯说。

在那些无法献身守卫城市的男男女女当中，发出了一阵低沉的喧响。

菲利克斯提高了嗓门儿。"舰队里有足够的地方来安置初临城的所有人。我们会接管所有我们能使用的设施。凡人在这场战斗中几乎无法幸存。你们必须把防御任务交给我们，否则你们将会毫无意义地死去。如果我们失败了，你们至少可以在其他地方继续为帝皇服务。"

窃听蠕虫在这时候想了想。它思考着，基里曼不知道神厄病，也不知道巨釜的事。他会失败的。窃听蠕虫窃笑了一下，用一只木偶般笨拙的手遮住了特菲留斯脸上露出的笑容。

它感到有一道寒冷而严酷的目光落在了宿主的脸上。

特菲留斯抬起头。窃听蠕虫惊恐地向后退缩，逃入亚空间去向古加斯报告。只留下特菲留斯满心困惑，头痛不已。他深感不安，承受着那位星际战士智库不加掩饰的注视。

第十七章

古加斯的大成功

闪电在愤怒的天空中闪烁。这很是应景。

在瘟疫工厂周围响起阵阵钟声。一支恶魔大军正在工厂里干活。长长的一排瘟疫使者用腐烂的手传递着湿透的木块，为纳垢巨釜下方的火焰提供燃料。大不净者们在安全距离外监视着它们。纳垢灵们则疯狂地蹦蹦跳跳，被即将发生的事情刺激得兴奋至极。它们跑来跑去，在恶魔的脚下穿梭。

古加斯竭力忽视它们的存在。它不能分心。在巨釜内翻腾的气泡很有可能会杀死它。对于一个惯于面对各种疾病的恶魔而言，古加斯一反常态地穿上了一套用黏糊糊的人皮缝制的防护服。这套衣服是匆忙赶制的，因此那些人皮上的扁平人形看起来就像秋天落叶般零散。古加斯拉了拉快要从背后掉下去的兜帽。它很快就要派上用场了。

瘟疫之父古加斯万分谨慎，着手收集它最新和最棒的调合药剂。它小心地搅拌着，老练的眼睛仔细观察着液面的每一个漩涡和每一个爆开的泡。它品尝混合物，抬头望着天，评判它的品质，随后又搅拌了三次，每次挥动勺子的幅度都非常精确。当一小股蒸汽爆升，一圈泡沫划过水面的时候，古加斯知道它的工作完成了。蒸汽凝结成了一个死神的头颅，张开大嘴，随后飘散。

"安静，我的小宝贝们！都安静点！"古加斯大喊。这一次，所有恶魔都听令，安静了下来。从最爱唠叨的小纳垢灵到脾气最暴躁的瘟疫使者，每一双眼睛都注视着它。

"终于，"古加斯低声说，唯恐音量太大会干扰酿造过程，"神厄病很快就会完成了。只剩下最后一种需要添加的材料。"

大家都知道自己该做什么。无须任何提示，几个瘟疫使者拖着步子走上了从瘟疫工厂的破裂地板上伸出来的一个发黑的木板台。古加斯往后向他们靠去，伴着一声巨大的呻吟，瘟疫使者们把它的兜帽拉起来，套在了古加斯的脑袋上。但兜帽盖住了古加斯头上的那些角，束缚了大恶魔赖以生存的这些油腻腻的要害部位，引来了古加斯的更多咒骂。兜帽好不容易戴好了。之后，酒瓶底厚的镜片保护了古加斯的双眼，一个塞满了难闻药草的长长的鸟嘴则盖住了它的鼻子。

"现在要更加小心。"古加斯咕哝着，"小心。一种能杀死神的瘟疫，也能轻而易举杀死一个像我这样的恶魔。"

瘟疫之父明智地往外挪动身躯。但那些弱智的纳垢灵无法理解自己面临的危险，纷纷围在边上观看。

古加斯环顾四周，随后向一个被它当作抽屉的生锈的储物柜伸出手。它打开一扇柜门，在里面潮湿的树叶下翻来翻去，用一把小巧的镊子夹出了一个和人类拇指差不多大的玻璃瓶。

"原体的生命精华！"古加斯说话的声音充满了戏剧性，这时候必须要这么做才行。这滴血依然圣洁得令人厌恶。古加斯把这个瓶子在柜子里放置了一会儿，让自己松口气。就算是隔着皮衣，触碰这个瓶子依然会让古加斯觉得很难受，而且不是那种它喜欢的疾病所带来的难受。

"哇噢！"纳垢灵们齐声说。当瘟疫使者们拖着步子匆匆离去时，越来越多的纳垢灵却摇摇摆摆地挤了进来，它们都想来看看。一群傻瓜。

古加斯的皮衣下汗流浃背，接下来的步骤很危险，再往后的步骤则更加危险。它必须十二万分地小心。

它用一把更小的镊子，把瓶塞从瓶子上取了下来。瓶塞挂在瓶身上的一条细链子上，垂了下来。血液中有一些纯净物质随风散开，那些靠近的纳垢灵被吓得紧抱在一起大哭。

"现在，最危险的时候到了。"古加斯对自己重复了一遍。它非常小心地用一把大一点儿的镊子夹住打开的瓶子，用小镊子夹着瓶塞，轻轻地把瓶子向巨釜倾斜。那颗红宝石色的液滴从内壁往外流动，在瓶嘴处蓄势欲滴。

古加斯抑住所有的颤抖和虚弱，来执行这最后的工作。它的双手就像外科医生一样稳。随着轻轻的一下抽动，它让半滴血越空掉进了巨釜，又让另外半滴流回瓶底。它灵巧地盖上了瓶塞。

鲜血在液体中消失了。那一点儿深红迅速被闪亮的绿光吞噬。看起来好像什么都没发生。但足智多谋的古加斯并不相信。它向后退了一步，悄悄地把珍贵的血放回储物柜里。晚些时候，它会再把瓶子放到皮衣下。

然后它开始等待。

还是什么也没有发生，但会发生的，古加斯知道，它已经将这种疫病酿至完美。古加斯一动不动，一直盯着巨釜里的混合物。那些无知无觉的纳垢灵踮起脚往前靠。它们挤满了纳垢巨釜周围的墙壁和支架，无数的眼睛围成了环绕着巨釜的悬崖。

最后的融合从液体内的一股沸腾开始。很快，情况就变得更加猛烈，发出咕噜咕噜的爆裂声，气泡炸开飞溅出液体，整个巨釜都开始摇晃，三条釜腿发出咔咔巨响，火焰向四面八方洒下大片的火花。浓稠的液体瀑布从锅边泼溅而出，吐着白沫和毒气，嘶嘶作响地在原木上烫出恶臭的烟雾和蒸汽，吓得纳垢灵们惊声尖叫。

在巨釜边上的苍蝇符号在纳垢的腐尸之光下幽幽发光。巨釜响得更厉害了。一阵旋风围着它转了一圈，一个紧密的旋涡升腾而起，不断升高，猛烈的气流卷起了周围的一切。古加斯皮衣上的宽松之处被吹得鼓胀，纳垢灵们则尖叫着从栖身之地被卷进了越来越大、越来越高的旋风中。在瘟疫工厂上方，一个巨大的涡旋气流持续转动着，吞噬着云层，直到出现了一团并非源自太空的黑暗。在黑暗内部，一只带鳞片的眼睑张开了，一只黄色的眼睛好奇地向下窥视。

"它正在看我们！"古加斯叫喊着指去，"慈父看见了！"

伴着一声轰鸣巨响，巨釜中的液体垂直向上喷出，冲破了涡旋气流。它冲得那么高，仿佛在给慈父的眼睛挠痒痒。一声犹如大笑的雷鸣响起，涡旋气流停止了。液体猛的一下跌落回地面，把纳垢灵们全都淋透了。

云层再次闭合。天空中的巨眼也不见了。

古加斯趴在巨釜上往下看。原本是一片沸腾的绿色海洋的地方，现在只剩下一个肮脏的试管，由一大块碎软木塞封上了口。在试管内，有半升左右的液体犹如有生命般旋转着。与此同时，液体从发光的绿色变成紫色。

"噢噢噢，成功了！"古加斯说。尽管它还不敢完全相信。它靠在巨釜的边沿上，拼命想要抓住试管，却够不着。它摇晃着巨釜，试管在锅底的残留物中来回滚动，但古加斯依然抓不到它。

"该死。"古加斯说，它更用力地晃着巨釜。

突然间，巨釜轰然倾倒，古加斯失去平衡向前扑了出去，被兜帽盖住的角撞在了锅边上。最后他摔倒在地，巨釜滚了出去。古加斯眼看试管就要掉到地上摔个粉碎，发疯似地伸手去抓，终于在落地前一把抓住了。

它长出了一口粗气。

"噢，噢。可得小心对待。噢，要非常小心。"古加斯在怀里抱着试管，就好像这是所有纳垢灵当中它最宠爱的一个。它站了起来，对着试管低声哼唱，诉说着自己的爱和自豪。

"我做到了。我做到了！"古加斯往上伸手一把撕掉兜帽，但随后它就皱起了眉头，"但是，哦，天哪，万一它不起作用怎么办？"

古加斯环顾散落在周围的纳垢灵们。它们也看着它。有几个看起来很聪明的纳垢灵睁大了眼睛，悄悄摇摇晃晃地溜走了。

"我的小宝贝们，在这里等一会儿。我有好东西要给你们。"

古加斯伸手拿来了镊子，拔掉了试管上的软木塞。

纳垢灵们中间爆发出一阵恐慌，它们奔跑，翻滚，互相踩踏。有几个纳垢灵像水疱一样炸开了，但这不失为它们的运气。

古加斯尽可能地伸长胳膊，用另一只手捂住脸，让试管里流出一滴液体，滴到了地板上。

效果立竿见影。那一滴液体击中地面，一团烟雾滚滚的圆形冲击波就爆发了。每一个被冲击波扫到的纳垢灵，都退化成了一团黏糊糊的黑色污渍。它们渺小的灵魂惨叫着返回亚空间，在神厄病的超自然作用下几乎化成了虚无。在它们死去后留下的黏液中，二次感染开始扩散，向四面八方蔓延。纳垢灵们打着喷嚏。黏液充满了它们的眼睛，弄瞎了它们。它们互相冲撞，进一步传播着疾病。这些纳垢灵咳出了内脏，最后嚎啕大哭，就像暴露在盐里的蛞蝓一样融化。但是，自从古加斯不再是纳垢灵以来，就对它们深恶痛绝。此时它听到的简直是从未想象过的最美妙的声音。

灾难迅速蔓延，除了跑得最快的少数纳垢灵之外，其他所有的小恶魔都被吞没了，直到古加斯周围的一切都被恶臭的淤泥覆盖。

它眯着眼，用恶魔的方式注视混沌，看到死去的纳垢灵没有一个能在亚空间复活。

"奏效了。"古加斯低声说，"真的很管用！"它跳着转圈，蒙着皮革的脚踩踏着仆人们的残骸。

这一次，瘟疫之父古加斯终于可以放任自己露出笑容了。

但这笑容没有持续多久。它很快就想起了一件事。古加斯又紧锁眉头，用塞子封好了试管。巨型的蜗牛恶魔已经滑进了房间，吞噬纳垢灵的尸骸。

"莫塔瑞恩。"古加斯说，"我得叫他过来。他必须亲自来这儿。"

带着一丝骄傲，古加斯开始匆忙联系它的盟友。

第十八章

见证者远征军

　　几天过去了，与莫塔瑞恩军队的作战准备工作正在顺利进行。一艘又一艘飞船缓缓在初临城的空中飞过，震动着城中的塔楼。他们把惊恐的居民们运走，送往相对安全的第一舰队战斗群。另一些船则降落到地面，送来了星际战士和坦克，还有智控军团的自动机兵。在这段时间里，基里曼大部分时候都在与他的将领进行秘密会议。就在某一场战略讨论的途中，战略厅的大门传来了一声巨响。禁军、星际战士和战斗群司令们的交谈声戛然而止，基里曼命令打开大门。这是他的冠军护卫在敲门。

　　一名凡人信使被放行入内。他来到原体面前，为自己必须传达的信息而害怕得浑身颤抖。

　　"你的事最好很重要。"柯肯说，"非特殊情况，不允许任何人打扰原体。"

　　"我很抱歉，大人。"信使说，"但我带来的消息非常重要。是英杰菲利克斯派我来的。"

　　"那就快点儿说。"柯肯说，"我们还有一场战争要解决，而你正在耽误我们的时间。"

　　信使被禁军的敌意吓得浑身颤抖，但还是控制住了自己，开口说话。

　　"战争使徒马蒂厄正要离开这座城市。"

　　基里曼目不转睛地俯视着信使，信使看起来仿佛被吓得要融化成一摊汗水了。

　　"他现在要离开吗？"原体说，"菲利克斯在哪儿？"

　　"在长青林，殿下，就在普西纳里堡的上方。"

　　"他太过分了！我们必须纠正自己的错误。"柯肯说，"我发誓，我会扭断那个瘦骨嶙峋的牧师的脖子。"

　　"你不会那么做的。你们也是。所有人都留在这里。"基里曼对他的将领们说，"我要亲自处理。"站在门口的冠军护卫想要陪同他，但基里曼做了个手势让他留下，"我亲自去，我说过了。"随后他离开了战略厅。

基里曼走出繁花宫，沿着一条快捷路线，穿过拥挤的小巷前往城市边缘。他一步能迈出凡人的五步那么远，那些正在排队离开城市的人纷纷散开让路。离他最近的人向后退避，被他的出现所震慑，因他的强大力量而恐惧，但在离他较远的地方传来了叫喊，人群聚拢过来想看他。

他走到绕城的螺旋公路上，一直向下走，来到了一个宽阔的平台。这个平台是在城市第三层防御线的一座悬崖顶端凿出来的。平台中央静放着一座宏炮，被塞住的炮口从帆布下方探出。平台的宽度朝着俯瞰平原的方向逐渐变窄，就像是一株紧贴在悬崖上的大树般，端口处有一个观察点。它是按人类的尺寸设计的，因此英杰德西摩斯·菲利克斯只能从矮墙往外看。

一艘重型运输机从地平线附近的空港呼啸着冲向天空。

基里曼走到英杰身边，其他守卫哨所的士兵惊得差点丢下自己的望远镜。

"德西摩斯。"基里曼说。

"我主基里曼。"菲利克斯说，"您看出我们遇到的问题了吗？"

基里曼点点头。这座城市唯一的大门位于下方六百米左右。那是一道由雕塑、宫殿和防御点组成的悬崖，直接凿入大自然的石壁，向下消失在薄雾中。其间，可见第二层城墙。即使有这些建筑的遮挡，基里曼依然可以看到马蒂厄的战争列车和他集结的大军。他们挤满了从山脉向外凸出的外堡，这是一座占地两三平方公里的大型副堡。城墙足以与赫拉要塞相媲美，门楼的炮塔外形骇人，就像冷酷的矛尖，配备了充足的枪炮。

"看起来战争使徒想亲自解放这个世界。"菲利克斯说。

"他想要解放的不止这些，菲利克斯。"基里曼说。

菲利克斯疑惑地看了一眼基因之父。"我不明白，殿下。"

"他还想解放我的灵魂。"基里曼低声说。

"那么您打算下达什么命令？城中的卫兵扣押了战争使徒。他已经被软禁起来了。大门也锁上了。"

"他作何反应？"

"只是沉默。"菲利克斯说。

"他有什么要求？"

"除打开大门之外，别无所求。他告诉我的部下，他被授予了神圣的任务，他必须去和瘟疫之神的追随者们作战。"菲利克斯停顿了一下,"殿下,有几千名城市平民跟着他。他们已经加入了马蒂厄的远征军。他正在耽误疏散行动。他简直疯了。"

"这是个主观判断。或许他也同样觉得我疯了。"基里曼说,他依然在凝视下方。

随着嗡嗡几声,菲利克斯调整了他护目镜的放大倍率。"奥德拉梅尔上校的团跟他在一起,还有几支战斗修女的小队。在他的大军里有不少从其他地方来的擅离职守的逃兵。"

"他未必没有取胜的机会。"基里曼说。他还在盯着下面,说话的声音依然很低。他的双手微微握紧,但在开始思考后又放松了。

"您是想放他走吗?他占用了很多本该用在其他地方的兵力。"

"你想让我怎么办,菲利克斯?"基里曼说,"如果我们反对他,他会战斗到底。正如他所说,这将会造成不可估量的损失。他已经说服了我。只要他还站在我这边我就应该满足了。或许他能有所成。尽管我和他对这场战役的本质的看法有所不同,但毫无疑问这些看法都是基于现实的。"

"那你希望他们继续行动?"菲利克斯说。

基里曼点点头。"打开大门,让他走吧。他带走的那些人本来也会被疏散。他并没有过多削弱我们的防御兵力。至于战斗修女,我们可以让他带走几个。"

"他们都会死的,殿下。"菲利克斯说。

"会这样吗?"罗保特·基里曼说,"为何不让他们证明自己的信仰?他们的命运将由我父亲的手来掌握,我对此无能为力。这就是我的裁决。下令吧。"

菲利克斯执行了命令。基里曼走后,菲利克斯仍留在原地,注视着初临城的城门打开,马蒂厄的战争会众围绕着战争列车齐声歌唱,排队出发。道路清空之后,奥德拉梅尔上校的坦克群晃动着驶了出来,组成了一道滚动的战线,驶过公路两边的原野。菲利克斯对这种蔑视原体意志的行为感到愤怒,但基里曼已经下令释放马蒂厄,让他自由。

菲利克斯本不想在这里浪费这么久时间,但他一直盯着这支队伍,直到他们消失在被污染的烟雾中。他在原地待了很久,思索着原体放走牧师的理由。理论上,他认为基里曼正面临着来自教会的实实在在的威胁。这是不可否认的事实。帝国国教无所不能，无处不在，从最渺小的孩子的期望到最庞大的国家机关的运作，它影响着一切。但他并不相信刚才发生的事是因为国教的广泛影响力和基里曼必须谨慎对待它。还有另一种更加棘手的可能性。

理论上，菲利克斯想。他的这个想法组织得异常缓慢，非常艰难——

理论上，基里曼正日渐相信自己的父亲是个神。

迪亚米德·特菲留斯的日子过得迷迷糊糊，他的生活仿佛变成了浓厚的迷雾。当需要说话时，他几乎无法交谈。他挂念着自己的妻子，担心着自己的部下。在他体内客人的精心安排下爆发出的愤怒，吓跑了医生。他不知道自己身上到底发生了什么。为什么他的头发在脱落，而他的牙齿又疼得这么厉害。但每次他想去做检查的时候，窃听蠕虫都会在这里扯一下神经突触，在那里拉一下神经节，他的想法就会被对医生的恐惧所取代。

窃听蠕虫很熟悉这些迹象。剩下的时间不多了。尽管它对自己带来的疾病小心处置，但它毕竟是瘟疫的恶魔，任何限制都无法阻止它的宿主受到病痛的折磨。特菲留斯很快就会死。

但特菲留斯对此一无所知。他又一次发现自己身处于一个意想不到的地方。此时他正站在一个窗台上微微摇晃。在他和几千米的下方地面之间，除了弥漫着孢子的空气外没有任何遮挡。在那里，他可以清晰地看到围绕着大门的普西纳里堡的中央。一支庞大的军队正在离开城市。埋藏在他头颅后方的某种意识似乎觉得这一幕景象很有趣，有趣得连它对特菲留斯的控制都略微松懈了。

上尉眨了眨眼睛。作为一个刚醒过来的病人，他有点儿搞不清楚自己在哪里，也不知道发生了什么。然后，他那迟钝的大脑才意识到自己的处境。他大口喘息，险些摔下去，急忙伸长手臂抓住身后的石块。他左右张望，终于明白了自己在哪里。这是城市的一个僻静角落，位于一条隐秘小径的尽头。这是一个摆放着长椅的圆形场地，没有顶棚遮盖，有一堵防护高墙，墙上有三扇玻璃窗。他一定是从其中一扇窗户爬出来的。这里远离主街，人迹罕至，经常有情侣前来寻求隐私空间，偶尔也有人来自杀。

他并不想变成第二种人。问题在于，他正站在墙壁靠外的一侧，双脚在窗台上维持平衡。

第十八章

他的心脏都快吊到嗓子眼了,只能一寸一寸地挪动脚步。这个窗台是建筑的装饰,仅宽几厘米,因为年头很久而变得脆弱。石头产生的沙砾在他鞋底发出刺耳的声音。他不敢抬起脚走,只能贴着窗台挪动步子。在初临城长大的人通常不会那么恐高,但现在的情况也太过头了。

他的手摸到了一块空的地方,他慌慌张张地往后一退。那是一扇窗户。他吓得浑身颤抖,转过身,一只手紧紧抓住窗户边缘,把自己拉了过去。

他坐下来,浑身打哆嗦,汗水从脸上滚落。他必须去看医生了。

在他的头脑里有什么奇怪的东西在动,抑制住了他的忧虑,让他平静了下来。

"我到底是怎么回事?"他疑惑地高声说。他嘴里有口臭,舌头发酸。

"我也很想知道问题的答案。"一个超级人类的低沉声音传来。

在这条背街小巷的尽头,一个护目镜亮起了幽幽的蓝光。那个座位上方藤蔓爬满了石头架子。莫塔瑞恩入侵前,架子上曾长满了生机勃勃的粉红叶子,现在却像老妇的头发般细长干枯。但是,枯死的枝茎仍可遮蔽坐在下面的那个星际战士。

星际战士弯着腰走了出来,以免破坏支撑着藤蔓的架子。他的战斗盔甲是深蓝色的,上面涂着奥术符号。他的左肩甲是绿色的,刻着极光战团的纹章。

"我在战略厅里见过你。"特菲留斯身体的颤抖越来越严重了。他的胃里酸痛难忍。

"没错。我是典记长多纳斯·马克西姆,原体的一名顾问。"星际战士小心地把权杖插在地上,"你看起来不太舒服。"

"我没事。"特菲留斯说。他站了起来,却站立不稳,疾病和恐惧令他虚弱不堪。

"不,你有事。"马克西姆说,"我一直在观察你。我读过了你的心。你不是你自己,你体内有一个客人。"

不安和恐惧淹没了特菲留斯,但其中只有一小部分是源于他自己的。

星际战士把权杖平放在特菲留斯的胸前。

"不,大人,等等,求求你,我——"

"我会尽我所能救你一命。"马克西姆说。他的眼中闪着光,一道闪电从他的权杖中爆发出来射向特菲留斯。

特菲留斯的肌肉僵住了。他跌倒了，跪在地上想要爬着逃走。马克西姆走到他前方，就像一辆坦克般挡住了他的去路。

"抱歉。"智库说，他向上尉第二次使出灵能，"必须让你体内的东西出来，它必须被除掉。"

特菲留斯开始呕吐，就像一条病狗般浑身颤抖。他感觉到体内有什么东西。它很大，大得无法容纳，但似乎正要从他喉咙里出来。马克西姆把权杖夹在腋下，就像一个野蛮战士夹着长矛一样。他伸出另一只手，上面跃动着亚空间能量的火花，随后一把抓住了上尉体内的毒物。

那个东西向上移动着，带出来的胃酸灼烧着特菲留斯的食道。不可思议的是，它似乎是从特菲留斯的脑袋和肚子里同时出来的。特菲留斯的脖颈鼓胀起来，他的呼吸道被完全堵塞了，某种特别恶心的东西令他窒息。呕吐物在他的食道里翻腾，无法夺路而出。

马克西姆的手掌抓紧。"逮到你了，无生者。"他说。

那个东西挣扎着不想被驱逐，但还是被驱离得越来越往外。它卡在特菲留斯的喉咙里，一直在蠕动，挤压着他的下巴后方。疼痛、恐惧、极度的痛苦折磨着特菲留斯。他想要尖叫，但只能在胸膛深处发出呻吟。事情变得越来越糟糕，直到突然间他的下巴脱臼了，那个东西扑通一声掉在地板上，冒着热气，恶心不堪。一片嗡嗡作响的黑暗笼罩着特菲留斯，仿佛给他盖上了一顶兜帽，但他还清醒着。

现在特菲留斯终于有机会看一眼藏在他体内的怪物了。他看见了怪物粗短的胳膊、蛞蝓般的躯体，昆虫般的翅膀在企图逃跑时无力地拍打着。随后多纳斯·马克西姆用权杖顶端的角将怪物钉在地上，用来自亚空间的能量冲击将它彻底毁灭。

特菲留斯说不出话，只能抓住自己脱臼的下巴。他瘫倒在一片血泊中，在铺路石上呕吐。

"派一个医疗小组到我的位置来。现在就出发，带好全套防护装备。"特菲留斯听见马克西姆在说话，随后黑暗笼罩下来，从痛苦中解救了他。

第十九章

古加斯的礼物

　　在莫塔瑞恩到来之前，古加斯已经做好了准备。它脱掉了人皮衣，把它卷成一条长长的皮卷后津津有味地吃掉了。随后古加斯让自己的体型变得和莫塔瑞恩不相上下。莫塔瑞恩尚有一半本质上是凡人，他的体型是固定不变的。原体将会发现古加斯谦逊得只到瘟疫工厂两层楼的高度，而没有超出破碎的屋顶。它也让纳垢巨釜缩小了，并把巨釜重新摆放好，在下面添了一些新柴，不过没有点燃。

　　古加斯已经厌倦莫塔瑞恩了。他的坏脾气、他的傲慢，都在欺压着古加斯。如果说古加斯的灵魂最不缺什么，那就是被欺压的感受了。它现在非常后悔跟莫塔瑞恩结盟。尽管如此，这件事还是得有始有终，没必要表现得粗鲁无礼。

　　原体挥动着悄无声息的飞蛾般的翅膀飞了过来，但他的铠甲中发出一连串的咳嗽和喷溅声，甚至在古加斯还没看到他的时候就已经听到他呼吸器发出的噪声了。莫塔瑞恩在瘟疫工厂上空盘旋了一圈，掠过瘟疫守卫们的营地篝火产生的浓烟，带着烟气俯冲下来。一大群纳垢灵从他的斗篷中不断掉到地上，摇摇晃晃地走过，仿佛它们成了这个地方的主人。有几个纳垢灵背上有翅膀，它们捧着一些用链条系在莫塔瑞恩铠甲上的香炉，就像捧着女士的裙裾。

　　莫塔瑞恩自身散发着浓雾，和沼泽地的迷雾混合在了一起。

　　"我来了，古加斯。应你的召唤而来。"

　　"我的原体大人。"大不净者说，它微微倾斜了一下硕大的脑袋，脖子上的甲状腺肿块被挤得像个癞蛤蟆。

　　莫塔瑞恩敷衍地点点头。随后他把自己的长柄镰刀当作手杖，在这座医院废墟里走来走去。他抬头看了看破碎的天花板，用靴子戳杂草丛生的瓦砾堆，脚后跟碾碎了肮脏的玻璃片。他还用靴尖踢开一具被真菌染绿的骷髅，发出赞叹的啧啧声。

"令人愉快。"他说,"看到这些弱者被砍倒真是棒极了。他们就该被灭亡。所有这些治疗场所都应该被摧毁。它们只会让人软弱。"

"的确如此,大人。"古加斯说,"慈父非常慷慨地毁灭了他们,这样他们就会变得更加强壮了。人类数量众多,一个弱小些的神明可能会对这项工作感到无聊。但我们的慈父一向以坚持不懈而著称。"

"还有这个,这就是它的巨釜吗?"

"是的,大人。差不多是它的一部分吧。"古加斯自豪地说,"它的永恒本体的一个现世化身。"

"怪不得它这么小。我还以为它会更大。"莫塔瑞恩轻蔑地说。古加斯手下的一群纳垢灵咯咯发笑,发出嘘声。而莫塔瑞恩则带着一种令人难以忍受的优越感看着它。古加斯努力克制着自己的情绪。

"它确实比这个大。但它可以变得更小。"古加斯用橡胶般有弹性的手指打了个响指,巨釜缩到了一枚硬币大小,下面的柴火和其他东西也一样变小了,"或者变得更大。"一道闪光后,巨釜和古加斯都膨胀起来,挤在天地之间,就像神明本尊一样可怕。

莫塔瑞恩还是面不改色,无动于衷。

"你以为我会被这些小把戏逗乐吗?"他盯着古加斯说。

古加斯的身形缩回了刚才的大小。"那么,或许这个能让你印象深刻。"它黄色的眼睛死死地盯着莫塔瑞恩那生了白内障似的眼球,把手伸进一块松弛的皮肤下面,推开了脂肪和肌肉组织,就像一个凡人在口袋里翻找东西那样。随后它拿出了那个瘟疫瓶,用拇指和食指夹着递给了堕落原体。

"神厄病。"古加斯平静地说,对自己的成就充满了惊叹。但当它看到莫塔瑞恩不为所动的时候,它的情绪立刻陷入了低谷。

"就是这个?一个盛满毒药的肮脏玻璃瓶?"

莫塔瑞恩的态度极度刺激了古加斯,它终于第一次敢于表达出来。

"那么你想要什么,大人?"它酸溜溜地说,"像你身上的那种带钉子的小玩意儿?"它指着挂在莫塔瑞恩铠甲上的那些香炉和卷轴,"你那些东西里面的毒药或许可以杀死半个世界,但是这……"它把药瓶往前一推,"这能杀死一个神。"它握紧了拳头,"要是我把这个玻璃瓶打碎,把这些溶液泼到你脸上,你就会死。首先,你在凡间的这一部分将会被消灭在某种美妙的痛苦之中，但这并不是结束，不。这个疾病将会追踪你进入亚空间，吃掉你的恶魔之魂。它在一瞬间就可以消化掉一个凡人的魂魄。对你可能需要多花一点儿时间，但它还是会终结你的存在，杀了你。它造成的损害无可挽回。即使最强大的巫术也无法阻止它。一旦它被释放，凡人会害怕地逃走。只有摧毁这个世界才能停止它的扩散。"古加斯深情地注视着瘟疫瓶，喋喋不休，"它既是细菌，又是噬菌体、病毒、狂暴的蛋白质、寄生虫、癌症、变异的基因代码，所有这些东西都合而为一。它像你一样活着，像我们一样有意识。它会思考，它唯一的愿望就是感染，感染，再感染。毁灭瘟疫与它相比微不足道。腐烂病毒与它相比就像是鼻涕。这是我的至善杰作。"

莫塔瑞恩伸手去拿药瓶，但古加斯往回一收。

"你处理药剂的时候一定要小心。"古加斯说，"刺进他的身体，注射进去。药剂一定要进入他体内才行。如果把药剂暴露在空气里，你也会同样得病的。"

"懂了。"莫塔瑞恩说。

"远离从他身体溢出的任何二次感染物，否则你也会死的。"

"一份强大的礼物。"

古加斯点点头："也许它的调配成功会让慈父高兴，它会最终原谅我。它一直在看着我，你知道，当我大功告成时，天空中出现了一只巨大的眼睛！"

"据我所知，您是它的最爱。"莫塔瑞恩说。既然承诺的武器就在眼前，他也不能再满口挖苦了。这句话的语气听起来甚至接近钦佩。

"那么我或许终于可以原谅自己出生时犯的错了。"古加斯说，"制造出这个疾病，会让我声名大增。我会是名副其实的瘟疫之父。所以你看，它不需要任何花哨的容器来彰显它的价值。诸如此类的——"古加斯又指了指莫塔瑞恩身上的那些饰品，这让原体的纳垢灵们把鼻子都翘到天上去了，"那只会贬损它的荣耀。"古加斯摇了摇试管，让光芒的微尘在更大的瘟疫之光中起舞，"这个容器很合适。简单，肮脏，有效。就像纳垢所有最好的赠礼一样，现在我将它赠送给你。"古加斯再次把药瓶伸向莫塔瑞恩，"希望我会得到更多尊重。"它的声音平静而坚定。尽管它在瘟疫等级制度中的地位很高，但古加斯还是用尽了自己的意志才鼓起勇气面对这位恶魔原体。

莫塔瑞恩接过了神厄病的瓶子，掂了下它的重量，然后收了起来。"明白了。噢，瘟疫之父。您帮了我一个大忙。我的盟友，很快我们就会一起从纳垢的喜悦中得到回报。"

"好吧。"古加斯说,"我们最好动作快点儿。征服奥特拉玛,会为我们在纳垢花园里赢得巨大的荣誉。但如果我们失败了,还无视了召唤我们回天灾群星的集结号令,那我们可就要吃苦头了。"

莫塔瑞恩心情的转换迅速而可怕。古加斯还没搞清楚发生了什么事,沉寂之刃就呼啸着以双手横扫的姿势掠过空中。刀锋在离古加斯的鼻尖只有一个粒子的位置停住了,被莫塔瑞恩扼止它的巨大力量震得颤动不休,数米长的刀刃发出金铁之鸣。

"别跟我提那场新的战争。"莫塔瑞恩咆哮说。

"但是,莫塔瑞恩大人,是纳垢亲自命令我们……"

沉寂之刃上的小链刃附件嗡嗡作响。

"不许再提。"莫塔瑞恩嘶声说,"难道慈父认为我不能守住自己的地盘吗?泰丰斯已经带着第一瘟疫连和其他部队赶回去了。没有哪支恶魔军队可以抵挡他。"

"但他并非按您的命令去的,大人。而是纳垢对他下的令。您在自欺欺人。泰丰斯听从了召唤,我们也应该如此。纳垢的奖赏无穷无尽,他更愿意展现自己的慷慨而非愤怒。他不应该被惹怒,永远不应该!"

沉寂之刃已经无限地逼近。近得连古加斯都担心自己的恶魔之魂是否能在被它斩杀之后幸存。

"你选择了听命于我来提升你自己。继续听从,否则我会杀了你。或是随我的意愿束缚你。这把镰刀里尚有足够的空间容纳第二个恶魔。"莫塔瑞恩说,"我们会结束这场战争。我们会赢。然后我们再去参加另一场战争。纳垢会对我们满意的。除此之外不会有其他的结果。我随心所欲行事,不是任何人的奴隶。既非帝皇之奴,亦非纳垢之奴。你选择了协助我,那就继续协助。懂了吗?"

古加斯的视线投向那把武器顶端的黄铜香炉,在里面困着另一个和它很像的东西。古加斯毫不怀疑莫塔瑞恩也可以这样奴役它。它咽了口唾沫,觉得舌头突然变得很干,非常干。

"懂了。"古加斯说。

莫塔瑞恩让沉寂之刃在古加斯面前完美地保持静止,随后收回了它,把镰刀的底端用力竖在地板上。

"我很高兴我们能达成谅解。别担心，瘟疫之父。"莫塔瑞恩说，语气里已经没有了怒火，"一切都在按计划进行。"

"或许我可以帮您一个忙。"古加斯说，它渴望再度获得青睐。

"怎么帮？"莫塔瑞恩轻蔑地说。他对古加斯的评价不高，只不过是个疾病酿造者而已。

"我有个情报。"

"什么情报？"

古加斯本想显得足智多谋地眨眨眼，却因为那只松弛的眼珠从脸上掉下来而搞得一团糟。它急忙把眼珠塞了回去。

"这是窃听蠕虫告诉我的，您知道了吗？"

莫塔瑞恩冷冷地看了古加斯一眼。"我应该知道吗？"

古加斯噘起嘴。"是我不该如此大惊小怪，尽管窃听蠕虫还挺管用的。这是件小事，非常小，对你我而言毫无影响。"他一边说，一边轻松地摆了摆手，"但窃听蠕虫很擅长这个，因为它来无影去无踪。它做间谍的能力毋庸置疑。"

"这只窃听蠕虫给你情报了？"

"是的。"古加斯骄傲地说，"是我让它这么干的。我派它去初临城，在那里他无意中听见了该诅咒者之子，呃……您的兄弟。"古加斯迅速补充了一句，"正在制定他的战略。在永恒的岁月里，那只窃听蠕虫给我提供了许多有价值的服务。它在我完成神厄病前不久向我报告过一次。"

"那就把它给我带来，让我好好问问它。"

古加斯的脸色变得比之前更加惨白："唉，我的仆人已经死了，该诅咒者的巫师杀了它。窃听蠕虫已经完成了它的最后一次使命。"

"那么，"莫塔瑞恩说，"它说的话还有意义吗？"

古加斯举起肥胖浮肿的双手，以示安抚。"噢，无敌的权能之主，我请求您冷静一下。窃听蠕虫一直到死都没有给其他恶魔泄露任何消息。当它被巫术的火焰炸得酥脆时，它还能说得出什么话呢？我能感觉到它的死亡，它让我感到一阵令人愉悦的烧心感。我向您保证，别的恶魔什么也不知道。而我，"古加斯舔了舔漆黑的嘴唇，"知道了一切。"

莫塔瑞恩头顶的光环闪烁着黑色和紫色的能量，它们就像火焰般照向古加斯的双眼，在光芒的跃动中，古加斯看出死亡之主又一次强烈渴望着要杀了它。

"噢，死亡之主，"古加斯心想，"你的称号说明了一切——你永远无法达到强大的极点，因为死亡只不过是慈父奖赏中的一半。没有了重生，死亡又有什么用处？这正是你失败的原因。"

它没有把这个念头告诉对面的"半个恶魔"。

"那我是应该告诉你，还是别说了？"古加斯在莫塔瑞恩满腔怒火的注视下说。

死亡之主的姿态松懈了一点，他驼着背，苍白而疲惫。"说吧，我会根据你情报的价值来进行判断。"

"基里曼只是这个故事的一部分。他已经意识到你企图杀死他。他知道大疫星是你事业的中心，并且猜测你想要从他手中偷取这个王国。他还意识到这里有一件神器，是你的腐化网络的核心。"

"毫无疑问，他会知道这些。他是罗保特·基里曼，一个原体！他是我的兄弟，不是一个傻瓜！"莫塔瑞恩咆哮说，愤怒的蒸汽从他的呼吸器中喷涌而出。

但这并不意味着这个家庭里都是天才，古加斯心想。

"噢，现在要开始了。"古加斯说，"但基里曼还有不知道的事。我们可以利用这一点来取得胜利！"

"是什么，快说吧，是这个吗？"莫塔瑞恩说，他转过身站在巨釜旁边，看向空空的锅底。

"他不知道我们打算释放一种前所未有的瘟疫。他不知道我们在这里准备的并不是什么……"古加斯谨慎地斟酌着用词，"构造精妙的时钟，而是纳垢本尊的巨釜的一个活生生的投影。"古加斯用指关节轻轻敲了敲这个生锈的铁器，发出隆隆巨响，"他没有意识到我们用来对付他的力量有多么强大。形势对他极为不利。事实上，他根本就蒙在鼓里。在我的间谍被消灭前，它报告说基里曼会驻守初临城等候你。他很容易就会被困在那里，染上我们的瘟疫。"

尽管他们一起站在巨釜旁边，古加斯还是没能看清莫塔瑞恩的脸。当瘟疫之父注意到原体的肩膀正在震动的时候，还以为对方要发怒了。但不是，那是他在大笑。莫塔瑞恩从呼吸器里喷出一股股恶臭刺鼻的酸雾。

"你们这些恶魔真是思虑短浅。你是个傻瓜，你们都是傻瓜！"

"怎么了？"古加斯说着往后退了退。

死亡之主转身注视它："他当然会知道。他是在和我们玩游戏。你觉得创造神厄病这样的大事他会完全不知道？人类不是瞎子，古加斯，而原体是他们当中最强大的。"

"我不是有意……"古加斯开口说。莫塔瑞恩对它嘶嘶吐气，走近了它。

"基里曼有自己的巫师，他的智库和那些灵族先知奴隶。他的眼睛无所不在。亚空间的能量充斥着宇宙。虽然比起敌人而言对我们更有利，但敌人也在运用这些能量来对付我们。"

"噢，我明白了。我没有想到这一层。"

"你确实没想到。他有某种你没有的东西。"

"那是什么？"古加斯说。它只希望莫塔瑞恩能赶紧走人。

"他有头脑！他早就预料到了这一切。你觉得他来到一个已经被我们部分拖入纳垢花园的行星之后，会把他的计划告诉所有人吗？不管这个窃听蠕虫听到了什么，它都是被有意安排听到的。不，我毫不怀疑基里曼想挑衅我公开对决，正如我希望挑衅他对决一样。我们两人都渴望为彼此的对抗搭建舞台，但这并不是唯一的考量。"莫塔瑞恩抬头看着天，"还会有其他力量赶来这里，不要怀疑这一点。他们将会袭击巨釜。因为基里曼会从某种途径知道，我们的力量源泉就在这口巨釜里。如果基里曼能摧毁它，我们的腐化网络将受到致命打击，一切都会失去。有两种失败的可能性：失去巨釜，或者我的死亡。我认为你是我们当中较弱的目标。"莫塔瑞恩机警地瞪了古加斯一眼，"你必须为战斗做好准备。"

"我？"古加斯说，它不喜欢战斗，在赫卡顿平原的那一战已经让它一百万年都不想再战斗了，"在这里？"

"对，你。对，在这里。他们会来的。他们会想尽一切办法让我们失去纳垢巨釜。看看天空，看看亚空间。基里曼不会尝试发起一场全面的地面攻击。这并非他喜欢的战争方式。在你已经在工厂周围设下了令人愉快的战场的情况下，他当然更不会发起地面攻击。你可以期待一场轨道空降或轨道轰炸，他会尝试这些手段，但他会有所顾虑。依我看，这两种方式都不会奏效。"

"那么，我是安全的？"古加斯说完，连忙加了一句，"我说的是巨釜。"

"噢，不是。还有其他的方法，其他的手段。他们可能会从地面过来。他们也可能从亚空间过来。我猜他会派帝皇的爪牙来这里找你。虚无室女、帝皇的亲卫队，或许还有灰骑士。"莫塔瑞恩提到最后一个词的时候，一脸怒容，身体弓起的幅度更深了，他回忆起了泰坦战士对他心脏的侮辱之举，"可以肯定，他所有最优秀的恶魔杀手都会来。"

"但是……但是……我的瘟疫守卫已经被重创了。"古加斯说，"我的许多最优秀的战士在帕梅尼奥被杀了，等候着重生。我的副手们在花园的豆荚里长眠。啊，败血病·赛文还经历了真正的死亡。"

"你要是不想再重新体验一次，就去多找些战士，而且要快。他们正在赶来。不要再出差错了。"

"你会派瘟疫战士支援我吗？"

"不。"莫塔瑞恩说，"基里曼在这里的军力庞大。如果他把主力派到初临城，我就必须召集所有的军团来攻击他。"

"那现在就释放瘟疫！"古加斯说，"它会跨越整个行星，杀死他，我们就可以走了。"

"不。"

"不？不？"古加斯发出刺耳的尖叫。

"我必须亲眼看着他被感染。我必须看着他被折磨。"莫塔瑞恩转过身低声说，"他必须理解为何我当时那么做。"

"你的傲慢会杀死我们。你不能这么自负。我们现在掌握了关键优势，使用它吧！"

"这不是傲慢。我不想否认，我确实想要击败他，而且我更希望能亲眼看着他死。实事求是地说，现在释放瘟疫的话，他就有机会逃走，然后从轨道上把这个星球烧成灰烬，你的瘟疫也会一起完蛋。他也受到了同样的限制。他希望确保杀死我。他需要确定巨釜被摧毁。这场游戏的棋子彼此是完全镜像的。需要决定的只是我们选择哪种战略。我认为我们将会选择同样的战略——王对王。但首先他会扫除棋盘上的小卒。"

莫塔瑞恩说话的口气和内容，在古加斯心里激起了强烈的愤怒。它用了一切努力阻止自己现在就把原体从空中击落。一个小卒，难道它是个小卒？

"好，对。"古加斯冷冷地说，"那我准备集结兵力。"

"你必须这么做。还有一件事我们必须考虑。在构想一个战略时，我们必须考虑基里曼实际知道什么和他声称知道什么、他企图做什么、他对我们的意图知道多少，以及他隐瞒了什么。"

"确实。"古加斯恼怒地说。它并不想让自己被看作庸将。

"要小心的是，还有另外一个因素。"

"那是什么？"古加斯说。他从来没有像凡人一样思考过，永远也不会。

"有一件事基里曼既不知道，也没有计划。"

"这一定是件好事。"

"或许吧。"莫塔瑞恩耸了耸宽大的翅膀，"但根据我的经验，在和我的兄弟作战时，有一些看不见的情况对我不利。我不想表扬他，但他的战术总是比我更灵活，所以让我们限制一下他的手段。如果你想给我一份真正的礼物，古加斯，给我酝酿一场风暴吧。把这个世界上的腐化和疾病加进去，给大疫星编织一条裹尸布。这样当战斗开始后，基里曼就无法从他的舰队取得任何支援了。我们要把他带去慈父要求的地方，让他不能破坏我们的计划。让这场比赛成为兄弟的对决，而非军队之间的大战。"

"噢，你有了一场无可比拟的瘟疫，现在你又想要一场风暴？"古加斯气愤地说。

"对。"

"一场亚空间风暴？"

"难道还有其他类型的吗？"莫塔瑞恩展开翅膀，他的小恶魔跟班们发出尖叫，看出了要离开的迹象，纷纷跑去抓恶魔原体的靴子，"照我说的做，古加斯。"翅膀无声地轻轻一拍，将原体送上天空，消失在云中。

"照我说的做？"古加斯咬紧了漆黑的牙齿。忽然，它听见一声可怜的尖叫，于是向下看去。有一只莫塔瑞恩的纳垢灵没能抓住主人的靴子，被留下了。它的骄傲神态已经消失了，一边颤抖一边向古加斯求饶。

"现在没那么傲慢了，嗯？"古加斯说着，狠狠把脚踩在那只纳垢灵身上，随后用脚跟碾碎了它的遗骸，"基里曼并非唯一一个能出奇制胜的人。"它想着瓶子里剩下的那半滴血正藏在另一层肉的下面。它看了一会儿天空，那里非常平静。随后它转身摇摇晃晃地走了。

"击鼓，吹号。"古加斯发出隆隆巨响说，"准备好我们的野兽和我们的噩梦！"它用肩膀撞过一堵摇摇欲坠的墙壁，大部分墙体都倒了。在瘟疫工厂周围已经响起了音乐声、尖叫声和嗡嗡计数声。"瘟疫守卫必须再次出战。"它咆哮着。

"给我酝酿一场风暴。"古加斯模仿着莫塔瑞恩的语气，对沼泽地说，就好像它们会来安慰它一样，"我是谁，他的管家？"古加斯叹了口气，"就这样吧。谁给我打点儿水来！把火点着！"它愤怒地吼叫着，"显然，我还有活儿要干。"

第二十章

见证

　　信徒们的行军纵队占据了从初临城通往恩惠泉的公路。这里靠近首都。亚克斯的主要运输方式是水路，但在这条地面道路上战争列车可以庄严地行军。整个下午和晚上他们都在行军，直到漆黑的深夜，才在距离初临城八十公里左右的一座废弃城镇阿加斯顿停了下来。在那里，他们度过了一个充满信心的夜晚，而这信心完全来自他们的信仰。尽管口粮短缺，征途的最后也注定会迎来死亡，但每个人的脸上都带着笑容。

　　阿加斯顿已经被彻底遗弃了。大多数房屋都被烧成了空地，所有居民都已经安全地被转移到了初临城。这里几乎没有敌人出没的迹象，是居民自己破坏了城镇。他们不愿将自己的财产留给敌人。

　　他们起得很早，黎明前就用过了早餐，在第一缕阳光的照射下再次启程。为了加快行进速度，有一半的信徒在卡迪亚坦克和国教战争列车的旁边慢跑前进，另外一半则站满车辆上的每个可落脚之处。每隔一小时大家会轮换一次。他们当中很少有人擅长跑步，许多人都过着艰苦的生活。但帝皇的力量充盈了他们的身体，所有人都精神饱满地奔跑着，没有任何抱怨。战斗修女纯净的圣歌声从未停止。随着时间的推移，一首又一首的圣歌重叠在一起发出和声，使得旋律越来越复杂。而站在坦克上的牧师们则在空弹药箱或金属废料做成的讲台上充满激情地布道。战争列车上的管风琴一直在演奏。以这种方式，人们维持自己的力量，用稳定的步伐前进。没有疾病困扰他们，也没有敌人进行直接攻击。至少在开始阶段，他们没有遇到任何困难。

　　起初，亚克斯精致的风景似乎只是出了点儿问题，就像是发生了干旱或是短期的瘟疫。公路两旁出现了正在枯萎的树林和农地，但还在顽强地生长。事实上，有些东西生长过度了，田野里杂草丛生，遮挡了作物的阳光，水渠里挤满了藻类植物，树林被奇怪的藤蔓缠绕。这些植物本不该出现在这个花园世界，看起来有点儿不祥，但只从外观判断并不会让人觉得明显反常。只有它们在夜间发出的沙沙响声会让哨兵握紧激光枪，警告信徒们不要冒险离开公路。

经过三天的行军，他们来到了距离初临城三百公里左右的地方。从那时起，他们每走一段路，纳垢的影响都在明显增强。第三天黎明时分，他们路过的树林已经腐烂，树枝上流淌着黏液，漆黑的树叶堆积在树根处。透过发黑的树枝可以看见风云变幻的天空，听不到任何动物或鸟类的声音。就连藤蔓都枯死了，湿滑的死茎缠绕在寄主的树干上。农场的田地上铺满了发霉的麦秆。尽管信徒们小心煮沸了饮水，所有的食物都经过牧师的祝福，但还是开始有人生病。一种肠道疾病在某些人群中开始传播，随后迅速蔓延开来。对大多数患者来说，只会身体不太舒服，痉挛疼痛，腹泻，但仍有丧命的危险。身体最虚弱的那些人不行了。有几个激进的牧师宣布他们缺乏信仰，尽管马蒂厄手下的长老们进行了干预，但还是有一些信徒被残酷地抛弃了。也有一些人请求留下，以免拖慢队伍的行军速度。

洛恩山脉蜿蜒而起，越过了地平线，最高的那些山峰高达两千米以上，人们无法步行翻越，但公路没有拐弯，便直接从一座将山脉一分为二的巨大峡谷中穿过。在他们接近峡谷的那个早上，就在列车即将喷出蒸汽继续前进的时候，有两百多人来到马蒂厄面前，他们的长老羞愧万分地告诉马蒂厄，他们打算回去了。他们当中有一些人害怕继续前进，尽管他们宣称自己是为了把路上的病人带回初临城，但很明显怯懦才是主要原因。

很多人都谴责他们背信弃义，但马蒂厄还是让大家平静下来，谈及帝皇对每个人都有安排：一些人打算去战斗，因此被赋予了战斗的勇气，另一些人则要回去扮演其他角色。

"这并非信心的失败，"他告诉人们，"而是有意的安排。他们会带着帝皇的祝福上路。"

异议者们和平地离开了，但他们的人数变少了很多。其中有一半人都因为马蒂厄的话恢复了斗志。而在士兵们当中，只有那些已经病重到无法战斗的人才离开了。

他们在山脉的峭壁前又过了一夜，严密监视着峡谷，因为黑暗正在逼近，寒冷彻骨，迷雾中还传来了怪异生物发出的声音。

潮湿的木头在火焰中噼啪作响，稍稍驱散了些夜晚的寒意。迷雾从土壤上升起，就像在空气中摸索的触手。信徒们环绕着火堆低声交谈，避免吸引迷雾或隐藏在雾里的怪物的注意。尽管这片土地已经变得邪恶，但营地中的人们依然充满信心。信徒们很坚定，虽然他们小心谨慎，但情绪依然高昂，相信正义会守护他们。

警惕的哨兵们在营地外围巡逻。他们值班轮岗。他们战友情谊深厚，信仰使得许多不同的部门融为一个整体。但卡迪亚人是其中的骨干。他们有丰富的经验和严格的纪律。他们的坦克在最外圈，瞄准镜在升腾的雾上投下红光，炮口来回扫视。

奥德拉梅尔上校亲自在巡逻。人们都认识他，那张饱经风霜的脸上长着粗硬的眉毛和胡子。当他经过时，哨兵们都向他敬礼。他停下脚步，告诉一群帝国海军的脱队士兵如何更好地进行监视，但语气中并没有指责，只是建议，随后他就继续往前走。迷雾变得越来越浓厚。当他从指挥车出发时，国教战争列车还清晰可辨，但现在只能从浓雾上方看见露出的列车烟囱。每当雾气翻腾而过之后，烟囱似乎都会变换出现的地点。

但雾不会击败他们。信徒们点起了篝火，让彼此可见。奥德拉梅尔上校有些惊诧地想，他已经很久没有见过这么美的景象了。

他从两名部下身边经过，但不知道这两人的名字。尽管他的团的兵力已经大大减少，但他还是不知道许多人的名字。每当一场战斗结束后收集尸体时，看到那些还来不及认识的部下的脸，总是会让奥德拉梅尔心生悲怆。

这两人中有一个年轻，有一个年长。年长的士兵身上戴着某个排第二班的标志，上面画着一名等候中的中士。

"晚上好，长官。"他尊敬地对上校说。

奥德拉梅尔点头回应。

年轻的士兵更没规矩一点儿："没什么好的，戴德林。我快冻僵了！我本以为亚克斯是个温暖的世界，长官。"

"按理说，是的。"上校说，"但现在它们想要什么天气就是什么天气。"他说的"它们"指的就是那些敌人。没人敢说出那个最大的敌人的名字。自从大裂隙出现以来，禁止提及混沌的处罚规定已经失效，但旧习难改。"我们会让一切恢复正常的，孩子，在帝皇的意志下。"

"帝皇的意志。"少年回应说。老兵点点头，催促他继续前进。奥德拉梅尔继续走向他认为列车应该在的地方，两人消失在他身后的迷雾中。

十分钟的时间令人沮丧地过去了。篝火已经开始熄灭。外面的迷雾浓厚而虚无。他发现又回到了黎曼·鲁斯标准型坦克构成的塑钢墙壁前，意识到自己已经穿过了整个营地。他转过身，不愿承认自己刚才在迷雾中走错了路，决定不问别人自己去找正确的方向。但他不一会儿又迷路了，只得绝望地转身四顾。

一声钟鸣。他听到了圣歌声。列车的风琴管开始演奏出轻柔的赞美诗。他倾听了一会儿，确认方向，随后循声而去。

随着音乐的持续，迷雾渐渐变得稀薄，奥德拉梅尔几分钟后就来到战争列车前方。马蒂厄站在列车侧面的炮台上，用它作为讲台来进行布道，第一篇祷文已经快要结束。奥德拉梅尔双膝跪下，低下了头。污水浸湿了他的裤子，但他忍着不快，让思想专注于为帝皇意志献身的渴望上。

"为了泰拉的他。"祷文结束了。

"为了泰拉的他。"人群齐声回应。

"起来，我的兄弟和姐妹们。"马蒂厄说，尽管这场雾掩盖了其他声音，马蒂厄的嗓音却穿透了迷雾，"不要害怕这雾，尽管敌人用它来扰乱你们的感官；不要害怕在我们的火光之外潜伏的怪物，尽管敌人派它们来杀死你们。我们追随着最纯净的光芒。那就是帝皇之光。它就在我们所有人的心中。这光会穿透最黑暗的夜、最浓厚的雾，就像它穿透亚空间指引我们的飞船驶向港口一样。这个营地的每个人心里都有一盏烛火。每一团小小的火苗，都可能化作熊熊烈焰！"

信徒们发出了赞同的欢呼。在这里有好几百人。马蒂厄每隔一个半小时就进行一次布道，信徒们对此从不厌倦。奥德拉梅尔曾经脾气很暴躁，但他一直默默地践行自己的宗教信仰。偶尔他也会有亵渎之举，偶尔也会有怀疑。

但那是过去的事了。

"在赫卡顿，当帝皇现身将恶魔们击倒时，我们当中的许多人都在那里。"马蒂厄说。

"对！"人群叫喊着，"帝皇！"

"我们当中有许多人都见证过他的代行者。而我曾亲身见证过他的荣耀。

当时，马库拉格之耀号的船员们被红海盗奴役，而我是他们的牧师。帝皇在那时来到我的身上，将一个男孩从混沌的掌控中解救了出来。"

"赞美啊！"人群叫喊着。迷雾微微颤抖着退去。在人们的视野中，列车从仅能辨认的一段车变成了能看清楚的庞然大物。它在迷雾中显得十分坚固，毫不动摇。它越是坚固，迷雾就越是退缩。

"或许还有人愿意出来分享你们的亲身经历？"马蒂厄问，"或许还有人想说说你们见过的事，帮助我们传播人类之主的全新真理？"

人群中传来叫喊声。

"在莫奈特·莫迪，在最后一个巢都陷落前我见过他！"有人说。

"他在梦中告诉我，叫我不要去口粮仓库。第二天那里就着火了。"

"自从天上出现了大裂隙，帝皇塔罗就从来没有出过错。我感觉他一直在注视着我。"

"德罗尔被攻击的那天，我在黑暗中见到了他。他给我指出了逃亡的道路，他还引导我救了一百多人。"

"是的，是的。他一直在守望着我们所有人。"马蒂厄叫喊，"他站在我们这边。不是吗，奥德拉梅尔上校？"

马蒂厄注视着他。

"你愿意给我们分享你的个人经历吗，上校？让那些没听过的人都听听？这是一个非常令人振奋的故事。"

奥德拉梅尔并不愿意用"振奋"这个词。尽管这是个寒冷的夜晚，但他还是出汗了。他惯于指挥成千的士兵，对付最可怕的异形，面对银河中最有权势的人。但马蒂厄令他不安。部分是由于尴尬——他不喜欢复述自己的故事——但这并不是全部原因。在马蒂厄的目光中仿佛有某种骇人的东西。奥德拉梅尔几乎不敢相信自己会害怕一个如此消瘦、蓬头垢面的男人，但他发现自己难以直视这位战争使徒的脸。

奥德拉梅尔无法拒绝。他开口准备说话。

"不，上校，来这里吧。"马蒂厄说，"到我这儿来，这样大家都能听见你。"他招手呼唤。

"好。"奥德拉梅尔粗声粗气地说。他走到列车侧面，马蒂厄沉默的护卫们在通往炮台的楼梯上让开了路。马蒂厄的伺服颅骨盘旋向下，在旁边陪伴着他。奥德拉梅尔爬上了列车。马蒂厄迎他来到讲台。

"请吧，上校。"马蒂厄对正在翻过炮台上的重机枪轨道的奥德拉梅尔说，"不要有任何保留。"随后他转向人群，说道："来自卡迪亚 4021 装甲团的奥德拉梅尔上校！"

人群中响起阵阵掌声，高喊着："欢迎，兄弟！"

"记住，把一切都告诉他们。"马蒂厄低声说。

"我们那时候在帕梅尼奥。"奥德拉梅尔说，随后不由得颤抖了一下。他的声音在迷雾中传来了回声，他不知道该怎么继续下去。会众中几百张期待的脸在仰望着他。他强烈地意识到他们都在等待着。

王座啊，打起精神，伙计。他在心里咒骂自己。

他再度开口。"我从来都不是一个公开展示信仰的人。"他说，"我一直都相信帝皇，相信他对人类的护佑。但对我而言，他是一个遥远的理念。我并没有严格遵守国教礼仪。我很少出席兵团的宗教仪式。"

他停顿了一下，等待着人们的谴责，但什么都没有发生。

"如果这番话让我显得不太忠诚，请原谅我。我并不是这样的人。但泰拉很远，恐惧之眼很近。从童年开始，我就为了帝皇的战争而接受训练。尽管到处都能见到帝皇的存在，但那只是一个护身符或一尊雕像。他的光照耀着泰拉，而不是卡迪亚。我的激光枪的光离我更近，而且我可以操纵它。"

奥德拉梅尔低头看着自己的双拳。它们颤抖着紧握在一起，压得指关节泛白。

"当敌人来临，卡迪亚陨落后，我的信仰更加动摇了。护身符看起来毫无用处，帝皇仿佛变得更加遥远。我从未像有些人一样放弃信仰。他们认为我们已经被抛弃了。我并没有。但我不想对你们撒谎。我考虑过他们说的那种可能性。我们打过很多次仗。在过去的几年里，我的部下在十五个世界战斗过。这么多场战斗，仿佛模糊成了同一个，只剩下一幅火焰与死亡的画面。我的信仰虽未消亡，但已经动摇衰落。在帕梅尼奥时，它已跌至最低点。"

他要如何谈起帕梅尼奥？那里确实是被拯救了，但已经化作了泥沼与疾病的废土，这个世界也正在变成那个样子。奥德拉梅尔记得那些腐化和死亡。但他也记得那道光。尽管夜色寒气逼人，他开始高声说话，毫无畏惧。

"我们是从其他地方赶去的。我们并非第一舰队的成员，而是早期的增援部队的先锋，被派往奥特拉玛来增强防御。我们一赶到，就被派去阻止帕梅尼奥失守。而受帝皇祝福的总司令则率领他的大军展开战略行动。我们等了几个星期才得到增援，每一天都经受着考验。在帕梅尼奥，死者一拨接一拨地拥来，年轻人、老人、市民和士兵，他们都带着可怕的死亡狞笑，眼睛在已死的血肉中转动。我……"他有点儿支支吾吾，"我不忍回忆他们的恐怖模样。而且我很确信，他们都知道自己变成了什么。"

"那一天，敌人突破了我们的指挥所。我和我的参谋官们不得不近身战斗。死者无处不在，但我对其中一个年轻人印象深刻，他穿着农场学徒的制服，脸上发绿的肌肉已经烂透，露出了狞笑着的牙齿。他的手臂变成了黏在发臭的肌腱上的肉泥。他向我走来，想要抓我暴露在外的脸。他的指甲造成的一处小伤口，就足以让我加入他们的行列。我拔剑刺进他的胸膛。作为一名高级军官，我有一把动力剑。我很幸运，剑刃砍倒了他。我的好几名部下被杀了，但最令我惊恐的不是他们的惨叫，而是那个年轻人的双眼。那双眼睛恐惧地转动着，无声地祈求着一个了结。我……"回忆的压力让奥德拉梅尔的嗓音变得嘶哑，仿佛要在这些人面前让他失去说话的能力，但这些人必须听完，他们必须获得领悟，奥德拉梅尔迫使自己说下去。"感谢帝皇，我最后让他解脱了。"

"每一天，我们都杀了又杀。但第二天会有更多的死者出现。其中一些死者长着过去几天中倒下的战友的脸。有些部下发疯了，而所有人都陷入了绝望。我们渴望着解脱。每一天我都乞求上级告诉我们原体的计划，告诉我们什么时候那些死亡天使会与我们并肩作战。但他们不会告诉我，告诉我就等于通知敌人。但我渴望知道。将近两个月之后，阿斯塔特修士们才来。"

"我的士兵们活了下来。在这个银河中有许多人都对原体感激涕零，但不包括我。我只想说，只是因为我们接受的训练和我们的毅力，我们才没有屈服于这个世界对我们的思想和灵魂的影响。我们从内到外都被无情的恐怖所腐蚀。我们本可能都死了。有一些人会被那些不可思议的活死人抓倒，其他人则会因为灵魂的枯萎而死亡。首先是我们的信仰，随后是希望，最后是理智，一切都会抛弃我们。这种事情我见过很多次。然后我们会在自己的身体内死去，被放弃，或是完全失去意志力，匍匐在敌人面前乞求宽恕。这种事情我也见过很多次。如果不是我们团的一位牧师在临死前为我们展示了光明，如果不是帝皇亲自做出了干预，我们就注定迷失。"

奥德拉梅尔又陷入了沉默。雾气变得越来越稀薄，现在他可以清楚地看见靠近战争列车的那些篝火了，而不只是黑暗中的一缕火光。他还能看见列车下面的人们——来自几十个不同的世界、拥有各种肤色和特征的脸都仰望着他，倾听着他的话语。那些家园已被烧毁的士兵们在某种意义上是幸运的，因为更多其他的士兵还在为他们的亲人承受着无尽的恐惧。通常一个士兵入伍之后，就很少能得到故乡的音讯，但现在就连这点儿消息都无法得到了。

奥德拉梅尔俯视着他们，感到同情。过去他其实很少会同情别人。他发现来听布道的人比他想象的还要多。现在，还有更多的人从舒服的火堆边摇摇晃晃地走来，聆听他讲述自己的经历。

"兵团牧师的名字叫奥提斯修士。"

一道光芒掠过人群。奥德拉梅尔抬头看见了亚克斯的大月亮。月光犹如一道剑刃划破了云层。还有黑暗虚空中寒冷而纯净的星光，也在照耀着生病的大地。

人群中传来了低语。奥德拉梅尔的心情有点儿激动。过去他不相信神迹，但现在他信了。

"当阿斯塔特修士降临后，敌人的攻势变得更加庞大，难以抵挡。就在我们得到救援的那一天，最大规模的袭击发生了。天空被蝇群遮蔽，变成了黑色。苍蝇叮咬着我的兵团。它们是如此密集，当喷火器朝蝇群喷射时，仿佛连空气都在燃烧。随后它们都坠落了。在这次袭击的掩护下，大规模的死者开始了攻击，根本无法数清。"

"卡迪亚人以勇敢无畏闻名。一出生我们就被培养成战士。但在那一天，我看见许多我认识的勇敢的人们在恐惧中颤抖。数以万计的死者向我们扑来，他们呻吟着，咬紧了发黑的牙齿。蝇群在他们周围盘旋，让我们的激光光束失去力量，让我们难以瞄准目标。大炮给他们造成了一定的损失，但我们的炮弹供应不足。我们坦克的弹仓也空了。在我们意识到这一点前，他们已经冲到了眼前，又抓又咬，像一场腐烂的雪崩般落入我们的战壕。我们当中有许多人在最初的一瞬间倒下，随后的几分钟内又损失了好几百人。"

"我羞愧地记得那个恐惧的时刻，因为一个卡迪亚军官本该无所畏惧，但我害怕了。我害怕死亡。我更害怕变成和那些死者一样，成为想要摧毁我们的一切生存意义的那些怪物的奴隶。我下令撤退，但我的声音无法传达出去，因为我的通信员已经被成群的苍蝇杀死了。它们塞满了通信员的嘴，随后那具尸体就在我的面前腐烂。当我的炮手开炮时，发生了一次等离子爆炸，随后在大炮爆炸时又涌出了大规模的热浪。因为过于恐慌，炮手没有清理发射仓，冷却通风口又被苍蝇堵塞了。我的指挥部的其他人全都死了，被等离子炮的自爆炸得四分五裂。我被冲击波抛了出去，虽然身体被烧焦了，但还活着。我躺在地上看着团旗在泥泞中燃烧，那是我一生中最大的耻辱。"

"死者们越来越近。我可以听见他们的呻吟声。我已经准备好去死了，但在我耳边传来了另一个声音，那是奥提斯的嗓音。那是我见证帝皇神迹的时刻。"

"奥提斯平静地走向前方。他收起手枪，关闭了链锯剑。他没有使用任何凡人的武器，但他使用了帝皇的言语。他唱起了卡迪亚的伟大颂歌，他的声音因为信仰而变得更加洪亮，充满了天堂般的音乐和元素的力量。苍蝇在他周围纷纷从空中跌落，成了他脚下的漆黑斑点。死者们摇摇晃晃扑向他，他们的黑暗主宰感觉到了牧师的圣洁和他的光，以凌驾于一切之上的渴望想要扑灭这光。但当死者走近奥提斯时，他们纷纷倒下，真正地死去，再也没能站起。我看着牧师独自向前走着，苍蝇只敢围着他飞，死者踉踉跄跄地停下脚步，然后牧师笔直地走进他们当中。"奥德拉梅尔的嗓音又一次变得有力，因为亲眼见证的奇迹高亢起来。

"我的士兵们正在全面撤退，在之前已经即将崩溃。此刻他们都惊愕地呆立着，武器挂在软弱无力的手指上。他们凝视着奥提斯修士走进他在死者和蝇群中间制造出的缝隙。我站了起来，恐惧消失得无影无踪。我从掌旗中士的手中拿起了军旗的旗杆，毫不在意因为燃烧而发烫的金属，激动地在头顶上挥舞着，叫喊着。"

"'他与我们同在！人类之主正在守望我们，卡迪亚的子嗣们啊！他与我们同在！攻击，攻击！为了帝皇，为了泰拉，为了卡迪亚！'我们当时没有任何战略，只有向死亡的爪牙发起的绝望冲锋。出于本能，我们组成了楔形阵，一开始队伍很散乱，但随着兵团的集结队伍变得更加坚实，我们倾泻而下，杀入战壕。包括每个步兵、炮兵、失去车辆的坦克手、参谋军官，健壮的、负伤的；每一辆还能动的坦克；每一个还能拿起枪的前线人员。后勤辅助人员扔掉了他们的电池弹药箱，拿起了倒下的战友的武器。连医务员也放下担架，拔出了手枪。"

"'前进，前进！为了卡迪亚！'"

"我们冲进敌人中间。他们都倒在我们的愤怒和信仰之下，神皇的威能剥夺了他们的力量，使我们可以轻易屠杀他们。他们的回击软弱无力，蝇群产生的防护消失了。我最后一次看到了奥提斯。尽管他已经离我们很远，但他在敌阵中走过的道路从未闭合，仿佛敌人无法穿越他走过的路。我看见他高举神圣的符号——一个沉重的带着栅格的金色的'I'。我过去只是觉得它很美，直到那天我才明白这个符号的力量。"

"突然有一道耀眼的闪光。我举起手臂来遮挡，但随后发现这道光并未伤害我的眼睛，前方发生的大爆炸，也没有伤害任何一名我的士兵，甚至没有扬起他们的一根头发。但被爆炸触及的死者们，则发生了完全不同的变化。"

"所有的死者都被炸成了灰烬，那些灰烬就像淋浴般洒下，柔软而洁净如雪，方圆两公里范围内的敌人都化为乌有。光芒撕裂了死者大军的心脏。我抬起头，仿佛看见一道神圣的火焰之柱直冲云霄，那是一个身穿金甲的巨人，我们的神明降临尘世来拯救我们了。"

"随后他消失了，光芒也消失了。天空中，毒云被一扫而空，变得碧蓝而清澈，星际战士的突击艇在空中留下灰色的轨迹。我们得救了，帝皇救了我们。那时候我们全都精疲力竭，什么事也做不了，只能静静注视降落舱的火焰轨迹。没有人欢呼，也没有人庆祝。"

"我们没有找到奥提斯修士的任何踪迹，只在敌军的核心发现了半径上百米的一个烧黑的圆圈，周围覆盖着死者们的灰烬。"

"在这场战斗后，我向基里曼大人的后勤部门报告了我看到的情况。他们对我见证的一切毫无兴趣。但我听说了类似的奇迹的传言，以及在赫卡顿平原上发生的事。我觉得我是因为幸运才见到了帝皇之光，就算当场死去也心甘情愿，但我以为再也不会见到帝皇之光了，直到马蒂厄修士找到了我，询问我那场战斗的情况。我在他的双眼中看到了同样的光。因此，我决定在我的团编入第一舰队之前，转而向国教效忠。就是这样，我们来到了这里。"

奥德拉梅尔向马蒂厄看去，对方点了点头。这时，乌云已经消散，天空中布满了星光。这颗行星现在位于星系中远离大裂隙的方向上，因此在晚上看不见混沌的恐怖。夜空中是一片未被污染的虚无。在那里，基里曼远征军的巨大飞船平静地俯视下方，就像是天堂里的金属众神。

"我说完了。"奥德拉梅尔说，"这就是我的见证。帝皇保佑。"

第二十一章

杀戮小队

　　马蒂厄的远征军出发后不久，灵能风暴开始在这颗行星的上方涌动。风暴首先影响了上层轨道，强化了莫塔瑞恩的巫术，粉碎了帝国军从轨道上方搜寻神器的最后一线希望。但这种蔽塞对双方都造成了影响。两架霸王坦克运输机正如幽灵般穿过被毒化的大气层，朝着看不见的地表移动。

　　在每架霸王的装载夹里，各有两辆新星战士战团的装甲车。它们沿车身对角线区域分别涂装成骨白色和蓝色。前头那架运输机携带了一辆处决级反击者主战坦克，在威武的机身后方则悬挂着一辆冲击者悬浮运兵车。尽管后者的体积略小，但外形同样凶猛。在冲击者车内的后排座位上，六名身穿恐惧级战甲的原铸星际战士相对坐在无靠背座椅上，双脚用磁力锁固定在甲板上，依靠装甲系统支撑自身。后方那架霸王则运输着两辆冲击者，里面全都满员。第一辆车内是突袭仲裁者，第二辆车内则是远程仲裁者。在远程小组里只有五名星际战士。那是查士丁尼·帕里斯的小队，四个人在运输舱，一个人在驾驶。第六个座位上坐着一名机械修会的成员菲技师，他佩戴着向火星和星语庭效忠的徽章。查士丁尼负责保护他的安全。

　　技术神父菲不太喜欢穿越大气层下降的过程。透过他的生化防护装备的透明面罩，能看见他表情扭曲，牙关紧咬，仿佛随时会咬碎几颗牙齿。

　　"放松。"帕里斯的副手马克森提乌斯－德朗蒂奥说，"我们马上就到地面了。"

　　"我尽量。"神父说。他的脑袋小而精致，与冷酷的机械义肢、沉重的头盔及胸甲形成了鲜明的对比。

　　查士丁尼士官的通信耳机响了一下。马克森提乌斯－德朗蒂奥在用私密频道和他说话。"或许把他放到处决级坦克上更好，但他的装备比他本人更有价值。必须得把这两者分别放在不同地方，以免一次全都损失。"他语气幽默，好像觉得科技神父不舒服的模样很有趣。

说完,马克森提乌斯－德朗蒂奥又切回了公开频道。"你会没事的,再坚持一下吧。"他说。

科技神父菲承受着下降的压力,用机械手臂使劲抓住座位,支撑身体。"这种行动是不符合规定的。"他被吓得半死,"我都没地方可抓。"

"去找考尔报告吧。"马克森提乌斯－德朗蒂奥说,"这是他的设计。"他拍了拍座位,"你是个科技神父。你总该认识他,对吗?"菲没能分辨出他是在开玩笑,惊恐地摇了摇头。

"不,不,我和大贤者没有个人交情。但如果我有幸在万机之神的安排下遇到他,我会郑重地向他提交一份关于修改这些机器模板方案的申请。"

这两艘船正以低速缓缓下降,能耗受到了限制,以减少被发现的可能性。查士丁尼并不想在这里被发现。大气层已经变成了一锅绿油油的汤。他的视网膜屏幕上符文闪烁,警告有腐蚀性物质存在。扭曲的闪电在天空中噼啪作响,每当电光闪过,就会照出一张狞笑的鬼脸。

"我可不想呼吸这种空气。"查士丁尼对马克森提乌斯－德朗蒂奥说。

"可惜我们别无选择。"他的副手回答,"这些空气最后还是会把我们的装甲密封条腐蚀掉的。"

在短时间内发生了很多变化。自从他们加入加拉坦星堡的战斗以来,已经过去了几个月。第六辅助小队曾经临时隶属于第三连,又被重新指派到第四战线。他们现在的上级是第二中队的埃德莫中队长。尽管查士丁尼第一次和他见面时有些冷淡,但他对帕里斯小队印象深刻,把他们找了过来。

他的小队队员已经所剩无几,只有三个人在十字堡攻防战中幸存。除他和马克森提乌斯－德朗蒂奥之外,还有阿基里斯。他去掉了手臂的铠甲,露出了闪闪发光的铬钢胳膊,戴着仿生义手作为一种荣誉标志,机械手指随意地握在他的爆矢步枪上。

另外两人则是新近加入小队的。他们不太像查士丁尼和那些在火星上诞生的原铸战士。其中,奥皮诺之前是一名星际战士侦察兵,他接受了考尔的晋升手术,而未经历更古老的转换过程。另一个则是经历了卡尔加式手术越过原铸界限的旧型星际战士。这样的人还有很多,尽管这个二十六人的小组全员都是原铸兄弟,但其中有九人曾经是旧型星际战士,包括药剂师洛克和埃德莫中队长本人。埃德莫在那次战斗中受了致命伤,不得不主动申请进行手术。

除了多瓦罗战团长阵亡，加拉坦星堡上的旧型星际战士军官也损耗殆尽，而随着远征军舰队带来了更多的原铸技术设备，新星战士战团热情地接受了星际战士旧型到新型的转换。他们迅速从原铸成员最少的极限战士初创战团变成了拥有最多原铸成员的战团。相同的生理特征让查士丁尼更容易与他们萌生兄弟情谊，不过也只是一点点，奥特拉玛与荣誉星之间的文化鸿沟依然存在。

他的头盔内发出响声。前面那架霸王上的技术军士驾驶员正在给整支侦察部队开通一条通信频道。

"准备在三分钟之后落下。等我的指令激活反重力引擎。"

在坦克驾驶室内，查士丁尼小队的第五名也是最后一名成员帕萨克回应："收到指示。等待激活命令。"

但查士丁尼看不出外面有什么变化，周围都是浓密的云层。他想象着他们会一直往下掉，永远不会掉到地面上。但引擎的音色变了，霸王正在减速。悬挂在下方的坦克晃动了起来。

"已探测到地表。距离九十米，正在接近。安全突入需要至少三十米海拔高度。到达中。激活。"

冲击者的引擎启动了。一股反重力气流从防护挡板穿过坦克的躯体，震动着运输机。

"引擎激活。"查士丁尼的驾驶员宣告。其他三辆坦克上也传来了同样的回应。

领头的霸王坦克运输机突然急速下降。

"到达侵袭位置。一号坦克，脱离。"片刻之后，"二号坦克，脱离。"

领头的那辆运输机向上爬升，掠过查士丁尼所在的运输机的前方。他们也向下急降，就像一只要从水上捕食昆虫的飞鸟。

"三号坦克，脱离。"他们的驾驶员说。查士丁尼前方的那辆冲击者上面的机械臂张开了，坦克迅速消失在浓雾之中。接下来轮到他们了。

"四号坦克，脱离。"

查士丁尼的坦克迅速坠落。运输机消失在空中。有一瞬间他们仿佛孤独地留在散发绿色的黑暗中。随后他们终于降落到了一个反重力引擎可以运行的高度，引擎发出嗡鸣声，改变了坦克的下落角度。他们在缓冲力的作用下悬停，下方的水向上喷溅，冲刷着坦克。

靴子的磁力锁解开了。仲裁者们站了起来，爆矢步枪指向迷雾。油腻的水珠在周围盘旋。他们的世界被限定在一个直径三米的球形视野范围内。菲技师还是坐着，害怕的程度不减。

"在车里我什么都看不见。"马克森提乌斯-德朗蒂奥说。

"埃德莫中队长，能听到吗？请发送坐标。"查士丁尼在通信中说，但他得到的回应只有沉默，"帕萨克兄弟，"他吩咐驾驶员，"慢速搜索巡航。"

坦克前方的大灯亮了，但只是在迷雾里增添了两道光柱。泥褐色的水面向四面八方延伸。坦克缓慢地转了一圈，反重力引擎的冲击就像擂鼓般扯动着水面。

"看起来运河已经河水泛滥了。"查士丁尼说，"我们现在在哪儿？"

"我好像看到了什么。"阿基里斯说，他用大腿顶住爆矢步枪，以便用义手指向那个位置，"在那儿。"

查士丁尼朝他指的方向看去，目光越过了坦克驾驶室顶部的轨道通信阵列的天线。在那左边有一些形状不规则的阴影。但它们有可能是任何东西。查士丁尼的装甲感知器和他自己的双眼都派不上用场，视网膜显示屏和嵌入他胸甲上的占卜屏幕上都在滚动着毫无意义的字母和数字。

"左转10度，帕萨克，前方50米。"查士丁尼下令，"让我们看看这里有什么。或许我们可以用它当路标指引其他人。奥皮诺，去操纵钢铁风暴导弹。"

"是，士官。"奥皮诺说。他走进驾驶室，查士丁尼在黑暗中瞥见了被发光的屏幕照亮的帕萨克，然后门滑动关上了。不一会儿，奥皮诺在坦克顶部窗口处出现，抓住了导弹发射器的把手。

他们向前平稳地滑行，车灯只能让他们目眩，还是找不到路。那些奇怪的形状渐渐放大，突然变成了一丛绝非正常物种的矮树林。

"王座啊……"马克森提乌斯-德朗蒂奥咕哝道。

这些树都很高，外观很奇怪地呈金字塔形，树干上覆盖着在分泌黏液的油腻树皮。巨大的球状花朵在矮树丛的顶端颤动，会莫名地喷出黏糊糊的黄色花粉。但花上的嘴暴露了它们的本质。那些嘴就像海底怪物一样，巨大的缝隙间排列着牙齿，它们甚至延伸到了树干上，叹息和低语着。一只肥大的粉红舌头从嘴里伸出来，在坦克经过时拍打着水面。它们的枝条就像手指一样蜷曲，向外伸出。

"离远点儿。"查士丁尼说。

"原体啊，我们究竟在哪里？"阿基里斯问，"我的地图根本不对。"

"这就是我们需要他的原因。"马克森提乌斯－德朗蒂奥用靴子轻轻碰了碰菲技师，"对吗？"

"没有我的仪器，我什么也做不了。"技术神父情绪激动地说，"其他人呢？"

"我们无法定位他们。"马克森提乌斯－德朗蒂奥坦言。

他们以最低速度滑行。有几十棵那种怪树从浓雾中露出，随后是被水淹没到大门顶部的建筑。这样的建筑数量众多。

"一座城市。"阿基里斯说。

"对，但这是哪一座城市？"马克森提乌斯－德朗蒂奥说。

"有没有埃德莫中队长的下落？"查士丁尼问帕萨克。

"没有，士官。没有信号，没有通信。什么都没有。"

"那就往市中心开。小心点儿，慢慢来。"

当他们接近城区中央时，周围的建筑物越来越高大，枯死的植物悬挂在房屋侧面。现在他们已经可以分辨出公路和运河的布局了，在它们两旁都是成排的恶魔树。

"海斯塔姆斯。"奥皮诺说，"看，兄弟们。"

他指向一座共有七层楼高的建筑的侧面，上面覆有审判主题的浮雕，但现在爬满了灰色的苔藓。一块门牌上写着，这里是当地内政部的海斯塔姆斯分区办公室。

"这根本没道理。考虑到行星数据和我们的登陆点位置，海斯塔姆斯应该在这个世界的另一侧。"

"至少我们现在知道自己在哪里了。"阿基里斯说。

"这种情况还要持续多久？"查士丁尼问。

经过办公楼，他们来到了这座城镇的中心广场，那里也被污水淹没了。在广场中央有一棵高耸入云的巨树，树枝上挂满了可怕的果实。

在每根枝条的尽头都悬挂着一具尸体，上面覆盖着厚厚的真菌，呈现出惊悚的橙色，但还是能看出那是人类。

"告诉我，为什么我们又自愿加入了这种任务？"马克森提乌斯－德朗蒂奥说，他转向查士丁尼，"或许我们应该把它推倒。这是个邪物。"

"我们不能弄出太大的动静。"查士丁尼说，"如果我们被发现，任务就失败了。就这么简单。"他说，"帕萨克，继续前进。"

他们在水面上悬浮推进，经过了那棵巨树。树上有三张狭长的大嘴，喷出一股股呕吐物，叹息着，仿佛在用悲哀的话语安慰自己。

"它能看见我们吗？这是个问题。"阿基里斯说。

"它应该会感觉到。"菲技师说，这是他第一次对所有人说话，"这些植物是恶魔的一种形态，但我怀疑它们是否有足够的智能来识别威胁，或者它是否有能力向上报告。"

"你确定吗？"马克森提乌斯－德朗蒂奥问。

"我是科技灵能部的技师，还是星语庭的重要仆人。我的人生意义就在于学习这些知识。"技师说。

"好吧，我可不喜欢这些东西。"马克森提乌斯－德朗蒂奥说。

他们绕着那棵巨树转了一圈，来到了中央广场的另一个出口。查士丁尼命令帕萨克离开。这座城市很小，他们很快就驶出了城镇的边界，到了外面洪水泛滥的大地。

"除了水和泥巴，什么都没有。"阿基里斯说。那座城镇漂浮的垃圾令人悲伤，它们被反重力坦克经过时的冲力推开。

"海斯塔姆斯木是一座海滨城镇。"查士丁尼说。

驾驶室的门打开了，帕萨克转身对着运输舱。"我已经锁定了埃德莫中队长的信号。"

"立刻去他那里。"查士丁尼说，"我们越早拿到技师的仪器，就能越快完成任务。"

"打起精神，技师。"马克森提乌斯－德朗蒂奥说，"你很快就要开工了。"

第二十二章

血肉山脉

马蒂厄带领他的战争会众，向贯穿洛恩山脉的峡谷行进。他所在的主讲坛位于风琴管上方，守护天使脚下。列车周围是行进中的信徒大军。他们当中很多人见证过伟大的奇迹。而那些没有看到过的人，也被那些见证者的亲身经历激发了信仰。

奥德利库斯峡谷在前方浮现，这道行星的伤痕如此之深，即使在四千年之后，岩石边依然寸草不生，哭泣不止。这处伤口如今已被感染。群山的阴影从上方投下，就像是热病的触摸般恐吓着他们。空气又热又闷，他们却在阴凉处发抖。顺着山壁流下的不是水而是黑色的液体，堵塞了排水系统。可怕的浮油在水渠中聚集，向下倾泻到公路堤岸两侧的平原上，淤塞了两边的运河水道。从马蒂厄的位置，可以看到通往人造峡谷的整条道路，两侧的山壁越来越靠近，仿佛就要碰触到彼此。一线绿色的天空俯视着他们。

队伍在峡谷前停下了。马蒂厄在峭壁和高处寻找着伏击的迹象。四周一片死寂。见证者们即将穿越的这片毁灭风景让他们的喧闹声变小了。而在马蒂厄的车顶，这些声音显得更加微弱。他周围的世界安静了下来。待机中的引擎在他脚下震动着。他身后站着奥德拉梅尔的联络员、他自己的长老会成员、各支武装部队的首领和战斗修女会的修女宫廷官。他们都听从马蒂厄的号令。

马蒂厄眯起眼睛。如果他是敌人，他会在这里发起进攻。他会在峡谷的边缘塞满恶魔，投掷炸弹来屠杀信徒。他会从这些不易发起反击的位置对见证者开火。这样他就能以最小的伤亡对地狱大军宣告自己的胜利。

"但我并不是一个军人。"马蒂厄告诉自己，他提高声音叫喊着，这些话语震动了整个峡谷，"我心怀信仰！我们前进！"

"最神圣之父啊。"奥德拉梅尔的首席副官立刻开口，他一直在等待着进言，"如果我们进去，敌人会对我们展开一场可怕的屠杀。"

"这是我们选择的道路，是帝皇给我的指示。"马蒂厄说，"我们在帝皇的守护下走这条路。"他回头望着集结的首领们，"帝皇保佑。"

"帝皇保佑。"他们回答。但还有几个人不敢与他对视。

"无须畏惧。"马蒂厄说，"前进。"

伴随着蒸汽嘶嘶的响声，战争列车摇摇摆摆地开动了。

奥德利库斯峡谷高耸入云的漆黑岩壁，越来越近。

穿越峡谷的过程令人忧心忡忡，但很快就结束了。峡谷两端相距十一公里，他们没有看到任何敌人的迹象。然而，当人们来到对面峡谷的边缘时，他们发现了一幕截然不同的景象。山脉形成了一道屏障，阻挡了对亚克斯的腐化，保护了初临城附近的省份。但在山脉另一边，混沌的影响在肆无忌惮地蔓延。

群山一直向下延伸到低地。这片低地曾经密布着林区和秩序良好的农场。但它们的名气都不如海泽恩的牧场，以及占据了这个省份大部分面积的大沼泽地。

然而，所有的逻辑和流体力学原理都被违背了，这一切都已消失。涌起的黑水淹没了大地，整个低地视野所及之处都布满了水洼。看不到任何美好的生物，只剩下它们的遗骸：树林腐朽，发绿的牲畜骸骨躺在水坑中，所有的植物都枯死发黑。那里还有东西活着，但都是邪恶的物种。乌云般的昆虫覆盖着水面，其中有一些大得反常。池塘的水面被里面隐藏着的东西激起了涟漪。在地面较高的地方，形成了小岛，建筑物在空旷的黑暗中突起。公路也没有被池塘淹没，它的堤岸发挥了水坝的作用。但在其他地方只有寂静的水面。黑暗，凝滞又令人恶心。

一层淡黄色的薄雾掠过湖面，散发着腐朽和死亡的气息，将能见度限制在最多几公里之内。而在雾气更浓的地方，视野就更受限了。

"从这里开始，我们必须小心谨慎。"马蒂厄说。

当列车驶向平原时，它的反应堆就像受惊的野兽的心脏般剧烈颤动。山脉在他们身后逐渐缩小，直到变成地平线上的一个小土包，或是一具在绝望中倒下死去的巨人的尸体。沼泽地无尽地延伸向远方。云层呈现出可怕的绿色。一场暴风雨在远处发出闷响，昏暗的天空中布满了装饰般虚弱无力的闪电。散发着硫黄气味的雨水落到人们身上，灼伤了皮肤。见证者们高声歌唱来平息自己的恐惧，天空中则传来警告般的雷鸣，似是回应。

过了一会儿,可怕的吼声在被淹没的农田上空响起。一名瞭望手大声叫喊,指向西南方向,那里有一个硕大无朋的苍白轮廓扰动着雾气。那个轮廓实体化成一个山脉大小的巨兽,迟缓地挪动着越过大地,斜着向公路和见证者们移动过来。它悲哀地吼叫着,一团蝇群围着它飞来飞去。

人们首先看清楚的是它的前半部分。它的头部像一座小山,具有哺乳动物的某些特征。它外形幼稚,看起来像是一只幼年啮齿动物的脑袋被放大了。从它流着口水的嘴里伸出一条几十米长的舌头,舌头上长满了眨动的黄色眼睛。然而那只怪兽的脸似乎没有眼睛,在脸颊两侧本该是眼窝的凹陷处,覆盖着长满脓疮的松弛皮肤。啮齿动物式的牙齿从上嘴唇突出,巨大的黄牙上长着洞穴大小的黑色窟窿。怪物下垂的嘴唇暴露出了下方两个对应的牙槽,但里面充满了血和脓水。它一边挪动一边哀号,发出女人哭泣般绝望和痛苦的声音,让整个平原都染上了痛苦的气氛,就像一种无声无形的毒气,却足以让人们在死前感觉到皮肤的溃烂。在远征军中,有不少人在看着它的时候被悲伤压倒,放声大哭。

怪兽的嘴里不停流着口水,那股恶臭即使相隔很远也能闻到。口水就像洪水般淹没了它粗短癌变的肢体,画出了巨躯走过的路线。一丛丛稀疏的毛发在苍白赤裸的皮肤上颤动。那些毛发长得如此稀薄,远征军的人甚至能看到潜伏在毛丛中的人体大小的寄生虫。

奥德拉梅尔已经走上指挥讲坛好一会儿了。他对通信官部下打了个手势,对她小声耳语了几句,仿佛那只怪物能听见他说话似的。虽然怪物肯定听不到,但它从那么远的地方发出的哭声如此响亮,传到了这里。

"让我们的装甲部队往前移动。给我一些关于射程的预测。计算出在它冲到我们这里之前我们可以发射多少枚炮弹,以及我们是否来得及杀死它。"

"是,长官。"女军官回答。她开始执行任务后,马蒂厄把一只手放在奥德拉梅尔的肩膀上。上校克制住了身体的战栗,感觉帝皇的力量正在传递给他。

"如果是我,会放着不管它。"马蒂厄说,他并未压低声音,"我们没有危险。"

那只怪物朝他们露出了侧腹。肚子搁在地上,皮肤波浪般起伏着拖过地面。它的脊柱高耸,呈拱形,把背部撑得像山脉般隆起。在这座山峰的肉面上,细小的孔穴在抽动着,就像括约肌在肌肉痉挛中松弛,喷出液体。从这些坠落的黏液中,诞生了蠕动的胎囊。从远处看,与这只怪物的硕大体形相比，这些胎囊看起来很小。但实际并非如此。这只巨兽身上的寄生虫尽管从很高的地方坠落到地上，但胎囊并没有被撞毁，而是爆出更多的污秽，裂开了。头颅皱褶的怪物挣扎着从里面出来，甩出如雨雾般的黏液，在它们巨大的母兽身后蹦蹦跳跳地前进。它们跟随着，高兴地叫着。在奥特拉梅尔和马蒂厄的注视下，它们的数量一直在增加。奥德拉梅尔拿来一副望远镜，观察那些幼兽跳跃着经过一座废弃的定居点。

测量距离的符文在望远镜的视图上跳动。

"帝皇在世啊，那些东西足有四五米长。"

它们轻易地穿过水面。如果掉进了太深的水域，它们就会像小狗一样划水，直到最后兴高采烈地跃出水面。

"别怕它们。"马蒂厄说，"帝皇会守护我们。"

"你确定它没看见我们？"奥德拉梅尔问。他并不相信这件事，因为那只巨兽舌头上的眼睛向四面八方张望，而在凸出的公路上的战争列车是个明显的目标。

"相信吧，上校。"马蒂厄说，他平静的声音犹如香膏精油般安抚着人们，"无论它是否看到了我们，它都不会来攻击我们的。"马蒂厄说，"它始终沿着自己的路线前进，甚至就连它的幼兽们都没有关注我们这边。"

奥德拉梅尔承认这些话是对的，但他还是担心。巨兽越来越近了，很快就会越过公路，但它始终保持着自己的路线，没有向他们的方向偏移。尽管如此，奥德拉梅尔还是命令自己的坦克在战争列车两翼呈扇形展开，四个中队的坦克在道路边紧密列阵。但因为这只怪兽的体形太大，他们哪怕是举炮往各个方向乱射，也可以轻易击中它。

"它要去山脉的尽头，然后转向西方，朝初临城前进。所有的背教叛徒都在那里集结。"马蒂厄说，"基里曼殿下向堕落恶魔莫塔瑞恩发出了公开挑战。在那里会进行最后的决战。"

"那场战斗会决定亚克斯，甚至整个奥特拉玛的命运。"

马蒂厄微微一笑，说："你觉得将要拯救这个王国的是原体吗？那是我们要扮演的角色，兄弟。无论初临城战役是胜是败，这场战争都将由传达帝皇意志的我们来决定。这正是他为我们准备的伟大使命。"

巨兽到达了公路边的堤岸。当那腐烂的躯体碰到地面和坚固的混凝岩时，它停顿了一下，发出一声沮丧的号叫，随后爬上斜坡，掘出了深深的沟渠。防护栏在它的躯体之下被压垮，长长的金属条就像草秆一样变瘪，从柱子上被撕下来拖着走。它碾碎了两组四车道之间的中央安全带，打翻了曾经用来放观赏用的花卉树木，而现在里面只有恶臭黑水的水槽。

怪物拼命前进，身上的皮肉如波涛般起伏，挤压着背上的孔穴，使得如雨般的小怪物从中坠落。它们在公路的坚硬混凝岩上撞得炸裂。那些没有撞碎的胎囊也未能成功孵化，它们早产而幼弱，在胎囊的黏液中无力地抽搐。

巨兽横跨过公路，恶臭让见证者们全都捂住了口鼻。它挥动前肢越过土堆和石块，发出最后一声悲鸣，从对面的堤岸滑了下去，身体的其他部分紧随其后，腹部过分拉伸的皮肤因为用力而撕裂，它落入对面的水中，扬起的泥浆和污水缓慢扩散，随后它又恢复了之前那种迟缓而痛苦的行动模式。它的孩子们成群结队地爬上堤岸，欢快地滑过母兽留下的污迹。它们又跳又扭动，全程像狗群一样吠叫。数以百计的小怪物滑过障碍物，来到了对面新的沼泽地。

那些小怪物的数量逐渐减少，从一大群减少到了几十只，随后成了个位数。最后一只小怪物蹦跳着越过堤岸，在中途停了下来。它在空气中嗅了嗅，转过头注视人群。

奥德拉梅尔紧张起来。"准备开火。"他说。

那只怪物的脸上挂着弱智的笑容，朝见证者挥舞了一下肿胀而潮湿的手掌，随后便追赶它的亲族去了。巨兽继续移动，背对着公路。它发出一声凄惨的吼叫，被迷雾吞噬了。

奥德拉梅尔朝公路望去。那只怪物在坚硬的路面上掘出了一道近五十米宽，至少六米深的沟渠。里面的有毒混合液正在缓慢地汇入沼泽。

"这会拖延我们的行军速度。"奥德拉梅尔说。

"你的装甲部队有桥梁建造设备吗？"

"是的，修士，如你所愿，我保证能找到一些。"

"帝皇指引我。"马蒂厄平静地说，"而我指引你。我建议你把那些装置从后面弄过来，填平这个缺口。我们以后会离开这条公路，但现在还要用它。"

第二十三章

片刻思索

在初临城东墙的中段巡逻时，菲利克斯遇到了多纳斯·马克西姆。

在这里偶遇并不是稀罕事。这座城市里现在有几十个战团的星际战士。每个战团都有自己的职责和巡逻路线。只有基里曼知道所有的安排。菲利克斯拥有很大的权力，但并不处于任何一个战团的组织架构中，他可以随心所欲行事。因此，他独自在城墙边巡视。

笼罩着亚克斯的薄雾已经变成了厚重的棕色浓雾。天空中有某种无法抑制的力量在隆隆作响。按时间算，现在应该是刚刚破晓，但太阳已经不再升起和下落，一道暗淡的光线持续笼罩着万物。飞船无法着陆，也无法起飞。他们已经和舰队失去了联系，但菲利克斯并不关心这件事。他孤独地走着，思考着未来，以及他为了保护奥特拉玛必须完成的许多任务。战争只是其中的一部分。

中段城墙依附在悬崖上，就像地下的流石般呈波状起伏。在他上方和下方都是被垂死的花园环绕的精美塔楼，在墙外，平坦的农田不太协调地点缀在熔岩高塔之间。为了阻挡可以令一切窒息的毒气，菲利克斯戴上了头盔，设置了严格的真空控制。他的呼吸声在自己耳边回响，面具紧贴在脸上。偶尔收到的新数据或系统事件的提示音，盖过了他身上反应堆的嗡嗡声和上百根肌肉纤维束收缩和拉伸的响声。考尔制造的装甲比旧型装甲更加安静。他见过一些星际战士身上的战斗装甲，每走一步就会发出近乎咆哮的巨响。但他很高兴重力级装甲并非寂静无声。菲利克斯觉得那些敲击声和嗡鸣声令人感到安慰——就像女性的声音，他想。这些声音和在考尔的船上幽禁他的那些机器发出的声音很像，但并不会困扰他。他的装甲是在他控制下的机器，是他的保护盾、他的盟友。如果他不高兴可以随意丢弃它。他并不需要别人的怜悯才能呼吸一口自由的空气。

菲利克斯感到内疚。他不应该离开自己的指定辖区来参加这里的战斗。

他疑惑自己为何要这么做。难道他只是想来质问他的基因之父的选择？还是说他其实是想来见原体，消除对原体的疑虑？也可能他是来寻求灵感或寻求力量，来完成他被指派的无法达成的使命？

每个理由都对，他想。每个都对。

在城墙蜿蜒的曲线与一座炮台相交的地方，菲利克斯停了下来。一台涂装成白银圣殿战团式样的小型导弹发射装置正在机械的作用力下来回转动，维持着稳定的速度和角度。朝东北角，它发出一声巨响，轻微地震动了一下，伺服电机将它转向，朝东南方移动。在尽头处，它又重复撞击和震动，从另一个方向返回。一只圆形的玻璃单眼从四方形的发射器中心向外注视着地平线。旁边有几个装满了备用导弹的装甲弹药箱。他看见了两个笨重的机仆，都处于离线状态，在有机组件外面套着改造过的防生化罩袍。它们静止不动，等待主人发号施令。

菲利克斯走到城墙边向外眺望，目光下意识地追随着导弹装置的运动。

"这么看下去可就没完没了了。"一个菲利克斯熟悉的声音传来。他转过身，和另一名星际战士目光相对。

"多纳斯·马克西姆典记长。"菲利克斯说，话语中流露出见到对方的喜悦，"我们有一段时间没见面了，再次遇到你真是太好了。"

他们像战士一样紧握前臂，手腕对着手腕，陶钢臂甲相互碰撞。

"我也很高兴见到你，英杰。"马克西姆走到菲利克斯身边。

"看得出你已经接受了卡尔加式手术。"菲利克斯说，"是什么时候做的？"

"两周前。这感觉不错。"马克西姆说，"我认为这是一个能让我更好地为帝国服务的方法。我无权拒绝，它的风险与收益相称。"

"我很好奇它会对旧型阿斯塔特有什么影响。你感觉如何？"

"我变大了。"马克西姆说。

菲利克斯轻哼了一声。

"我是认真的。"马克西姆说，"突然变大的感觉很奇怪。我三百年来都是同样的体型，如今我成了另一种体型。不过我最喜欢的还是你们的战斗装备。"他说着，张开了一只戴着护手的手掌，仔细端详，"在各方面都很出色。它应该被更广泛使用。"

"我有时认为考尔拒绝为旧型星际战士制造武器，是为了引诱他们越过原铸界限。"

现在轮到马克西姆轻笑了。"或许吧。我相信真正的原因会更实际。旧型星际战士已濒临灭绝。为什么要在他们身上浪费资源？我猜这才是真相。就我个人而言，我很喜欢我的新体型，以及它赋予我的力量。"他停顿了一下，"不管怎样，就算体验过一次骨骼从内到外融化的经历，这也是值得的。别人告诉我，残留的疼痛迟早会消失的。"

"我知道，自从在马库拉格见到你以来，你打过很多仗了。"

"原体总是给我安排很多活儿干。"马克西姆说，"莫塔瑞恩在赫卡顿向他发出挑战之后，原体就把我从我的战团召来，让我加入了他的灵能顾问团。我看到和经历了一些事情，在几个月后就开始考虑跨越原铸界限。"

马克西姆不是一个情绪化的人，菲利克斯想。但此时他的声音有点儿紧张。

"我能理解。三周前我也在那里，记得吗，那次审问？"

"我怎么会忘记？还有很多更严重的事情。过去我也遇到过不少混沌风险，但这些年发生的事是前所未见的。到处都是恶魔，灵能者的数量也不断增加。这个宇宙中充斥着混沌的邪恶，英杰。"他停顿了一下，"我不想再提我那些烦心事了。东部辖区的事情进展如何？"

"正在进行中。"菲利克斯说，"我经常觉得给我的任务超出了我的能力，但我还在坚持。"

"我们都一样。"马克西姆说，"所以，你今天才没有带护卫就来城墙散步？这也是我今晚来这里的原因。"

"确实。"菲利克斯说，"这些压力，还有战斗前的等待，总是最难熬的。对杀戮的期望，死亡的可能性。我承认，我已经逐渐不太喜欢用爆矢步枪来解决争端了。"

"我相信。而我渴望那些用枪就能解决的简单问题。"

他们沉默了片刻，在这期间导弹装置巡回了三次。撞击，震动，嗡鸣。巫术之光掠过天空。这颗行星正渐渐被亚空间笼罩。

"我听说你发现了一个间谍，某种恶魔。"菲利克斯说。

"你现在已经不再是原体的侍从了。"马克西姆说。

"但我还是想知道。"菲利克斯说，"你不想告诉我吗？"

"我会告诉你的。之前我为了找乐子而惹你生气了。"马克西姆说，他做了一次深呼吸，头盔内发出刺耳的声音，"那是某种瘟疫小恶魔，我以前从未见过这种类型，它用一种不寻常的方式控制宿主。不是附体，更像是一种寄生。它控制了极限战士辅助军的一名上尉。我把它放逐了。"

"真可怕。"菲利克斯说，"但愿那个可怜人的灵魂能得到帝皇的保佑。"

马克西姆瞥了他一眼。"哦，他没有死。"典记长说，"如果我是你的话，我也会这样想的。别人告诉我，那个可怜的家伙还活着。现在还不确定他会怎么样。我检查过他的灵魂，那个恶魔对他造成的腐化影响不太严重，尽管他身体里长满了肿瘤，但可以治愈。他是个忠实的人，一个真正的帝国国教信徒。也许是这一点使他免于受到更大的伤害。"

"或许吧。那可能是小恶魔的手段。毕竟一具腐尸或者尖叫的变种人很难当好间谍。"

"确实如此。"马克西姆说，"我想他的纯洁并没有太大帮助。他会被送到国教的忏悔者那里去。他们没有多少慈悲之心。我们承受不起仁慈之举。相反，我们应该想想他被利用去做了什么。他参加了最初的简报会议。我感觉到他身上有什么东西，才去跟踪了他。很有可能莫塔瑞恩已经知道了我们的计划。我应该更早动手的。"

"不用太在意。"菲利克斯说。

"你不担心吗？"

"基里曼殿下预料到会有间谍。他告诉那些集会的军官的情报，只足以让他们去做好各自的工作，而不是整个计划。他和灵族参谋一起策划了某个很少有人知道的密计。就连我也只知道其中一半。"

"但愿如此。"马克西姆说，"不过，就算只知道我们要在这里做什么，也让莫塔瑞恩获得了一定程度的优势。"

"也有可能会把他带进圈套。"菲利克斯说，"原体一步一步地引诱他的兄弟上钩。这场风暴挡住了我们的轨道支援，但也同样阻止了他获得援军。他能动用的全部兵力都在这个世界上了。或许他会召唤恶魔，但不会再有更多死亡守卫出现了。基里曼会等到最后一刻再召唤堕落原体。尽管我们或许显得虚弱，但实际上并非如此。为了获胜，莫塔瑞恩必须确保他用来窃取奥特拉玛的神器存在，但它会被破坏的。他也会预料到我们对巨釜的攻击，并调动一些部队过去。但会有多少？要多少兵力才够？这些问题将会压在他身上，让他的军力分散。当时机来临时,莫塔瑞恩只能把全部注意力放在这里。"

"这么说,基里曼已经发现了那件神器的所在?"

"我不知道。"菲利克斯说,"有多个因素在发挥作用,有一支是我们可以信赖的力量,还有一张难以预测的牌,也就是战争使徒。纳塔赛向我们保证,只要我们走在正确的道路上,就能获得胜利。"

"灵族。"马克西姆说,"我们必须这么信赖他的预言。这让我有点儿恶心。"

"基里曼殿下还能怎么办?提格里奥斯大人或许拥有和那名先知不相上下的预知能力,但他此刻正在远方。在这里,我军没有其他人有这样强的预言能力。我们必须使用所有能找到的武器。圈套已经设下,兄弟。我们必须打起精神。"

"我现在明白基里曼为何选择你作为英杰之一了。"马克西姆说,"但就我个人而言,还是心存疑虑。那个瘟疫要怎么办?他要如何应对?"

"我刚才说过,我并不知道全部计划。"

菲利克斯突然挺直身体,警觉起来。

"有什么事情变了。"他说着转向导弹装置。那台机器已经停止了对地平线的规律的扫视,玻璃单眼凝视着平原。光线越来越亮,但雾也越来越浓,世间万物都浸在病态的光中。

在遥远的平原上传来了一声悲惨的钟鸣,随后是另一声,又一声。雷声隆隆。云层闪烁着金紫色的光,就像肉块腐烂的一面。

马克西姆伸出一只手。"我感觉到恶魔了,还有叛徒星际战士。他们来了。"

远处起伏的炮声宣告着轰炸的开始。

"战斗开始了。"菲利克斯说,"好好打,马克西姆兄弟。"

他们分头赶往自己的阵地。

第二十四章

连带损害

　　埃德莫的侦察部队停了下来，让菲校准仪器，以找出穿越亚克斯被腐化的混乱大地的路线。他们在洪水泛滥的平原上发现了上百亩的泥泞土地，在那里进行设备调试。那里有一片枯死的橄榄果园，橄榄树扭曲的树枝伸入雾中，原本被精心照料的林间小道上堆满了有害的落叶。

　　在菲摆弄他的仪器时，查士丁尼在一旁保护他。这是一台奇怪的机器，打开外壳后，里面全是玻璃管和黄铜线圈，看起来就像一个蒸馏酒器。不过在这个宇宙里没有人能说服查士丁尼去喝这里面的东西。他出生在一个不那么迷信的时代，对他而言，科技并不像在第41千年里一样被视作巫术的产物。不过就算是他，在往这台机器里看的时候，也觉得这是一台特别的巫术机器。

　　"它是怎么工作的？"马克森提乌斯-德朗蒂奥问。

　　菲正在用一把精巧的银扳手在机器里面找东西。生化防护服严重限制了他的视野，很难进行工作。他小声抱怨。

　　"你对我的恶劣态度，表明你过来只是假装有兴趣，其实是想嘲笑我。"菲说，"在把标准智人改造为阿斯塔特修士的手术中，加入彼此嘲弄的低级情绪是很常见的，目的是提振部队的凝聚力。一个建议——如果你想知道别人的秘密，如果你真的想的话，那就对非星际战士的交谈对象表现得友好一点儿。"

　　"你从天上掉下来之前一定很健谈，是吗？"马克森提乌斯-德朗蒂奥说，"手术对我的性格没什么影响。我只是有点儿暴力倾向，仅此而已。我觉得人生无常，我只能对一切都报以轻蔑的态度，以此来保护自己多愁善感的灵魂。"

　　"你瞧？"菲说，"尽管你说自己真诚，但你的腔调中毫无诚意。结论是——我不会告诉你关于我的仪器的任何事。"

　　"来吧，我是认真的，告诉我，它是怎么工作的？"马克森提乌斯-德朗蒂奥说，"我很感兴趣，不只是因为无聊。"

　　"嗯，计算定位的潜在可能性。还有引起社交尴尬。"技师停了一下，一动不动。在他胸前有什么东西啪啪作响。"风险可接受。与我绑定。拜托把九号分子操纵器传递给我，以便启动情绪配对。"菲说。

马克森提乌斯－德朗蒂奥从盒子里拿出一个工具，那个东西很小，但他还是设法捡了出来。"这玩意儿？"

菲拿过分子操纵器。"感谢你细心取回我的物件，并迅速响应了我的请求。"菲调整了一下，关闭了仪器的外壳。仪器封闭起来后，它看起来就像一个装饰性的青铜圆柱体。高度约一米，无显著特征，如同一件抽象艺术品。"你用过探测巫师的装置吗？"菲问，那张小脸很严肃。

"不，但我相信我能搞懂它。"马克森提乌斯－德朗蒂奥说。

"有一些修会和部门使用机械检测装置来代替他们的人类灵能者。那些装置很不稳定，因此需要和有机搜索机制同时进行部署。所有的亚空间科技都是不可靠的。在这种环境下操作巫师探测器是极其困难的。但是，带一个灵能者来这里，来这样一个被混沌之力浸透而且完全开放的地方，对我们来说很危险，百分之百会被发现。无异于在公开通信频道上宣布我们的存在，还唱了一首小曲儿。"

"什么？"马克森提乌斯－德朗蒂奥说。

菲机械地眨了眨眼。他的眼睑完全是有机的。"你看，我也可以很幽默。"

"对，我想你可以。"马克森提乌斯－德朗蒂奥说。

"为了安全和隐蔽，我们被迫单独使用这台仪器。然而，我们正在寻找的亚空间能量源非常强人，因此相对容易锁定。尽管有很多其他的不确定性，但这台仪器给我们提供了一个可以定位的真实位置。"他低头看着自己的仪器，脸上充满自豪。

"这些我都知道。那它是怎么工作的？"

"我不想低估你们的聪明才智。你们是阿斯塔特，拥有比大多数泰拉人更高的领悟能力。但你还是不会理解的。"菲说，"为了让你开心点儿，我会尽量以你能理解的方式解释。这台仪器大致是个流体结构。悬浮液内有正极的黑石颗粒，混合了少量从灵能者身上采集的脑髓液。就效果而言，它其实是个指南针。尽管是个奥术指南针，但原理相同。"他用手指轻敲圆柱体顶端的一个表盘。这是仪器外壳上的唯一明显特征。表针一半红一半白，手绘的表盘被分割成四个象限。"注意红色的指示灯。这是唯一要做的事。"他突然闭上了嘴，把工具装回箱子里。

"很吸引人的小家伙，不是吗？典型的技师，从来不会直截了当地回答问题。"马克森提乌斯－德朗蒂奥对查士丁尼说。

"如果他解释清楚，你能理解吗？"

"说不定能。"

"像你这种年纪的人通常不会去质疑事物的功能。"查士丁尼说。

"但我不一样。"马克森提乌斯－德朗蒂奥说，"我总是这么做。"

"那可真让你显得卓尔不群了，兄弟。"查士丁尼说。

马克森提乌斯－德朗蒂奥发出一阵短促的大笑。"很高兴你能注意到。"

他们一同离开菲，走到埃德莫和洛克旁边，所有的坦克都停在那里。冲击者被安装上了枢轴武器，和处决级坦克一起监视着这座孤岛。渗透者小队的瓦西隆士官则忙于检查三辆冲击者上的轨道通信中继器。

"怎么样了？"查士丁尼问。

瓦西隆摇摇头。"就算把这些中继器全都接在一起，我也不知道能否联系上舰队。一旦进入战斗，就更没办法把它们连起来了。至少没法通过电线连接。这个星球上有一种异常的静默压制了一切声音。是亚空间风暴。"他指向上方，"我想以后情况只会变得更糟。"

"继续努力。"埃德莫说，"我们的唯一任务是为轨道轰炸和传送突袭获取定位数据。如果我们不能把这些信息发出去，就只是在浪费时间。"

"我会尽我所能。"瓦西隆说，"我收到了中央指挥部发来的一些消息，但在不暴露我们的前提下，我无法测算我们的数据上传能力。判断这件设备能否运作需要一个小时的测试。"

"好吧。"马克森提乌斯－德朗蒂奥说，"要是不这样，那就只能选择光荣死亡了。我知道我会选哪个。"

"你的副手不怎么庄重。"瓦西隆对查士丁尼说。

"很抱歉。"马克森提乌斯－德朗蒂奥说，"我会试着调整我的性格倾向，以便更好地向荣誉星的榜样看齐。"

瓦西隆又哼了一声。

"中队长。"菲一边说一边走了过来，"我已经重新校准了仪器，现在可以给出最佳方向指示。"

"你获取到定位了吗?"洛克说。

"很遗憾,对你的询问我得给出否定的回复。我可能会提供不太明确的数据,类似——"他指了个意义不明的方向,"这边。"

"很好。侦察部队,上车。我们要出发了——"

"在高处有什么在动!"马克森提乌斯－德朗蒂奥说着,端起了爆矢步枪。一个影子消失在迷雾中。"太晚了。"他说,"允许追击?"

"等等,兄弟。"瓦西隆说,他把手放在头盔侧面的增强通信接收器上,"我收到了这座岛上有能量信号和生命迹象的通知,正在和我小队的其他成员进行三角测量。等一会儿。"他对部下发出简短的命令,让他们展开队形。随后瓦西隆又检查了一下他的那些仪器,抬头望向小山,"我们并不孤单。"

"我们必须进行侦察。很可能我们已经被发现了。"埃德莫说,"瓦西隆小队、帕里斯小队,跟我来。"

"我还以为今天会很无聊。"马克森提乌斯－德朗蒂奥说。

瓦西隆小队的另外两名成员从迷雾中出现,加入了他们。他们的恐惧级战甲没有发出一点儿声音。他们的爆矢卡宾枪上安装的激光瞄准镜射出的细线最先引起了查士丁尼的注意。这种武器比他的小队的爆矢步枪射程更短,使用一种更小、穿透力更弱的爆矢弹,但非常精确,易于操作。

"在那边。"有一个战士说,"那里有一座寺庙。加里奥和我发现了至少七个低功耗设备。"

查士丁尼朝坡下望去。越过那些枯死的橄榄树的重重鬼影,他看到一座建筑的轮廓。"是平民?"

"有一定可能性。"瓦西隆说。

"那我们应该放着他们不管。"查士丁尼说,"在他们注意到我们之前离开。"

"我们或许已经被发现了。"瓦西隆说。

"不是或许。"马克森提乌斯－德朗蒂奥遗憾地说,"我们明显已经被发现了。"

一个年轻女人正在指着他们,向一位拄着拐杖的老人挥手。这两人身上都很脏,看起来生病了,饿得骨瘦如柴,但他们的脸上充满了喜悦。

"我告诉过你,我说过的!"她说,"我看到了天使,他们来了!"

老人的眼睛里饱含泪水。"赞美基里曼殿下。我们得救了!"他颤颤巍巍地走过泥泞的地面。当他走到星际战士面前时,他不顾一切地把拐杖丢到一边,匍匐在他们面前。

"大人们，噢，大人们。你们终于来找我们了。"

"你们在这里多久了？"瓦西隆问。

"一百多天。也可能更久。我们已经记不清了。"

"起来吧。"瓦西隆说。他走向前一把将老人拖了起来。女孩惊恐地后退了一步。

"别惊慌，孩子，这些是我们的救世主！"老人重新审视他们，"你们不是极限战士。"

"不是。但我们也是基里曼殿下的子嗣。我们是新星战士，第二次建军创立的战团。"埃德莫说，"光荣的始祖战团。"

"我听说过你们。"

"你们在这里有多少人？"瓦西隆问。

"六十三个。"老人说，"我们一直躲在寺庙里。那个圣洁的地方保护了我们的安全。我们只靠橄榄罐头维生。太可怕了，我——"

星际战士将通信切换到了私密频道，断开了外放通信发声器。

"就这两个吧。放过其他人。"

"我反对。"马克森提乌斯-德朗蒂奥说。

"……我要去叫其他人都出来看你们，他们一定会很高兴的。"老人还在说。

"别那样。"瓦西隆说，"你得跟我们一起走。你和那个女孩一起。"

"好的，大人。但我必须先告诉我的同伴们。这花不了多少时间。"老人站起来转过身。"大家！"他大叫着，声音非常响亮。

"安静，立刻安静！"瓦西隆说。他的嗓音咄咄逼人，不容拒绝，就像所有星际战士一样。他的铠甲更强化了这个特质。但这老人要么老糊涂了，要么吓坏了，根本没在意。本会吓哭一个正常人的威严声音，却促使他喊得更大声了。"他们在这儿！"

"让他闭嘴。"埃德莫说。

瓦西隆立刻听令，枪托向上一挥，狠狠打在老人的下巴上。老人的脑袋飞快地转了一圈，脖颈发出碎裂声折断了。

女孩惊恐地盯着他们，尖叫着开始跑，一边尖叫，一边从小山往下跑向寺庙。

"王座诅咒。"瓦西隆说。他举起爆矢卡宾枪瞄准了女孩,两个激光点定在了她的肩胛骨之间。

马克森提乌斯－德朗蒂奥撞了一下瓦西隆的胳膊,让他打歪了。爆矢弹擦过女孩的头。

"你在干什么?"瓦西隆怒吼。

"我来这儿不是为了射杀小女孩的。"马克森提乌斯－德朗蒂奥说。

"你的内心挣扎为时过晚了。"埃德莫平静地说,"警报已经响了。"

女孩已经跑进了寺庙。庙里的钟声响了起来。

"帝皇啊,别这样。"马克森提乌斯－德朗蒂奥说。

埃德莫从泥泞中拿起盾牌,看着部下们。

"我们必须要做出一个艰难的决定。这迷雾里有恶魔,只要其中一只发现了这些人,我们的任务就完了。"

"他们还未被发现。"查士丁尼说。

"士官,这次任务我们要死守秘密。就算要杀掉半个行星的人,我也必须守住这个秘密。整个奥特拉玛的命运都取决于我们在这里的行动。几个平民,只是微不足道的代价。"

"我不会做这种事。"查士丁尼说。

"我也不想。"马克森提乌斯－德朗蒂奥说。

"你会做的。这是我的命令。"埃德莫向马克森提乌斯－德朗蒂奥踏出一步。

渗透者们挺起了腰。

中队长的手放在了剑柄上。"以原体和帝皇的名义,你会做。"

钟声持续响着。马克森提乌斯－德朗蒂奥与埃德莫中队长互相瞪着对方。查士丁尼不知道如果他们打起来的话自己要怎么办。他会去帮谁?

最后,查士丁尼做出了决定。马克森提乌斯－德朗蒂奥摇着头,弹开了枪上的保险,向小山下走去。

"你知道我是对的。"埃德莫说,"他们终究会死。"

"让我们赶紧结束这一切吧。"查士丁尼说。他低着头,在副手身后走下小山。其他人跟在他后面。

几分钟后,刺耳的爆矢枪声击碎了迷雾。几声惨叫响起,随后寂静再度降临。

第二十五章

初临城遇袭

炮弹冷酷无情地轰击着第二层城墙。菲利克斯在等离子炮的瞭望台上注视着这场战斗。敌军的炮弹中只有半数是实弹，其他都装填着化学药剂和生物病菌，剂量足以屠杀所有留在城里的凡人市民。即便星际战士也不能保证自己的安全。大量射来的炮火击碎了岩石峭壁，山崩落下的乱石推倒了华丽的建筑，失去遮蔽的房屋里充满了危险的毒气。

死亡守卫使用的武器过于危险，因而他们只能让自己的军团单独作战，无法让那些被他们欺骗的凡人追随者上战场。协助他们的只有恶魔，但目前恶魔的数量也很少。菲利克斯心想，在混沌到达猖獗的顶峰、帝国之梦即将破灭的时候，帝国皇宫的城墙外是否也是这样一幅景象。

在外面的原野上，成群的瘟疫战士在攻城器械后排成巨大的方阵前进。他们对帝国军的炮火毫无惧色。爆矢弹、导弹、炮弹和能量束撕扯着他们的队伍。但死亡守卫依然在逼近。他们自身的惊人耐力和军阵前方的盾车嗡嗡作响的能量场都在保护着他们。正如莫塔瑞恩昔日的喜好，他的军队主要由步兵构成，但依然有数百辆战车作为支援。成群的掠食者坦克以最大射程开火，落下的炮弹轰炸着敌人的后方。兰德掠袭者在远处等待着城墙被攻破。犀牛运兵车在步兵后方隆隆行进，只要收到命令，就会立刻运送数个小队的兵力以调动部署。所有的车辆都生锈了，上面覆盖着污秽和腐朽的混沌符号，但仍能正常使用。样式奇特的恶魔引擎在战场上游荡。体型肿胀的瘟疫机蜂群试图对城市高处发起攻击，但被击退了。中队规模的残破搬运车一边行驶一边支援步兵大军，迷雾笼罩了他们。敌军中还有大批的重型自走炮，喷吐出沿着高高的抛物线飞行的炮弹，它们呼啸着越过城墙。

在过去几个月中，菲利克斯一直在处理比战争更加难以应对的行星外交活动。现在他开始用全新的眼光来看待莫塔瑞恩的子嗣。这种战争形式对他而言很疯狂，是魔法和现实的一种不可思议的混合体，是杀戮和混沌。双方的能量盾都在发出嗡嗡闷响和砰砰爆裂声。敌军的大炮将古老的建筑炸成了废墟。作为反击，帝国的炮火则在瘟疫守卫的队伍中挖出了大洞。蝇群飞越战场，就像暴风雨般突如其来，厚重而密集。它们经过时，一切事物都被其遮蔽。谁也不知道莫塔瑞恩的大军从何而来。敌人在轨道上并没有飞船。当然，又是混沌的伎俩，菲利克斯心想。他怀疑是否还有更多敌人在等候着冲向这颗垂死的星球。

灵能风暴还在肆虐。布满了非自然色彩的天空正在燃烧。帝国战士们还是联系不上舰队。既不能向上发送信息，也没有从轨道降下的支援。就好像这里是为一对神明宿敌设下的竞技舞台。在这里，帝皇和瘟疫之神的冠军原体将展开对峙，继而决定众多世界的命运。

但对决的时刻还没有到来。莫塔瑞恩全无踪影。尽管战况激烈，但菲利克斯的部队还没开始投入战斗。菲利克斯麾下有十名维斯帕托亲卫队员和半个连的白银圣殿战士。在塔拉萨二号战役中，白银圣殿战团曾斩获赫赫威名。他们是强硬的战士和决斗好手，此时正像菲利克斯一样焦躁地等待着战斗。

在下方城墙处，死亡守卫企图用一架云梯车登城，而星际战士们击退了他们。炮火在城墙两侧隆隆作响，火光闪烁。生锈的推车上的云梯刚摇晃着被手摇滚筒安放就位，随后就被城上的热熔武器瞄准，化作熔化的残骸而下坠裂解。一枚炮弹穿过了保护城墙的能量屏障，命中了一处城墙垛口，导致巨大的石块像纸牌般向上飞起来。沿着整道城墙，到处都是护盾闪烁的光芒，形成了一条条清晰可辨的光带。它们爆发出明亮的光，原本肉眼不可见的屏障在压力下变得可见。一台护盾发生器爆炸了，火焰就像龙息般从它所在的强化塑钢塔内呼啸喷出。城墙护盾的一个区域变暗了，随后立刻成了攻击目标，炮火猛烈地轰向失去保护的砖石建筑。

菲利克斯的听觉阻尼器提高了功率，阻隔了他身边的几门等离子炮发射时的刺耳尖啸。通信器被激活了，科米努斯的符文在他视野中闪烁。

"我敢用一夸脱上好的阿迪厄姆红酒打赌，您一直盯着下面是因为您也想加入，大人。"科米努斯距离他只有四五米远，但现在如果不用通信器，就算他们大声说话，彼此也听不见。

"我们的任务是守住第二层城墙，我的士官兄弟。保护这座炮台是重中之重。"

"确实如此。但我们当中又有谁会喜欢只看别人战斗，自己却不参与？"

三架瘟疫机蜂试图对炮台发起进攻。笨重的圆筒手榴弹从帝国军的炮台护盾上弹开。等离子炮继续发射着令人目眩的长长的能量流。而那些袭击者则遭到了铁雨重机枪和伊卡洛斯激光炮的猛击。片刻间所有机蜂都被击落了。第一架爆炸，喷射出了脓液；第二架损失了一个引擎，撞上了城墙；第三架在逃走途中被炮火从背后炸空了内部的恶魔组件，流血的金属外壳跌入了下层城墙的激烈战场。

平原上响起了一声长长的哀号。浓雾、烟尘和毒气大幅缩小了人们的视野范围，菲利克斯努力在熔岩峭壁间寻找声音的来源。

还是等离子炮的机魂最敏锐，全部四台大炮同时锁定了新目标。菲利克斯部下的一名技术军士达罗斯正在第二炮台转盘侧面的控制台上操纵它们。他依次发射这些大炮，射出的等离子束将周围的空气加热到可怕的高温，强烈的光芒迫使菲利克斯的头盔提升了功率以保护视力。

光束如长矛般刺向目标，焚烧着穿过的雾气，使目标暴露在众人眼前。

"帝皇的王座啊。"科米努斯说，"我从未想过能看到这一幕景象。"

一只六十米高的皮肉腐烂的巨兽缓慢地向城市移动，一边呻吟一边咆哮。等离子束把它的前肢炸成了蒸汽。它发出的惨叫声就像一千个人在垂死悲鸣。尽管它的一处肩膀被烧得焦黑，露出了白骨，下面鳍足般的肢体折叠收起，但巨兽还在移动，像一只水生动物朝着岸上的繁殖地前进。

巨兽逼近时，人们才看清它整个躯体上遍布正在分泌东西的孔穴。从那些孔穴内，很多茧状物被挤了出来，滑到地上，孵化出被称为纳垢兽的恶魔怪物。这些东西犹如无尽的河流围绕着这座血肉山脉奔跑，就像玩耍的小狗般充满了活力。它们跳跃着穿过死亡守卫的方阵，打乱了队列，热情地撞倒了一些战士。不过这些瘟疫战士并未受到纳垢兽的毒素影响，怪兽离开后，他们发着牢骚又爬了起来。

更多的炮火射向那座山一般大小的巨兽，如果它到达第一层城墙，必将撞毁城墙。在第二层城墙下方，宏炮受到反冲力在炮筒中后退。足有车辆大小的炮弹猛烈地轰击着巨兽，在它的躯体上炸出积满血液的巨大弹坑。巨兽凄惨地伏下，随后用后肢直立起来，暴露出了布满疥癣和皮疹的身体下部，以及肌肉发达、沾满黏液的软体动物般的肢体上端。整个堡垒的炮火都在射击，炸开了巨兽的胸膛和肚腹。爆炸喷溅出的脓液浸透了前方的一切。巨兽轰然倒下死去。它那些幼小的孩子用鼻子嗅着尸体，嚎啕大哭。

城墙上顿时响起了一片欢呼声，甚至盖过了整片战场的喧嚣。菲利克斯也可以暂时不用忍受等离子炮发射时的高热了。达罗斯从等离子炮背后的插槽中排出冷却剂，让所有人都笼罩在了白色的水蒸气中。

当蒸汽散尽，科米努斯开了口。

"只是一场小小的胜利。敌人又来了。"

第二十六章

瘟疫工厂

　　远征军征程的第七天，公路变得无法通行。不知从何时开始，路上出现了腐化的迹象。堤岸滑坡，原本笔直的公路边缘变成了扇形。塑钢路标和交通指示牌都被腐蚀成一大块一大块无法辨认的物质。周围的土地全都荒废了。所有的生物都已死亡，化作黑色的黏液，覆盖了一切。奇怪的变种生物取代了本地生物，在远处看它们仿佛是真正的动物，但走近观察会发现压根儿不正常。如云的蚊虫在干瘪的人脸上发出可怕的歌声。成群的牛惨叫着，迟缓移动，它们无用的四肢变成了蕨类的叶子。一大群羊疾驰而过，从它们脊椎上生长出的触手抽打着它们惊慌奔逃。在地面上没有水之处，露出一片恶臭的黏液。当迷雾散去时，人们不可思议地看到了比正常视野更远的地方。小镇、农场和其他设施的废墟矗立在荒芜的大地上，就像赤裸的白骨，清晰得好像一伸手就能碰到，但迷雾很快又将它们吞噬。

　　圣战者们还在歌唱。尽管他们的嗓音被永恒的暗雾所淹没，他们的赞美诗还是让疾病稍有退缩。他们当中病重倒下的人远远少于预期。人们兴奋地谈论着帝皇的恩典。

　　天黑了，夜间充斥着可怕的哭号和从隐藏的地狱中飘来的恶臭。那些吸入烟雾的人咳嗽着醒来，眼睛发红，鼻子流着血，有的人再也没有醒来。坦克的油漆冒着带着锈的气泡，直到涂装完全剥落，暴露出红色、橙色和棕色的伤痕。只有战争列车还没有任何被腐化的迹象。防护装备发生了故障。激光枪的能量匣电量流失。子弹里的推进剂失效了，当撞针击打在子弹上时，只能缓慢地发出点火的嘶嘶声。

　　最后他们终于来到了公路的尽头，情况更糟了。前方的公路突然分裂成一连串的小岛，没有任何迹象表明它们曾经连在一起。看起来就像是一个孩子在沙滩上堆砌的沙雕，刚被一股潮水冲得七零八落。一片完全平坦的空地隔开了这些小岛，地上布满了泡沫，就像某种两栖生物产下的卵。往东边去是一片血肉原野，上面有一座山丘被改造成了一张巨大的恶魔脸庞，正贪婪地注视着他们。

人们没有因为恐惧而延误或停下，他们在战争使徒警惕的目光下走下公路，在他的指引下绕过血肉原野前往东北方向，马蒂厄的心灵告诉他们那里就是目标所在。

现实世界正在失去对亚克斯的控制。白天和夜晚的时间长度不再正常。有时候，夜晚只会持续一个小时或是一瞬间。太阳才刚落下，白天随后又出现了。其他时候，黑夜会持续好几个小时，圣战者们被暗处传来的噪声所困扰。他们不停地前进。在很稀有的时刻，天空中的闪电和令人痛苦的色彩都消失了，他们可以看见陌生的群星，但既看不见轨道上空的远征军巨舰，也看不见亚克斯的月亮。大部分时间，迷雾笼罩着大地，圣战者们用手抓着其他人的肩膀，组成人链前进。但他们当中有些人还是消失了，再也没有出现。

更多的武器出故障了，更多的人死去了。空气变得黏稠、有毒。防护装备不再能保护安全，似乎只有信仰还能保护他们。在亚克斯，已不再有信仰动摇的余地。

他们来到了另一片洪水泛滥的大地。枯死的芦苇丛说明这里过去一直是水域，但此地也同样受到了腐化。怪异的真菌在枯死的树丛间抽动着发光。有一些绿色的嫩芽从水中冒出来，但它们全都是真实植物的怪诞变种。

"瘟疫之神愚弄了生命与死亡的循环。"马蒂厄对追随者们解释说，"我们已经看过了死亡的一面，现在我们会看到所谓的生命。尽管这些更加危险，但要有信心，我们会安然无恙地通过此地。"

风暴在他们头顶呼啸而过，雨滴犹如从长满利齿的深渊巨口中喷出的唾沫般落下，闪电在人们眼中掠过，转瞬即逝。他们在空中看见正在作战的军队，还有过去和未来的时空幻影。有时风暴停歇，空中会浮现出充满敌意的脸孔，沉默地瞪着他们。

圣战者们顽强地穿过沼泽地。当他们停下来休息时，腿上爬满了黑色的水蛭。许多人生病了。水变得越来越深。人们上车躲避，占据了列车的上层战斗平台。那些找不到地方的人被迫紧贴在战争列车的侧面，或是骑坐在坦克上。每过一两里路，奥德拉梅尔就会因机械故障而损失一辆战车。机油在引擎内凝固，钷素也变质了。但列车还在继续前进。它吸入沼泽中的污水，驱动活塞，却没有遭到任何损害，随后又将污水化作纯净的白色蒸汽排出。

当马蒂厄下令让队伍停下时，他的追随者中已有半数死去。与他们想要达成的目标相比，这支远征军的规模变得太小了。

他们已经深入沼泽。这里海拔较高，沉沉地压在水面上的迷雾有所消散，他们可以看到远处了。在前方，一座腐化发黑的山丘上，矗立着一座巨大的设施的断壁残垣。山丘周围燃着成千上万堆篝火，山坡上布满了密密麻麻的恶魔。

马蒂厄无法辨出那座设施过去的用途。和他们之前见过的其他废墟类似，它们大多都被扭曲了，变得怪诞。但马蒂厄知道，他钢铁般的意志告诉他，这就是他们必须要去的地方。这并非一种内在的知识，也非个人获得的启示，而是从他的隐秘自我中突然浮现出的念头。马蒂厄很谨慎地对待这种冲动。直觉可能会背叛他，它伪装成神的指引，没有比自身更加狡猾的骗子了，因此马蒂厄会在念头最初出现时用自动鞭笞器电击自己，祈祷帝皇指引他通往真理。有时他是对的，那是被傲慢毒害的虚假直觉。但有时并非如此。

这次不是错误的，他甚至无须质疑。马蒂厄看见一道棕色的烟柱从没有屋顶的中央建筑上升起。闪电缠绕着烟柱，上面翻腾着惨叫着的脸孔。烟柱在空中来回盘旋，但下方始终锚定废墟的底部，上方则始终固定在与轨道风暴接触的位置。当马蒂厄注视废墟时，一个确定的答案从某处传来了。就好像有一个天使从天堂俯身下来在他耳边低语一样确定。他看到的那个地方曾经是一座医院，现在成了亚克斯所有邪恶的源头。它必须被摧毁。这不是直觉，无须用祈祷来检验。这是来自神的命令。

就像是对他的笃定的一种回应，巨大而肥胖的苍蝇怪兽正从地平线上升起，组成了三只一组或七只一群的队列，嗡嗡作响地向他们飞来。这并非真实存在的昆虫，而是蛆虫、苍蝇和巨兽的噩梦般的结合体。有的苍蝇身形巨大，流着热腾腾的口水；有的则在细小的口器中长着针尖般的牙齿，眼睛里泛着异样疯狂的水润的光。在蝇群背上骑着恶魔。沼泽中喷出黑色的毒气，带出的涟漪扰动了水面。

"敌人来了。"奥德拉梅尔说，他的手紧紧抓着列车讲坛的栏杆，皮革手套吱吱作响，"我们必须准备战斗。圣座，我们应该着手展开防御？"

"我们不防御。我们必须前进。"马蒂厄说，他指向那座建筑，"前往那座医院，用最快的速度。"说完后，他突然清楚地知道了那里曾经的模样，以及它现在变成了什么样子。

"但是那些怪物，圣座，我们最好还是用枪炮从远处击落它们。"

马蒂厄缓缓摇了摇头，就像是一个在梦游的人。"前进。拿起正义之剑，上校。去你的部下那里，带领你的坦克，杀光所有敌人。这是帝皇的旨意。"

第二十七章

联合作战

　　反重力坦克前方的风景发生了变化。枯萎的农田变成了低矮荒凉的山丘。星际战士们驶过，随时警惕着敌人出没的迹象。当奇形怪状的怪兽扇动着翅膀在他们前方的天空中出现时，星际战士们隐藏到漆黑的矮树林里，发射电磁干扰屏障，让自己暂且停止思考。如此空寂像死亡一样漫长。当查士丁尼恢复思维活动后，他不安地回想起了他的千年长眠，以及精神兴奋剂的极寒之痛。

　　"你找到坐标了吗？"埃德莫问菲技师，这句话已经重复过不下千遍了。

　　小个子用巨人的手臂指向南方。

　　"继续沿当前向量行进。高浓度灵能依然位于我们的偏南象限，没有明显偏移当前航线。"

　　"没有？"埃德莫问。

　　"差2.05度。不值一提。我要冒昧地说一句，我们已经很接近了。"

　　"等看到目标，我就会相信了。"埃德莫说，"这个世界被混沌的力量扰乱了。"

　　查士丁尼表示赞同。"目标没有移动，意味着这可能是个陷阱。"

　　"或者是其他的疯狂情形。"埃德莫说，"瓦西隆士官兄弟，你读取到什么了吗？"

　　"所有通信波段都没反应。电磁干扰已经超出了最大范围，而且极不稳定。就算我们战团的其他连队离我们只有一两公里远，我也联系不上他们。"

　　"你能进行传送锁定吗？"埃德莫问。

　　"不行。雷达和灵能占卜受到干扰，强度非常高。计算无法得到准确的位置信息。"菲回答，"传送会失败。"

　　"我同意。"渗透者的士官说，"我们无法通过远程传送或轨道空降召唤增援部队。只盼奇迹了。"

瓦西隆停顿了一下，查询手腕上的沉思者装置，抬头注视着头盔内投影的某些正弦图形与干扰峰值的显示。

"我计算了一下，我们应该能上传足够的数据脉冲，召唤一次轨道打击。但我们只能让攻击点落在我们自己头上，除此之外，他们难以精确瞄准任何其他目标。"

"那么，"埃德莫说，"只要我们找到目标，就可以让舰队进行炮击了。"

"轨道轰击或许不够。"菲说，"我们寻找的是一种稀有力量的亚空间化身。遵循现实世界规律的武器可能无法摧毁它。如前所述，我几乎可以百分之百地确定，我们需要帝皇的介入来完成这项任务。"

"那我们就继续走吧。"埃德莫说，他望向沼泽地，上面的水泡正慵懒地破开，嘶嘶作响地排出恶臭的毒气，"我不喜欢这里，到处都笼罩着一种邪恶的氛围。"

"这需要很长时间才能恢复正常。"

"我们直接穿过去吧。"埃德莫说，"出动。时刻保持警惕。"

坦克刚开始穿行，沼泽就突然变宽了，似乎无边无际。在星际战士们视野的尽头，泥浆与迷雾融合为一线。占卜脉冲读数显示泥沼很浅，但新星战士们在掠过水面时依然严阵以待。他们确定自己正被敌人监视。

"发现移动物体。"阿基里斯报告，"第四象限。坐标 1-3，6-2。"

"收到。"马克森提乌斯－德朗蒂奥回答，他移动到冲击者的后部，把枪指向后方。奥皮诺操纵铁雨重机枪扫视。星际战士们快速移动，在运输甲板上清出一条射击路径。菲匆匆钻进驾驶室里，蜷缩在角落，就像躲在新星战士们腿甲间的一个小孩。

查士丁尼让头盔显示增强处理过的视图，扫描了目标所在的象限。一块一块草皮被翻转过来，喷出大量的沼气。他的显示屏咔咔作响，难以捕捉到动作迹象，直到偶然发现了沼泽地里的滑行痕迹，仿佛有什么东西滑过水面，消失在视野之外。他显示屏顶端的危险提示，在几种严重程度不同的符文间不定地闪烁着。

"已标记。"查士丁尼说着，向整支部队发送了数据信息，"中队长，有东西在跟踪我们。"

"确认接敌。"埃德莫说。

处决级坦克的重炮塔旋转向后。其他运兵车上,星际战士们也都做好了战斗准备。爆矢弹已入射击仓。战斗兄弟们单膝跪下,以便身后的人能越过他们头顶射击。他们的靴子都锁定了甲板。在埃德莫的命令下,车辆都加快了速度。反重力马达轰然作响。一片片黑色泥浆在车后喷溅,黏稠的泥块撒在新星战士们脏污的铠甲上。

前方,已经可以看到沼泽地的边缘了。山坡上覆盖着腐烂的草,树木烂成了湿木屑,岩石山脊裸露在外,就像被剥皮的后背上暴露出的脊椎骨般令人触目惊心。迷雾正在消散,露出了一道绿光。一团雾气从前方的地面上掠过,查士丁尼在那一瞬间看见了一个被闪电环绕的摇晃着的烟柱,它向云层中的一个旋涡爬升。那旋涡看起来就好像撕裂的伤口。

迷雾再度遮蔽了视野,查士丁尼转回身去扫视后方,因此他没有及时注意到从侧面来的一个高速移动的物体撞翻了一辆冲击者坦克。查士丁尼清楚听见了撞击的巨响和损坏的反重力叶片发出的嗡嗡声。他立刻转回来,看见那辆翻倒的运兵车在沼泽中犁出了一道深沟,反重力引擎激起的泥浆,溅在了瓦西隆小队运兵车的半个车身上,迫使它迅速躲避。

那是德鲁赛勒斯小队的车。他们都是突袭仲裁者。其中两人被甩了出来,猛地砸进了沼泽。其他人在运兵车翻滚下沉时被压在了水下。

"敌人攻击了!"马克森提乌斯-德朗蒂奥吼道。他开火了。爆矢弹猛烈地射进泥潭,但只引发了小小的爆炸。查士丁尼没有开枪,搜寻着到底是什么击中了那辆坦克。

一名突袭仲裁者就像一只从池塘底部释放的软木塞般浮上了水面。他身下有一个模糊难辨的东西,像是从水下深处冒出来的。然而泥潭并没有那么深,不可能容下它。那个东西就像冲击者坦克一样大——或许还要更大——身上满是挥舞的触手和排出污水的呼吸管。它的触手乱舞,攫住了那名星际战士,抓着双腿将他高高举起。战士无法启动他的链锯剑,只能用未运转的剑刃击打抓着他的触手。但他的攻击对这只怪物毫无作用。

查士丁尼开火了,在那只怪物的肉体上炸出了红色的弹坑,怪物发出了凄厉的惨叫。怪物的球形身躯上密布着张开的大嘴,到处都是红色与黄色的眼珠,还有人类的蓝色和棕色的眼珠。

查士丁尼在怪物的身上还看见了人类的手臂,怪物侧面悬挂着人类的腿,就好像有人一头栽了进去，想要逃脱一样。

"帕里斯小队，让开！"埃德莫下令。帕萨克将冲击者猛地一转向，车的右侧几乎陷入泥泞中，就像一艘在风力下倾斜的帆船。

处决级坦克的激光毁灭炮开火了，射出一道明亮的光束，迫使所有星际战士的护目镜都自动调节变暗。被击中的沼泽溅起一道水蒸气的高墙。当帕里斯小队的冲击者车身恢复水平时，车辆的叶轮阵列发出刺耳的响声，将玻璃化的土壤炸得粉碎。

变种怪物咆哮着，用触手将星际战士扔向这辆反重力坦克。他撞到车身侧面落下。反击者坦克再度开炮。

光束正中变种怪物，在它的肉体上烧出一个圆柱体空洞，伤口周围的肉全都烤熟了。亮黄色的脓液喷溅而出，与泥浆混合在一起。坦克的同轴旋转炮用火力撕扯着怪物，让它喷出了更多的邪恶液体。查士丁尼让帕萨克驾驶车辆转圈，瓦西隆则在另一边，两个小队都向那个怪物倾泻着爆矢弹。它一下闭上了所有的大嘴，潜入泥潭下方，只在水面上留下一层漂浮的脓水。

一个个泡沫冒出来又破裂，泥浆向内部下陷。

"敌人已清除！"查士丁尼说。他的感知器上已经没有了那只怪兽的信号。瓦西隆赶往那辆翻倒的冲击者坦克前。但就在他的渗透者们将突袭仲裁者拖出沼泽时，怪兽又回来了。

它从水中直蹿向高空。人们之前认为是躯体的那一部分其实只是一根长长的肌肉发达的肉茎，上面布满了喘息着的人脸。它的皮肤溃烂严重，长满了水疱和肿瘤。这根肉茎在水面上空停留了很久，只是发出尖叫声，随后又坠落下去，将那辆失事的冲击者坦克拖出了人们的视野。车辆的信号在彻底消失之前给出了一个地下百米深的读数，而这本该早已深入亚克斯行星的基岩内部。

他们救回了幸存者。其中两人被坦克压在下面，已经死了。被扔向坦克的那名星际战士曼特罗受了伤，但伤势并不严重。他们来到沼泽边缘，新星战士们仔细观察着天空和地面。

"我们肯定已经被发现了。"马克森提乌斯－德朗蒂奥说，但并没有迹象证明这一点。

他们登上了骨质的山脊，新的风景展现在眼前。无穷无尽的沼泽在大地上蔓延，上面布满了疯狂生长的植物。这些怪异的植物钻出水面，密集地向东方生长。越过山丘，查士丁尼又一次看见了烟柱和旋涡。这一次，他还看见有几条道路通往一座建筑的废墟。

"是那座医院。"他说。

"目标已定位。"菲技师说，毫不掩饰自己的自豪。

就在这时，连绵不绝的重火力响了起来。星际战士们向声音传来的方向打开感知器，发现有一队坦克正在和一大群恶魔交战。在战场的中央奔驰着一辆国教的战争列车。

"真是出乎意料。"埃德莫在反击者坦克的炮塔上说，"战争使徒已经来了。"

"这是原体的计划吗？"阿基里斯说，"我还以为只有我们接受了这个任务。"

"这位牧师常常抗命。或许他是自己来的。"查士丁尼说，"他的这支战斗队伍对我们的秘密潜行简直是一种嘲讽。"

"毫无疑问，他会称我们的到来是神圣的天意。"马克森提乌斯－德朗蒂奥说，他看到越来越多的恶魔出现，"他们正在苦战。问题在于，我们要如何看待这次相遇，随后我们又应该做什么？"

埃德莫陷入了长时间的沉默，查士丁尼不得不主动询问他要下达什么命令。

"我们向主要目标前进。"埃德莫说，他举起巨大的突击盾，拔出了剑，"瓦西隆，如果能做到的话，把我们的坐标发送给护民官，请求对标记点进行轨道轰炸。我们已经足够接近目标了。"

他们驾驶着反重力坦克向南方驶去，加入了战斗。

第二十八章

托勒密图书馆开启

费边从混乱的梦境中醒来，感到非常虚弱，随时可能再次昏迷过去。他察觉到旁边有人，无力地抬起头，看见一个高大的黑色人影站在床对面。费边的视野开始晃动，一开始他还以为是死神亲自降临，但随后就听见拉希·卢塞恩开口说话了。

"费边，我听说你今天有可能会清醒。很高兴看到你醒来。"

"拉希。"费边把头向后靠在盖着塑料布的枕头上。它的触感又滑又黏，让他的皮肤很不舒服，但他感觉脖子就像细线般脆弱不堪，就算现在想抬起头也做不到了。他的鼻孔里插着管子。他还感觉胳膊上有埋进去的针头。

"是我，还是那个我。"那名星际战士说。他靠近了一点儿，脸庞从想象中的死神头骨变成了一张关切的脸。除了光秃秃的脑袋之外，他全身重甲，战甲上满是灰尘和划痕，头盔夹在腋下。"很高兴见到你。"他微笑着说，"不过你看起来真是糟糕。"

费边呻吟："为什么会分配给我整个第一舰队里唯一一个油嘴滑舌的星际战士？"

"我的心中充满喜乐，是帝皇的真理让我用微笑面对一切。我的朋友，因为我深谙人类的荣耀。"卢塞恩忍不住皱了皱眉头，"我很担心你。"

"是我的错。我不应该像那样接近一个瘟疫生物。"

"确实不应该。"

"是我愚蠢。"

"我更想说你很勇敢。"

"你这么说，我也不会更好受的。"

"好吧，注意听我的话。你的勇敢还大有用武之地。"卢塞恩说，"我们已经被攻击好多天了。大部分时间你都处在昏迷中。恶魔们趁大雨在要塞内现身。异端凡人们终于发起了总攻，而且表现出一定程度的坚韧。被杀死的无生者们的残骸并没有消失。提格里奥斯大人说亚空间正在渗入此处的现实世界。这听起来很有趣，但是现实很严峻，因为当恶魔被杀死后，它们造成的疾病依然存在。"

"这么糟糕？"

卢塞恩脸上表情微妙。"这是很糟糕，不过我们遇到过更糟糕的情况，你和我也好，马库拉格也好，对混沌入侵都司空见惯了。马纽斯·卡尔加是帝国最伟大的英雄之一。我们必将获胜。"他摆弄了一下腋下的头盔，"你感觉怎么样？"

"坏透了。"费边说，他几乎睁不开眼睛，"令人作呕。就像是先把我压扁了，再放到石板上晾干，然后再用粪便进行防腐处理。"

"你的修辞真是多姿多彩。"

"玩弄文字就是我的才艺。我可不想让你失望。"费边说，他的喉咙干得就像沙子，"但多亏了你，我还活着。"

"我会把你的赞扬留给帝皇。"卢塞恩说，"他扮演的角色比我更重要。"

"能给我拿点儿水吗？"费边说。短暂的交谈已经让他精疲力竭。他几乎要昏过去了，但他实在太渴，不得不在失去意识前先要口水。

"这是我的荣幸。"卢塞恩把头盔夹在腿间，从水壶里倒出一杯水，递给费边。历史学家试着去拿，但还是直不起身体。卢塞恩士官轻轻地伸手扶起了他的头，覆甲的手本可以将费边的头颅像鸡蛋一样挤碎，但此刻它像母亲一样温柔。他另一只手把水杯放到费边的唇边，历史学家贪婪地小口喝着水。

"好了吗？"当费边侧过头时，卢塞恩问。

费边勉强点了点头。卢塞恩把他的头放回枕头上。在完全躺好之前，费边已经失去了意识。

"睡个好觉，我的朋友。"费边隐约听见卢塞恩说。

随后他又回到了梦中。

第二天，费边再度醒来，感觉身体已经好到可以下床去走路了。医生们对他很好，给他喝了营养液和维生素的混合药剂。体力恢复之快令他自己都感到吃惊。三天后他就已经可以整个白天都保持清醒了。五天后他可以到处散步。到了这一周的周末，他甚至可以帮助医院工作人员做一些小事了。费边坚持要做一些有用的事情。因为医院里装满了伤员和病号，他们大多数是平民，医院工作人员早已不堪重负。就这样，他开始在病房间到处传递消息。这座医院建造在赫拉山脉的正面，横跨那座曾经将战团修道院一分为二的古代城墙。窗户都被关上了，以回避外头的战火，但费边总是会听见枪炮的响声、远处爆炸的隆隆声，以及炮弹击中要塞的宙斯盾时虚空转移产生的刺耳噼啪声。有时候他没听见什么，但能感觉到，因为山体在震动。

偶尔他能听见战斗声在近处响起，当恶魔企图再次穿透这座城市的灵能防护，在要塞内部显现时，会发出震耳欲聋的爆矢武器爆炸声和非人类的吼声。他觉得医院或许面临危险。但他确信到目前为止，这些怪物还无法在这座要塞的建筑内部形成物质形态，只能在户外出现。深藏在这座山中的奥术科技产生的静电让费边的牙龈发痒。当这种感觉变得越来越强烈时，他知道无生者们即将出现。但不会在室内，他告诉自己。

有时候，他发现自己来到了一扇未关的窗户或是一个敞开的空气循环孔前，费边会停下来向外望去，就好像自己偷偷瞥见了古代的泰拉皇宫围城战场。天一直很黑，炮火让天空闪烁。能量武器在他的视网膜上留下疼痛的残影。大马库拉格市区从一端燃烧到另一端，只要塞没有被火焰蹂躏。这令人不安，但费边觉得这座城市过去也曾经被烧毁，而后重建，因此总有一天它会再次重建起来的。

费边的肌肉萎缩了，因此他尽可能花时间来进行武器训练。又过了一周，他申请了一套装甲防护服。装备很快就收到了，上面涂装了后勤厅和理性信史协会的纹章。他把防护服放在自己的房间里，摆成随时可穿的状态。需要的时候，他不想毫无准备。

那个时刻很快就来了：不出所料，是在夜半时分。警报的哀鸣叫醒了整个医院的人。费边的房间被闪烁的红光和炮弹落地的轰然爆炸照亮了。天花板上掉下的沙砾弹到他身上。灯光熄灭了。电源已经被切断。他窗户上的百叶窗打开了。灵能防护机械的使用让他嘴里的满口牙令人发狂地发酸，就好像一整个蚁群都钻了进来，无论是孵化子嗣的蚁后还是最微不足道的工蚁，都在他嘴里翻腾。

恶魔出现了。

当中央禁卫的士兵们沿着走廊跑来，砰砰敲响每一扇门的时候，费边刚从床上爬起来，正在穿自己的装甲防护服。

"准备撤离！"士兵们叫喊着，"准备前往地下隐蔽所！"

费边的防护服还没穿好，只能行动迟缓地跌跌撞撞走到门前，对他们大喊。

"发生什么事了？"

一个士兵转过身。发现是费边这样一个有军衔的人在问话，他回答了。

"一架云梯。城墙里出了凡人叛徒。恶魔在广场上出现了。猛烈的轰炸摧毁了护盾。就是这样。"他一边继续跑着去敲其他的门，一边说，"他们下一步会去攻击对轨道炮，这样就能在城市里发起空降，甚至可能在赫拉要塞内空降。"

随后那个人就离开了，像圣吉列斯节夜晚的一个恶作剧小孩一样一路呼喊着去敲门。

"帝皇啊。"费边说。沙砾掉进了他的靴子里，但他没空把它倒出来。在被污染的空气里待一分钟就可能让他付出生命的代价，或许还有灵魂的代价，因此他忽略了这小小的不适，只擦了擦防护服的扣件，因为混凝岩的碎片也掉进了这里面。只有保持扣件的清洁才能让防护服密封良好。

首先要穿好紧身衣，然后把裤脚连接在靴子上，鞋罩套在靴子顶部和裤子上。费边拉上前面的拉链，按下软密封条，祈祷他已经把所有垃圾都清出去了。随后他先不管手套，将粘合硬碳板贴在位于肩膀、胫部和下臂的磁力扣上，再穿上连接好的胸甲和背甲——费边停了一下，把铠甲顶在头上，将天花板掉落下来的碎屑从头盔连接环处吹走，之后奋力穿上了它。这铠甲既让人行动不便又沉重，必须坐在合适的位置才能正确地密封上，否则它就一点儿用也没有了。他背上了后背包，里面是空气和水的循环回收装置。然后他戴上手套，扣紧手腕处的扣子。最后轮到了头盔。费边把头压得很低，随后用力将头盔拧到正确的位置，就好像在扭断自己的脖子一样。

他抓起武器，一边咒骂一边调整腰带，让防护服更贴合。随后费边走出门，进入了医院的一片混乱和喧嚣之中。

人们都在尖叫。马库拉格的居民早已惯于面对战争，拥有可敬的勇气。但穿过失效护盾的炮弹轰得整个医院都在震动，这足以令最勇敢的人害怕。费边肩甲上的探照灯的光束疯狂地舞动着，照亮了众多陷入恐惧中的脸，飞落的碎石间尘土飞扬。有一些中央禁卫和马库拉格星球首都主城区大马库拉格的辅助军士兵在这里。他们正在尽力指挥病人和工作人员通过走廊前往山脉内部的防空洞。之前一直紧闭着的沉重的防爆门，此时已经对外大开。一排排深红色的照明弹照亮了通往防空洞的道路。

"快走，快走，快走！"一名身穿蓝衣的军官大喊着，他的头盔面罩下汗水淋漓。人们从走廊拥入山脉内部，远离狂暴的战火，沉默的巨石将会确保他们的安全。

费边发现自己在一大群病人中间，一直被推着向前走。他不知道会去哪里，只是跟着走。或许他想加入战斗，或是去找卢塞恩。他意识到自己正在向西走——难道他正在往图书馆去吗？费边心想。他本可以强行通过人群，但他克制了推搡的冲动，开始帮忙，扶着虚弱的人，把残疾人推到轮椅上，把他们交给护工，那些护工匆匆将病人送往避难所。

有一个巨大的东西击中了医院的外墙，让整个建筑晃动起来。震动刚刚停止，第二次的冲击就成功地达成了第一击未能达成的目标，在大楼侧面炸开了一个洞。费边转头看见外墙正在崩塌，仿佛灾难拍了拍他的肩膀，让他看看自己做了什么。墙壁在他面前倒下，连同地板一起被掀了下来，瓦砾以极快的速度压垮了下方的地板，然后是再下面一层，就像一座翻倒的纸牌塔一样，每一层地板都猛撞向下一层。费边在飞舞的尘土中看到了这一幕，跌倒时一阵眩晕。当他站起身时，发现他周围的人不知怎么回事全都被砸倒或杀死了。烟尘被吹走，他发现返回东边的路已经消失了。

往西边三十米的地方，医院的建筑结构已经被剥落成山脉上赤裸的岩石，最深处的房间暴露出来，就像一个早已失落的原始部落凿出的洞穴。瓦砾形成了一条通往广场的斜坡，上面斑驳点缀着白色的碎片。从坡上往下看去，它们就像是坠落的花瓣，而不是病人的尸体。

下方有光芒亮起。战斗正在进行。蓝色、红宝石色和橙色的光来回闪动，这是一场由爆矢弹、子弹、激光束和等离子流组成的致命的灯光秀。

宙斯盾闪烁着。费边抬头看着可怕的紫色花纹。他之前听说敌人只有很少的战舰，能够直接攻击地表的武器寥寥无几。显然情况发生了一些变化，他看见爆炸在能量场的表面扩散开来，炮击的怒火被转移进了亚空间。

人们在呻吟着，尘土和沙砾被血泊浸透。费边想要去帮忙，却发现他找到的第一个女人已经死了。费边头晕目眩，困惑不安——他想应该是爆炸导致的——尽管发生的事情极为残酷，命运却没有舍弃他。

"他们来了！他们来了！"一名士兵从西边跑来。枪声紧随他而来。

费边回想起了训练过他的那名卡塔昌战士赫提多中士的话。

"面对战斗，有两种选择。"可能是在赫提多第一百次把他扔到健身房的垫子上，冲他脸上吐了口唾沫后说的，"你可以跑，也可以战斗。但只有一个结果。不管选什么，总有一天你会死。怯懦或许会让你多活一阵子，但时间不会放过你。而一个老头儿是不能在战斗中为帝皇效力的。"

赫提多俯下身，抓紧他的手拉他起身。费边陷入了恍惚，仿佛他从过去的时空中出来，被拖向了现实的敌人。他不由自主地做出了反应，一手拿着手枪，另一只手拖着剑，分解力场在炭黑色的空气中嗡嗡作响。前面的那名士兵正跪在地上，沿着走廊射出明亮的蓝色激光束。费边大步走过他身边，举起手枪，等待着目标变清晰。

他们从烟雾中出现。

这是些背叛了理性的士兵。他们身穿褴褛的军服，在战场累积的脏污下，上面的邪教标志隐约可辨。他们全都野蛮而可怜，营养不良，疾病缠身，这是一支冒牌军队。他们行为残忍，用刺刀杀死地上的伤员，发出野兽般的胜利尖叫。费边把枪对准了最近的一个人开火，那个士兵脑袋的上半部分蒸发了。

后面的人立刻对费边开火。历史学家冲进了飞溅的机枪子弹中，完全不在乎如果他的紧身衣被划破，很可能会让他死于疾病。子弹在他的护甲上弹开。其中有一枚子弹炽热又快速地从他的装甲护目镜上滑落。费边的第二枪击倒了那名敌人，随后他在其他敌人面前启动了自己的动力剑。

费边受过良好的剑术训练，但在走廊的狭小空间里只有屠夫的用武之地。在这种情况下，拥有最好武器者会取胜，而费边的剑确实不错。当敌人的刺刀还在寻找要害部位时，他的动力剑已经把步枪劈成了两半，下一击就结束了持枪者的生命。剑刃很锋利，但作为动力武器，真正造成伤害的是分解力场。原子就像衣服被解开般被拆散，并将尸体内的潮湿部分泼溅在地板上。被费边击中的人并非被砍开，而是爆炸了。他的动力剑划出了宽大的犁沟，而非在肉体上留下一道精致的伤痕。

历经十年战斗，他却从未习惯过肾上腺素的奔流。每一次，恐惧都同样强烈地震撼着费边。但这一次他欣喜若狂。

在意识到那之前，他已经冲破了敌人的队伍，追击最后几个仓皇逃跑的残敌。他吼叫着追赶他们跑下楼梯，来到了要塞的高层广场。邪教徒们四散逃窜，被从不知何处射来的爆矢弹打得粉身碎骨。

突然间，他孤身一人站在火海之中。费边非常想小便，但这种不适感很遥远，仿佛那是别人的感觉。他已经走近了托勒密图书馆的大门。图书馆的圆顶轻蔑地耸立在战场的暴力之上，就好像它拥有至高无上的道德地位。

就在这时，费边注意到图书馆的门开着。事实上，是被撞了进去，门板的合页上挂着镀金木头的碎片。不知为何，它的多重防御并未生效。破坏了大门的怪物正在无人阻止的情况下奋力挤进缺口。

费边打开通信器，调到战团指挥部频道。

"这里是历史学会专家费边·圭尔夫兰。"他说，"我必须立刻与首席智库提格里奥斯通话。"

费边提交了最高等级的命令码，通信频道另一端的凡人顺从地听命。当他接通提格里奥斯时，智库明显很生气。他正在战斗。费边能听到背景里的枪声。

"你在这个频道里干什么，历史学家？"

"听我说。我不会拐弯抹角地假装我不知道恶魔是什么。你我都知道它们是什么。有一个非常大的家伙刚刚打破了托勒密图书馆的大门，正朝里面走。"

"那又怎么了，现在到处都是恶魔！"

"它看起来很像那天晚上在要塞里出现的恶魔。你说过，它是罗提古斯的微型化身。"提到这个名字时他有点恶心，"相信我，那次是个小的，但这次是个大的。"

从对面传来了好一阵爆矢枪声，随后提格里奥斯开了口。

"我正在过去。不要跟踪它，不要和它交手。只有智库才能应对这种威胁。如果可以的话，你不要让任何人进去。不要进入图书馆！"

但是费边已经向前走去了。如果是几年后的他回到此刻，决不会为了阻止这个恶魔而去跟踪它。那样他就无须再为后来发生的事情羞愧，也无须如此内疚了。但在他的内心深处，他知道他一定会进去，因为托勒密图书馆开启了。他已经被拒绝了太久，他想要看一看，他想知道里面有什么，他根本不想管什么该死的后果。

而他终于被自己的行为诅咒了。

第二十九章

灵魂研磨者

"敌人正在对第二层城墙发起攻击。第九号－西塔炮台。恶魔引擎进入。要求立刻增援。"菲利克斯对初临城指挥部发起通信，但没有得到任何答复。风暴加剧了，通信器变得毫无作用，天空中的每一道闪电都可能照亮隐藏在视野外的更多可怕的景象。

第一层城墙已经沦陷了，墙上出现了六处缺口。死亡守卫和他们的机械拥入了城市。随着敌人的大炮从后方向前移动，菲利克斯的阵地已经遭到炮击。第二层城墙的能量场正在崩溃，炮弹在他周围纷纷落下，削弱了城墙，将建筑化作瓦砾堆。

他注意到一组恶魔引擎穿过了第一层城墙的缺口，猜想它们会上来攻击他的炮台。随后这些恶魔就来到了悬崖边，将弯曲的爪子插进岩石开始向上攀爬。

"有一组灵魂研磨者正在往上爬。预计五分钟后接敌。"菲利克斯报告。

它们非常大，体形肥胖——看起来是血肉之躯，但实际上是由亚空间的虚无能量组成的——它们坐在被塑造成金属蜘蛛形的动力车厢上。尽管它们的躯体因为皮肉松弛而晃动着，上面覆盖着纳垢的常见疾病导致的溃烂表皮。但在腐烂的外表下，它们的钢铁肌肉在运转，它们沿着石壁表面快速爬升。

"保护城墙！"菲利克斯下令。他的通信器在等离子炮发射造成的电磁干扰下尖鸣。白银圣殿和维斯帕托亲卫队占据了护墙边的位置，武器瞄准了下方。

"集中火力攻击为首那架。"菲利克斯告诉部下。

爆矢弹准确无误地飞进了那些瘟疫机体中。最前面的一架灵魂研磨者有两个咧嘴发笑的脑袋，它们彼此融合了一半，还混合着黏稠的有机物。它拥有一对猿猴般的双臂，因为角质化的突变而虬结。它用这对手臂帮自己往上爬。它肩膀上的一件武器在万向节上抽动着，一半是钢铁，一半是暴露在外的骨骼。这件武器后面是一个固定在皮革剑鞘上的腐烂剑柄。

下面的两架灵魂研磨者各自有奇怪的身体特征。其中一架有和肿胀的躯干不成比例的脑袋，三条长毛的蜘蛛腿从左边伸出来，在空中试探性地摆动。另一个肢体则是一个巨大的机械钳。第三架，菲利克斯才刚刚看见，就被低层防线上的炮火击中，炸掉了它的一条后腿，让它从悬崖上摔了下去。在机油和化作蒸汽的脓水中，那架灵魂研磨者掉进了下面的战场，压死了双方的战斗人员。然后它踉踉跄跄地离开，从肩膀、肚腹和嘴里长出来的金属触手扭动着抽打能接触到的一切东西。

剩下的两架恶魔引擎用活塞辅助动力将爪子插进石块中爬着。它们来到砖石与悬崖在城墙底部接合的位置，匆忙扯下砖石，爬向城墙底部。

爆矢枪完全阻止不了这些怪物。领头的那架引擎的正面已经变成了一个大弹坑，里面涌出了一股苍蝇风暴。这些苍蝇飞向星际战士的头盔，一头撞死，使得星际战士无法进行瞄准。

"再让它们走几步，一切就都完了。"科米努斯在通信里说。

"退后。"菲利克斯下令，"白银圣殿，把你们的地狱轰击者都派到前面来。达罗斯，放弃大炮。"越过栏杆射击的那一排星际战士停止开火，沿着通往城市顶端的宽阔的螺旋公路后退，占据了下一个悬崖的山脚，那里的倒塌建筑物和被破坏的地窖足以给他们提供掩护。

"要是您能再给我一点儿时间……"达罗斯说。他还在操纵台上埋头工作。四门等离子炮中还有三门在射击。

"立刻，达罗斯。"菲利克斯命令。

第一架灵魂研磨者在护墙上方森然浮现，它的双头发出咕噜声，在它翻越城墙边缘时，巨大的双臂撕开了一排垛口。达罗斯的铸造爆矢枪在他的伺服带上自动旋转，射出的大口径子弹打遍了恶魔引擎全身。导弹在它整个躯体上炸开，灵魂研磨者咆哮着，耸起肩膀遮挡脸部，然后从背后拔出了它的剑。那把剑足有四五米长，已生锈变钝，与其说是利刃，不如说是一根大棒。

"地狱轰击者，开火！"菲利克斯命令。

在一堆破碎的砖块和木材后，半个小队的白银圣殿战士用最大功率的等离子武器对准了那只怪物的前腿，将空气中的灰尘烧成了玻璃。那条腿一瞬间从生锈的棕色变成了明亮的白色，在一阵飞溅的金属火花中爆炸了。

灵魂研磨者发出怒吼，用它仅剩的三条腿踉跄着前进，随后用手臂的指关节支撑身体，扫开前面的瓦砾堆。它冲向那些地狱轰击者，挥剑一击就扫荡了他们的掩体。剧毒的液体从它肩上的武器喷射而出，射中了一名白银圣殿战士，活生生地将他溶解了。他的等离子武器在毒液吞噬动力电池时发生了爆炸，慈悲地结束了他的性命。其他人身上也被溅上了这种液体，还继续在战斗。毒液撕咬着陶钢，铠甲在冒烟。还有三名地狱轰击者在射击。第四个人的武器上的安全弹仓已经破碎，等离子在向外喷射。他扔了这把枪，拔出手枪继续作战。

　　第二架灵魂研磨者也翻过了悬崖边缘，在爬护墙时，用它的大钳子拔除了达罗斯脚边的一门等离子炮。达罗斯想要跳开，但因为伺服带的重量失去了平衡，砰的一声摔倒在石板地面上。他挣扎着转过身背靠地面，在灵魂研磨者扑来时，他发射了大部分的弹药，炸断了蜘蛛腿，恶魔发出了愤怒的咆哮。达罗斯伺服带上的附加机械臂以机械特有的精度摆动着，在恶魔引擎恢复平衡之前，达罗斯已经站起了身，双手紧握着噼啪作响的机神动力斧。

　　"白银圣殿第二和第四决斗小队，协助技术军士达罗斯。"菲利克斯命令，转身面对另一台恶魔引擎。

　　战场陷入一片混乱。他的亲卫队的应答信号几乎显示不出护卫们的位置。这场战斗变成了小规模的肉搏战和为了填补防线缺口而展开的绝望冲锋。飞行的恶魔引擎利用灵魂研磨者的攻击，俯冲下来从枪口喷射黏稠液体。当菲利克斯跑过公路时，将他的战略输入设备采集到的所有场景记录为一系列影像。

　　一名星际战士在怪物的利刃上挣扎。刀刃粉碎了他的装甲，刺穿了他的肚腹。他用手推着生锈的金属，试图把自己拽出来。恶魔反手把他的小队的一名战友撞到墙上，使得墙壁在一片砖石和尘土崩落中倒下。灵魂研磨者的瘟疫喷射器似乎完全随机地喷射出了大量液体，倾泻向破裂的建筑物。那些液体喷到火焰燃烧之处时，就像掉进水里的热脂肪一样发出嘶嘶声。

　　菲利克斯向灵魂研磨者跑去。他没有从通信发声器中发出战吼，沉重的重力级装甲在脚下将瓦砾碾为尘土。他瞄准了怪物背后那两只输送冒泡的瘟疫脓液的烧瓶，用风暴爆矢护手发射出一串子弹，吸引那个怪物的注意力。肮脏的玻璃裂开了，一只烧瓶被打得粉碎。继而酸性毒液沿着恶魔引擎的躯干流下，使得它发出痛苦的怒吼。趁怪物还在转身，菲利克斯收回拳头猛击出去。他的动力剑对恶魔的装甲车厢作用不大，事实上还可能被打断，因此菲利克斯把剑留在鞘中。但风暴爆矢护手的动力拳就是另一回事了。

就在恶魔转身面对他的时候，他击中了恶魔的左后腿。菲利克斯将所有的动能和体重都压在这一击上。爆炸飞溅出的破片在他的战斗装甲上留下了划痕，恶魔笨重的腿关节断了。恶魔引擎暴跳着转向，就像一头用患病的血肉和金属结合而成的梦魇半人马，那条腿在它的自重压迫下崩坏了。在它重重地向侧面倒下时，左边的两条腿全都被压毁了。它挥舞着手臂想站起来，刺穿了那名地狱轰击者的大剑却从它手中飞了出去。

被放倒的巨怪和菲利克斯的护目镜对视，它还没死。当菲利克斯举起护手下方悬挂的爆矢枪对准恶魔的脸时，恶魔猛击他，打偏了他的射击，还一把抓住了菲利克斯的腰。它的双手似乎因为腐烂而变得柔软，但其实非常有力，此时正狠狠地挤压施力。菲利克斯的头盔内响起了警报提示，陶钢发出吱吱的响声。他的双腿被压在一起，无法动弹。闪烁的红色符文警告提示装甲即将发生故障。

怪物用满口黄牙的大嘴对他咆哮。菲利克斯举起护手，朝着恶魔的胸膛猛烈射击。怪物尖叫起来，狠狠地把菲利克斯往下摔在地板上。菲利克斯拔出剑，但怪物把他像一块破布般甩到地上，动力剑飞过石板地面。恶魔用残破的肢体翻过身，肩上的酸液炮指向了菲利克斯。

菲利克斯的脑袋嗡嗡作响。脓液从炮口向下滴落。时间流逝的速度仿佛变慢了。所有的细节以令人困惑的清晰度呈现在眼前。他清晰地看见怪物的双头上的黑色纹路、结痂和脓疮，还有机械上的锈迹组成的图案。

在那之后，是一道犹如旭日初升般的火焰光芒。它变得越来越明亮，直到填满了整个天空。

一道火焰之墙从天而降。恶魔惨叫起来——不是怒吼，而是真正的恐惧哭号。菲利克斯跌倒在地，看见恶魔的手臂被齐肘切断。原体出现在他的面前，帝皇之剑正在咆哮。基里曼用统御之手炸飞了怪物的眼睛。当盲眼的怪物试图跌跌撞撞逃跑时，基里曼上前一步，一剑将其斩首。脂肪颗粒在剑的高热下燃烧，怪兽倒下，真正地死去了。从它的尸体中不会冒出灵魂逃回亚空间。又一抹灵魂的毒素从现实中被清除。

菲利克斯奋力将死去怪物的手指从身上扳开。基里曼向他俯下身，伸出手，护手上面的分解力场已经关闭了。菲利克斯用动力拳套抓住了它，与原体的武器相比，他的拳套显得小巧玲珑。

"我听到了这个位置的求救信号。"基里曼说，他把全身重甲的菲利克斯拉了起来，"很高兴我能干掉它。"

"万分感谢，主君。"随后菲利克斯发出了战吼。二十多名涂装各异的星际战士包围了另一架灵魂研磨者，好整以暇地将它炸成了碎片。达罗斯看到这样一个亵渎造物被击倒，也发出胜利的火星战吼，将斧刃插进恶魔的头部，给了它最后一击。

到处都是炮声。战斗的喧嚣渐渐远去。菲利克斯的头盔里弹出了各种报告的提示。

"现在，菲利克斯，请加入我的队伍。"基里曼开始沿着螺旋公路向下走。部下们在他身后涌动。

"您是要去引莫塔瑞恩出战吗？"菲利克斯跟了上去，同时给他的亲卫队发了一条没有文字的数据脉冲命令，让他们留在炮台。

基里曼点点头。"他已经投入了所有军队。是时候从城市出击，把他引到战场上来了。这次他会来找我的，因为就他的计算而言，一切都在按计划进行。我会给他一个惊喜。当他的神的恩宠离他而去时，我就会毁灭他。"

"要是侦察部队被发现和消灭了怎么办？如果神器毫发无损怎么办？我们到时候该怎么做？"

"它会被摧毁的，因为它必须被摧毁。菲利克斯，否则一切都将失败。对你的兄弟们要有信心。让我去应对莫塔瑞恩的密谋。纳塔赛向我保证，这是取得胜利的最佳路径。"

"但这条路的成功可能性是多少？"

基里曼回头看了看他，没有回答。"如果你能在战斗中幸存下来，我会很高兴的。要是刚恢复四英杰的统治，就不得不再挑选一位英杰，会显得我很愚蠢。"

他转身眺望平原。他们正沿着螺旋公路快速下行。战士们从城市各处前往新的阵地。在外堡，坦克正准备撤离。

"召集我们所有的兵力。"基里曼说，"我们要出去。真正的挑战在外面，而非城墙之后。最后的行动将会在那里进行。"

第三十章

卡迪亚第 4021 团的最后冲锋

"全体坦克,梯形偏右阵形,前进!"奥德拉梅尔上校命令全团开始最后的冲锋。

前方,恶魔成群。他们的阵形与其说是用来对付一场炮弹和激光的战争,不如说更适合一个使用长矛、战斧和盾牌的战场。但奥德拉梅尔以前也遇到过恶魔,很清楚在面对它们时,对科技的一切自信都是错误的。果然,当他的黎曼·鲁斯坦克开火时,炮弹消失在沼泽中,喷出了最可怕的污秽之物。瘟疫使者们几乎没有受到任何影响,只是被爆炸产生的气浪稍微推挤了一下,没有一个恶魔倒下。坦克上安装的副武器三联爆矢枪开火了,它本该消灭一百个按这种阵形排列的凡人,但只有少数几个恶魔倒下,其他恶魔吸收了爆矢弹和随后的爆炸的威力,看起来只是受了点儿小伤。

其他坦克也没有表现得太好。恶魔军队被打出了几个新的大洞,但在释放了这么多炮火之后,奥德拉梅尔几乎没有取得任何成果。坦克不顾一切地前进着。他现在唯一的目标就是尽可能存活下去,阻止敌人靠近战争列车。

奥德拉梅尔转过身,透过雾气朦胧的护目镜望向后方。他的呼吸装置已经被汗水浸湿,密封圈令他的皮肤刺痛。艰难地用过滤装置呼吸让他感觉自己随时都处在窒息的边缘。这是一种无法彻底抑制的恐慌。但是,马蒂厄的列车就像一艘船在浅海航行般穿过沼泽,奥德拉梅尔看了也振作起来。在这片腐化的沼泽地的棕色和毒绿色的背景下,列车显得格外洁白。它是一座圣洁的孤岛。在它的行进中,奥德拉梅尔看见了帝皇的意志。当他的坦克什么也做不到的时候,战争列车的致命武器却在恶魔当中造成了伤害。它那受到祝福的光束武器和激光炮从笼罩在敌人上空的如云蝇群中切出了一条清晰的道路。奥德拉梅尔几乎确信自己看见了天使骑着虚空的闪电而来,举起黄金盾牌击退了敌人的巫术爆炸攻击。

他的坦克颠簸起来,舱口圆环擦伤了他的大腿。奥德拉梅尔转回来面向前方。他的战争机器正在沼泽中推进，推倒腐朽的树林，冲破奇形怪状的柔软的树丛。水域深浅不一。他的座驾经过，污秽只弄脏了坦克侧面装甲的底盘。但在他左边九十米处的黎曼·鲁斯坦克，淤泥已经没过了它的车身斜面，堵塞了车前炮的炮管。目前还没有坦克陷入泥沼，但这只是时间问题。

地形增加了他们面对恶魔大军时的危险。它们全都受到了那些怪物的腐化。他的坦克的外壳就在他眼前开始生锈，引擎因为机械故障而发出喘息。

随着一声刺耳的排气声和一声轰鸣。后方的一辆奇美拉运兵车摇摇晃晃地停了下来。

坦克已经坚持不了太久了。他们必须坚持前进，让每一秒都有意义。

"前进，失去卡迪亚的兄弟姐妹们！复仇的时刻已经到了！救赎的时刻已经到了！以帝皇的名义，前进。他正在注视我们。不要辜负他的期望！"

奥德拉梅尔对此深信不疑，正如他相信自己会在此地死去。他已经亲眼见过帝皇在现实世界中的行动，见过他调动他的仆人们保护全人类。奥德拉梅尔无所畏惧，对自己必须完成的事怀着一种神圣的狂喜。他会满心欢喜地死去。

在引擎的轰鸣和枪炮的雷鸣声中，他听见了一种凄惨的计数声，没完没了、自相矛盾的计数在痛苦中此起彼伏。一种想要阻止这种声音的渴望攫住了他。像他这样的凡人不可能永远止住这种噪声，但他可以打断它片刻。而以帝皇的名义，他会做到的。

奥德拉梅尔敲了一下坦克车顶。座驾加速了。他不需要对其他战车下达命令。坦克驾驶员们似乎凭直觉知道了他的想法，不约而同地加快了速度。他们并非响应奥德拉梅尔，而是在那一刻同时得到了帝皇的旨意。

片刻之后，他们就冲进了瘟疫使者的队伍。奥德拉梅尔的坦克就像犁田般撞进敌人中间。那些怪物真的倒下了，或是被履带压倒，或是被炮弹炸碎。重型爆矢枪射击的次数过多，以至它们都热得发红。枪管旋转扫射，恶魔的脸在火焰中燃烧。火力范围内的一切都被扫平了。恶魔们被消灭了，变成一团团腐烂的物质，化作雾中的旋涡。

头顶的风暴变得越来越猛烈，就好像被帝国军的进攻激怒了。闪电从医院上空向四面八方扩散。雷声隆隆。

坦克向前冲锋，撞穿了最前面五排瘟疫使者。奥德拉梅尔抓住坦克的枢轴式风暴爆矢枪，向敌人射去更多子弹。那些像地毯般簇拥在瘟疫使者脚边的小恶魔们，爆炸起来真是让人高兴。川流不息的能量从无生者的尸体间升起。它们的灵魂痛苦地翻腾，被主人在这颗星球周围掀起的风暴所束缚，无法逃入亚空间。

奥德拉梅尔一遍又一遍地唱着《卡迪亚永恒》的第一节，它是那首歌中最激动人心的部分。他的风暴爆矢枪的子弹打空了，当他从固定在炮塔下方的箱子里拿出新的弹鼓时，他听到通信器里有声音在回应他，就好像整个团的人都在齐声歌唱。奥德拉梅尔重新装弹，再次开火。他唱得是那么大声，感觉嗓子都哑了，护目镜上都布满了雾气。但敌人是这么密集，他怎么都不会射偏。坦克不断旋转，驾驶员用车头来回撞击，用履带作武器将恶魔搅入泥土之中。尽管如此，冲锋的速度还是慢了下来。敌人将他们团团围住，用带麻风病的手臂钩住战车侧面的炮管，减慢它们的行驶速度。它们将人头炸弹丢进坦克，就像腐烂的水果一样炸开，但谁也不敢靠近奥德拉梅尔。尽管恶魔的虫子把塑钢啃噬成了尘埃，但奥德拉梅尔依然毫发未伤。

生锈的钢刀、染病的骨头和有毒的水晶在坦克上划过，损伤了车体，毒害了机魂。但坦克不屈不挠，就像他团里的士兵们一样被注入了帝皇的意志。它吃力地对抗着敌人的阻碍。另一辆坦克驶过，旋转重型爆矢枪，炸飞了奥德拉梅尔的黎曼·鲁斯坦克右侧的攻击者。黎曼·鲁斯坦克一瞬间得以解脱，它猛冲向前，将攻击者撞得散落一地。

坦克梯队继续前进，就像割草机收割庄稼一样扫过恶魔大军。奇美拉运兵车跟在战斗坦克后面，它们的武器发出明亮的交叉光束，贯穿了整个战场。步兵们在这里徒步作战过于危险，但他们沿着战斗车辆的侧面探出激光枪，扩大了战果。

随后它们击穿了最前方的敌人军团，进入了第一条战线和第二条战线之间的空地。

等待着他们的是更多的恐怖之物、更多嗡嗡计数的步兵方阵、更大的怪兽、更丑陋的无生者。奥德拉梅尔依然坚定。这些恶魔他过去都遇见过，它们可以被杀死。

"前进！"奥德拉梅尔呐喊，"前进！"坦克群再次加速,武器闪着炽热的光。

一群像马一样大的苍蝇掠过头顶，翅膀拍打的声音就像一首用锯奏出的挽歌。在奥德拉梅尔右边，一辆黎曼·鲁斯坦克轰然爆炸，它的炮塔被一道明亮的火柱高高托起。在他左边，另一辆坦克在恶魔的瘟疫刀刃的攻击下死去，装甲被蚀穿，引擎完全锈住了。一只巨兽带着法杖在空中穿行，一团跃动着的迷雾落在一辆奇美拉上，将它笼罩住了片刻。当迷雾升起后，那辆车已经被大量真菌淹没，轮廓变得难以辨认。其中最大的那些真菌上长着坦克驾驶员的脸。看起来虚弱无力的无生者用钝刀破坏着装甲车。蛆虫钻穿了塑钢板，就好像那只是一块腐烂的奶酪。

坦克继续冲入第二条战线。卡迪亚军的数量正在迅速减少，而恶魔似乎无穷无尽。奥德拉梅尔回头望向他们来时的路。那好像只有很短的一段距离，战争列车依然看起来很近，但敌人军队的一部分还是从马蒂厄那边被引走了。列车即将爬上山脉，已经越来越接近医院了。奥德拉梅尔可以安慰自己，部下们的死，以及他自己的死，并非毫无价值。

现在他们已经冲进了敌人的预备军阵地。卡迪亚军的攻势减缓了。奥德拉梅尔让他的坦克重组为锋矢阵形。他们凭借巨大的火力，冲到了山脉脚下，坦克纷纷从泥潭中脱身。此时他们只剩下最后十二辆坦克战车，受到了来自四面八方的围攻。

有一个庞然大物正涉水迎向他们。它背上挂着一个巨大的连枷，手拿一把带钩的大刀。一个蟾蜍般的脑袋上长着三只黄色的眼睛，下巴上长出了一根绿色的角。染病的破损皮肤就像肩章饰带般从它的肩膀上一条条垂下。它肥胖无比，它的部下们移动得太慢时，它的腹部会压碎它们。它那条肌肉发达的长舌头在空中舞动，做出毒蛇般的威胁姿态，在舌头末端还有一个它的脑袋的小型复制品，时而怒吼，时而傻笑。

"干掉它！"奥德拉梅尔命令。他现在已经无法使用数据网络，只能大声吼叫，希望部下们能够理解他的命令。

一门激光炮击中了那个恶魔的侧面。它咕哝着转过身，冲着攻击它的坦克吐出一股酸液。液体溶化了坦克的正面，使得装甲板下陷，大量的蠕虫流入了坦克内部。

坦克停止了运动，变成一堆冒烟的残骸。巨大的恶魔笑得下巴直颤，随后转动眼珠望向奥德拉梅尔。

"噢，呵呵！这不就是奥德拉梅尔上校？你的名字正在花园里被那些歌唱和叮咬的家伙们议论着。它们说，那个巴林堡的懦夫逃离了他出生的世界。审判正为你而来，托普斯·胃胀气的审判！"说完，胃胀气向前猛冲，将瘟疫使者们在肚子下碾碎。它解开了连枷，绕着自己的脑袋快速旋转，链条末端的钩子随着旋转速度的加快在空中发出啸声。"叛徒、胆小鬼、逃兵。"它得意扬扬地大喊，"在你死之前，好好看清自己是个什么东西。"

奥德拉梅尔的坦克被成群乱转的瘟疫使者堵得动弹不得。医院离此地只有四五百米，马蒂厄的战争列车正气势凶猛地逼近。

"我不是懦夫。"奥德拉梅尔说，"我们战斗到了最后。我们眼看着自己的世界毁灭，无不希望自己能更努力一点儿去拯救它。"

他带着坚定的信念说了这番话。恶魔却没有好好听他说完。

"只有懦夫才会逃避他们的责任。"

一个念头在奥德拉梅尔内心深处盘旋，但他碾碎了这个想法。他们被命令撤离，他当时心脏受了刀伤，遵从了命令。

"如果我是个懦夫，那么帝皇会让你将我击倒。"

怪物逼近了。它的恶臭不知为何穿透了奥德拉梅尔的呼吸装置，让他恶心作呕。他张开双臂，望向天空。

"帝皇啊！请注视我吧！"他呼唤着。

"他一点儿都不在乎你。在纳垢的花园里，去享受伟大循环的下一个阶段吧。"

恶魔心满意足地哼了一声，向前挥出连枷，钩子仿佛发出了歌声。

奥德拉梅尔祈祷。

"噢，帝皇，请保佑我！噢，帝皇，请保佑我！"

他的祈祷得到了回应。空气中闪烁着光亮，仿佛有一张薄纱被拉开，让他短暂地瞥见了一幅既荣耀又可怕的风景。有几个神在那个地方，其中一个向他伸出手，将他拥在自己的庇护之下。

或者那只是个幻觉。

一道明亮的光将连枷粉碎成旋转的金属块，没有一块碎片击中上校。奥德拉梅尔泪流满面，陷入狂喜，开始语无伦次地祈祷。大不净者困惑地盯着自己碎裂的武器。

奥德拉梅尔的部下们很快抓住了机会。

生锈的轴承吱吱作响，战斗大炮旋转了过来，炮管已经降下。大炮还没移动到位，就开火了，炮弹就像一块石头掉进厚重的泥潭般沉入了那个怪物的腹部。恶魔的视线从连枷转向自己的伤口，脸上带着惊诧的表情，随后炮弹被引爆了，将恶魔炸得粉碎，四散在风中，腐烂的皮肤拍打在坦克上，一串肠子落在爆矢枪上被烤得发出咝咝声。

奥德拉梅尔浑身都被令人恶心的液体淋湿了。液体堵塞了他的呼吸过滤器，窒息的感觉变得再也无法忍受，他一把扯掉了面罩，让自己暴露在含有剧毒的空气中。毒素撕咬他的肺部，一阵剧痛立刻传来，但他无所畏惧地忍受着。

奥德拉梅尔高高站在炮塔内部的台阶上，拔出了动力剑。

"帝皇与我们同在！帝皇与我们同在！"他呐喊着，"赞美归于泰拉之主！赞美吧！前进！"

枪炮闪光，履带翻腾，卡迪亚第4021团的最后一群士兵向他们的目标继续前进。

埃德莫没有片刻犹豫，立刻催促新星战士们加入战斗，甚至没有停下来查明战争使徒为什么会在这里。

"准备交战。"他在通信里对大家说，语速很快还带着点儿怒气，"瓦西隆，使用一切手段接通舰队通信。"

"那些人是谁？"马克森提乌斯－德朗蒂奥问查士丁尼。

"他们是友军，兄弟，知道这些就够了。"

"我喜欢这种简单的回答。"马克森提乌斯－德朗蒂奥表示赞许。

"埃德莫侦察部队进行分组。"中队长下令，"帕里斯小队与敌人交战，联系战争使徒，搞清楚他为什么来这里。其余小队，准备攻击医院。"

"中队长没有找我确认神器是否在这儿。"菲说，语气中有点儿委屈。

"它在这儿吗？"马克森提乌斯－德朗蒂奥问。

"什么？当然在！"

"那就闭嘴，技术神父，去找你的万机之神祈祷你今天能活下来。"

反重力坦克从北面沿着斜坡冲向医院，这条路线斜穿过瘟疫大军的后防线。他们通过时，发现星界军的坦克陷入了大群恶魔的包围。

"给他们帮点儿忙。"埃德莫下令,"自由选择攻击目标。"

反击者坦克并未减速,炮塔旋转了起来,精密的机魂让炮管维持水平,锁定了敌人。一道明亮的光矛闪烁着穿过枯萎的大地,击中了一个大不净者手中的武器,把它炸成碎片。炮管精确地调整了几度,又一炮打穿了一头浑身覆盖着毛发和树枝的怪兽的脑袋。旋转炮呜呜作响地高速射击,击倒了几十个较小的恶魔。那些怪物不一会儿就进入了他们的爆矢武器和冲击者的武器射程。所有的坦克一边疾驰而过,一边持续射击,从后方将敌军打得四分五裂。随着恶魔后方队伍遭到削弱,卡迪亚军面临的威胁也减弱了。星界军坦克奋力前进。埃德莫向他们发送了几条通信,命令他们和去医院的星际战士建立联系。

"有了这些武器,人类会永远统治银河系。"帕萨克说。

查士丁尼看了看马克森提乌斯－德朗蒂奥。他耸了耸肩,给爆矢步枪装上弹匣。

"这些新枪能够再次获得生命,都兴奋得很。"马克森提乌斯－德朗蒂奥说。

当他们靠近那座废弃建筑时,处决级反击者坦克转向停下,在被摧毁的医院大楼附近放下一个小队的根除者。瓦西隆的小队也跳了下去。查士丁尼让他的冲击者放慢速度,以便剩下的几名突袭仲裁者跳离。当其他两辆坦克再次向恶魔们开火时,查士丁尼的冲击者疾驰向下方的战争列车。

"给我接通轨道中继器。让我们看看它是否能增强我们的通信,建立跟战争列车的通信联系。"查士丁尼下令。

"遵命,士官兄弟。"帕萨克在驾驶室里回答。

一阵电子设备超负荷运转发出的刺耳声音传入查士丁尼耳中,随后逐渐降低为连续的刮擦声。

"国教战争列车,回应我。"

他们的坦克正以最高速行驶,被撞死的蝇群在车身上留下了污痕。列车开得很快。一大群各种恶魔正在围攻它,企图阻止它继续向山上前进,但车上安装的武器将它们全都烧成了灰烬。列车质量巨大,谁也无法阻挡。它朝着腐化的医院向上行驶,就像帝国的报复一样虽迟必至。战斗平台上挤满了人,他们大多数只装备了简易的武器,几乎没有人穿戴防护装备。尽管他们呼吸着有毒的空气,但他们还是击退了蝇群和从空中发起攻击的飞行恶魔。男女信徒在列车旁边步行前进，不断有人倒下。

阿基里斯也看见了这一幕。他惊讶地中止了射击。

"这么打仗，他们早就应该死了。"他说。

"他们活不了多久了。"马克森提乌斯－德朗蒂奥说，"看，那辆战争列车的防护盾正在失效。它已经坚持不了多长时间了。"

当他们看到最后一个虚空盾崩坏时，空中恶魔扑向防御者们，造成了可怕的伤亡。列车的速度变慢了，步行的瘟疫使者们开始向列车挤去，爬上了车。

奥皮诺用铁雨扫射着恶魔，被重机枪的反作用力震得全身颤抖。坦克在冲向敌人时使用反重力缓冲器弹跳，有一种奇怪的柔软的即视感。阿基里斯和马克森提乌斯－德朗蒂奥跪在运输舱的长椅上，把枪架在椅背的一侧。帕萨克用安装在侧面前部的风暴爆矢枪射击。满员的冲击者运兵车虽小却依然倾泻出了大量的火力，在敌人中打出了一条通道。他们面对的恶魔依然很有韧性，但似乎那辆列车让敌人比正常情况下弱了很多。马克森提乌斯－德朗蒂奥每击倒一个恶魔，都会非常满意地哼哼几句。

"国教战争列车，我是新星战士的查士丁尼士官兄弟。请回复你们的状态和战术目标。"

一连串断断续续的声音传来，随后是清晰、平静的话语。

"很高兴在帝皇的光辉下遇见你们，兄弟。"马蒂厄修士答复，"如果你重视人类的存亡，请帮助我进入那座医院大楼。"

"请注意，即将发生轨道轰炸。"查士丁尼说，"我建议你留在当前位置。"

"就算帝皇的烈火将它烧成焦土，我也要去那里。"马蒂厄说，"帝皇召唤了我。你是他派来指引我的天使。带我走向我的命运吧。"

马克森提乌斯－德朗蒂奥看了看查士丁尼。士官点点头。

"照他说的做。跟着这列列车，护送他们上山。"

古加斯往外注视着那些闯进工厂的讨厌的凡人。他们在它的跟班们当中造成了巨大的骚乱。古加斯犹豫了片刻，是否要离开巨釜过去看看？

"汤可能会溢出来的。"它咕哝着，"那样风暴要怎么办？"

巨釜里充满了恶毒的情绪。当这些负面能量注入大气层时，就连古加斯自己的灵魂都被推来挤去。它为自己的炼金术才能自豪不已。

"我在这里做的事可不简单。"它抱怨着,"给我酝酿一场风暴!说起来倒轻松,但要收集这么多的压力和暴力,促使它们腐化为能量,这绝非易事!"古加斯说着,疲惫地摇了摇巨大的脑袋。"别让他们进来,我的瘟疫守卫们!"它叫了几句,但有点缺乏信心。它的副手们都不在附近。它从花园里找来接替旧将领的那些大不净者,能力逊色了不少,而且数量也不多。古加斯注意到其中一个刚才被驱逐了。"不要凡人,不要瘟疫守卫,不要坐立不安的折磨。只需要恶魔。"

这够了吗?这应该够了。他告诉自己。古加斯叹了口气。

"但这还不够,不是吗?"

这一切都是令人厌倦的宿命。

在轨道攻击命中前,古加斯就感觉到了。因为它与巨釜紧密相连,巨釜制造了风暴,而轨道轰炸穿透了风暴。它的一小部分灵魂碎片散布在大气层中。即将来临的光矛火力让它的肠胃一阵痉挛。古加斯打了个嗝儿,抬头望去。

"哦,亲爱的。"它说。

激光之雨从天而降。其中很多道光束都发出嘶嘶声消失了,古加斯的法术干扰了能量的有序转移,这让它开心了起来。尸神的飞船将恒星的能量抛向巨釜,但巨釜并不会轻易被摧毁。然而在巨釜上方护盾之外的地方,有很大一部分的轰炸火力成功落下,将它的瘟疫守卫烧成了灰烬。这让古加斯的好心情不免有所减弱。

"他们真是无所顾忌!"古加斯刚说出口,一道光矛就击中了战争列车旁边的地面,将一大团蒸发的水汽抛向天空。爆矢枪的响声和链锯剑的旋转声越来越近。古加斯又看了看巨釜里面的情况。它不喜欢战斗,一向如此。

"但有时候我们别无选择。"古加斯发着牢骚,"你,你,还有你——到这里来搅拌。"

被指到的瘟疫使者们一瘸一拐地爬上了环绕巨釜的光滑的木制脚手架。古加斯把搅拌勺丢给了它们。那把勺子比两个瘟疫使者还大,它们只有使用一套复杂的带子和麻绳编成的索具,才能拖动勺子围着汤锅转。瘟疫使者们忧伤地争执着谁应该套上索具。

"噢,继续干。"古加斯厉声说。他摇摇晃晃地走到靠在墙上的大剑前,拿起了剑。这时候,瘟疫使者们终于推着巨勺转了起来。

"慢点儿！"古加斯咆哮，"再慢点儿！要的是一场风暴，而不是龙卷风！"它摇了摇头，朝枪声传来的方向走去。

古加斯漫步走下一条长长的走廊，它的角从高高的天花板上刮下残留的潮湿石灰。它的剑拖在身后，犁开了石灰地砖。它走出来，到了医院的一个入口大厅。古加斯没怎么利用这个空间，也没有积极地改造这里，但古加斯的存在确保了这里的阴湿，墙上都是带着霉菌的黑色条纹，地面上布满了长肿瘤的血肉和奄奄一息的杂草。半个大厅的天花板都塌陷了，露出了翻腾得令人作呕的天空。

"哈啰啰啰啰？"古加斯把一只手放在嘴边呼喊，"我听到你们在这里了，小家伙们，出来吧！快点儿出来！"

作为回应，一道聚变光束从拱门侧面呼啸射出，正中它的腹部。古加斯生气地看着自己的伤口。攻击他的人藏身在一根失去光泽的大理石柱背后，服装上有某种四等分设计的图案。

"这是我的屋子。你竟然如此不尊重我？"古加斯大喊，"真没礼貌！"

另一道聚变光束炸飞了它的一大块内脏。第三和第四名战士正在从房间另一边逼近，每个人都穿着同样的战甲。

"好痛。"古加斯说，它挥舞着剑，"一次小小的埋伏。嗯？这还差得远。你们知道我是谁吗？"

它大步向前，把瘟疫大剑向下砸进了第一名星际战士体内。蓝色和骨白色的战甲变黑，成了一千个腐烂的碎片，里面的人融化成了恶臭的油污，黑得就像午夜。

"我就是瘟疫之父古加斯，纳垢的第一宠儿！"它说。其他的原铸根除者在背后射击它，于是古加斯甩出青蛙般的长舌头，从地面上抓起一个敌人扔到空中。那名战士还在空中飞着的时候，就经历了迅速的变异，等到他腐烂的尸体撞到墙上，已经变成了一坨肢体无法匹配、内脏全都暴露在外的东西。"我不是虚弱的瘟疫播种者，而是疾病的主人！"古加斯训斥着，"在这个宇宙里，能打败我的人寥寥无几。"

爆矢弹从四面八方猛烈地射进它的身体。又一群星际战士赶到了，他们用较短的爆矢卡宾枪瞄准。

"噢，又来了很多，是吗？别停啊。"古加斯说，"我很怕被挠痒痒，要是激怒了我，我也会挠你们的痒痒。"

星际战士们继续对它开火。古加斯转了一圈，发现敌人包围了它。

"这不公平，这么多人打一个。我得平衡一下才行。"

原本覆盖着宜人的植物的墙壁，现在开始起伏和冒泡。

古加斯咧嘴笑了笑。瘟疫使者从星际战士们身后的阴影中出现。爆矢枪的火力顿时减弱了。

"现在。"古加斯说着，有点扭捏地承认现在的场面很有趣，"谁想来和我打架？"

"我来。"

从该诅咒者的玩具般的孙子们当中，有一个人从黑暗中走出，那副自高自大的样子就像独霸了一座粪堆的纳垢灵。他举起一面盾牌，正面上刻着一具被束缚的骷髅，手里拿着一把发光的大剑，不过和古加斯的剑相比尺寸还是要小得多。他看起来洁净和健康得令人作呕。要是能把他切成小块，那一定赏心悦目。

"噢，就是你了。"古加斯乐不可支地说，"你肯定会很棒。"

第三十一章

智库的职责

　　费边独自冲入黑暗中。图书馆的主门大开，一条长长的台阶向下通往要塞广场。托勒密图书馆的外围建筑非常大。但它已经存在了几千年之久，内部的藏品早已超出了原有建筑结构的设计容量。在那之后对这条山脉基岩的深入挖掘，让图书馆扩大了十倍。因此它的书库一直扩展到了地下。费边可以想象这种模式会持续下去。即使是入口大厅，墙上也堆满了书本。五层楼的黄铜楼厅上停放着几百个带轮的梯子，在基里曼关闭这里前，最后使用梯子的人将它们留在了那里。

　　所有的照明都关闭了。在侧面的桌子上还摆着成堆的数据存储设备，以及少量个人物品，上面都覆盖着经年的灰尘。这里给费边的第一印象是，基里曼在没有任何警告的情况下就把所有人都赶了出去。

　　这里安静而凉爽，即使费边身穿装甲防护服也感觉如此。战斗的喧嚣被图书馆的厚重墙壁所掩盖，仿佛知识的重量压制了声音。这个地方沉淀了几千年的历史，一时的暴力对它没有丝毫影响，图书馆用应有的蔑视泰然处之。

　　费边蹑手蹑脚地走在寂静的大厅中，他的呼吸声在头盔的狭小范围内回响。

　　"以王座的名义，我在干什么？"费边暗自嘀咕。他跟踪的怪物已经离他很远了。他无论如何都不应该出现在这里。基里曼的禁令只是无数个理由中的一个。要是他用自己身上的枪对那个怪物射击，很可能只会招来对方的嘲笑。哪怕是直视一个大恶魔，都有可能会把自己害死。但费边还是继续向前走。真正的原因是，踏入这些禁忌的大厅对他的诱惑远远胜过了恐惧。

　　要追踪恶魔并不困难。它所过之处，满是寄生虫的黏液在地板上积成的水坑，一条条血迹和脓液的痕迹五彩斑斓。它的脚步熔化了石块，留下了足迹。黄铜配件失去了光泽，钢和铁都生锈了。在费边头顶上方的书架，某些特定的书本上面长出了彩色的霉菌，就好像恶魔的手指不经意地拂过了它们，触碰导致了它们的腐化。破烂的窗帘悬挂着，上面满是孔洞。一簇簇奇形怪状的植物从合上的书卷中生长出来，黏糊糊的花朵喷出孢子，在费边探照灯的照射下闪闪发亮。

尽管那个怪物推门进去时显得那么迟缓，好像再往前走个几米就能找到它似的，但它其实比费边预计的要快得多，哪儿都找不到它。费边感到呼吸困难，肌肉颤抖，他不得不提醒自己，他跟踪的并非凡间生物。

他试了试通信器，但除了预料之中的沉默，什么反应也没有。那些书本仿佛在等着接下来会发生什么。没有通信的嘶嘶声，他的世界只有头盔内的仪器微光，以及探照灯射出的长长的锥形光。费边本以为自己会很害怕，但其实他并不害怕。

黏液的轨迹向图书馆深处延伸，从这座图书馆第一次扩建时建造的巨大拱门下穿过。书架造得更高了，变成了多层的。所有形式的数据存储器都堆放在那里，不仅是书本，还有卷轴、水晶、照片、图画、全息影像盘和磁带。恶魔已经走下了大厅，深入山脉内部。费边跟了过去，发现它的轨迹向右拐向了一条狭窄的小道。两旁书架上的书充满了压迫感，费边走在一条狭窄的知识小径中。所有这些被恶魔靠近过的书，都已经腐烂成了无法阅读的垃圾，仿佛这个空间被用来倾倒没有任何人想要的废弃思想。

更多的拐弯，更多的扭曲。他发现自己从巨大的拱廊走进了低矮的道路。那里的书都被囚禁在金属牢笼里，悲哀地渴望着自由。天花板明显变矮了。从顶上垂下的几片墙皮，标志着他的猎物曾经刮擦过那里。在恶魔靠着书笼平衡身体时，那些笼子都被压扁了，里面潮湿的书本上长满了蘑菇。

此后不久，破坏和腐烂的迹象减少了，黏液也变少了。在小水坑里，死去的寄生虫变成了棕色的线条。费边不得不弯着腰寻找痕迹，最后他只能一直仔细盯着地板。

一个小小的、肥胖的身影在走廊中间等着他。是那场雨中的小恶魔。

它伸开双腿站着，拳头放在臀部，多层的下巴向外翘起，就像舞台上的演员一样摆出英雄的姿势。当费边的探照灯光照亮它时，它还保持着这个姿势，只是为了能让费边看见，随后它伸出布满水泡的舌头呸了一声，咯咯大笑。费边举起枪，想了想，还是追了过去。

那天晚上，这个小恶魔想给他看某个东西。那到底是什么，他必须知道。

小恶魔溜过一个拐角，走进一个低矮的六边形房间，它的圆顶是石制的。巨大的装甲门敞开着，里面的墙上排列着六个架子，其中五个架子里装满了书。另一个架子上则摆放着零碎物品和薄薄的黄铜片。它们全都被锁在架子上，放在带花纹的银屏之后。

小恶魔正在攀爬其中一个架子，它故意模仿登山者，演出怒气冲冲、气喘吁吁的样子。被它触碰到的白银变成了黑色，大面积失去了光泽，塑钢上长出了苔藓，书本裂解成了碎屑。

纳垢灵终于来到了它的目的地，用一只手保持着平衡，另一只手指向一本放在其他书中间的看似无害的书。那本书看起来和其他书一样普通，有两掌高，几厘米厚；皮革装订看起来已经干瘪了，很难判断它的年代，无从判断它里面到底记载了什么。

纳垢灵发出一阵笑声，扑通一声落在地板上，然后穿过房间，走进一片阴影。

房间里除了费边、书本和小恶魔之外原本别无他物，但现在肯定有了某种其他东西，某种巨大而腐烂的东西。一股恶臭向费边袭来。那个他曾看到的钻进图书馆的大不净者，那个他一路追踪到这里的怪物，向前走出。它周围的空气和墙壁都在闪烁。尽管这里的空间本容纳不下它，但不知为何它却发生了变化，与恶魔的身形匹配了。小恶魔沿着大恶魔层层叠叠的肉往上爬，用松弛的肌肉条当作绳索，最后终于来到了那只怪物巨大的手掌中。小恶魔在手掌里蠕动着，大魔则开始抚摸它。

怪物长着一张只有在噩梦中才会出现的脸，它俯视着费边，却奇怪地表现出脾气很好的样子，表情几乎可以说得上仁慈。就像小恶魔一样，它还有两张额外的嘴，一张嘴长在肚子上，另一张嘴长在左臂上。三张嘴全都在微笑。

"你好啊，历史学家。"它说话的声音就像一群蛇在嗖嗖作响，嘴里满是翻腾的蛆虫，当它说话时，那些蛆三三两两地掉落下来，"我是雨父罗提古斯，纳垢的第二宠儿。见到你是我莫大的荣幸。"

费边举枪开火。激光束正中罗提古斯双眼之间。怪物抬眼看了看冒烟的地方，眼睛变成了斗鸡眼。

"这可有点儿粗鲁。"怪物说，它把目光又转向费边，咧嘴一笑，更多的蛆掉到地板上，"我不会发火的。毕竟你除了同类的谎言之外，对我一无所知。

我只要求你听我说完这番话。"它把右手从小恶魔头顶挪开，在上方挥舞，就好像在对另一个听众打手势，"我对你毫无恶意。"

怪物说话时，费边感觉自己的防护服正在腐烂。橡胶织物绷紧了，仿佛随时可能裂开。碳片从装甲板上分层剥落。激光手枪上的能量指示灯一个接一个变得暗淡无光。他应该逃跑的，但他做不到。

"如果我是你，凡人。"罗提古斯接着说，"我就会读一下那本书。"它把一根长长的黑指甲指向小恶魔刚才指出的那本书，"我本该把它拿下来给你，但是，你知道，如果我这么做，你就再也看不了那本书了。"它窃笑了几声。它每次胸口一起伏，从嘴里都会掉出蛆虫，就像谷粒掉进漏斗中。

"为什么我要照你的提议做？"费边说，"我了解过你的同类。诱惑和腐化，这是你们唯一会做的事。"

"是这样吗？"

"所有你们的神都是邪恶的。"

"所有的神，都只是神。他们既不好也不坏。"嵌在罗提古斯肚子上的那张嘴舔着裂开的嘴唇，"你们的九个原体背弃你们的神，投向了伟大的四神。他们都是远胜于你的人类。如果他们都明智地这么做了，你不觉得混沌的提议值得考虑一下吗？"

"不。"费边说。他后退了几步。空气突然扭曲了，罗提古斯出现在他的后面，挡住了门，现在他已经无路可逃了。

"我还没跟你说完呢。"怪物说，"你追寻知识，不是吗？这就是你的目的，你的动力所在。我能看见你的想法，凡人。我知道，尽管你辱骂我，但你其实很好奇我要说些什么。你是如此渴望知识。你在想着，为什么是这本书？为什么这个怪物要让我看它和诱惑我？那里面到底有什么知识？"罗提古斯耸了耸肩，"你正在为自己辩解。你在疑惑我可能会给你什么。你又能从这些知识中获取什么力量来对付我们恶魔，还有它是否值得你牺牲自己的灵魂。英雄费边，你内心有一部分这么想，已经被诱惑了。而另一部分的你厌倦战争，陷入了绝望。这是一条出路，你这么想。但我们都知道，这些想法都只有一半是正确的。你想看那本书的真正原因，只是因为你想要获得它的知识。你总是只想获得知识。这就是该诅咒者之子培养你的原因，这就是你将会毁灭他的原因。"

"我决不会背叛基里曼大人！"费边叫喊着，因为恐惧而窒息。他无力地挥舞着武器。

罗提古斯大笑起来。"多么令人愉快。那么好吧，问问你自己，如果你是因为他的圣洁而不能背叛的话……"它舔舔嘴唇，抛来一个意会的眼神，"那你的主人为什么要把这本书锁起来？既然他专门选择了你来发掘知识和揭露真相，为什么他要关闭整个图书馆，不让你和其他学者进去？其实只是因为一本书。那本书，就在这里。"

"那只是象征性的措施。"

"胡说，而且你自己也很清楚。"罗提古斯举起一根手指，"我会告诉你原因。在这本书里，有一个原体不想透露的真相。"罗提古斯向前探身，毒气从它肚子上的洞里冒了出来，它的脸距离费边只差几厘米了，"伪君子。"它低语着，"拿上它。你就会知道是什么样的人在带领你的种族走向灭亡，让现实世界走向瓦解。来吧。"

费边犹豫了片刻。他盯着恶魔的眼睛，知道自己只要活着一天，就永远不会忘记这个怪物的脸。他因为一时的自作主张，玷污了自己的灵魂。这看起来是值得的。

"不。"他说，随后拔出并启动了动力剑。尽管受到了强大的阻碍，但动力电池还是发挥了作用，分解力场开动了。

罗提古斯叹了口气。"好吧。"它说着，伸手挥了一大圈，房间里所有的书都掉进了湿透的灰尘里。随后它用右手去抓费边，左手依然抱着它的小宠物。

"让我们看看你在花园里会过得如何。"它说。但费边向后退开，举剑狠狠地砍去，深深切入了恶魔的拇指。

罗提古斯的左手上的拳头和触手反射性地闭紧，压碎了手掌中正在惬意地打呼噜的纳垢灵。

"噢！"罗提古斯大叫一声，一下子收回了手。伤口处喷出了黑色的脓液，它放到嘴边吮吸。蛆虫从它的嘴里蠕动着移动到伤口的肉里。随后罗提古斯把宠物的尸体随手丢到一边。

"瞧瞧你让我干了什么。"它说着，瞪着手掌里的肉泥，在它的右手周围有阴影在聚集，形成了一把短木杖，木杖顶端长出了三圈木芽，发出危险的光，"你要为此付出代价。也许这里改变一点儿，那里也改变一点儿，就可以让你变得更容易摆布？"它咧嘴一笑，"鼻涕虫的身体？蛆的脸？一直不停拉的大便？组合一下，或许你就会好好听我说话了。"罗提古斯举起法杖，苍白的幽灵之光在三圈木芽周围闪烁，"我要让你在慈父的眼里变漂亮点儿……"

"我告诉过你，历史学家，不要跟这个东西下来。"一个嘹亮的声音传了过来。

沉重的脚步声接近了。罗提古斯转头去看，身体也转动了一点，现在费边可以从缝隙间看见走廊了。首席智库提格里奥斯正向他们走来，他的头盔闪动着灵能力量。

"如果你想，现在就可以逃走，纳垢的孽种。这样我就可以省下把你送回亚空间的时间了。"提格里奥斯的语气很不悦。

"我和你之前遇到的恶魔不同。"罗提古斯说，"我不会因为你就逃跑，小巫师。你才是应该逃跑的那个。"

"我是一名极限战士智库，没有东西能让我逃跑。保护知识是我的职责。这是我的图书馆，我命令你立刻离开。"

提格里奥斯举起了权杖。罗提古斯向前猛击。能量的乱流从彼此身上爆发，在两者之间相互碰撞。这股巨大的力量把费边推回房间，让整个大厅都在震动。

伴随着奥术力量的闪耀，恶魔与灵能者战斗着。

费边的目光被吸引到上方。那个小恶魔又回来了，正从架子上往下看。房间里所有的书当中，只有一本幸存了下来。

它把一根手指放在嘴唇上，从书架上把那本书推了下来。书重重地掉落在离费边一两米远的地板上。

费边犹豫片刻，然后伸出了手。

第三十二章

兄弟二人

马德瓦·柯肯站在马库拉格之耀号的指挥甲板上。他单手把高高的头盔抱在身侧。一名机仆在他身后侍立，扛着他的守护者长戟。在他周围，数以百计的人正在紧张高效地工作着。

以赛亚·卡斯特林牢牢握着指挥权。他坐在原体的指挥台上，而不是他自己的更朴素的舰长宝座上。传令兵拿着羊皮纸卷轴从一个操作站跑向另一个操作站。伺服颅骨带着数据从甲板的一头飞向另一头。机仆唱诗班悲鸣着夹杂技术信息的意义不明的词句。来自各个常规部门的技术神父和凡人船员一同工作。后面有一圈极限战士们在站岗。

在他们当中，柯肯的金色铠甲很醒目。他就像一块石头般动也不动，面无表情。船员们对待他就像对待一面峭壁，没有任何人关注他。

第一舰队包围了亚克斯。没有任何东西能离开这颗星球的地表。帝国舰队并未遇到反击。很少有军队能对付不屈远征军的三个完整的战斗群。即使是莫塔瑞恩的军团在此全军集结，也难以战胜他们。

从地表断断续续发来的报告称，有一支大军正在向初临城移动，但确切兵力始终欠奉。死亡之主指挥着对帝国的威胁当中最强大和最完整的力量之一，他却希望与基里曼单独对决。

这毫无意义。柯肯知道基里曼和莫塔瑞恩之间的事远非自己所能染指，但考虑到这一点，双方的战略似乎都不太合适。

在这些战斗群中有几十万的凡人大军。其中四分之一是泰坦军团、空军、坦克、来自各个部门的凡人战士。基里曼却没有部署他们。柯肯同意，地面确实很危险。大型战争机器很容易在初临城周围的熔岩地带被从侧翼包抄。瘟疫会让不太有抵抗力的人类面临风险。这都是事实。但机械修会的军队呢？还有柯肯的万人队勇士呢？他们当然应该在开始时就参加战斗，而非退到后面等待收割最后的胜利果实。但基里曼告诉他不行。

原体们在玩一场危险的游戏，柯肯在心里对自己说。

他担心基里曼低估了莫塔瑞恩的瘟疫威胁。他害怕结局会不可收拾。

他不赞成这个计划。

柯肯很紧张，而且也表现出来了。卡斯特林想让他离开舰桥。舰队司令更希望柯肯去传送舱，和他的部下们一同等待出征。但卡斯特林没有权力命令柯肯出去，因此护民官留了下来。目前，他们只能故意忽视对方的存在。

"告诉我对瘟疫点轰炸的情况。"柯肯突然说。有一支稍微偏离舰队阵形的打击群组正在透过大气层用一连串光矛火力打击地表。

"没有轰炸结果的回报，大人。我们正在盲射。"一名军官回答。

"继续对新星战士标记的位置进行光矛轰击。主炮做好准备，等视野清晰之后开火。我希望这次攻击尽早达成任务。"

卡斯特林从他正在阅读的报告中抬起头，对护民官开口了。

"万人队准备好传送突袭了吗，护民官？"

"是的。"

"那么，或许您愿意和他们一起去？"卡斯特林有点儿紧张地说。

"只要确保传送点锁定就行。"柯肯说，"在确定神器的位置之前，我们没有理由登陆地表去攻击。还有，第二阶段攻击只能在原体或英杰的明确命令下进行。"他不动如山，留在原地。

柯肯并不信任这个凡人能赢得战斗。十二艘待命的战舰，帝国武器库中最致命的武器做好了发射的准备，全都指向这颗行星。这是基里曼应对莫塔瑞恩取胜时的保险措施。柯肯认为这么强大的力量不应该掌握在凡人手里。一旦卡斯特林在错误的时机发射了它们，后果将不堪设想。尽管柯肯希望原体离去，但如果他死在这里，帝国也将随之灭亡。

从一个通信喇叭里响起了来自地表的刺耳信息声。技师们用过滤装置进行了几次测试才搞清楚其中的内容。当他们完成时，一个号角声响起，宣布了一条优先级最高的报告。

"原体出击了。战役进入第二阶段。"

"预锁定依然有效吗？"卡斯特林询问炮长。

"是的，大人。"

"那就立刻对预定目标开火。"

柯肯抓紧了头盔。"莫塔瑞恩很快就会开始行动。我们进入了这场战役最危险的阶段。"

普西纳里堡的主城门敞开了。一万顶腐朽的头盔陆续转向大门，敌人的反应就像油中的波纹逐渐扩散那样迟缓。

炮火从外堡的每一个角落向外射出。在第一层和第二层城墙上依然活跃的朝北的炮台与第三层城墙和周围山峰上的炮台一起，轰击着城门前的原野。它们扫荡着地面上的敌军、怪物、凡人和星际战士，融化了从初临城通往一座黏稠的熔岩山峰的公路上的混凝岩。先驱者的飞行小组从隐蔽处飞出来，俯冲而下。在震撼整个世界的两分钟猛烈轰炸之后，城墙上的炮台停止了开火，基里曼的军队开始突围。

他们乘坐着冲击者、角斗士和星辰神反重力坦克，每几十辆坦克采用一种战团的颜色涂装，总共有二十个战团之多。它们如潮水般涌出城门，在离开拱门之前就开始发射主炮。它们奋力向前，向四周展开，将迎向它们的一切敌人都炸得粉碎。先驱者和压制者小队呼啸着冲锋在前，将大军前进路线侧翼的敌人清除干净。城墙炮台继续开火，进一步将战场划分为网格，一个方格一个方格地消灭里面的敌人。

这场突围遭到了猛烈的反抗，在短时间的混乱之后，死亡守卫很快自行重整，将重型火炮对准了大军前进的路线。炮弹轰击着战车，将其中许多车辆炸成了碎片，但它们依然在推进，笔直冲进敌阵之中。角斗士坦克急速穿过狭窄的敌军缺口，从后面冲向那些攻城盾车，炸毁了护盾发生器。躲在盾车后的瘟疫战士们失去了掩护，任由城墙炮台蹂躏。冲击者组成锋矢阵，凭反重力器的巨大力量将叛徒们碾入尘土之中。

在敌人看来，原体的开场攻击无疑是鲁莽的。尽管这里有许多坦克，但莫塔瑞恩军团拥有的坦克数量远远超过他们。这似乎是一场注定失败的冲锋——如果基里曼的意图仅仅是一次简单的冲锋的话。

坦克编队突然分裂，然后再次分裂。一支巨大的坦克组成的箭头向左边脱离，指向城墙底部。星际战士正从那里飞跃出来，攻击已经冲进城市的瘟疫战士。

另一部分坦克驶向东方，将敌军左翼的注意力引开。而中央编队则一分为二，在莫塔瑞恩的军队间周旋。有一些坦克被炸成碎片，或陷入泥沼，或是在近战中被击败，但有足够的兵力完成了他们的目标，通过炮火和重力推进器，让瘟疫战士们密密麻麻地集中在了宽度只有一两公里的狭小区域内。

天空突然隆隆作响，一个光点出现在头顶。

马库拉格之耀号发射的第一枚炮弹穿过了大气层。这是一种构造罕见的武器，在它的金属外壳内藏有防腐处理过的人类不可接触者的骸骨，用来抵御灵能风暴的影响。它的制导系统锁定在这片平原下方深埋的灵能信标上。

罗保特·基里曼注视着炮弹下降。他头盔中响起了刺耳的声音，报告行动完成。坦克一边射击，一边急速驶离。

"示弱也可以是一种力量。"基里曼说着，转向站在他身旁的菲利克斯，菲利克斯身后则是整个灵能顾问团，"你们知道接下来要做什么了吧，英杰？"

"记住。"纳塔赛说，"那把剑是关键。使用你父亲的力量，否则你就会死。"

基里曼点点头，随后迈出城门，独自走向敌人。与此同时，群星从天空中坠落爆炸。

罗保特·基里曼头也不回地向这场虚假的日出走去。

落下的鱼雷携带了一枚岩浆弹头。这种武器通常只在灭绝令等级的行动中使用。它们是行星杀手，而非战术兵器。

在亚克斯上空120米处，弹头的机仆大脑检测已达最佳空爆高度，于是将弹头引爆。高能炸药在一个围绕着强效同位素核心的球体中爆炸，将其炸得粉碎。原子融合释放出巨大能量，弹头核心周围的冷凝气体金属立刻蒸发，形成了一团等离子云，以超音速扩散开去。冲击波撞上地面反弹，又进一步增强了威力。一场小型火焰风暴在莫塔瑞恩军队的中央咆哮，消灭了已经折磨帝国许多个世纪的叛徒们。

基里曼走向核爆的方向，他的超人体质保护他免受高热和强光的伤害。当冲击波穿过大地向城市袭来时，地面上升，士兵们被甩飞起来，然后被从正面呼啸而来的高热气体炸死。基里曼的坦克尽一切可能飞速奔逃，但还是有一些坦克被卷入了爆炸。莫塔瑞恩的军队远不如他们灵活。成百上千人在一瞬间死去。

基里曼在飓风中倾斜着身体，热风剥去了命运之铠的颜色，让装饰在上面的稀有合金变色。但他没有停步。

衰退的冲击波击中了城市。在之前的战斗中被削弱的建筑物崩塌了。火焰在迅速干枯的花园中燃起。

基里曼依然在前进。

原体穿过了一片布满了尸体和伤员的战场。在距离城墙几公里处，一团蒸发的物质升上天空，熔岩的光芒照亮了云团下方。破坏极大，但并没有实质上的意义。

基里曼意在挑衅。

"莫塔瑞恩！"基里曼大喊，"莫塔瑞恩！你想和我战斗，我就在这里！莫塔瑞恩！"

基里曼现在已经离开城市六公里了，这正是他计划中的距离。他放慢脚步，拔出了剑。火焰在剑身上爆发出来。基里曼把剑高高举起。

"我是按照你的要求来亚克斯的。我再一次站在战场上，再一次呼唤你出来！正如你所见，我的舰队随时可以消灭你的军队。勇敢点儿，面对我。这是你的愿望，同样也是我的愿望。让我们停止这场乏味的追逐，兄弟对兄弟，解决这一切。"

浓烟和雾气从原体面前吹散，空气变得清新了一点儿。他站在那里，高举手臂做出挑战的姿态，心里盘算着自己犯错的可能性。基里曼不会对其他更精于算计的兄弟做出这种举动。佩图拉波会抓住这个机会，从远处把他轰成碎片。阿尔法瑞斯会施展一些复杂的诡计来解决他。洛加会试图让他皈依。但莫塔瑞恩需要证明自己。基里曼的策略建立在他兄弟的不自信上。

他在头盔下笑了笑。如果他犯了错，这场对决恐怕很快就会分出胜负。

罗保特·基里曼很少犯错。浓烟在强有力的双翼扇动下翻腾，莫塔瑞恩从上空降下。

基里曼发送了一个编码信号。灵能顾问团会立刻乘坐一支运输车队出发，包围基里曼占据的这个地点。而他的装甲纵队将会把敌人挡在后面。

巨大的装甲靴子踩碎了战场上的残骸。莫塔瑞恩抖了抖他的翅膀，用已盲的白眼盯着基里曼。

"你好，兄弟。"他说，阴沉的嗓音在燃烧的大地上响起，"你接受了我的邀请。"

"我从不逃避战斗。"基里曼说，"你呢？"

莫塔瑞恩低声笑了笑。"你知道，这是一个我为你设下的陷阱；我也知道，你也为我设下了圈套。我们的比赛继续进行。"他的呼吸器喷出滚滚浓烟，"你其实并没有能力定位我的军团进行轰炸，不是吗？这是风暴造成的。你使用了信标，对吗？你刚才消耗了一个昂贵的玩具。我怀疑你还剩下多少这种东西。"

"现在我已经抓到你了，就在我想要的地方。"

"可真有趣，罗保特。"莫塔瑞恩说，"我可以对你说同样的话。"

他抓起镰刀，试着挥舞了两下。沉寂之刃发出期待的嘶嘶声掠过空中，每一击都留下一道毒烟的轨迹。

"我们开始？"他说。

基里曼摆出了一个防守姿势，举起剑，两脚分开。

"我希望你不会又一次从我面前逃走。"基里曼说，"我不愿意亲眼见证你的怯懦，两次。"

"哦，绝对不会了。"莫塔瑞恩说，"弗格瑞姆已经杀过你一回。现在轮到我了。我打算干得更漂亮些。"

"停车！"

菲利克斯的冲击者停下了。其他载具也全都围着莫塔瑞恩和基里曼会面的地方停下了。总共二十辆，上面全都搭载着星际战士智库。

战斗的撞击和咆哮依然在人地和锯齿状的山脉间回响。星际战士和恶魔在各处战斗，但战役的性质已经变了。突围行动和岩浆炸弹将这场战役分割成了许多场小型战斗。数据从各个方向源源不断流入，尽管它们被病毒代码腐化，被通信干扰所阻碍，但菲利克斯获得的信息还是足以拼出一幅清晰的战略图景，他深感不安。

"我们的时间不多了。"他对多纳斯·马克西姆和伊利亚纳·纳塔赛说，"莫塔瑞恩的军队即将重组。只要他们意识到我们想做什么，他们就会立刻冲向我们这边。"

"命运的丝线已经编织好了。"纳塔赛说，"为了给胜利争取最佳条件，我们已经竭尽所能。"

"从一开始这就是你编织的。"菲利克斯说，"允许间谍刺探我们的简报会，还有定位神器。"

"你的头脑并不像你看上去那么迟钝。"灵族人说,"你知道这些事情。你也知道我在所有的一切中扮演了什么角色,英杰。圈套对圈套。在这些我们灵族擅长的微妙之处,人类只会由于粗心犯错而走向毁灭。"

"那么,如果我的父亲倒下,我知道应该归咎于谁了。"

"我已经告诉了基里曼大人未来的情况,但计划是他定的。我向你发誓。你现在必须相信他能拯救自己。我已做了我能做的一切。你可以不相信我,但你要知道,我并不希望他死。"

"但我们必须胜利。"菲利克斯说。

"对。"纳塔赛说,"你们的星际战士必须找到那件神器,而且摧毁它。基里曼必须承受住莫塔瑞恩的瘟疫,但还有其他许多事情都可能出差错。胜利远非必然之事。"

菲利克斯将护目镜的放大倍率调到上限。透过闪烁的空气,他看着莫塔瑞恩向他的兄弟走去。基里曼与他那变异的兄弟相比显得太小。无法想象他们两人曾经体型相同,并肩作战,平等交谈。

"我们可能会输。我们可能会失去他。"

"有可能。"纳塔赛承认,"未来并不是你的朋友,也不是我的。我们所能做的就是让我们自己与命运提供的最佳路线吻合。别害怕,德西摩斯·菲利克斯。我的人民在这项技艺上有很多实践经验。"

"我们要尽最大的努力,英杰。"马克西姆说。

"那就继续吧。"菲利克斯说,"不要再多浪费一秒了。"

纳塔赛把一块闪亮的黑布铺在地上,上面画着他的种族的几何符文图案。他盘腿坐在上面,从身边的一个布袋里一个接一个地抽出符文。这些符文在他身边飘浮,发出苍白的蓝光。纳塔赛陷入了冥想。

"你可以开始了,多纳斯·马克西姆。把你的力量借给我。"

马克西姆点点头。他向来自其他许多战团的智库兄弟发出信号,伸出双手。明亮的能量聚集在他的手上。

莫塔瑞恩的镰刀在空中挥过。基里曼紧握着他父亲的剑。他怎么可能打败那个东西?菲利克斯想着,恨不得自己就站在摄政的身边。

莫塔瑞恩就像在帕梅尼奥时一样向他的兄弟做战前致敬,镰刀柄紧贴着他的前额。

"快点儿,他们就要开始决斗了。"菲利克斯说。

"该发生的一切都会发生。"纳塔赛低语着,一道寒冷的光辉掠过天空,"我们已无能为力。奥特拉玛的命运掌握在罗保特·基里曼的手中,这一点从未改变。"

灵族的符文放射出明亮的光。灵能穹顶笼罩了对决场。

原体们开始了冲锋。

第三十三章

灭绝令

兄弟二人同时行动了。

有一瞬间,他们对视在一起。在他们之间有一种压力,沉重得足以将时光压缩。他们攻击时,无须任何思考。这是早在帝国的黎明时期,就已经编织进他们的基因密码中的能力。

莫塔瑞恩的攻击范围更大,因此首先发起攻击。沉寂之刃就像收割般横扫了一圈。基里曼向上挥出帝皇之剑的烈焰,挡下了这看似不可阻挡的一击。武器碰撞发出雷鸣般的巨响。火焰和毒烟混合在一起,将毒气焚烧殆尽。当火焰舔过那黄铜的牢笼时,沉寂之刃内的恶魔之魂发出惊恐的胡言乱语。

莫塔瑞恩歪了歪脑袋,基里曼则点头致谢。莫塔瑞恩后退一步,转身从基里曼的剑下拔出镰刀的刀刃,随后转了一圈,利用身高优势避开了燃烧的剑刃。沉寂之刃在空中呼啸而来,速度快得几乎无法看清。基里曼向侧面避开,单手劈向那件武器,使得沉寂之刃剧烈震动。火焰又一次在帝皇之剑上怒吼。莫塔瑞恩用沉寂之刃的背钩戳去,但也在一阵超自然的金铁交鸣声中被偏转。莫塔瑞恩稍微转动了一下武器,用力向后拉,企图绊倒他的兄弟。基里曼跳起头顶那么高,嗡嗡作响的链条尖端在他脚下几厘米处掠过。基里曼再次出手,击中了环绕沉寂之刃顶部的白骨笼,将它们打得粉碎。

恶魔发出惨叫。莫塔瑞恩低声怒吼。从沉寂之刃顶部的香炉中冒出的烟在基里曼上方沸腾。毒烟撕咬着他的铠甲软密封,穿透了他的呼吸栅格。基里曼咳嗽着,在呼吸中尝到一丝血味。他感到身体变得沉重。

基里曼踉跄着后退。命运之铠的机器呼啸着提高了功率,开始了净化,随即他的虚弱感消失了。

基里曼用帝皇之剑挥舞出"8"字形,火焰呼啸。

"你太过于依赖不洁的赠礼了,莫塔瑞恩。你从来都不是一个真正的剑手。"

"而你的自夸从来都这么糟糕。"莫塔瑞恩说,"多么乏味的小模范。"他从枪套中拔出手枪明灯，瞄准并开了一枪。但基里曼反应很快，来自统御之手的一连串爆矢弹在莫塔瑞恩的手腕和那把手枪之间爆炸，将明灯从他手中击落。从枪口射出的能量束在地面上刻出一道玻璃沟。

"让我们还是白刃对白刃，怎么样？"基里曼说。

摄政向前跃起，在他对兄弟的进攻中，帝皇赐予他的力量与考尔的神奇铠甲一同发挥着作用。当他将帝皇之剑挥下时，火焰熊熊燃烧，撕裂了莫塔瑞恩铠甲上许多条挂着香炉的链子中的一条。堕落原体向后跳开，双翼一展，向空中飞去。基里曼落在地上，倾斜刺下的剑尖未能击中目标，在地上炸出了一个发红的坑。

"脾气太大了，脾气太大了，罗保特。"莫塔瑞恩说，他抬头望去，在亚空间视野中发现灵能顾问团发出的精妙能量屏障在空中闪烁，"我看见你的巫师们在工作。那就让我也展示一下我的力量吧。"

莫塔瑞恩伸出手。一道黄色的闪电从掌中飞出。基里曼举剑格挡。闪电猛地击中了那件武器，能量完全被吸收了。莫塔瑞恩继续前进，手中仍然在释放混沌力量，基里曼笔直挺立。但每一次格挡，他的身体都会颤抖一下，肩上的火焰也变得暗淡了几分。他叫喊着，把射向他的能量流打回去，然后能量爆炸，推开了莫塔瑞恩。

"那个在尼凯亚大会上挺身而出，谴责一切利用亚空间行为的战士到哪儿去了？"基里曼说，"现在的你，正是你曾经声称鄙视的一切事物的写照。"

"我睁开了双眼，兄弟。"莫塔瑞恩说，在基里曼上空盘旋着，"我看清了我们父亲滔滔不绝说的那些关于我们的谎言。我找到了一个更好的主人。而且我变得比你更加强大了。"

"你只是个奴隶。"

"你也一样。"

莫塔瑞恩收起翅膀，突然俯冲而下，用沉寂之刃劈下。基里曼转到侧面，俯身躲过了呼啸的利刃。沉寂之刃钩住了基里曼的动力甲背后的装饰性光环，将其撕了下来。基里曼失去了平衡，莫塔瑞恩抓住机会，用沉寂之刃的长柄底部向上发出阴险的一击。钢铁般坚硬的木柄砸进了命运之铠的胸甲，造成了一个流着毒液的丑陋伤痕。基里曼被打得转了一圈。

"愚蠢。"莫塔瑞恩沾沾自喜地说，"看看我。看看我现在多强大。我远远胜过你。我是——"

基里曼举起统御之手，直接对着莫塔瑞恩的脸开火。爆矢弹在莫塔瑞恩面前炸开。他举起手遮挡眼睛，痛苦地发出金属摩擦般的号叫。基里曼跳向前方，用帝皇之剑攻击。

莫塔瑞恩用力眨了眨发红的眼睛，但还是挡下了基里曼的一击。

"我还以为你希望一直用白刃战斗呢，兄弟！我看到你在对你有利的时候就放弃了荣誉。"

"我们之间的战斗没有什么荣誉可言，莫塔瑞恩。"

"对极了。"恶魔原体说。他对基里曼挥出了很容易躲避的一斩，但在途中莫塔瑞恩招式一变，改成一脚踢去。他的脚跟踢中了基里曼，对方在空中飞了好几米，重重地跌在地上，有一根断裂的动力线冒出了火花。

"这太无聊了，我的兄弟。打败你毫无挑战可言。"莫塔瑞恩伸出手，一股毒雾笼罩了基里曼，剑闪烁了一下，将毒气烧掉了，"就算有父亲的武器，你也无法击败我。无论在物质世界还是非物质界，我都是最强者。我是两种形态的主宰。而你只是个被抛弃者，一个垂死之神的生锈的工具。"一道灵能闪电从他掌中跃出，打在试图站起的基里曼的胸膛，又一次将他击倒在地，"一个已死之人，被异形的魔法和危险的科学复活。如果不是它们拯救了你悲惨的灵魂，你肯定会公开谴责这种做法。你现在和它们共存。它们已经深入你的血液。而你居然还有脸说我是腐化的？"

基里曼向侧面翻身，伸出护手想再次开火。但莫塔瑞恩低声道出恶魔之语，弹药被腐蚀了。枪炮上的金属失去了光泽。在基里曼的头盔内，警报符文不停闪烁。

"你什么都不是，我的兄弟。"莫塔瑞恩低吼着说，"你是我们父亲的梦想的最后残片，当它粉碎时攀附在现实的表面。你甚至算不上是一个回忆，只是一个谎言的遗物。"

"你背叛了我们。"基里曼说，"你和其他那些人。"

"我没有。"莫塔瑞恩说，他走过来站在他的兄弟上方，"一个人怎么可能背叛一个谎言？"

"一切本不该如此。"基里曼说。他想要再次站起，但莫塔瑞恩用一只巨大的脚把他踩在地上。基里曼用统御之手猛击它，但没有任何效果。莫塔瑞恩将全身的重量都压在了他身上。

"一直都是如此，兄弟。因为不可能有其他的道路。"

基里曼挣扎着，但无法从身上挪开他兄弟。莫塔瑞恩俯下身，一把脱掉了基里曼的头盔。莫塔瑞恩战甲散发出的毒气灼烧着忠诚原体的鼻孔和喉咙，他身躯散发的恶臭则让基里曼胃肠翻腾。

"令人失望，你竟然如此轻易被打败了。"莫塔瑞恩说，"尽管你有种种的阴谋和计划，但尘埃落定后，你终究不是我的对手。永远都不再是了。"

莫塔瑞恩向上伸手抓住他的许多吊饰中的一个，那是一个小小的、肮脏的烧瓶，然后把它拉了出来。

"我有一份礼物给你，一份来自纳垢的赠礼。心甘情愿地领受它吧，面对荣耀。"

"你永远都无法让我背叛。"

"那是你自己的损失。"

莫塔瑞恩将肮脏的烧瓶压进一个绿色的黄铜注射器。他小心翼翼地不让注射器碰到自己，弯腰将针头扎进了他兄弟的脖子，正好就在弗格瑞姆给基里曼留下的伤疤上面，然后他满意地长叹了口气。

基里曼立刻猛烈地喘息起来。他口齿不清地说着话。随着一股污秽的潮水冲进他的血管，他的血管变成了黑色，他的眼睛变成了红色。

"不错，兄弟。"莫塔瑞恩大笑着说，后退一步，把注射器扔到一旁，"好好享用你的药。"

毒素沸腾成剧毒的蒸汽，从原体的嘴里冒了出来。当毒气接触到战场上的死者时，死者立刻坍塌成令人作呕的物质凝块，身上的武器装备瞬间被腐蚀成无法辨认的残骸，仿佛它们是从一座千年古墓中挖掘出来的。

莫塔瑞恩身边的纳垢灵咳嗽和尖叫着，倒地死去。它们的躯体在一瞬间变得浮肿，随后向内下陷和腐烂。恶魔原体小心翼翼地避开每一缕毒雾，用灵能力量将它们推开。尽管如此，在神厄病完全生效之前，他还是从被折磨的兄弟身边后退了好几步。

"古加斯告诉我，这种病对我们两人都是致命的。"莫塔瑞恩说，他正在努力阻止这种瘟疫靠近，"我完全相信，我的兄弟。看看它对你造成了什么影响。"

基里曼的皮肤变黑了，有一些部位融解了，从他的头骨上流下，暴露出了闪闪发亮的白骨，随后连骨头都变成了腐烂的棕色。

"别挣扎。"莫塔瑞恩说，"这只是你的痛苦的开端。如果我是你，我会省点儿力气，不然要怎么好好品味这痛苦呢？"

菲利克斯无助地看着莫塔瑞恩将原体打倒在地，踩在他身上，让他动弹不得。菲利克斯犹豫不决地站着，最后决定去原体身边。

"不，英杰！"马克西姆在努力施法中咬紧牙关说，"你必须让事情顺其自然发生。"

一股可怕的毒气从两名原体中间涌出，挡住了菲利克斯的视线。当毒气触碰到灵能屏障时，覆盖整个决斗战场的屏障全都燃烧起来，翻腾着，在一片虚无缥缈的尖叫脸孔中向内折叠收起。马克西姆闷哼了一声。纳塔赛的符文发出极亮的光，菲利克斯甚至无法看见他。

菲利克斯向前迈了一步。他向雾中凝视，寻找他的基因之父。雾气盘旋着，就像试图从一个牢笼中逃走的活物。当它消散到菲利克斯足以看清场地中央时，他不禁攥紧了拳头。两位原体在视野中忽隐忽现，就好像他们只有一部分在现实空间存在。

"发生什么事了？"他问。

"这种疾病是来自彼岸之海的东西。"纳塔赛说，"要是它成功地杀死了你的主人，就会将它的灵魂拖往纳垢的领域，从而成为触发的扳机，将整个奥特拉玛都拖进亚空间。现在是执行计划第二阶段的时候了。如果你想救你的人，那就立刻开始撤退。"

警报声响彻了马库拉格之耀号的舰桥，喊声随之响起。

"原体倒下了！"

这个消息迅速传遍了指挥甲板。

"等一下。"柯肯命令，"别紧张！"他扫视四周，让所有人都安静了下来。"这是真的吗？"

通信操作员认真地倾听被沸腾的现实世界撕碎的消息。

"无法确定。"一名操作员最后说，"英杰菲利克斯报告说，基里曼大人和莫塔瑞恩正处于一种维度变化不定的状态。"

一阵紧张而平静的沉默后，所有人都看向了舰队司令和护民官。

"执行任务。坚守你们的岗位。"柯肯转向观察窗，"快要结束了。"

"菲利克斯大人已经下达了疏散命令。"在后勤厅座位上工作的一个女人说，"通信几乎完全中断。"

"亚空间指数在全面攀升。"灵能占卜员报告。

巨大的能量网络围绕着亚克斯翻腾。云层中出现了邪恶的脸。这颗行星似乎正在闪烁，好像已经不存在于现实中。

"风暴越来越大了。"卡斯特林说，"亚空间介入迫在眉睫。神器的情况怎么样？"

"实际位置依然未知。"一名军官回答，"侦察部队状态未知。轰炸效果未知。"

"你应该听从英杰的命令，发射疏散飞船。"柯肯说。

"如果这场风暴不能解除，我们会失去所有的飞船。"卡斯特林说。

"如果有机会挽救忠诚的星际战士，让少数船员冒点儿风险不值一提。"柯肯直视舰队司令，"我不喜欢这么做。阿斯塔特修士虽然有缺陷，但依然是我们拥有的最好的武器。不管付出什么代价，都要把他们带回来。"

卡斯特林考虑了片刻。

"好吧。发射所有的疏散飞船。舰队开始撤离行星。万一这里维度崩解，我不会让我们的飞船被拖进亚空间。"卡斯特林深呼吸了一次，"还有，开始准备执行灭绝令。"

"你想摧毁亚克斯？"柯肯说。

"我不想，但如果不得不做的话，我会做的。"卡斯特林说，"我们必须明白，这是这场战役的最后一战。莫塔瑞恩必须失败，他的腐化影响必须清除，否则我们将失去整个奥特拉玛，甚至还会失去更多。这是我们面临的严峻抉择。我不会轻易让任何世界陷入灭绝令的劫火，但这是摄政殿下的明确命令。战局对我们不利。神器依然活跃。行星正从现实里消失，而原体已经倒下。"

一只漆黑的钟被敲响了。在指挥甲板后部，一群戴着兜帽的人开始工作。其中一人站起来，缓慢而庄严地走到卡斯特林的指挥台下，从他手中接过激活棒。交接仪式虽然简短，但充满了仪式感。

"应该使用哪种条款，大人？"男人庄重地说，"第一条款——使用病毒炸弹净化。第二条款——使用原子烈火净化。或是终极条款——造成地壳破裂的行星毁灭。"

"全部执行。"卡斯特林干脆地说，"我要执行所有条款。确保没有任何东西能逃离这颗行星。如果那个该死的灵族巫师的预测是正确的，我们决不能允许这种疾病离开亚克斯。"

"我觉得还是别这么草率。"柯肯说，"巫师还做了另一组预测。我们必须相信其他可能性的存在。"

"我命令你去执行。"卡斯特林对戴兜帽的技师说，"我代表原体发言。"

"而我以帝皇本人的权威发言。"柯肯说。

"那么，护民官，难道你已经信奉了你长期鄙视的宗教，并且要说帝皇现在正对你说话吗？"

"不。"柯肯说，"但我们必须等待。事情还没有结束。"

"你为何这么认为？所有的迹象都对我们不利。"卡斯特林说。

"因为谁也无法阻止复仇之子。"柯肯说，他双眼紧盯着下方的行星，"我知道，因为我试过。"

第三十四章

神与神之战

"王座诅咒它。"马克森提乌斯－德朗蒂奥说,"轨道轰炸没炸到那个医院。"

光矛不断地刺向大地。大多数都射偏了,那些击中目标的光矛则在医院上空三十米处停了下来,分散成微弱的火花。

"他们正在瞎射。"阿基里斯说。

"这场风暴会让准确的射击变成笑话,即使它们本不该那样。"查士丁尼说。

"帕里斯士官。"在大气干扰和能量释放的影响下,埃德莫的嗓音在通信中变得有些虚浮,"轨道轰炸已被证明无效。传送锁定也不可行。我们必须独自攻击神器。所有战力都来我的当前位置增援。我们已开始交战,在你赶来的同时我们会攻入医院。"他正在战斗着。查士丁尼听到他声音里透着紧张,以及武器撞上突击盾的爆炸声。

"我们必须进去。"查士丁尼说。

"战争使徒怎么办?"阿基里斯向后指着战争列车说,"他坚持让我们把他送到医院,似乎牧师周围有某种力量,不知为何,它能阻止恶魔逼近。他可能会有用的。"

"哦,是的。"菲技师说,"信仰,一种强大的武器!有人说它是帝皇在世间的利刃。"

"你说的是什么意思?"马克森提乌斯－德朗蒂奥说。

技师耸耸肩。"只有一个神才能和另一个神作战。"

"我不太确定祈祷对爆矢弹有没有作用。"马克森提乌斯－德朗蒂奥说,"那辆战争列车现在已经受到腐化影响了。它正在生锈,看!"

在那辆列车的装甲板上已经出现了腐蚀,它的活塞正被感染,几乎要卡住了。

"最好带上所有能用的武器。埃德莫要求的是所有战力,因此我们要让战争使徒上车。"查士丁尼对他的小队说,"或许他能削弱恶魔的控制,让舰队的武器能打中神器。"

"要是他不行呢？"马克森提乌斯－德朗蒂奥说。

"那我们就按你的方式做，兄弟，用匕首和爆矢武器。但现在他要和我们一起走。看起来只是护送已经不够了，我们必须去接他。帕萨克，掉转方向让我们过去，要快。"

他操纵推进器完成了一次急转弯，冲击者往回驶向战争列车。它从在山坡上缓慢行走的恶魔中冲过。这里虽然还有许多留下的恶魔，但它们的组织已经支离破碎。战争列车令人敬畏的武装驱逐了数以千计的恶魔，精确瞄准的等离子束和激光消灭了它们的首领。

当奥皮诺兄弟和帕萨克用车上的武器扫射那些步行的敌人时，查士丁尼让部下从敌群中挑选出残余的特殊恶魔：那些拿着卷轴、旗帜、乐器的；那些疯狂起舞在激励其他恶魔的；还有那些充当军官的先驱和巫师。新星战士尽可能在远处消灭它们，在无须靠近的情况下使用爆矢步枪的弹雨击倒它们。因为那些较强的恶魔产生的疾病甚至对阿斯塔特修士也很危险。

这是查士丁尼经历过的最混乱的战场之一。轨道轰炸从天上随机轰下，光芒煮沸了云层，过热空气产生的人造雷鸣震颤着天空，使大气层离子化，壮观的闪电从地平线的一头传到另一头，似乎和风暴发生了一场物理性的战争。所有的轰炸都是光矛射击，再加上光束的散布模式，使得查士丁尼明白舰队除了侦察部队的那次广播之外，并没有获得准确的目标数据。冲击者加速驶下山坡时，他们都很庆幸没有被自己人的轰炸击中。

"马蒂厄修士，你能听到我说话吗？"查士丁尼发出信号，他奋力大喊以盖过重机枪和爆矢枪的咆哮，几乎连自己都听不见自己的声音，他的通信器发出响声，好像即将发生故障，"修士，准备撤离。"

"我想他听不见你说话，士官。"阿基里斯说。

阿基里斯可能是对的。在星际战士看来，好像有某种力量正在对抗着列车，在列车的机体上施加了邪恶的魔法。尽管它在这个区域的其他地方都抵抗住了腐化，但现在它屈服了。战争列车被腐化的速度比其他任何东西都要快。当帕里斯小队进入列车前方路线时，帕里斯小队感觉到了一种压迫感，就好像某种恶意的注视。有什么东西似乎从被摧毁的医院中散发出来，压迫着现实世界，乃至消灭个体间的差异性。他们头盔的显示屏在闪烁。他们装甲的能量等级在下降。

"我从未感受过这等邪恶。"马克森提乌斯－德朗蒂奥说,"这里的亚空间力量非常强大。"

"亚空间!"菲技师狂笑起来,他的吊坠和检测装置都在闪着光,"这不仅仅是亚空间的事。我们见证了诸神之一的宏大力量。瘟疫之神盯上了那个牧师!"

菲看起来已经被吓坏了。查士丁尼也一样,多年来他第一次感觉如此不安。

"好吧,既然他能惹上这么大的麻烦,这表明他确实是个威胁。"马克森提乌斯－德朗蒂奥说。

查士丁尼敲打驾驶室的舱门,通信系统已经不可靠了。舱门费劲地打开了,同时掉下腐坏的陶钢碎屑。"让我们离开这条路线。"他对帕萨克说,"从侧面接近列车,否则我们也会被腐化的。"

冲击者喷吐火舌,向旁边滑去。列车正在呻吟。一声空洞的金属噪声传来,有什么东西从车身侧面掉了下去。一股三十米高的蒸汽以倾斜角度高喷而出。枪声渐渐停止。在查士丁尼的注视下,一门等离子炮的轴承被彻底锈穿了,武器就这样掉了下去。等离子流向四面八方喷射,冲刷着战斗平台,烧死了信徒们。惨叫声混入了渐渐变小的赞美诗声和恶魔的计数声中。

列车发出一声沉闷的咔嗒声,随后发出一声巨大而疲惫的叹息,停了下来。

他们撞翻了六个恶魔,在列车侧面刹住了车。冲击者的引擎发出运转不佳的噪声。列车因为急速腐化而剧烈颤抖着。在车顶,最后一群信徒们的歌声正在变成痛苦的呻吟。

"在这里等着。"查士丁尼下令,"掉转方向。保持逃生通道畅通。我去把他接过来。"

查士丁尼跳上火车侧面,双手并用爬上沉重的列车装饰物。当他经过第一炮台时,周围的一切都在瓦解。天使的脸庞变成了混乱的糊状,双翼坠落在地。查士丁尼来到了一座辅助战斗平台,看见这里的信徒们正垂死倒在自身体液汇聚成的小池中,其中的死者看起来就像是已被遗弃一周以上的干尸。他跑过这片狼藉之地,冲向一条通往指挥讲坛的主梯。有两个恶魔正在周围转来转去,嘴里咕哝着数字,带着好奇困惑地抓着各种东西。查士丁尼举枪射杀了它们,纵身爬上梯子。就在这时,他感觉有什么东西在碰他的靴子。

他向下看去，发现死去的圣战士们正在站起身，脸上露出狰狞的笑容，在伸手抓他。查士丁尼一脚把它们踢下去，举枪打爆了它们腐化的头颅，随后继续攀爬。

查士丁尼的铠甲现在正受到更大的折磨，发出哀怨的尖细响声和吱吱悲鸣。他动力背包内的冷却剂正在失效。他的聚合肌肉纤维周围的液体正在干涸，他的战斗装甲的机魂在他攀爬时痛苦挣扎。列车摇晃着。查士丁尼猜测反应堆之间的联结正在失效。核聚变内核的火焰正在熄灭。铁锈在短时间内就腐蚀了几十厘米厚的列车装甲，变化发生得就像延时播放的视频般迅速。他抓住的一根主梯横档突然掉了下去，差点儿让查士丁尼也失衡坠落。

最后，他还是到了车顶。一个尖叫着的恶魔骑着巨型苍蝇向他俯冲而来。查士丁尼用爆矢步枪射击那只坐骑柔软的腹部，让它猛地摔在平台上。到处都是尸体，但绝大部分都不是死于暴力，而是疾病。少数几个人虚弱地走着，片刻间就患上了十几种病。天使和指挥讲坛就在前方。在他脚下，列车就像在短时间内经历了好几个世纪的腐蚀，逐渐向内坍塌。查士丁尼的装甲正在发出哀号，一个接一个的电路发生故障，已经没有辅助系统来重新引导动力的流向。

查士丁尼绕过了天使的铜铸长袍，不知道自己会在讲坛上看到什么景象。令他大为惊讶的是，在已经腐化潮解的其他圣战领导人的尸体环绕下，马蒂厄依然平静地站着，没有丝毫失态。他的圣战士护卫已经化作一堆生锈的盔甲和发霉的长袍，犹如溺死者的手指般的真菌和其他苍白的植物从遗骸中快速向外生长，成群的蠕虫蠕动着从脱臼的下巴里爬出。但马蒂厄修士没有受到任何影响。他脸上带着狂喜的表情站着，紧紧抓着已经关闭的伺服颅骨，无意识地轻抚着那块白骨。

"他与我同在。他与我同在。"马蒂厄正在说话，不断重复着。

"战争使徒，"查士丁尼说，"你必须跟我走，这辆列车已经支撑不下去了。"

马蒂厄转向他，看似以为查士丁尼一直都站在那里。"对，我必须去那里了。"他指向那座医院，如今已经近在咫尺，"带上我。"

"那就走吧。"

但马蒂厄没有移动，他的双眼中跃动着一种怪异的光芒。查士丁尼越来越怀疑马蒂厄是否真的能派上用场。

"我没时间跟你耗了。"查士丁尼说。他丢掉爆矢步枪,走向牧师,把他抱了起来。从指挥讲坛到冲击者还有十来米的距离。那辆坦克还在原地悬停着射击。阿基里斯和马克森提乌斯-德朗蒂奥都下了车,正在用全自动火力对恶魔们射击。

"帕萨克,从车边离开一点儿。"查士丁尼在通信中说,"我要直接跳下来。"

查士丁尼确定队友已经听到了自己的话,向后退了几步,随后跑向环绕讲坛的护墙,装甲的重量震动着正在瓦解中的车体。当接近列车边缘时,他纵身跳出,装甲的力量提升功能轻松地将他托起。查士丁尼在跳过护墙时蹬了一下墙,身体划出一道弧线,跃过空中。

冲击者向他驶来。他正好跳到运输甲板的中央。那辆车猛地一沉陷入反重力力场中,随后恢复了稳定。

"快回来。"他一边命令部下,一边把马蒂厄推了进去,"帕萨克,现在把我们送去那座医院。"

阿基里斯和马克森提乌斯-德朗蒂奥都爬上了运输甲板,枪口向下射杀了那些企图跟上来的恶魔。

冲击者的反重力引擎呼啸着,高速驶回山丘,一路屠杀恶魔。

第三十五章

花园中的光

一瞬间，周围仿佛空无一物，唯有黑暗。

"你感觉到它了吗，兄弟？"莫塔瑞恩幸灾乐祸的嗓音不知从何处传来，"你感觉到亚空间了吗？"

疼痛的感觉又回来了，基里曼发出了怒吼。他的皮肤正在燃烧。他的骨骼就像寒冰。他的器官上仿佛有上百处伤口。他正在坠落，不停地翻滚着，掉进了某种无名的漆黑中。

"别挣扎了，我的兄弟。"莫塔瑞恩沉重地呼吸着，他似乎就正对着基里曼耳边说，"接受它，慈父就会饶了你。你可以加入我们。我们可以一起打败其他兄弟，推倒他们的伪神，给银河带来死亡和重生的无尽繁荣。"

基里曼无法回答。他的全部身心都被痛苦侵袭，他身上的每个部位都在受到折磨。

"很痛，对不对？"莫塔瑞恩说。他听起来似乎有点儿遗憾受折磨的不是他。

基里曼在内心深处挖掘出一个小小的角落，疼痛还未发现那里。

那里有一道光，他逃了进去。

他的意识发生了变化，他变成了两个人，身处不同时期的两个不同的他。

通往王座间的大门就在他面前。

"真有趣。"莫塔瑞恩说，"这是你深藏起来的记忆。你想去见父亲？现在你想要他来保护你？多么感人。"

基里曼依然无舌，无唇，无言；只能重温他曾见到的那一幕。图拉真·瓦洛里斯命令开启大门。他说的话杂乱无章，被时间破坏，他的动作就像是可怕的金色阴影重叠的画面所形成的折扇。

但当大门开启时，光芒射出。那是纯净的。

莫塔瑞恩不安地喘着气，基里曼感到一丝希望。

他回忆起来了。他重温了当时的感觉。他走进王座间，想看看他的父亲已经变成了什么样子。基里曼已经死了几千年。他在亚空间中迷失了非现实世界标准的好几年才来到泰拉，却只是疑惑地发现一个废墟帝国赤裸裸地出现在眼前。

这一切都只是为了这个命运的时刻。

那里有光芒和愤怒，那是一种穿过骨骼、焚烧灵魂的强光。无尽的声音充满了永恒。

那里有为了喂食可怕的君王而被吸干的灵能者的无声惨叫。

那里有神和半神们的幻象，有一个表情平静的棕色皮肤的男人。他穿着兽皮，穿着链甲，以及所有色彩和令人困惑的各种式样的衣服。他穿着金色铠甲。他有许多张脸，全都高傲，全都遭到了背叛。基里曼在他身上看见了第一位摄政马卡多，还有自己的兄弟们。

一百万个念头向他袭来，几万年来的记忆。随机而循环的思维链条，有痴狂，有预知，有恐惧。如此众多的声音，全都一样，又全都不同，没有任何逻辑可言。

基里曼看见了一个布满尘埃的房间，巨大无比，里面塞满了用途可怕的机器，活生生的人在机器里轮流死去，维持着这个恐怖的东西的运转。在房间中央，是一座黄金的机器，被破碎的梦的灰烬所笼罩。一个长着骷髅脸的死尸，失去了一切生命迹象，栖息在它的宝座上——但随后幻象一闪而灭，基里曼看见了一个拥有无限力量的王者，在他的宝座上休息片刻进行思考。他只是短暂地离开了他的臣民，等到他的冥想结束，他就会站起身，公正地进行统治。基里曼看见了一个曾经是他的父亲的疲惫男人，给了他一个他听不见的忠告，告诉他必须要做的事情。又一次，他的视野发生了变化。基里曼看见了一股邪恶的力量，足以与混沌诸神相抗衡。他看见了悲伤、凯旋、败北、失落和可能性。他无法从所有这些脸中看到一张单独的脸，也无法找出一个单独的声音，只有一阵合唱、一片喧嚣。帝皇的存在就像对他灵魂的一击重锤，对他生命的洗涤。他无法在这一切面前保持站立，他不由自主地跪了下去。尽管瓦洛里斯依然在他身边，表情就好像什么也没有发生。

基里曼身处尸王的宫廷的尘埃之间。他站在一位为所有时代所共同供奉的辉煌灿烂的帝王面前。

"父亲，"他开口了，当他说出这个词时，才想起那将是他最后一次说出它，

"我回来了。"基里曼强迫自己抬头看着光芒之柱，看着惨叫的灵魂们，看着眼窝空洞的颅骨，看着冷酷无情的神，看着那位老人，看着昨日的救世主，"我该做什么？帮帮我，父亲，帮我救救他们。"

在现在，在过去，他都感觉莫塔瑞恩沉默地在他身边，也能感觉到那个堕落兄弟的恐惧。

基里曼看着人类的帝皇，却看不见他。太多了，太耀眼了，太强大了。面前的那个超现实的存在震撼着他的内心。有一百个不同的面相，它们全都是假的，又全都是真的，在他的脑海中飞快掠过。

他无法回想起父亲过去的模样，但他可是从不会遗忘的罗保特·基里曼。

然后，那个东西，那个坐在王座上的可怕存在，看见了他。

"我的儿子。"他说。

"十三号。"他说。

"奥特拉玛之主。"

"救世主。"

"希望。"

"失败。"

"失望。"

"骗子。"

"贼。"

"叛徒。"

"基里曼。"

基里曼同时听见了所有这一切。他又什么也没听见。帝皇在说话，却什么也没说。话语的意义看起来是荒谬的，它们的概念是对时间和存在的平衡的严重伤害。

"罗保特·基里曼。"狂乱的风暴说着他的名字，就像一个垂死的太阳猛烈地坠落在行星世界，"基里曼，基里曼，基里曼。"

这个名字在永恒之风中回响，永不停止，但也永远无法到达它的终点。许多个头脑的感觉传到了基里曼身上，它们试图交流，却侵犯了他的意识，但随后有一个似乎来源甚多的、纯粹的无限力量的思想，发出了无言的命令，要求他出去，去拯救他们共同建设的一切，去摧毁他们创造的一切，去拯救他的兄弟们，去杀死他们。一个个自相矛盾的念头，但全都无法违抗，全都是相同的，又全都是不同的。

许多个可怕的未来在他脑海中闪过，还有所有这些事情会导致的结果，他是否应该去做其中一个，去做全部，还是全都不做？

"父亲！"他哭喊着。

这些思想令他痛苦不堪。

"一个儿子。"

"不是一个儿子。"

"一个东西。"

"一个名字。"

"不是一个名字。"

"一个编号，一件工具，一个产品。"

一个宏伟的计划毁于一旦。一个未能实现的野心。信息，太多的信息，在基里曼体内流过：恒星和星系，整个宇宙，比时间还要古老的种族，过于恐怖以至不可能真实存在的存在，它们就像风暴在荒地上刻下深深的沟壑般侵袭着他的身心。

"求求你，父亲！"他乞求。

"父亲，不是一个父亲。东西，东西，东西。"那些思想说。

"成为神。"

"胜利。"

"失败。"

"选择。"他说。

"命运。"

"未来。"

"过去。"

"复兴，绝望，腐朽。"

然后，似乎有一种庞大的意志正在努力集中。这并不是最后一次努力，但接近最后一次努力。一种力量消退的感觉。一种结束的感觉。从遥远的地方，他听见奥秘的机器发出的嗡鸣和尖叫，濒临崩溃。在这个恐怖的房间里构成背景音的那些垂死灵能者的惨叫，音调和强度变得越来越高。

"基里曼。"那些声音重叠着，相互重叠着，几乎变成了同一个声音，基里曼的记忆中掠过一张他见过许多次的悲伤脸庞，一个几乎无法承受的重担，"基里曼，听我说。"

"我最后一个忠诚的儿子，我的骄傲，我最伟大的胜利。"

这些话语焚烧着他，比莫塔瑞恩的毒药还要猛烈，比失败的痛苦还要难以忍受。它们不是谎言，并不全是。却比谎言还要恶劣。

它们是有附加条件的。

"我最后的工具。我最后的希望。"

最后一次对力量的汲取，就像一次垂死喘息般被释放出的思想。

"基里曼……"

这个思想降临在基里曼身上，就好像他的头脑已经爆炸了。有一道炫目的闪光，王者、尸体、老人重叠在一起，死的和活的，神圣的和凡俗的。全都在评估着基里曼。基里曼跌跌撞撞地离开王座间。瓦洛里斯毫不畏惧地注视着帝皇之光的中心，片刻后，转身跟随基里曼离去。

当他们回去的时候，已经过了好几天时间。尽管感觉上只过去了几秒钟。基里曼无法确定发生过什么事情。当后来他问瓦洛里斯时，对方说自己除了光芒之外什么都没看见，也没有听见任何声音。而且自从帝皇几千年前登上黄金王座以来，没有任何人听到帝皇说过任何一句话。但瓦洛里斯说，他看见基里曼在说话，好像沉浸于讨论中。尽管瓦洛里斯听不见讨论的内容，但基里曼看上去平静而坚定。他并没有看见基里曼倒下或是做出乞求的样子。

每当他回忆起来，那次会面都变得不一样。其中有某一个回忆是真实的吗？他不知道。他永远也不会知道。

那一幕又飞回了它原本属于的过去。基里曼的身躯被重重地摔进了潮湿的土壤里。他又一次陷入了濒死状态。他的灵魂还在，但也终将会被莫塔瑞恩的瘟疫活生生地吞噬。

脚步声在他的头顶停下了。命运之铠的胸甲上被戳了一下。基里曼听见莫塔瑞恩在说话，但他看不到，除痛苦之外他什么也感受不到。

"你知道吗，基里曼，你跟错了主子。"莫塔瑞恩说，"他是个肿瘤，是一片充满了脓液的溃疡，围绕着寄住在现实世界的一个死物，就像一根刺，或是一个弹片。它必须被拔出来，一切才能愈合。你现在明白你跟随的是什么东西了吗？"莫塔瑞恩心情愉快地哼了一声，"当然，你没法回答我。而且，我怀疑你也未必能理解。"

莫塔瑞恩移动身体的声音传了过来。他的嗓音中充满了伤感。

"我们很快就会进入纳垢花园了，我的兄弟。现实的薄纱正在分开。我已经可以感觉到它了。一旦你死了，这个世界就会随之坠入，变成一颗腐烂的宝石。尽管你破坏了我的网络，但做得还不够。在你死后，你的世界将会一个接一个地穿过这片冷漠的群星和寒冷的虚空，落入慈父的怀抱。"

"我希望你能够亲眼看见花园。它很美，充满了生命和潜力。那里有树林，还有种类繁多的植物。它并不贫瘠。它并不像你让我看到的那道冰冷的光，不像他。物质世界与必然性进行着毫无意义的斗争，这里和物质世界全无相似之处。在这里，没有什么会真的结束，只是重生与死亡。重生与死亡，一遍又一遍。这里的一切都被赐礼众多。任何东西，无论多么小都不会被忽视，全都分享着慈父的恩赐。这里没有痛苦，正因为没有痛苦，所以折磨受到了欢迎。现在告诉我，兄弟，与我们的父亲给银河带来的地狱相比，难道那里听起来很可怕吗？"莫塔瑞恩深呼吸了一大口，就像在晴天享受乡间的空气一样，"我希望你能看到它。"他又说了一遍。

基里曼全身依然在剧烈疼痛，但痛感正在减轻。

"要是你能加入我们就好了。你已经要死了，痛苦很快就会结束。"莫塔瑞恩在兄弟身边单膝跪下，把手放在基里曼的胸前，"你不想那么做吗？"他开始轻抚，就好像正在安慰一个发烧的孩子，"现在安静点儿，罗保特。安静。去见慈父，你就会明白，他会让一切都好起来的。他会把痛苦永远带走。"

第三十六章

荣誉星的召唤

"你是一只最烦人的小虫子。"古加斯说。它将巨剑绕过头顶旋转，然后猛击。

埃德莫闪到一边，武器没有击中他，而是向下砍进了一堵墙里。碎砖炸得到处都是。恶魔向他逼近。

"你怎么会觉得自己能打赢这场战斗？"古加斯说。它扬起生病的爪子打向埃德莫。中队长迎着它猛地砍去，在古加斯大腿上斩出一道深深的伤口。这一击让他暴露在恶魔的剑下，但能激怒古加斯，这就是值得的。

埃德莫用盾牌挡住了对方的还击。闪电在他周围爆开。在恶魔法术和科技的冲击处雷声隆隆作响。挥向动力盾的剑刃上燃烧着能量。少量的动能溢出了盾牌，他被恶魔逼退了。埃德莫等待着合适的时机，绕着圈格挡着巨剑的攻击。那把剑的重量惊人。埃德莫被迫使出全身气力才能将它推开，但恶魔挥舞它就像使用一把菜刀般轻松。

"停下来。快去搅拌！"恶魔愤怒地叫喊。

埃德莫向古加斯身后瞥了一眼。他们的战斗摧毁了医院的大部分残余建筑，向天空暴露出了潮湿肮脏的房间。他看见了神器。那是一个庞大的圆腹巨釜，上面布满了锈迹，喷着污秽的水蒸气。摇摇欲坠的支架环绕着它，上面有三只较弱的恶魔，正沿一条走道推着一个巨大的勺子转圈。伴随它们的动作，一道三股力量交织成的闪电不断向上流动，给空中的大旋涡和风暴提供着燃料。它的本质只有最纯粹的邪恶，产生的恶意触及了埃德莫，令他四肢虚弱，降低了装甲的工作效率。

"帕里斯士官，攻击巨釜边上的恶魔。这是最优先的命令。"埃德莫在通信里说。

查士丁尼答复的声音被古加斯发出的又一下重击吞没了。埃德莫将盾牌举过头顶，能量场再次承受了冲击，但这一次过载的力量猛地让他倒在地上。

他的膝盖猛地撞到胸甲上。盾牌的顶部擦过头盔，让他咬到了自己的舌头。埃德莫咽下了嘴里的血。

快来，帕里斯。埃德莫在心里想。他动作不太灵活，向后一跳，避开了恶魔的下一次挥剑。他已站立不稳。

"你正在变慢，动作越来越难看。"古加斯低声笑着，"我会尽量给你留个全尸。摧毁你的身体未免浪费了这块好肉。你的尸体足以供一百万个噬菌体享用，传播它们的赠礼。你会被制造成一个小巧玲珑的瘟疫礼包。"它又举起了剑。埃德莫的手臂已经因为反复撞击而麻木，但还是举盾挡在了自己身前。

从右边射来的爆矢弹分散了古加斯的注意力。

"中队长，退后。"瓦西隆和两名部下正向恶魔冲来，爆矢卡宾枪以全自动火力射击。每一次命中，那只怪物硕大无朋的躯体都会涌出黑色黏液。

"我们正在处理私事！"恶魔咕哝着。它深吸一口气，然后吐了出来，向他们喷出一股污秽的激流。瓦西隆被逼退了。他的一名部下倒在地上，毒液融化了他的战甲，疯狂的蛆虫吞噬着他。另一名星际战士被古加斯的舌头捕获，重重地撞在了地板上。两人的死亡让埃德莫的部队名册闪起了阵亡符文。但只过了一会儿，古加斯又回到了埃德莫面前。

中队长抓住了机会。他放下盾牌，倒转动力剑跑向恶魔，高高地跳了起来。他把剑尖向下，从侧面插进了古加斯肩胛骨的下方，剑尖就像钉子般深深刺进怪物的躯体内部，直到只露出剑柄。埃德莫把自己挂在剑上，用全身的重量将剑划向下方。分解力场完成了剩下的工作，摧毁了古加斯的虚假身躯，骨头裂开了，腐臭的肉在燃烧。

古加斯在愤怒和痛苦中咆哮，挥舞着双臂企图殴打折磨它的敌人。埃德莫滑了下去。古加斯背上的血肉被烤得半熟，从骨骼上剥离。埃德莫的剑经过恶魔的肋骨下方，在柔软的肚肠里飞快地滑过。

古加斯还在愤怒地尖叫，它摸索着造成自己痛苦的来源，抓住埃德莫的大腿，将他丢了出去。星际战士在空中旋转着撞穿了一堵又一堵墙，最后砸在一根柱子上，立柱断成两截，埃德莫也被弹出去摔在地上。

埃德莫挣扎着想要站起来，但已经做不到了。他的双腿失去了知觉。战斗装甲的动力已经被切断。残余的一点儿能量仅够他的视网膜显示屏用，上面显示他的战甲已遍布创伤。他的动力背包外壳破裂，被迫紧急关机。他调出医疗视图，在闪烁了几下之后图像完全变成了红色，他的背部已经折断了。

埃德莫无力地躺到地板上，陶钢发出碰撞的响声。他环顾四周，动力剑已经找不到了，但在他躺着的地方，他可以直接看到恶魔统治的核心区域。现在他身处通往巨釜房间的一座拱门前了。尽管在这么近的距离，巨釜的力量让他的灵魂灼烧，但他还是感到一丝安慰，发现查士丁尼和他的小队正在里面开火推进。埃德莫看见新兵奥皮诺倒下了，三把生锈的瘟疫大剑刺进了他的身体，但现在房间里恶魔所剩无几，他们有机会赢。

一个沉重的脚步声渐渐逼近，还有钢铁在石板路面上的刮擦声。古加斯冲过埃德莫撞穿的墙壁，将它们全都推倒了。它也受了重伤。恶魔用一只肥胖的手臂向后绕去，想要合上它破裂的后背，但没有任何作用。它的左腿一瘸一拐。它的动作很笨拙，只能拖着剑经过覆盖着黑色淤泥的地面，仿佛剑已经变得太沉重，举不起来了。恶魔的一只眼球从眼窝里掉了出来，被灰色的肌肉悬挂在外。

埃德莫望向查士丁尼，疑惑他们为什么没有马上被巨釜的力量杀死。然后他看见在帕里斯小队后面，那名牧师就像在梦游般行走着。埃德莫确信他会被杀死，但当一只恶魔冲向牧师时，牧师举起一只手，那个怪物就解体了。没有留下任何痕迹，没有残留物，没有血，也没有尸体，甚至没有蒸汽。埃德莫终于明白了。

在牧师信仰的保护下，查士丁尼向绕巨釜推着大勺转圈的三只恶魔赶去。那正是风暴的源头。

埃德莫放声大笑。

古加斯在中队长面前吃力地停下。它喘着粗气，拖起巨剑，身体靠在上面。

埃德莫从头盔里吐出一口血沫。"希望我伤到你了。"

"你做到了。"瘟疫之父承认，"但那又怎样？我是永恒不灭的，而你不是。你弄伤了我，而我会吃掉你的灵魂。"

"为了侍奉帝皇，我心甘情愿。"

"不，不。你这个傻瓜，你这个白痴！你的灵魂见不到你的帝皇。"古加斯向前倾斜身体，冷笑着说，"你的灵魂会去纳垢那里。"

"我倒想问问，谁才是傻瓜？"埃德莫说，"你的动作太慢了。你已经输了。"

突然一阵爆矢枪的咆哮响起。古加斯抬起头看去。

"不！"它喘出一口粗气。

查士丁尼的部下们把瘟疫使者打得全身都是弹孔。它们抽动着。它们不洁的生命也无法抵挡在它们体内爆炸的微型弹头。瘟疫使者们被彻底炸成了碎片，残骸掉进了巨釜。

勺子掉了下去，在金属上撞出响声，沉入了水下。

"这不行！"古加斯尖叫，"停下！"

在混合液体上方舞动的闪电破裂了，重新亮起，又彻底熄灭。在空中，云层停止了沸腾。一阵清新的风从西方吹来。

"我们赢了，恶魔。"埃德莫说。

"但你死了！"古加斯怒吼。它高举巨剑，刺了下去，剑尖击破了天鹰胸甲和他的心脏，贯穿了埃德莫。古加斯一脚碾碎了他，拔出了武器。然而，垂死的埃德莫还有时间品尝胜利的滋味。

他唱起牺牲的赞美诗。当他从血淋淋的嘴唇上吐出神圣的词语时，他还有时间看到古加斯心烦意乱地踉跄着走向巨釜；他还有时间看到牧师注视着恶魔，双眼中闪烁出令人畏惧的光。

"我的小宝贝们，我的小宝贝们！去勺子那里！搅拌，搅拌！否则一切都完了！"恶魔叫喊着。

在埃德莫的改造肉体内部，贝利撒留炉启动了，试图拯救他的生命，但生命已经在流逝。

他的意识不再关注战斗。在附近的某个地方，他听见冰冷的风吹过旷野的声音；他闻到了山脉间的急流拍打石块的味道。一道灰色的光逐渐亮起，穿过迷雾，他仿佛看见了高举武器的石像巨人们，他们蔑视寒冷潮湿的苍穹。

荣誉星在召唤。

第三十七章

纳垢巨釜

卡迪亚第4021团的最后兵力在瘟疫工厂前集结。只有五辆坦克在那场光荣的冲锋之后幸存。其余车辆一路散落在从奥德拉梅尔下令的地方到这里的途中。那些车大多数已经衰朽得如同大地的一部分,犹如某些被忘却的古老战争遗迹,被时间和腐化锈蚀在原地。其中,有一些被植物覆盖,成为污秽的沼泽中生机勃勃的小岛;其他的在混沌的巫术下屈服,成了机械和其乘员的恐怖融合体,哀求着死亡的解脱。

"一切为了帝皇。"奥德拉梅尔说,"一切为了帝国。我已经看见他在行动。我为他的目的服务。"

剩下的车辆呻吟着,驱动轮在垂死的轴承上发出嘎吱嘎吱的声音。他们的枪炮已经用尽了弹药,或是被卡死了,被黏性藻类、凝固的血块或者更糟糕的东西堵塞了。

但是它们的装甲还在,它们的重量还在。

"前进!"奥德拉梅尔叫喊。他的喉咙沙哑,呼吸急促,肺部呼出的气沾染了血沫。战争列车已经化作死骸。信徒们全都死了。他的兵团已灭。但轨道轰炸还在持续,把恶魔们炸回它们爬出来的地狱。在医院里,他可以看见枪火的闪光,听到爆矢枪的爆裂声。几辆骨白色和蓝色混合涂装的坦克在医院的一侧挡住了一大群瘟疫使者。阿斯塔特修士们还在战斗。奥德拉梅尔已奄奄一息,但他将效忠到最后一刻。胜利仍在他们掌握之中。

瘟疫使者们同时从各个角落拥了出来。查士丁尼和他部下最后几名星际战士,与特遣部队的其他人在牧师身边围成了一个圈,击杀每一个移动的敌人。查士丁尼装甲上的破损全都消失了。他的爆矢手枪射击顺畅。在他背后有一道光。那道光来自牧师,从他随身的伺服颅骨双眼中发出,照亮了牧师的头部周围。

第三十七章

"待在牧师身边。"查士丁尼命令,"他可以保护我们免受伤害。"

"是帝皇在保护你们。"马蒂厄说,他的声音很遥远,他抓住伺服颅骨,"带我去巨釜那里。这是帝皇的命令。"

"照他说的做。"查士丁尼说。他只能相信,因为已经别无选择。

巨釜离他们只有几米远,但近乎出于恐慌,瘟疫使者们从四面八方向他们挤来,穿过破碎的墙壁和倒塌的门拥入。

"我的子弹打完了。"马克森提乌斯-德朗蒂奥扔掉枪,拔出了手枪和战刀。他炸飞了一个恶魔鼓起的眼睛,恶魔像一个装满动物下水的麻布袋般倒了下去。

柔软的手向他们伸来。黑色的剑向他们缓慢地挥舞,尽管很容易招架,但他们难以阻止数量众多的敌人。恶魔向星际战士的圈子推挤。一名战斗兄弟倒下了。

马蒂厄在喃喃祈祷着。

"噢,帝皇!我把自己献身于您,作为您的工具,去打破这个邪恶的瘟疫容器,去解救苦难中的亚克斯。噢,帝皇,把我送去我最能为您服务的地方吧。"

恶魔带来的压力越来越大。但它们在马蒂厄面前退缩。牧师展现出的某种灵能力量削弱了它们,保护星际战士们免受它们的恶魔疾病侵害。

但瘟疫使者并不是星际战士面临的唯一威胁。

瘟疫使者们的推挤变少了,它们逐渐分开。巨釜已经很近,但还未到触手可及的距离。

查士丁尼想,他们或许永远无法到达了。

杀死埃德莫的那个大不净者步履蹒跚地向他们走来。尽管它受了重伤,但依然无比危险。

它举起了剑,气喘吁吁,黑色的血从它的嘴角漏下。它依然怒目而视。

"我要请求你们退下,凡人,远离慈父的巨釜。我们可以做好朋友。"

星际战士回以枪声。爆矢弹钻进了恶魔的身躯。它怒容更甚。

"不明智的选择。"它说着,朝他们喷出一股酸液、蛆、胆汁和半消化的骨头的混合物。

"噢,帝皇!噢,帝皇!现在注视我们吧。"马蒂厄喃喃自语。

恶魔喷出的物质在新星战士周围撞上了一股无形的力量,化作一团毫无污染的冰冷水汽消失了。

"很好。"古加斯恼怒地说,"那就让我们使用物理手段。"它高举起剑。

"散开!"查士丁尼大叫,抓住牧师带着他往前跑,用肩甲撞翻了一个正在咕哝的小恶魔。古加斯的剑嗡嗡作响地穿过空中,打中了瓦西隆,与其说是斩杀,不如说是砸死了他。

"干掉一个,跑了七个。多好的数字!"恶魔说。

查士丁尼转过身,把牧师推到自己后面,他开枪直到爆矢手枪打空为止。令他沮丧的是,埃德莫在古加斯身上造成的伤口正在愈合。

"下一个是你,尸神的小孽种。"恶魔说着,用一根长疣的手指指向查士丁尼,"你太蛮不讲理了。"

"回去!"查士丁尼说,他把牧师朝巨釜的方向推去。

巨剑挥来。查士丁尼重新装弹,持续射击。

他本已准备好赴死,但突然被打断了。

巨釜房间的外墙猛地被炸开。一辆黎曼·鲁斯战斗坦克咆哮着穿过断壁残垣,径直冲向大不净者,车身上有奥德拉梅尔上校的个人纹章。古加斯还来不及做出反应,生锈的炮管就像长矛般刺穿了怪物的胸膛。冲击中,坦克被撞得立起来,将恶魔推得失去平衡,并将它一直向后推去。履带将肮脏腐烂的血肉撕开才落到地上,啃咬着地板。古加斯被压在墙上,肥胖的头颅摇摇晃晃,张大了嘴,露出了在其他任何场合都会显得很滑稽的表情。

查士丁尼和部下们正在射击。瘟疫使者们正在死去。奥德拉梅尔的手被熔化的金属粘住了,他用力一把撕开血肉,挣脱了双手。他的皮肤正在像蜡烛一样融化,但他顽强地爬向前方,在身后留下一道深红的血迹。

不可思议,奥德拉梅尔站了起来,瞪着古加斯残留的独眼。

"我,我,我,我在这儿到底遇到了什么鬼东西?"古加斯说,脓水顺着它的脸流下。

"一个帝皇的忠诚仆人。"奥德拉梅尔说。他用尽最后的气力,将动力剑扎进了古加斯的那个空洞的眼窝。正在渐渐失效的电机发出的最后一次能量爆炸,烤熟了古加斯的大脑。

"赞美吧。"奥德拉梅尔低声说,然后倒地死去。

随着一声抱歉的哀叹,古加斯的灵魂逃回了花园。但慈父不会接受它的道歉。

看见它们的主子被放逐，瘟疫使者们并未哭泣，而是战斗得更加凶狠。马克森提乌斯-德朗蒂奥被包围了，阿基里斯也差点儿被敌人拖倒。

马蒂厄手脚并用，来到了巨釜前。就算是对帝皇的信仰指引着他，他也无法在如此近的距离抵抗巨釜的力量。他的皮肤在邪恶的魔法下起疱，但他依然敢于接触瘟疫之神最伟大的神器之一。

"为了你，我的帝皇，我将进行最后的侍奉。"他说。

他的话语声打破了战争的喧嚣。查士丁尼转身看见牧师正在触摸巨釜的铁壳。

马蒂厄在狂喜中高声大叫。

光芒笼罩着他。他的伺服颅骨碎了。从四面八方传来撕裂灵魂的尖叫。瘟疫使者们在光芒前蒸发了。星际战士从巨釜周围被抛了出去，仿佛被一枚宏炮炮弹造成的超高压冲击波所击中。

查士丁尼重重地撞在墙上。

他倒在地上，看见马蒂厄和巨釜消失在一道令人震撼的光墙背后。有一瞬间，查士丁尼仿佛看见一个金色巨人将燃烧着的剑劈向巨釜，巨人的眼里充满了悲伤，但表情坚定。

一阵钟声传来。一种释放的感觉从灵能旋涡的中央传开。这种感觉几乎是致命的，但异常纯净，所有形式的腐化都被它带走了，在那之后，亚空间的所有接触都被切断了。

查士丁尼终于承受不住了，陷入昏迷的安全之境。

在马库拉格之耀号的指挥甲板上，一个年轻军官从他的座位上跳了起来，声音激动。

"大人，灵能占卜器显示亚克斯的现实空间框架中的亚空间干涉等级正在下降。风暴被扰乱了。"

柯肯略向前倾身。

"立刻启用主战术显示。"卡斯特林说。

在中央的全息投影中，被污染的亚克斯的球体图像逐渐成形。起初，图像似乎还闪烁不定，好像有点儿害羞，在躲藏。随后它颤抖起来，陆地板块呈现出坚实的形状。闪电从中心点爆裂着离开。怒吼的脸消失了，变成了毫无威胁的云层。大气层的翻腾平息了。

从通信中心到战略命令枢纽，从卡斯特林的指挥台到火控中心，到处都是嘈杂的人声、提示音和目标锁定音。大量的数据在全球范围传播。在初临城、监督城、动脉城和其他地点，帝国信号应答器发出的信号大量聚集。

"神器被摧毁了。"灵能占卜部门的首席技师说，"重复，神器被摧毁了。亚空间侵蚀范围急剧减小。"

"我们打中了？"

"是从反方向传来的冲击，大人。"火控中心报告，"一定是星际战士做的。我已经收到了应答器的信号。"

"不论那是什么东西，它都已经消失了。赞美黄金王座！"灵能占卜官补充了一句。

甲板上响起巨大的欢呼声。卡斯特林对柯肯露出了笑容。

护民官轻轻点头。

"增派飞船，撤离所有帝国军队。道路已经畅通了。"卡斯特林说，他笔直地站着，肩膀紧绷，"灭绝令指挥部，退出。"

"原体呢？"柯肯问。

"没有消息。他的信号不稳定。灵能穹顶还在。"一名参谋官说。

"我们总算达成了传送锁定。"卡斯特林说。

"我知道你在暗示什么。"护民官说，他戴上头盔，加上了密封，从随行机仆手中接过了守护者长戟，"我会指挥救援部队，阻止死亡守卫，加快我方部队的撤离。等收到我的信号再执行对行星的全面轰炸。这场战斗只赢了一半。我不在时，建议你抵制住炸飞原体最喜爱的世界的诱惑。"

柯肯出发前往传送舱，在一系列忙碌的坐标交换之后离开了。而第一舰队已经在为彻底摧毁莫塔瑞恩的军队做准备了。

第三十八章

为了帝皇

在一声钟鸣中，他感觉到了巨釜的消逝，就像明知一口大钟被敲响，却未曾听到声音。

花园因为一场地震而震动着。居住在花园里的那些奇形怪状的恶魔生物发出刺耳的尖叫和呻吟。在它所在的亚克斯的那个区域，现实世界在颤抖中再次显现，花园开始褪色。

"不可能。"莫塔瑞恩低声说。

他兄弟的尸体抽动了一下。命运之铠已经变成了一具被腐蚀的外壳，但不知为何，它的动力背包重新启动了，铠甲上所有的系统灯都在闪烁。

基里曼乌黑的脸庞转过来注视着他。莫塔瑞恩感觉有什么巨大而危险的事物正在穿越亚空间。那是他很久以来未曾感知过的某种事物。

基里曼的后背弓了起来。他的铠甲嗡嗡作响，随着内部的奥术机制被彻底启动，它释放出了一个灵能信号。

大地又一次震动。看不见的大钟发出的第二声钟鸣让花园的居民们陷入了恐慌。企图拔出树根、笨拙地逃走的大树裂开了。一百万种恶魔苍蝇从腐尸地面蜂拥而起，成群结队地飞走。纳垢灵们尖叫着，用小短腿所允许的最快速度摇摇晃晃地逃跑。

莫塔瑞恩匆忙站起，举起了沉寂之刃。即使他无法夺取基里曼的世界，也要用镰刀最后摧毁基里曼，将他的灵魂作为祭品献给伟大的纳垢。

但他无法行动。

基里曼的双眼中闪烁着纯粹而洁白的能量。他腐坏的血肉留下的最后的黏液已经被焚烧殆尽，一个羽毛状的毛细血管网络在原处蔓延开来，输送着未被神厄病玷污的新鲜血液。命运之铠的金属闪闪发光，不可思议地重新自生出来。明亮的装饰出现的同时，上面的污秽全都裂解消失。动力线生长并且重新连接在一起。与此同时，基里曼的皮肤也在再生、恢复。

花园的每一个角落都在猛烈震动。大大小小的恶魔都在尖叫，从它们的藏身之处涌出，在疯狂的踩踏中逃离。远处，在花园中无论走到任何地方都能看见的纳垢黑色魔殿也在颤抖，莫塔瑞恩感觉到有另一个和第一个一样强大的存在，正从永恒紧闭的窗户后注视着他。

地面上出现了裂缝，随后断裂开来。大地的缝隙间闪耀出夺目的白光。基里曼的尸体升起并高悬在空中。一道光柱支撑着他。光柱缓慢地转动着，将他直立起来。他伸出手，帝皇之剑出现在他手中，燃烧起了一千个太阳般的火焰。

"他在和我说话，兄弟。"罗保特·基里曼说，"他没有跟你说话吗？"

无法直视的光芒笼罩着基里曼，那光芒如此刺眼，莫塔瑞恩不得不举起双手遮挡。

"父亲？"莫塔瑞恩说，他的声音颤抖，就像一个小男孩在做一次不可饶恕的小恶行时被发现了。

"我是他的右臂，兄弟。"基里曼说，"我是他的将领，他的冠军。我是复仇之子。我被他的力量所保护。"

周围的景物在亚克斯被炸毁的战场和纳垢的花园之间闪烁切换。纳垢花园的地面正在旋转。

"这不可能！你明明应该死了！"

魔殿处传来了开门的吱吱声，虽然微弱，但自有气势。通往纳垢住处的那些门户之前从未开启过。

莫塔瑞恩非常缓慢地转过身，望向那座巨大的房屋。在黑暗树林最深处的一块空地上，一座不起眼的山墙上的一扇小小的百叶窗开启了。

"原谅我，慈父。"他恐惧地说。

基里曼越过莫塔瑞恩望去。有什么东西透过他同时看向了所有世界，像银河内核一样明亮的双眼注视着那座漆黑的禁地之屋。

"你是个叛徒。"基里曼说着，嗓音完全不像他自己，"你让你能触及的一切都堕落了。但你既是个怪物，也是个受害者，莫塔瑞恩。或许有一天你会得到救赎。在那之前，你只能滚回你自己选择的主子面前。"

"不！"莫塔瑞恩哭泣着，但为时已晚。一股力量向他袭来，用力拉着他。他向后飞去，反反复复地穿过花园，飞向瘟疫之神的黑色大屋。在飞入开启的门户时，他一瞬间感到了绝对的恐怖。门在他身后砰地关上了，将他困在一个更可怕的神祇面前。

纳垢正怒火冲天。

基里曼俯瞰着纳垢的花园。他处于两个世界之间。亚空间一直在变，永不恒定。这座花园是各种想法的集合。它没有真实形态。通过这个花园，他可以看见支撑着花园的一百万个其他世界，那是生者和逝者的灵魂梦境。越过它，透过被朝阳蒸发的一团团灿烂的海雾，他能看见亚克斯的战场。

"听我说！"基里曼的声音响彻了永恒的空间，剑上的火焰越来越高，直至焚烧到时间本身，"我是罗保特·基里曼，泰拉帝皇最后的忠诚子嗣。瘟疫之神，你今日命数未尽，但请知晓，我正为你而来，我终会抓住你，而你终将被焚灭。"

他双手紧握帝皇之剑，将它高高举起。不断上升的火浪卷入了花园。从大魔殿传来了愤怒的叫喊。与此同时，一道比一百万个太阳还要灼热的火焰之墙吞噬了其途经的一切，最终在纳垢大屋的黑色高墙几米之外裂解消散。无边无际的大殿在震动，青苔瓦片从屋顶上坠落，湿透的木料上冒出了蒸汽。

"这是一个警告。亚空间和物质世界一度处于平衡状态。但你们已经把天平倾斜得太久了。要知道，能够扩张的不只有亚空间。这个领域并不是真实的。只有意志才是真实的。而我的意志无人能比。好好记住，瘟疫之神，把这个信息传递给你的兄弟们，我并非在为我自己说话。"

"我为人类的帝皇代言。"

随后基里曼坠落下去，一直坠落，仿佛经过了无限长的时间，直到他的膝盖撞到地面，他又一次清醒过来。

基里曼睁开了双眼。他跪在亚克斯的大地上。帝皇之剑被插入了破裂的土地中。它的火焰将基里曼身边的地面都烧成了玻璃。被烧坏的铠甲散落在他四周。但他毫发无伤。

莫塔瑞恩已不见踪影。

基里曼站着。无论有什么东西曾在他身上附体，现在都已消失了。空气很清爽。附近没有任何被污染的迹象，他知道帝皇之剑已经将神厄病彻底焚灭。纳塔赛的灵能屏障依然环绕着决斗场，但他可以透过屏障看见清明的天空，以及被光矛的高热火焰冲击的云层。一场猛烈的轨道轰炸正在摧毁莫塔瑞恩的军队，他们失去了指挥，也无力抵挡，只能在毒雾的掩护下仓皇撤退。

空气噼啪作响。在他周围出现了一群金色巨人。在更远处，其他的能量波峰提示有更多的禁军出现在死亡守卫战线的后方。在这一天结束之前，叛徒们将会遭到可怕的屠杀。

马德瓦·柯肯走上前。

"结束了吗？"

"结束了。莫塔瑞恩离开了。他的巫术网络也已崩溃。"罗保特·基里曼说，"瘟疫战争至此告终。"

他将帝皇之剑收入鞘中。

传送是一种瞬间发生的旅行。但过程中有一段时间可以感知到亚空间，在其中形成了无限的间隙。有时这个间隙会永远持续下去，但它总是在事后被遗忘。

盛名的蓬图斯·瓦西里安又一次经历了这个时刻，就像在过去的许多次一样。但这一次有所不同。

在他的命令书上写着，在古代，帝皇触碰过他的每一个禁军的思想。他通过他们的双眼视物，而他们则分享了他的思维。一万年来，他们已经失去了这种交流方式——他们很孤独，却并未意识到自己的孤独。

在瓦西里安被悬于物质界和非物质界之间的那个短暂而永恒的时刻，这个间隙被填满了。他发誓有什么东西正通过他向外看。他过去一生中都未曾意识到自己的孤独，但在那一刻他感觉到了。

那种感觉一瞬即逝。

传送的光芒开启了通往一片毁灭之地的道路。他和部下的其他十一名禁军来到了一个战场。这里发生过战斗，但已经失败。被毁坏的坦克散落在泥泞的山坡上。几百米外，一辆国教战争列车的残骸森然浮现。那里四散着人体，大多都是仿佛已经存在了几十年的发绿的骸骨。一片片黏液标记着恶魔被击倒的地点。无论这里发生过什么，都已经结束了。硝烟被越来越强的狂风吹过大地。迷雾逃逸得更快，飞越过了地平线。现在是夜间，但在沼泽的东方已经出现了黎明的前兆。

"队伍呈扇形展开。"瓦西里安吩咐他的兄弟们,"去寻找幸存者。格利斯坦和哈德良努斯跟我来。"

瓦西里安出发前往那座医院。在路上他们经过了几辆阿斯塔特修会的反重力坦克,它们全都停在地面上,关闭了反重力力场。在车内和外面有十几个新星战士。有的还活着,但陷入了昏迷。

"标记他们的位置。"瓦西里安说,"让人派医疗车来带走他们。"

他们走进医院。迎接他们的是废弃的大厅。自从它被蹂躏,时间并没过多久,但大厅好像已经历了数百年的腐化。那里有肉质植物的尸骸,还有许多恶魔死去留下的剧毒水坑。但无论是肉眼还是从复杂的铠甲传感器上,他们都没有发现任何还在活动的无生者。

他们继续进入内部。死寂笼罩着万物。除了风,这里没有任何生命的迹象,云层正在消散,露出一片片天空。

"在中央房间我标记了五个还活着的阿斯塔特修士。"哈德良努斯在通信中说。瓦西里安的头盔内出现了定位点。

"让我们从那里开始搜索吧。"守望者说。

他们穿过被倒塌的瓦砾堵塞的走廊,一边寻找落脚点一边前进。路上遇到了一些阵亡的新星战士的尸体。禁军标记下了这些位置。尽管这些尸体已经受到瘟疫或是快速突变的严重影响,不可能再回收基因种子,但他们和他们的战甲将会获得荣誉。

五个来自铠甲应急系统的生命信号正在微弱地跳动着。禁军们走进了中央房间,发现那些阿斯塔特修士环绕一个起爆点躺在地上。

"毫无疑问,这是神器地点。"格利斯坦说。这里什么都没有留下,只在地板上留下了漆黑的星形爆炸痕迹。其他人去检视那些阿斯塔特修士。瓦西里安则走向起爆点,发现了第六具身躯,那是一个标准的凡人。他是如此瘦小,以至瓦西里安一开始还以为那是一堆破布。

"这个人也活着。"瓦西里安说。哈德良努斯走近。

"这怎么可能?"他说,"而且其他人都被爆炸抛到了一旁,为什么他还在这里?"

"他病倒了。"瓦西里安说着,轻轻将他的身体翻了过来,那是一张病了的憔悴的脸，对方用失明的眼睛看着他，"是战争使徒。"

马蒂厄喘了一口气。他的双手在痉挛。

"帮助我。"他说。

"放松点儿，休息一下。救援已经在路上了。"瓦西里安说。

"我要的不是救援。"马蒂厄呻吟着，"我必须……我必须去找他。我还有最后一条信息要传达。这是帝皇的命令。"

"我必须和原体说话。"

第三十九章

雨父的策略

"你们这些灵能者的问题是,"罗提古斯一边说,一边对提格里奥斯喷出一股恶臭的水流,"你们总是过于高估自己。"

一面灵能盾牌在提格里奥斯面前闪烁,罗提古斯的洪水在上面飞溅。污水绕过智库,被他的力量转移了方向,冲刷着无价的典籍,将它们化作一堆湿透的垃圾,让书本上长出了一节节荆棘。

雨父继续对智库施展法术,将他逼退。提格里奥斯挥舞权杖,击飞了那些带腐化力量的闪电,但它们打中了走廊上两排放在笼子里的书,让它们腐烂、变形,或是燃烧起来。浓烟和恶臭的气体充满了狭窄的通道。

"我经常听说你们是一群强大的战士。当我终于面对你们时,却找到这样……这样一个例子,我是多么失望。"

罗提古斯向前方轻击法杖,尖叫着的深红色能量环向提格里奥斯飞去。提格里奥斯艰难地转移了它们。能量环在笼子间炸开,使得这些笼子在金属的刺耳响声中向内塌缩。

提格里奥斯一言不发,拒绝卷入和雨父的任何辩论,而是以自己的力量来回应。他竭力从亚空间中汲取力量,甚至就连费边都感觉到现实世界正在扭曲。闪电从他的权杖顶端射出。罗提古斯企图用一堵凭空出现的沸腾的污秽之墙来阻挡,但能量束穿透了它,击中了大不净者的胸口,在它腐烂的皮肤上留下了蜘蛛网般的灼烧痕迹。

罗提古斯咳嗽着,一股蛆虫喷泉从它脸上的那张嘴涌了出来。

"所以你真的会咬人。"恶魔说着,擦掉了嘴角的害虫。它伸出左臂,从手掌下方的嘴里射出一个苍蝇球。它们就像投石机发出的石弹般猛击过来,将提格里奥斯打退,随后在他的铠甲上炸开,苍蝇们开始啃噬陶钢胸甲。"但是,我的牙齿可比你多。"罗提古斯说。

提格里奥斯用火焰罩住自己,将苍蝇全都烧成了灰烬。

"还得再加把劲,恶魔。"智库说。

费边向前方翻了个身,四肢着地。他刚一停下,就感到头晕,不得不深呼吸几口污浊的室内循环空气让自己平静下来。他全身都有伤,恶心得随时都可能呕吐。在这场灵能对决的影响下,现实像融化的玻璃一样扭曲。

图书馆还在这里,他告诉自己。我还在这里。

他按照自己被教过的方式,一个接一个地检查防护服系统,迫使自己尽量不去关注罗提古斯释放出的疯狂气息。空气在颤动着,发出离奇的笑声。像他手指那么粗大的蠕虫从墙上翻滚着钻出来,或是从地板上爬出来。其中有一只蠕虫擦到了他的手,费边惊恐地收回了手,但那只虫子只是不停地翻来覆去,没有对他造成任何伤害。

这次惊吓让他有了站起身的力气,尽管他随时可能昏倒,不得不靠在墙上。

在侧面的房间里,烟雾变得越来越浓厚。罗提古斯和提格里奥斯还在战斗着,但逐渐离开了费边的位置,向后退到了更高的地方。

费边盯着地板上的那本书。房间里的所有其他书都已经化作了无法阅读的烂泥。在这本唯一幸存的书的书页间,到底隐藏着什么可怕的秘密?

他无法移动。他应该离开。他不应该捡起那本书。但是,费边推理着,这又会有什么害处呢?费边看到过隐藏着足以毁灭头脑的秘密的禁忌魔法书。但这本书看起来并非其中之一,因为它被放在这个侧间里,虽然有一扇沉重的大门保护,但并未使用通常用来收容巫师典籍之类的防护封印或灵能回路。这只是一本书而已。它面朝下躺在地板上,他看不见书的标题。

战斗声在走廊上回荡。提格里奥斯正用权杖攻击罗提古斯。权杖内的结晶矩阵亮得就像许多面光芒之墙,在恶魔身体表面留下弹坑般的伤痕。罗提古斯将木棍向下劈,提格里奥斯抓住了棍子长角的顶部,将它的角狠狠砸在地上,发出的冲击波让罗提古斯身上的赘肉如波浪般翻腾,它的多重下巴互相拍打。恶魔腹部的嘴向智库咬来,提格里奥斯则集中能量去炸那张嘴,粉碎了上面的牙齿。

费边无法离开这里。智库和恶魔的战斗完全堵塞了走廊。他又看了一眼那本书。应该拿走它吗?

罗提古斯伸手抓进带笼子的书架,把那些架子完全摧毁了。提格里奥斯用权杖的顶部打断了罗提古斯手上那张嘴的尖牙,被弄断的舌头猛地掉在地板上。罗提古斯尖叫着，发出一种令人惊讶的女高音，抓着自己的伤口。

"已经结束了，恶魔。"提格里奥斯说，他举起权杖，准备再次攻击。

一阵钟声在图书馆内响起，尽管声音微弱，却饱含力量。三声钟鸣后，现实世界摇摆得更厉害了，图书馆也在震动。书籍像雪崩般从书堆上掉下来，被它们上面的锁链悬挂着，就像是被复仇的农场主吊起来的死鸟。提格里奥斯的身影跌跌撞撞。

罗提古斯挺直了腰身。

"就这样吧，人类。"它将木棍狠狠打在提格里奥斯身上。首席智库头盔周围的灵能兜帽爆炸了，震晕了他。他那厚重的装甲轰然倒在地板上，兜帽和权杖上的光芒也都熄灭了。

"你也不过如此。"罗提古斯发出啧啧声说，随后做了个鬼脸，揉了揉手掌上受伤的嘴。

罗提古斯将注意力转向了费边。

"啊哈，还在那儿。太好了。"它就像猿猴般弓起背，沿着走廊翻滚过来。

费边无处可去。他已经对一切麻木了，甚至不再害怕。罗提古斯的外貌如此可怕，他劝说自己这个恶魔不是真的，自己只是在做一场噩梦。但事情确实正在发生。当罗提古斯逼近时，他就像在地上扎了根一样动弹不得。

"我并不想伤害你，真理的探寻者。看啊，看着我！"

它向费边伸出一只手，历史学家看着这只手在他眼前解体。皮肤脱落，肌肉因腐烂而变绿，血管萎缩，肌腱干枯裂开。它的手指掉了下去，在地板上融化了。

"瞧？已经结束了。"罗提古斯说着，展示着它的残肢，"莫塔瑞恩的计划已经一败涂地，我必须走了。他浪费了这么多时间建立起来的腐化网络被破坏了，亚空间对奥特拉玛的掌控已经松开了。我要向你告别。好好享受你的书，读书小子。"

罗提古斯的躯体向内部坍塌了，它的皮肤就像旧丝绸一样撕裂，一股脏水冲了出来。它的头是最后消失的，就像一个被丢弃的面具般折叠起来，消散在黑烟中。

费边沉思了片刻，捡起那本书，将它从罗提古斯的遗骸渗出的污秽旁解救出来。他一瘸一拐地走上走廊，来到首席智库的身旁。在走廊里，那些还没腐烂成黑色的书籍正在燃烧，火势正在向图书馆的主体部分蔓延。他听见档案水晶在远处碎裂的声音。要不是穿戴了生化防护服，无论是疾病还是吸入烟气都会在片刻间杀死他。

费边激活了通信器，发现频道变得通畅了。

"战团指挥部，历史学会专家费边·圭尔夫兰请求援助。提格里奥斯大人已经倒下，托勒密图书馆着火了。求求你们，请快来接我们。"

对方短暂地延迟了一下。

"确认。记录位置。灭火小组和药剂师已经出发。待在原地。"

"我不知道能否做到。"费边喃喃自语。

通信断开了。

在走廊的尽头，一堆书随着一声轰然巨响而倒塌，一场火焰余烬的风暴向他吹来。费边为失去如此大量的知识而深深感伤，并对帝皇做了一个小小的祈祷，但愿其中有些书能幸存下来。

在这种想法的驱使下，他翻过了手中的书。这本书非常普通。没有写作者名，但上面有书名。费边高声读出了它的标题。

"圣吉列斯皇帝统治史。"

他对着这个标题皱了皱眉。这对他而言毫无意义。圣吉列斯从未在任何地方当过皇帝，至少据他所知是这样的。难道他拿到的是一本空想文学？这难道是针对他的一个宇宙玩笑？

一想到神会嘲笑他，费边心中就突然充满了恐惧。

提格里奥斯的手抽动了一下。在冒烟的灵能兜帽内，他的头盔转动着。

费边赶紧把书塞进大腿侧面的一个弹药袋里。大小刚好合适。

"恶魔呢？"提格里奥斯说。

"它走了。"费边说。

智库迟缓地站起身。费边放弃了帮助提格里奥斯的念头。他根本不可能移动那一大块金属和肉体。他只会成为一个障碍。

"有人会来找我们。"费边说，"我建议我们在这里等待，把门关好。"他向后指向那个房间，"或许你可以在这里存活，但我可不想活生生被烧死。"

提格里奥斯带着茫然的表情，同意了。

第四十章

圣徒马蒂厄

"他还活着？"基里曼问。

隔离船庇护圣所号的灵医船长巴兹力庄重地点点头。基里曼心里疑惑这个人除了庄重之外是否还有其他表情。他的职责非常沉重。他指挥的这艘船是一艘死亡之船，很少有人能活着离开。巴兹力处理的是身体和精神两方面的疾病。他见过亚空间能带来的最坏的影响。当然，巴兹力本人也是个灵能者，具有中等能力，他是介于外科医师和巫师之间的一位稀有人才。

"这是个什么样的时代，"基里曼想，"就连这样的人也必须为帝皇效劳。"

"是，摄政殿下。"灵医船长说，"他还活着。"

基里曼若有所思地吐出一口气，几乎是在叹息。他非常疲倦，但还有许多事要做。他扪心自问，与马蒂厄会面是否真的有必要，还是只是一种迁就。一方面，任命这位牧师可能是他犯下的少有的错误之一；另一方面，他想知道这个任命是否真的完全出于他的选择。如果不是，其中又有几成是出于他的选择。

他又想起了花园。

基里曼透过三重强化玻璃向治疗室望去，每个窗格上都雕刻着神圣的符号。在附近的某处，奥术机械正在运转着，抑制着亚空间的影响力。

马蒂厄占据了病房中央的一张单人床。医疗设备挤满了他周围的空间。他身上裹着一件洁白的病号服，已经被身体的多处脓疮渗出的液体污染。他没有受到外伤，覆盖全身的损伤全都是因为疾病造成的。与其说他现在是一个人，不如说更像一捆干柴被随意地扮成了人形，包上了一层皮肤。马蒂厄为数不多的几件引以为豪的事情之一是他的浓密头发，但如今头发已经掉光了，散落在枕头上。在氧气面罩下，他脸颊深陷。他的双眼无神地盯着天花板，流着脓液之泪。

"他怎么可能还活着？"基里曼瞥了医生一眼，"从纯粹的生理和医学角度来看，这根本不可能。"

"医学？"巴兹力说，"我不知道为什么。这本该是不可能的。他在没有任何防护的情况下进入了亚克斯污染最严重的地区。把他从那里带回来的阿斯塔特修士们告诉我，他与敌人当中最强大的瘟疫怪物之一对峙过。他触摸了一件被玷污的神器。他暴露在各种疾病和亚空间恶意之下，如您所见。但他还活着。"

"我看得出来。"基里曼说。

"尽管折磨他的灵能成分已经不再活跃，但我们能看到，他感染了这么多种疾病，本该在几个小时之前就死了。这个人不应该还活着。"

"你说得对。"基里曼轻声说，"那从非医学的角度看，你有什么想法？"

"他想见你的渴望，殿下，在其他情况下，我会说是这个执念让他还活着。我见过本该早已伤重而死的士兵，为了接受兵团牧师的临终祝福而坚持了好几个小时。我也见过其他的人，受了足以杀死一名星际战士的重伤，但直到完成他们的任务后才咽下了最后一口气。"

"但这次为什么不是？"

"不是。他应该已经死了。在这里发生了某种我很少遇见的情况。他是受到某种外部影响力才活着的，我几乎可以肯定。这些设备阻挡了所有形式的灵能。"巴兹力指向玻璃上的那些符文，"我们在技术上去阻止，舰队灵能者们也付出了最大努力。但即使如此，还是有某种力量从外部接触他。"

基里曼又陷入了沉默。

"那是他的信仰吗？"

"信仰是什么，殿下？"巴兹力说，"那只是亚空间的另一种表达形式。没有任何凡人能如此强烈地相信依靠信仰就能让自己活下去。这是不可能的。诸神的行为受到了这些防护装置的阻碍。"

"显而易见的现实是，他还活着。"基里曼说，"那么你的理论是什么？"

巴兹力一生中见识过太多的恐怖，没有什么事情能让他害怕，甚至他连原体也不怕。当他注视帝皇的巨人子嗣时，目光中带着一丝警告意味。

"我们正在目睹帝皇的工作。神迹，这是我唯一能接受的理论。您不这么看吗，殿下？"

基里曼选择不回答。

"我现在就去见他。我想知道他到底要说什么，这样或许他就可以安然离去了。"他转过来面对灵医船长，"这次会面不要留下任何记录。你需要离开。你还要停用所有收集数据的仪器。明白了吗？"

"遵命，殿下。"

"这个区域上下左右两百米范围内，全部清空。"

又是稍略一瞥，又是一点儿警告。"我不确定这么严格的——"

"这是你的船，灵医船长，但这是我作为人类帝国摄政和总司令的命令。执行吧。"

"乐意效命，殿下。"巴兹力鞠了一躬，"但我必须留下来打开这个房间。"

"在那之后，你也要离开。"基里曼说。

"好，好。照您吩咐。"

巴兹力走向一个储物柜，里面放着一套柔软的塑料防护服。他动作非常熟练，很快就换好了。基里曼走到门前。

巴兹力按上了防护服的扣件。"殿下，我建议您戴好头盔。他身患多种疾病，我并不知道您是否都能免疫。"

"我不需要头盔。"基里曼说着，面对入口，"开门吧。"

巴兹力连上呼吸管，给防护服充好气。"很好。"他说。

最先冲击基里曼的，是里面的气味。房间内有一股令人作呕的甜味，来自衰竭中的器官和腐烂中的肌肉。这种味道让基里曼眼睛流泪。汗水让他的额头感到刺痛。他的超人类生理机能自动开始对抗感染，命运之铠也切换到了更高功率。

巴兹力可能是对的，房间里确实有什么东西能影响到他，或许这是莫塔瑞恩的最后一个诡计。原体敏锐的头脑权衡了所有的可能性，但他并不在乎。基里曼不知道自己是否安全，这一点没有理论支撑，但不知为何他就是相信这一点。

他走到床边，推开了塑料帘，完全不怕受到感染。

牧师向上凝视着天花板，依然处在睡眠中。他的胸口在上下起伏，但这并不是他的自主行为，机器在为他呼吸。每次吸气和呼气，插入他胸口的肺刺激器都会咔嗒作响。

"战争使徒？"

马蒂厄没有动。

"马蒂厄。"基里曼轻声说。他审视着自己。基里曼本以为自己会大发雷霆，随后勉强地接受这一切，毕竟牧师完成了一桩伟大的功业。他最近也曾体验过困惑，这是一种他并不喜欢的情绪。但看到牧师像眼前这样躺着，被几十种不同的疾病折磨着，他心里最深刻的情绪却只有遗憾。

马蒂厄眼角的结痂动了动。他的脸庞也动了。非常缓慢地，他把头转向了原体。过了好一会儿，他脸上的表情才开始变得清晰，他的双眼开始聚焦。

"殿下，是您吗？"

"是我。"基里曼说，不确定马蒂厄是否能看见他。

"是的，是的，是摄政。"马蒂厄说，仿佛一切都得到了确认，他闭上双眼，又睁开，而后他吞咽着，所有的动作都像冰山移动般缓慢，"您来了。"

"我听说你希望和我谈话。我不能拒绝一个垂死之人的最后请求。"

"但您还是犹豫过。"马蒂厄说。他微笑了一下，嘴唇上的皮肤开裂流血。

"我在仔细思考——"

"您无须自我辩解，殿下。我们都是被帝皇摆布的，您和我。我们的行动中没有多少选择可言。"

"你相信这一点。"

"我知道它！"一点儿能量涌入了马蒂厄，他举起一只插满了管子的手，"而且您也知道。您亲眼见证了他的力量。您已经看到过光明。"

"我不得不让你失望了。我并不相信创造我的人是一个神。"基里曼说，"他是某种……"他停顿了一下，"非要说的话，他是某种其他存在。所有的信仰和对拯救的渴望都是盲目的希望。他不会帮助我们的。他不能。我们必须自救。"

"真可惜。真可惜。"马蒂厄说，他的话音就像某个不可靠的频道上的通信幽灵，声音时隐时现，"要是您相信的话，事情会简单得多。也许您做不到。但我不认为这是您的过错。"他叹了口气，身体似乎向内缩小了，仿佛每一次呼吸都让他精疲力竭，"您必须听我说。仔细听。您的父亲正支撑着我，但其他地方也需要他的力量。"

"那就说吧，战争使徒。我在听。"

"这是我的最后福音，也是所有消息当中最好的一个。帝皇正在苏醒，殿下。"马蒂厄微笑着，"在漫长的千年长眠后，他开始活动了。信仰的大军追随着他。他们将他举到高处，赋予了他力量。"

基里曼对此有自己的想法，但现在并非发表意见的时候。

"怎么发生的？"

"是亚空间，殿下。"马蒂厄沙哑地说，"开启大裂隙是敌人犯下的最大错误。它或许会毁灭帝国，但也可能拯救帝国。大裂隙赋予了帝皇力量。亚空间能量充满了宇宙，提升了人类，让最低级的灵能者也充满了能量。"

"整个帝国范围内，灵能者出现的频率大幅提升了。你说的就是这个吧？"

马蒂厄勉强点了点头。这个动作弄破了他脖子上的疮疱，流出了清澈的液体。"是的。您的父亲是所有灵能者当中最强大的。他怎么可能不受影响？"

"那他为什么不从他的王座上下来？如果他有行动能力，为何我必须为他做属于他的工作？"

"原因是，他还未准备好。"马蒂厄说，"暂时还没有。您必须帮助他。"

"那我要怎么做呢？"基里曼平静地说。

"我无法解答。那是您的任务。"又是一阵痛苦的吞咽，马蒂厄过了好一会儿才再次开口说话，他的话语是一种宝贵的货币，而他即将耗尽最后一分钱。"他耗费了几千年的时间来安排，才让您得以归来，殿下。您是他唯一的希望。您是人类唯一的希望。"马蒂厄的脸上流露着痛苦，"我们都有自己的角色要扮演。您的正在上演，而我的已经结束。"

他闭上了双眼，接下来的话语更加微不可辨。

"欣喜吧。岁保特·基里曼，赞美吧。"马蒂厄的头颅渐渐沉入枕头里，分泌的液体流到了覆盖枕头的塑料布上，"赞美吧，帝皇正在苏醒。您必须引导他的归来。您已经归来。他也终将归来。"

"你乐观得像个傻瓜。"

马蒂厄最后微笑了一次。"您否认了自己的亲身见证。您知道这是真的。您会找到办法的。信仰您的父亲吧……一切……都会变好的。"

马蒂厄的头歪到了一边。

基里曼把那个人的脸转向自己。尽管笑容还在，但他的灵魂已经离去了。原体从未在任何人脸上见过如此平静的表情。

他本已要离开了，但还是俯下身，对着尸体低语。

"我的父亲不是神。是别人为他在做属于他的工作，就像我现在必须要做的一样。他利用了人们。他总是如此。"基里曼站起身,向下伸出覆甲的手掌,合上了离世的牧师的眼睛。

"谢谢你,马蒂厄,谢谢你对帝国的奉献。我很确定,当我告诉你的继任者你的事迹之后,他们会把你塑造成一个圣徒,而我不会阻止他们。"

第四十一章

回想

　　房间里有一张可调节的医用沙发床和一排墨水罐子，角落里都在焚香。这个房间铺着粗糙的石块，墙面也采用了同样的岩石，这些石材全都来自荣誉星的群山。沃尔·迪拉兹牧师在里面等待着查士丁尼。尽管有一个未激活的机仆站在沙发旁边——那是一个安放在小型轮车上的人体躯干——而且科技元素随处可见，但这个太空船上的房间很像一个萨满洞穴。

　　查士丁尼在两名头戴兜帽的战团仆从的陪同下走了进来。这些仆从和查士丁尼一样穿着午夜蓝和骨白色相间的长袍。他们沉默不语，力求保持庄严，以营造一种神秘的氛围。但查士丁尼并没有他们那么严肃。他出生在一个不那么迷信的时代，而且他最初服役的原铸战团所属的军团，也没有所有初代战团中普遍存在的许多个世纪传承下来的仪式。

　　"帕里斯士官兄弟。"牧师说，他阴郁的嗓音中偶尔夹带某种力量感，"你准备好接受你的第一个荣誉标记了吗？"

　　"是的。"查士丁尼说。

　　"你是否愿意接受回想仪式？"

　　"我愿意。"

　　"那就躺下吧。"迪拉兹说。

　　查士丁尼坐上沙发。随后沙发升到人类胸口的高度，这样机仆就可以更容易完成工作。

　　"鉴于你对我们的工作方式还不熟悉，我冒昧地向你建议一个设计图案。"迪拉兹做了个手势。一名人类仆从走到一张不锈钢桌子前，拿出一张纸。纸被对折，隐藏了里面的内容。仆从在迪拉兹的命令下将它打开，向查士丁尼展示。

　　上面是一幅风格化的查士丁尼图像：一条刚被查士丁尼斩首的蛇缠绕着他，三滴血从蛇颈上喷出，蛇头被他踩在脚下。

"通常我们会使用被我们击败的敌人的图像，或是需要纪念的行动中其他一些难忘的元素。"迪拉兹解释说，"有时是一座要塞，或是一件武器。但那在这种情况下是禁止的。在我们身上文下一个混沌大敌将会带来厄运。包括你战斗过的那片废土、你协助摧毁的那件神器，也都出于同样的理由被禁止。因此，我们只能使用讽喻的形式。你同意吗？"

查士丁尼看着那幅画作，然后注视着牧师颅骨面具的红色护目镜。

"我不能接受。"

牧师带着疑问歪了歪头盔。

"我想要这个。"查士丁尼拿出一张半透明复写纸的打印件。那是从他的头盔捕获的视频中截取的一张图，是他们在海斯塔姆斯镇附近的小岛上遇到的那个女孩。沃尔·迪拉兹拿过打印纸，看了看。

"我想把这个孩子文在我的脖颈上。"查士丁尼说。

"她并非敌人。"迪拉兹说。

"但我杀了她。"查士丁尼说。

迪拉兹从呼吸面罩中呼出一大口气，通信发声器放大了这个声音。

"我听说过在那颗行星上发生的事。"牧师说，"给你一个忠告。那些人不管怎样都会死的，第三连中队长埃德莫命令你做的事情是正确的。想一下，如果他们当中有一个人活下来，敌人通过他们得知你们的行动，会有什么后果？任务会失败，神器不会被摧毁，原体很可能战死，奥特拉玛也会迷失在亚空间。"

"我们不得不扣下扳机。"查士丁尼说，"他们视我们为救世主，而我们杀了他们。"

"这是出于最好的理由做出的恶行。"迪拉兹说，"这是个可怕的时代。我们种族的未来悬于一线。你为了我们的生存而献出了自己的人生。而对他们而言，他们不得不放弃自己的人生。"

"尽管如此，我还是想要文上我给你的这幅图。这是我的愿望。"查士丁尼从文身床上抬头望着沃尔·迪拉兹，"我明白，对于荣誉星出身的你来说，我的要求很奇怪。但我也明白，根据你们的习俗，每个文身都来自战士本人的选择。我不想用别人给我的图像来铭记这次行动。"

"我明白了。"沃尔·迪拉兹平静地说，查士丁尼可以看出牧师正在评估他的灵魂的价值，"那么，我要问你，为何你要为自己选择这样一个耻辱的标记。"

"你误会了，牧师兄弟。"查士丁尼说着，向后躺回沙发上，"我并不觉得那是耻辱。我并不是在惩罚自己。做这件事让我很悲伤，却是必须要做的。"

"那为何要用这幅图？"

"荣誉可能会成为阻止我们实现目标的枷锁。荣誉的诱惑会让人堕落。我用这张图，并不是为了忏悔，而是为了不忘记我们作为帝皇战士和人类守护者的职责。我之所以这样做，是因为我会记住，有时我们必须杀死我们想要保护的事物，才能真正保护它。"

沃尔·迪拉兹赞许地哼了一声。查士丁尼接受了审查，并且通过了牧师给他的测试。

"很好。就用这个孩子。"在马达的呼呼启动声中，他向后退了退，召唤机仆过来。随着一阵丑陋的抽搐，机仆就像是在夜里被噪声惊醒般开始启动。

"这个孩子，2.5厘米宽，5厘米长。文在第一荣誉标记的位置。"迪拉兹对机仆展示图像。它的仿生左眼发出咔嗒响声，将图片分割处理，转化为美术作品。

"遵命。"机仆喘息着，转动轮子。它将带针筒的手指浸入墨水罐里，灵活的手法掩盖了它不太稳定的动作。活塞咔嗒一声，针管呜呜作响。固定在它手骨上的小瓶子里充满了色彩，一个小泵开始运转。

"帝皇选择了你，兄弟。"迪拉兹说。

"你觉得他会在我们中间行动吗？"查士丁尼说。

"请解释一下，兄弟。"

"你真的是这个意思吗？我确实被选中了？帝皇在行动吗？当我们返回舰队时，那个牧师在痛苦中对我胡言乱语了几句。我当时的所见所闻让我不禁思考这个问题。"

"永远不要相信国教的话。"迪拉兹说，"他们把人塑造成了神。"

"那么我见到的并非帝皇？"

迪拉兹谨慎地斟酌着词句。"一个人不需要成为神，就可以运用他的影响力。我也不需要通过相信帝皇是一个神来确认他的力量。毫无疑问,他出手了，触碰了亚克斯。正如我所说，这是个可怕的时代，但这个时代也同样光荣。"

机仆的轮子吱吱作响。这个看起来很精巧的机械，每当经过不平的地面的缝隙时就会摇晃。当它来到沙发旁停下时，整个身躯都在轻微颤动。

"露出选定的标记位置。"机仆原有的声带仍在原位，但因极少使用而变弱，嗓音刺耳得吓人。

查士丁尼带着一丝恐惧，把头转向一旁，对吱吱作响的赛博人暴露出自己的脖颈，尽管机仆在俯下身时有一些不确定，但当它就位之后，它的手指就熟练、准确、迅速地开始移动，针尖以标准化的深度和速度扎进查士丁尼的脖颈。

有人告诉过他，一名新星战士可能会在回想仪式中自然而然地经历一场"新星之影"的幻觉——他们自身被诱发至某种奇特的冥想状态——但查士丁尼除了针尖的刺痛之外什么感觉都没有。他经历的唯一幻象是一个燃烧的闪光。那是基里曼为了净化亚克斯释放的星舰杀手武器，以尽可能留住这颗行星。他和许多其他新兄弟一同观看了这一幕。人们很少有机会能目睹如此大规模的核子清洗。

他的思绪继续发散，但还是没有出现荣誉星。他回忆起他在编外之子的时光，首先是和他的基因同类们，然后是与其他所有基因线的兄弟混合在一起。总是很严肃的菲利克斯、因为无法回到芬里斯而心碎的比亚德尼，还有许多其他人，那些短暂的兄弟会，被分割派遣到极限战士系的战团，作为增援部队加入初创战团，还有太多因为死亡而分开的人。

一切都是过去，都过去了。新的人生在等待着。这是永远的兄弟情谊。每一次针扎，仿佛都在用新的忠诚覆盖旧的忠诚，但他发誓永远不会忘记过去。

终于，仪式完成了。查士丁尼脖颈上的叮咬停止了。一支辅助机械臂从机仆的胸前展开，用一块湿布擦拭他的皮肤，带来了抗感染药剂的刺痛感。他想要动一下，但机仆强硬地说："别动。"

一名人类仆从走上前，在他的文身上涂上了修复膏。

"好了，"沃尔·迪拉兹说着，回到了帕里斯身边，"欢迎你加入新星战士，查士丁尼·帕里斯，尽管早已欢迎过了。我很理解，放弃一个兄弟会而加入另一个是很艰难的。你的兄弟之情被撕裂了，但这不会再发生了。你现在已经是我们当中的一员。"

沃尔·迪拉兹向查士丁尼笔直伸出了手。查士丁尼握住了它，随后沃尔·迪拉兹把他从沙发上拉起来，拥抱了他。

"谢谢你，兄弟。我发誓忠诚地为新星战士效力，到我死亡的那一日，我会通过他们的协助，前往人类帝皇的身边。"

"我对你确信无疑。"沃尔·迪拉兹说，"为了荣誉星和对卢克莱修·科尔武的记忆。"

"为了荣誉星和对卢克莱修·科尔武的记忆。"查士丁尼回答。

第四十二章

其他的形态

罗提古斯花费了很长时间，仔细地搜索着它的宿敌。长满了木瘤的树林向一片无边无际的腐烂之地延伸。树枝上挂着湿滑的培育囊，每个培育囊内部的东西都为了重生而在迅速成长。衰败与重生，生命与死亡。这片木瘤林就是纳垢生命循环的缩影。通常，罗提古斯在这里会感受到一种激动人心的归属感，一种灵魂的冲刺。成为这个目标的一部分，看到它的主人的真理以这样一种与其本身同样坚实的玄妙形态呈现在眼前，让罗提古斯极为愉悦。只要一有时间，它就会到这里散步。但这一次并不寻常，也和它的胜利毫无关系。它觉得自己就像这些树一样内心空虚，从内部腐烂殆尽，却没有新的蠢蠢欲动的生命来填补空洞。它和伟大的慈父的其他化身都有同样的感受，因为从开始到结束，它们都是慈父的一部分。

花园受伤了，神受伤了。

永远不会真正存在的大地震动着。恶魔当中有传闻，焚烧的痕迹或许永远也无法愈合，纳垢在睡梦中因为疼痛而翻来覆去。在这片液态大地上的动荡将会持续几个漫长的时代，就算在最低的程度下，也会像拉肚子一样无法停止。罗提古斯能在空气中品尝到，有一种洁净在纳垢的神圣恶臭当中焚烧。它在自己的灵魂中感受到一道灼热的伤疤。罗提古斯挪动内脏来缓解疼痛，但这没有作用。它肚子上和手掌上的嘴都因为不舒服而紧闭起来。

沉溺在这种情绪中也无济于事。

"我不是古加斯。"它自言自语，"不像它充满了痛苦和悲哀。"但罗提古斯还是感到不安、腹胀，身体里充满了痛苦的气泡。它叹了口气，耳朵贴上另一根黏糊糊的树干，敲了敲。悬挂在树枝上的培育囊内的东西抖动着，但这声音并不理想，罗提古斯又走向下一棵树。

"一次挫折并不是失败，一次失败也不意味着整个战争输了。混沌才是永恒。通常情况下，只需要简单的等待就行了，不是吗，我的朋友们？"它对栖身于囊中的恶魔们慷慨陈词。但它们只会对敲击其母树这种动作做出反应。它们睡着时，对罗提古斯的话语充耳不闻。

它叹了口气，大脚在穿过泥潭和沼泽时溅起水花。罗提古斯穿过一排排粉红嘴唇般的花朵，每当那些花被碰到，就会发出麻风病人般的呻吟。懒洋洋的黄色蝇群嗡嗡作响地盘旋，昏昏欲睡得接近死亡。就像往常一样，花园里又热又黏，万物要么处于疯狂生长的阶段，要么已经过度腐烂。目睹腐烂通常都会让罗提古斯心情很好，但是这一天不行。

罗提古斯不时停下脚步，敲打那些存在某种可能性的树的湿漉漉的树干。但在拥抱和仔细倾听之后，它总是发出啧啧声，摇着头，步履蹒跚地走向下一片树丛、下一个障碍物、下一片矮树林，直到它走过百万公里，在花园里经过了一个漫长的时代。

在花园外，时间还停在罗提古斯进入的那一天。花园里的一天是十亿个潮湿酷热的七日周期。它的冗长乏味让灵魂腐烂。

这还是无法让它高兴起来。

最后，罗提古斯终于敲到了一棵让它感觉愉快的树。它竖起眉毛，冲到下一棵树，然后再下一棵，它敲了又听，听了又敲，直到它来到一棵宏伟的木瘤树前。这棵树因为腐朽而如此巨大、丰饶，甚至摇摇欲坠，处于崩坏的边缘。它的大多数枝条都光秃秃的，没有叶子。从这些枝条上松弛地垂下的培育囊，因为岁月而发黑变硬。这些培育囊里是那些半成形的恶魔的骨骼，它们回到了花园，却再也没有获得慈父的欢心，因此真正地死去了。只有一个活着的囊挂在唯一一条活着的树枝上，树枝向外伸展，看起来培育囊迟早会浸入树旁的一个小水池里。

罗提古斯甚至无须敲打这棵树。它终于找到了自己的宿敌。

"古加斯！"它说，那个肿胀的培育囊在它的呼喊下有了反应，里面的东西扭曲翻滚着，震动着这棵木瘤树，罗提古斯把棍棒靠在树干上，来到培育囊前，将肥胖而潮湿的双手放在湿滑的生物组织上抚摸，直到里面的东西平静下来，"嘘，嘘，我的老对头。安静点儿。现在还没到你重回这个世界的时候。我们愚蠢到被杀死时，都必须等待慈父的发落。不是吗？"

有一个还在孕育中没有成形的长鹿角的脑袋，向外移动到培育囊富有弹性的表面，露出了外轮廓，随后又转动着消失了。

"好了，好了。"罗提古斯说着，在水池边坐下，"我想，我只是来告诉你一声，你可能有一段时间不能出来了。"罗提古斯有点儿为难地咯咯笑，"事实上，慈父对你有点不高兴。"它摆出一副若有所思的表情，噘起嘴吐出一口蛆。"老实说，他非常不高兴。你瞧，你不但忽视了他让你从该诅咒者的领域撤退，去和变幻之主作战的命令，你还连自己的目标都没有完成。"罗提古斯笑了，蛆虫就像急流一样从它的大嘴里掉出来，"我的意思是，这本来已经够糟糕了，你还犯了不亚于此的大错，让该诅咒者的儿子在花园里挥舞他的剑，烧焦了花园。还烧到了慈父，烧到了我，烧到了你。如果让我友善一点儿说的话，你现在惹了相当严重的麻烦，我的朋友。"

培育囊仿佛在表达古加斯的悲痛，抽搐了一下。

罗提古斯心满意足地叹了口气。这很有趣。

"你可能在想：我是怎么逃避谴责的？为什么我还能到处闲逛，高兴得像你一样？好吧，我会告诉你的。事实上，这正是我来这里的原因。你准备好了吗？"罗提古斯看着培育囊，它没动，罗提古斯继续说了下去，"很简单，我的朋友。我的计划更棒。我的计划——"它举起一只手掌，戏剧性地压低嗓音，"要大得多。你想要把奥特拉玛带进花园。这个目标也太普通了！我看到了一个要大得多的大奖品。想象一下，要是你有限的智力能理解的话，不要只想着把这个令人恶心的治理良好的现实世界的一角带进慈父的疆域，而是整个腐朽而荣耀的帝国！现实世界正在四分五裂。各种力量在腐尸上争斗。现在不是谦虚的时候，而应该勇敢一点儿，因为最大胆的秃鹫才能抢到最大的份额。"罗提古斯向前俯身，巨大的脑袋倒映在水面上，"让我告诉你这一切会如何发生。"

它在水池上方挥了挥手，水面闪着微光，形成了一幅图像，叠加在罗提古斯的病容倒影上方。那是一个男人在一个黑暗的室内阅读一本小书。从他的肢体语言可以看出，他并不怎么喜欢自己读到的内容。

罗提古斯将手指浸入水中，苍白的东西掉进了泥炭色的黑暗中，那个男人的影像闪烁着。

"这是费边·圭尔夫兰。他是那位原体最资深的事实探寻者之一。他是一个在尘埃中翻找东西的人、一个囤积被遗忘的岁月的人。而他将会创造真正的历史。记住这个细节。在我让他发现的这本书里，有对一个蓄意不被铭记的帝国的唯一记录。我认为，是时候提醒一下大家这件事了，让大家知道无比完美的罗保特·基里曼的野心到底有多么惊人。费边在那里读到的事，会像一场疾病般感染他，他永远也无法让自己忘记这件事。从这一天开始，他再也无法摆脱怀疑。这怀疑将会日益恶化，随后动摇整个帝国。"

罗提古斯窃笑着，用右手抚摸着左臂上的触手。

"腐烂正在形成，就像一条裂缝，会渗入水分和空气，随之而来的是新生命的萌芽。一个想法可能与最强大的病毒同样危险。"罗提古斯伸出手拍了拍培育囊，"我就是来告诉你这个的。所以，当你等待重生时，可以好好思考一下我有多么得意。现在我说完了，我得走了。毕竟我还有工作要做，和你不一样。"它咯咯傻笑。

罗提古斯站了起来。抬起一身赘肉的劳累感让它咕哝了几声。

"噢，还有另外一件事。"罗提古斯说话的语气就好像刚才忘了，但其实那根本就是装的，"等我们下次会面，你可以称呼我纳垢的第一宠儿。这个荣誉已经不再属于你了。"它掸掉大腿上的树皮碎屑，把苔藓抹在身上的黏液里，随后从大树边捡起了它的木棍，"不介意的话，我大胆地给你一点儿建议。古加斯，你的思维太狭隘了。当宇宙给了我们这么多条通往变化的道路时，你却只知痴迷于瘟疫。"

它对着培育囊高声说。

"你忘了，腐化的形态远不止一种。"

罗提古斯愉快地挥挥手，然后就走了，只留下古加斯孤零零的茧挂在树上。迷雾笼罩着它。在培育囊内部，半成形的瘟疫之父在等待纳垢的宽恕。

它的等待将会非常漫长。

第四十三章

贤者们的事务

　　就在菲利克斯要离开前不久，原体给维斯帕托英杰发来一条召见的命令。就像任何一个被全银河最有权势的人召唤的人所必须做的一样，菲利克斯丢下了手头的所有事务。他在原体宫殿的一座偏僻的观景台上接受了基里曼的召见。几个星期前，他刚到这里的时候，有一大群外交官和帝国官员赶来迎接他。在这个观景台上不会有喧闹的人群，所以菲利克斯喜欢来这里。他有一种感觉，基里曼也是。

　　他发现原体没有披挂铠甲，只穿着一件简单的制服，正俯视着亚克斯。一度笼罩这颗行星的毒雾正在消退。它们消散得如此迅速，并不符合自然规律，但它们并非来源于这个现实世界，一旦亚空间的影响减小，亚克斯的自然循环就重新发挥作用了。菲利克斯并未因此就感到有希望，因为亚克斯已经被完全摧毁了。所有的大陆都呈现泥泞的棕色，几乎无法与海洋区分开来。在一些地方，这颗星球正常的色彩还存在。它们存在于海洋最深处、最隐蔽的峡谷，以及离巨釜最远的那些地方。还有少数几个在废墟中显得很醒目的地方，菲利克斯想知道到底是什么保护了它们。因为只有亚空间魔法的某些变种才能保持它们的纯洁。这些斑点一样的地方很小，而且分布得很散。也有一些较大面积的区域受到了较少污染，但所谓的较少只是相对的。在初临城原址周围，有一块变黑的斑块。在亚克斯背面那一侧看不到的海泽恩，也有一块同样被破坏的地点。巨釜在那里污染了空间和时间。但这两处伤痕都是帝国舰队造成的。

　　"你来得很快，德西摩斯。"基里曼说，"我要对你表示感谢。我要做的事情太多，而能利用的时间又太少。每省下一秒对我而言都是礼物。"

　　"您下令，我遵从。我主基里曼。"

　　"我想你已经可以叫我罗保特了，不是吗？"基里曼说，他的目光并未从行星上移开，他站着面对那片病态的光芒，"你一向忠于职守。你是一个具有珍贵品质的人。没有人能独善其身。我们需要志同道合的人。"基里曼转脸看着他，"我们也需要朋友。"

"很荣幸您授予我这一特权，我主——"

基里曼扬起一条眉毛。

"罗保特。"菲利克斯说。用这个名字称呼他感觉就像是违了法。出于某种原因，菲利克斯忽然想起了自己的童年，以及当时自己不服从教师管教的行为。

"被一位原体视为朋友并非特权，相信我，德西摩斯。"基里曼说，"但事实上，也许我们没有选择自己的朋友，而是他们选择了我们？"

"我不知道。我没有朋友，只有兄弟。"菲利克斯说。

"那就把这看作一种友谊。"基里曼说，他用悲哀的表情俯视着亚克斯，"我叫你来这里，是为了向你告别。我会在年底前离开奥特拉玛，在我走之前，我们没有机会再见面了。也许我们永远也不会再见面了。"

"那么，即使在驱灵死域和卡迪亚之门发生过那些事，你还是要越过大裂隙？"

"我不得不这么做。"基里曼说，"在付出大量鲜血的代价后，阿巴顿的军队被阻止了。太空死灵的威胁也暂时被抑制住了。它们没有取得任何进展，但也没有任何损失。帝国圣域还处于危险之中，但已经不再是濒临崩溃的状态了。如今我们必须拯救帝国暗面。我们面临着两大强敌。仅仅依靠半个帝国，我无法战胜其中任何一个。"

德西摩斯·菲利克斯慎重地思考了片刻，才开口说："但愿我的话能让您得到少许安慰。我看得见您肩负的重担。您必须肩负它，令我感到悲伤。如果我有什么能帮上您的地方，我会尽我所能。"

"你已经帮了大忙了，德西摩斯。"基里曼说，"你，还有其他无数像你一样的人。你们是这个恐怖时代的英雄。没有你们，我什么也做不到。我曾经很孤独，现在依然孤独。"他把双手背在身后紧握着，"我希望我的兄弟们能够回来。其他原体的下落并非全都被记录了下来，但我不能有这样的希望。这是异想天开。理性信史协会研究了许多传说，我只能得出结论，我的兄弟们的消失全都是英雄神话。他们毫无疑问全都死了。最可能的假设是，我是帝皇子嗣中的最后一人，而且将一直如此。然而我也意识到，只要还有你这样的人，我就不孤独。"

"卡尔加又要前往警戒星了。那里的战役将会持续一段时间。但当我完成暗面之旅时，纳克蒙德走廊必须依然掌握在帝国手中。我的舰队司令们将会在诅咒瘢痕的这一侧继续远征。与此同时，我把奥特拉玛托付给你和其他英杰。在这个范围内的舰队和军队都在你的指挥之下。还有十个战团的星际战士会响应你的援助请求。做好准备，德西摩斯，因为你要做的事情不只固守。在我回到马库拉格之后，我会向行商浪人家族宣布一项法令，为奥特拉玛寻找新的世界。我们将把在这里施行的善政和它哺育的高贵文化传播到那些地方。在这个时代，把人类的精华放在同一个地方太过危险。莫塔瑞恩的仇恨之举使得这一点显而易见。"

"在这个银河中有千亿的恒星，有数不胜数的适合人类生存的世界，甚至比我们可以改造的世界还要多。而我们却眷恋于稀疏分散的这一百万颗行星。我们的失败不足为奇。雄心壮志已经湮灭，我们失去了人类的根本。当这场远征结束后，将会迎来一个重建时期，随后又会是一个征服的时代。只有不断扩张，帝国才能幸存。"

"请恕我直言不讳，我主……罗保特，看着眼前的亚克斯，我害怕我们不会成功。如果代价是毁灭，胜利又有何意义？"

基里曼点点头。"我们打赢了一场战役。我们打赢了这场战争，但留下了什么？亚克斯需要花费几个世纪的时间来恢复，而且我怀疑它或许永远无法重拾昔日的美丽。我们无法维持这种与混沌的无休止斗争。不能用战争的方式。它必须被遏制，否则终会摧毁我们。"

"要如何才能遏制它，我主？"菲利克斯说，一时忘记了他的亲密特权。

"这是一个宇宙规模的大谜题，复杂得几乎无法处理。但我很确定，这个谜题的所有线索都存在。太空死灵和灵族知道一些我们未知的事情，关于亚空间的本质，还有帝皇。在某个地方，在他们拥有的知识之中，会出现一个解决方案。"基里曼的双眼有一瞬间失去了焦点。他望向虚空，凝视着只有原体的头脑才能感知的视界的尽头。

"考尔。"菲利克斯说，"你说的是考尔。难道这就是他一直在做的事，试图寻找一个解决方案？"

"你没有辜负我的眼光。对，是考尔。他相信太空死灵的造物是其中的关键。我从他那里收到一条消息,这是很长时间以来的第一次。等我们聊完之后,我就会去和他的分身谈谈。你有什么话想跟他说吗?我知道他对你特别有好感。"

"没什么事。"菲利克斯说。考尔的青睐只让他觉得反感。

基里曼又点了点头,再一次变得冷漠。有时他会只接受别人给他的东西,而不做反应。他的头脑忙于永恒的事务,以至无法与人类的微妙感情做出亲密的互动,甚至连与阿斯塔特修士干巴巴的社交谈话也无法维持。这与他早年的热情形成了鲜明对比。

"您打算和他讨论什么?"菲利克斯问。

"很多事情。但最重要的是,我要告诉他,他已经离开太长时间了。我会告诉他我想在出发去帝国暗面之前见见他。这并非一个请求,而是命令。要是你有机会先见到他,请把这些话告诉他。"

"我会的。"菲利克斯停顿了片刻,"您能命令考尔做事吗,罗保特?"

基里曼疲惫地笑了笑。"我们总得试一试,不是吗?"

他转向菲利克斯,伸出了手。菲利克斯紧握他那巨大的手掌。

"再会了,英杰。"基里曼说,"努力战斗,更努力地进行统治。我把数量庞大的臣民托付给你。努力拯救他们!如果可以的话,请记住这一点——尽管灵族先知帮我们规划了通往胜利的道路,但如果不是因为我拥有信心,我们的计划就会失败。或许我们都要有信心。"

菲利克斯点点头。他在亚克斯上对基里曼的信仰感到的不安再次浮出了水面。他竭力隐藏了这个想法。"为了帝皇。我祝您在大裂隙的另一端有好运相伴。"

"我需要好运。谢谢你。为马库拉格而战!"基里曼说。

"不,我主。"菲利克斯说,"我并非为马库拉格而战,而是为您而战。"

基里曼乘坐私密升降梯,从深入这艘船内部的他的宫殿前往考尔分身隐藏之处。在自动通过多重安全认证协议的同时,他陷入了深深的思索。物质世界的战争似乎变得越来越无足轻重,尽管基里曼领悟到了这一点,但他还是觉得自己没有能力制定一个对抗亚空间大能的战略。这需要深入奥术领域,这个领域属于灵能者、巫师和超级科学家,而他全然不在其列。

当基里曼到达时,他发现通往考尔分身的房间装甲大门已经开启了,圭杜斯·罗山提在那架机器的入口处和他见面。每次基里曼看到他,这位星语者都看起来更老、更虚弱。他的档案显示,他刚过泰拉标准年的四十岁不久,但他的外表看起来是那个年龄的两倍。他走路已经不那么稳了,欢迎基里曼时,身体有点儿颤抖。

"星语大师罗山提。"基里曼说。

"总司令大人。"罗山提说,"我感觉到有一个巨大的重物从亚空间被举起。我猜想您或许已经成功了?"

"莫塔瑞恩已经被逐出奥特拉玛。他的腐化网络已经被消灭了。"基里曼说,"除顽抗的残敌之外,瘟疫战争已经结束了。"

"这很好,这很好。"罗山提说,他的嘴唇无力地耷拉着,从嘴角流出一串口水,星语者急忙用袖子擦了擦,"我很抱歉,大人。"

"你的职责是否过于沉重了?"

"在奥特拉玛的这段时间确实很艰难。"罗山提承认。

"事情已经结束了。"基里曼说,"你还好吗,星语大师?"

"我还能坚持。"罗山提说着,强迫自己站得更直了一点,声音也更有力了,"大人,我会为您激活机器。这应该不是最后一次。暂时还不是。"他笑了笑,在他眼窝里代替双眼的黑色球体闪了闪光,"不久前您还向我许诺过会赐予我慈悲。我明白您的担心。但我还没准备好接受它。"

基里曼点点头。"很好。"他说。

罗山提的脸上掠过一丝安慰。"谢谢您。请进,大人。"他向旁边让开,以便基里曼走进房间。

他们见证了考尔分身的觉醒过程。尽管去掉了所有机械修会常见的黑话和仪式,但这个过程依然有一种召唤的感觉。当罗山提调出从考尔处收到的编码序列,机器上线时,就好像有某个古老的存在从人类未知之处冲入了凡俗的现实世界。

罗山提比以往更早离开了。他脸上显现的压力感比过去更加强烈。基里曼对他受到的折磨感到遗憾。又是一个为了全人类而油尽灯枯的人。基里曼不忍计算还会有多少牺牲。

机器的启动过程结束了。那些被切断的头颅在容纳它们的水箱里跳着令人厌恶的舞蹈。异形的线路闪烁着活跃起来。灵能压力产生，而后消失，地板下方的机器发出了噪音。

终于，考尔分身就绪了。

"罗保特，"它说，"非常非常高兴见到你。"

"考尔分身，现在开始就记住，我没时间容忍你的无礼言行。"

"还是个大忙人。"机器说，它会使用考尔的许多种嗓音中的一种，今天它似乎采用了一种狡猾而语带讽喻的个性，"很好。我的主人——统御大贤者贝利撒留·考尔，发送了这份公文，并祝您身体健康。如果此消息激活，说明您已经取得了胜利，从您兄弟的阴谋之中拯救了奥特拉玛。因此他向您表示祝贺。"

"他什么时候自己过来？"

考尔分身像真人一样笑了起来。

"多么缺乏耐心！您总是这样脾气暴躁，还是死亡剥夺了您的幽默感？"

"我明白了，看来我不得不忍受这种放肆之举。很好。我什么时候可以期待考尔来访？"

"暂时不会。在您跨越大裂隙之前不会。"

"那么，我必须坚持要求他跟我一起跨越大裂隙。"

"您要知道，摄政大人，您对大贤者贝利撒留·考尔的不信任很伤他的心。他不需要在你身边，就可以完成您给他的任务。"

"那是他给自己的任务。"基里曼纠正。

"这只是语义学上的问题。就算他没有单方面决定承担这个任务，您也会给他安排这个任务。"

"他傲慢地擅自猜测我的心意。"

"嗯，是这样。但重要的是他已经在做了。所以或许我们可以容忍他高高在上的态度，让他继续干下去？"

"够了，报告吧。"基里曼说。

"真暴躁，我还以为胜利会让您高兴点儿。那好吧，大贤者贝利撒留·考尔还不能返回奥特拉玛。但他会的。在远东边境区有一件神器引起了他极大的兴趣。他很快就会去那里。"

"什么神器？"基里曼说。

"坐落在索萨的那个。"

"法罗斯。"基里曼说。

"请容他探索。"考尔分身狡黠地说,"法罗斯。大贤者贝利撒留·考尔现在很确定那件装置来源于太空死灵,它将会揭示的知识有助于考尔对黑石的理解。他需要的只是一把开启它的钥匙。而且考尔正在取得这把钥匙的过程中。"

"他访问法罗斯有什么目的?"

"有许多目的。"考尔分身说,"不要想去阻止他。他知道您很久之前就把那里设为了禁地。"

"我不会阻止他。"基里曼说,"如果他想深入研究这个装置。我相信他这么做的时候不会造成任何损害。你要把这个观点转达给他。明白了吗?"

"已经提交到返回消息代码中。"短暂地停顿后,考尔分身说。

"告诉他,英杰菲利克斯现在统治着奥特拉玛的那个区域。"

"我的主人会联系他的。他会很高兴再次见到菲利克斯。"

"考尔破解黑石塔秘密的工作进展如何了?"

"他的工作进展顺利。"考尔分身说,"进入法罗斯的许可,会加速他的工作进度。他会成功的。他是大贤者贝利撒留·考尔,他无所不能。不久后,他就会获得他需要的知识。"

"他确实是这么宣称的。"基里曼说。

"这不仅仅是一个宣称。我们会有这番谈话正是一个证据。在我的记忆内核中有许多种可能的对话。他考虑了所有的可能性,但他假设了一个特定的事件轨迹,到目前为止,他的计算结果与预测的偏差不到1%。他的伟大事业一定会开花结果,您可以信赖他。"

"那些其他对话是什么内容?"

"灾难,死亡,末日。"考尔分身说,"我不能透露更具体的信息了。我已经发送了我被编码的信息。我没有更多消息要传达了。请向我的对应方提供编码和传输的答复。"

基里曼绷紧了脸。机械期待着。

"事情变得越来越复杂了。"他说。

"啊!一种罕见的信赖。"考尔分身说,"我祈祷您能告诉我怎么回事?"

"祈祷正是事情的症结所在。"基里曼说,"瘟疫之神受到了一次沉重的打击。"

"那您应该高兴才对。"

"如果打击他的人不是我呢?"基里曼回答。

"请解释。"

"我害怕帝皇或许在行动。我害怕他通过我显圣。起初我拒绝相信这一点,但我获得的证据说明只有一种实际的可能。"

"是什么?"

"帝皇再次活跃了。他通过塔罗牌,通过幻象,通过所谓的圣徒,通过所谓信仰之举在工作着。我知道我和他交谈过,但我依然不确定我在王座间看见和听见了什么。我得到的第一个确凿的迹象表明,在驱灵死域发生的警告的本质是某种真实的事情正在发生。我当时拒绝那么想,尽管很早就有人向我提出了这种可能性,但证据在不断增加。现在,我再也不能对这种理论不屑一顾了。"

"那您为什么会害怕?"

"什么?"

"您用了'害怕'这个词,而非思考、相信、考虑、计算、猜测、假设,或是其他与演绎心理过程有关的词。为什么会害怕?"

"你相信帝皇是神吗?"基里曼说。

"啊,我明白您为什么害怕了。您是想知道我——考尔分身是否相信,还是人贤者贝利撒留·考尔是否相信?"

"都要。"基里曼说。

"在机械修会内的主要教派的教条都认为帝皇是欧姆弥赛亚的在世化身。欧姆弥赛亚则是万机之神的三位一体中的第三个,以凡人的形式凌驾于银河之上。"

"我知道这些。"基里曼耐心地说,"顺便提一句,帝皇在许多场合指出这是一个错误的信条。我想知道的是你和考尔是怎么想的。不是信仰层面,而是思考。"

机器安静了下来。机械装置发出响亮的咔嗒声。

"我没有答复。"

"你相信他能回来吗?"基里曼问,"他能恢复完整的生命形态吗,就像我一样？"

"谁？"

"帝皇。停止捉弄我。"

"这个问题没有意义。我并无信仰。"

"我说过，别和我玩游戏。回答！我命令你。"

更长时间的沉默，更多的咔嗒声传来。水箱里的头颅抽搐着。

基里曼正要开口，机器的声音突然充满了整个房间。

"如果我是统御大贤者贝利撒留·考尔，我会由此给出一个告诫性的建议。当然我不是他。"

"那就给我建议，机器。"

"如果帝皇有可能重生，如果他能恢复真正的生命形态，那么进入帝国宫殿王座间的那个生命，或许和从里面出来的不是同一个。考虑到这一点，甚至只是作为一个假设，那也会带来巨大的危险。因为思想会带来行动，无论我们是否有意。在你意识到这一点前，我们就遭遇了灾难，尽管一切都出于好的本意。"片刻停顿后，它继续说，"人们常常说，通往邪恶之地的道路是用良善的意图铺就的。"

"会有什么危险呢？请阐述。"

"因为所有的神都是存在的灾厄。罗保特·基里曼，无论他们是否自称为神。"考尔分身说，"我想你比其他任何人都更清楚这一点。别忘了。"

沉寂降临。

"现在，是否没有其他事了？"考尔分身问。

"没了。"

"那么我将对您的信息的其余部分进行编码。"

基里曼结束了谈话，随后回归他的战争。

帝国暗面在等待他。

作者简介

盖伊·哈雷是"泰拉围城"系列小说《迷失者与被诅咒者》的作者,也是"荷鲁斯之乱"系列小说《泰坦之死》《狼毒》《法罗斯》、"原体"系列小说《康拉德·科尔兹:午夜游魂》《科拉克斯:暗影之主》《佩图拉波:奥林匹亚之锤》的作者。他写了许多战锤40000小说,包括"烈火黎明"系列的第一部《复仇之子》,以及《贝利撒留·考尔:伟大事业》《黑暗帝国》《黑暗帝国2:瘟疫战争》《黑暗帝国3:神之灾厄》《巴尔毁灭》《但丁》《血中黑暗》《阿斯托瑞斯:慈悲天使》。他也创作西格玛时代背景的故事,包括《战争风暴》《碎颅者》《艾查恩的呼唤》。他和他的妻子、儿子一起生活在约克郡。

译者简介

韩之昱,曾用笔名正雪。出版历史小说《匈奴》《东晋妖异谭》。独立做过 Paradox Interactive 游戏《欧陆风云2》的民间汉化。后转战游戏圈十年,参与《完美世界》《赤壁》《笑傲江湖》《剑魂之刃》等游戏的核心策划工作。2017年辞职,创作了混沌银河世界观下的宇宙大战略题材独立游戏《混沌宙域》《混沌银河》,先后在 Steam 和 Wegame 发布,目前系列新作《混沌银河2》正在 Steam 进行抢先体验。热爱战锤40000的宏大设定和悲壮故事,曾从第一版设定开始读完上百本战锤40000的 Codex,受到深刻的影响和激励。

版权所有　侵权必究

图书在版编目（CIP）数据

黑暗帝国.3,神之灾厄/(英)盖伊·哈雷著；韩之昱译.-- 杭州：浙江科学技术出版社，2024.11
ISBN 978-7-5739-1292-3
Ⅰ．I561.45
中国国家版本馆CIP数据核字第202481XB22号

著作权合同登记号　图字：11-2022-071号

书　名	黑暗帝国3：神之灾厄
著　者	［英］盖伊·哈雷
译　者	韩之昱

出版发行　浙江科学技术出版社
　　　　　地址：杭州市环城北路177号　　邮政编码：310006
　　　　　办公室电话：0571-85176593
　　　　　销售部电话：0571-85176040

排　版	浙江新华广告有限公司
印　刷	浙江海虹彩色印务有限公司
开　本	710 mm×1000 mm　1/16　印　张　19.5
字　数	390千字
版　次	2024年11月第1版　　印　次　2024年11月第1次印刷
书　号	ISBN 978-7-5739-1292-3　　定　价　60.00元

责任编辑　吕路明　　　　　责任校对　张　宁
责任美编　金　晖　　　　　责任印务　叶文炀